Knaur.

Knaur.

Im Knaur Verlag sind bereits
folgende Bücher des Autors erschienen:
Engelspapst
Engelsfluch
Engelsfürst
Der Sonnenkreis
Im Schatten von Notre-Dame
Die Farbe Blau
Das wahre Kreuz
Die Tulpe des Bösen
Teufelszahl

Über den Autor:
Jörg Kastner, geboren 1962 in Minden an der Weser, hat nach erfolgreichem Jurastudium aus der Liebe zum Schreiben einen Beruf gemacht. Genaue Recherche und die Kunst, unwiderstehlich spannend zu erzählen, zeichnen seine Romane aus. Bislang in zwölf Sprachen übersetzt, sind seine Bücher auch im Ausland sehr erfolgreich. Jörg Kastner lebt mit seiner Frau, der Schriftstellerin Corinna Kastner, in Hannover.

Mehr über den Autor können Sie auf seiner Website erfahren:
www.kastners-welten.de

Jörg Kastner

Teufelssohn

Roman

Knaur Taschenbuch Verlag

Besuchen Sie uns im Internet:
www.knaur.de

Originalausgabe Januar 2010

Ein Unternehmen der Droemerschen Verlagsanstalt
Th. Knaur Nachf. GmbH & Co. KG, München
Ein Projekt der AVA international GmbH
Autoren- und Verlagsagentur
www.ava-international.de

Redaktion: Susanne Wallbaum
Umschlaggestaltung: ZERO Werbeagentur, München
Umschlagabbildung: Fine Pic®, München
Satz: Adobe InDesign im Verlag
Druck und Bindung: CPI – Clausen & Bosse, Leck
Printed in Germany
ISBN 978-3-426-63288-8

2 4 5 3 1

Für Diavolino
und seinen besten Freund Karlchen
und für alle besten Freunde.
JK

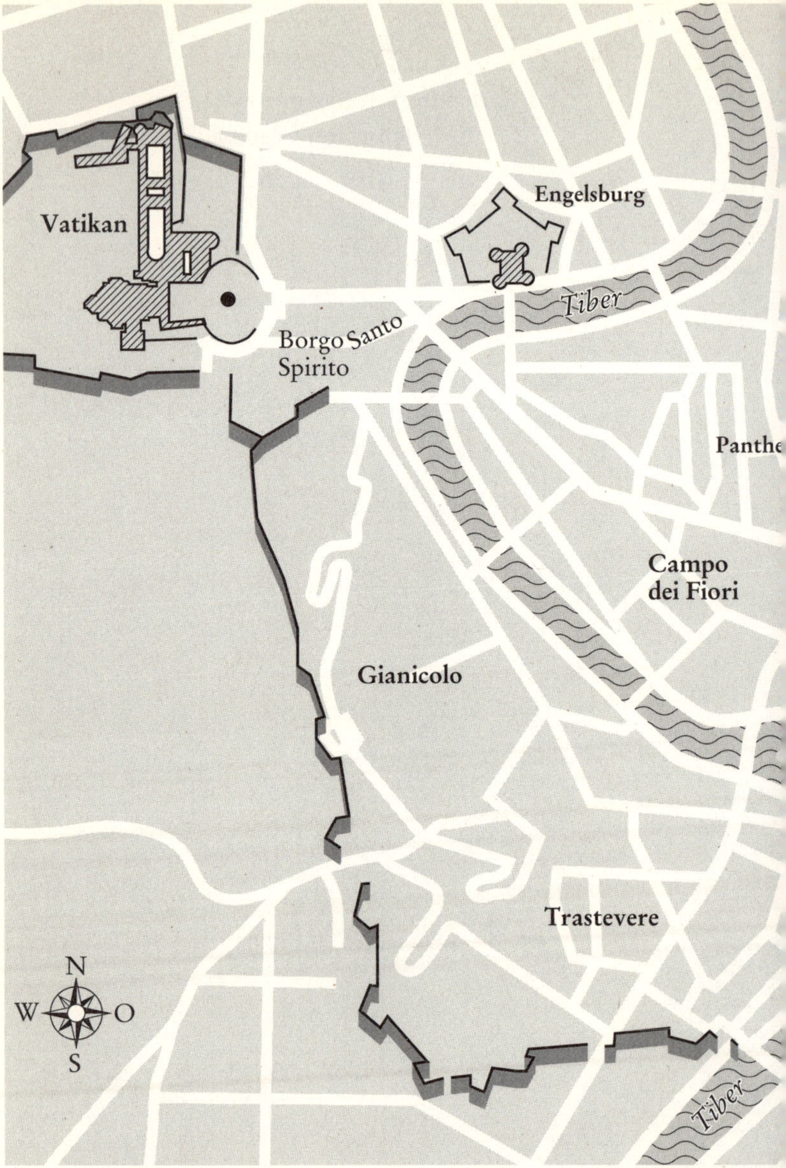
Vatikan
Engelsburg
Tiber
Borgo Santo
Spirito
Panthe
Campo
dei Fiori
Gianicolo
Trastevere
N
W
O
S
Tiber

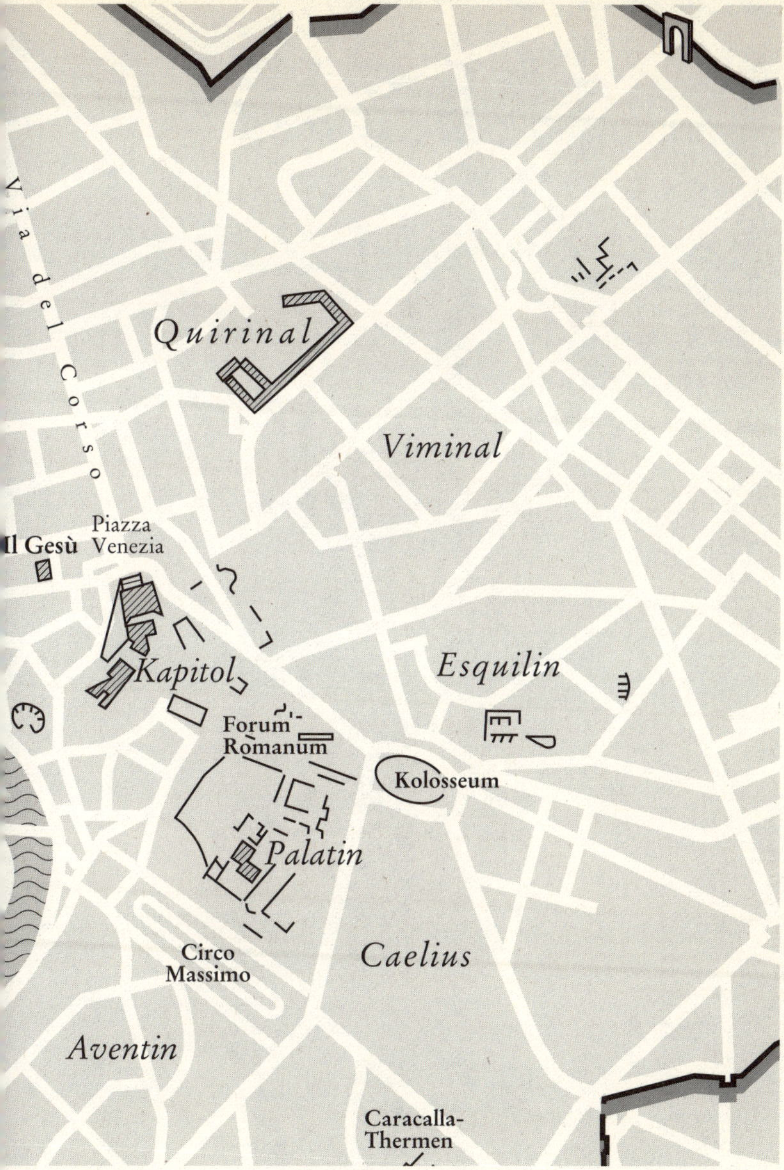
Via del Corso
Quirinal
Viminal
Piazza Venezia
Il Gesù
Kapitol
Esquilin
Forum Romanum
Kolosseum
Palatin
Circo Massimo
Caelius
Aventin
Caracalla-Thermen

»Ich habe für dich gebeten,
daß dein Glaube nicht aufhöre.«
Jesus Christus nach Lukas 22,32

Erster Tag

I

Rom, Forum Romanum

Das Forum Romanum strahlte trotz der Unruhe, die von den vielen Menschen ausging, etwas Erhabenes aus. Die Mauern und Säulen wirkten im Licht der Scheinwerfer wie eben erst entstanden, als hätte die Helligkeit, die den Ort dem Abenddunkel entriß, die Spuren ihrer weit mehr als tausend Jahre währenden Geschichte getilgt. Stromgeneratoren summten. Techniker, Journalisten und Helfer riefen einander Anweisungen zu. Fernsehkameras und Mikrofone wurden ausgerichtet. Immer wieder zuckten Blitze durch die Nacht, wenn Fotografen auf den Auslöser drückten. Die geladenen Gäste, mehr als dreihundert, unterhielten sich munter wie auf einer Cocktailparty. Doch Lärm und Gewimmel konnten die weihevolle Atmosphäre nicht zerstören, jedenfalls nicht für Claudia Bianchi. Vielleicht war sie aber auch besonders empfänglich dafür, gehörte sie doch unter den Anwesenden zu den wenigen, für die dieser Abend nicht nur ein kulturelles Ereignis bedeutete – womöglich begegnete sie hier dem Tod.

Nein, davon ahnte kaum einer hier etwas, und den Überresten der Bauwerke, die einst das Zentrum des Römischen Weltreiches gewesen waren, konnte es gleichgültig sein. Hier hatte das Herz jenes Giganten geschlagen, der Rom einmal gewesen war. Das Blut, das dieses Herz durch die Adern gepumpt hatte, waren die römischen Legionen gewesen, unter deren Marschtritt ein beträchtlicher Teil der damals bekannten Welt erbebte. Und es waren die Ströme von Waren und

Sklaven gewesen, die aus den eroberten Provinzen zurück nach Rom flossen und es dem einst mächtigen Reich erst ermöglichten, sich weiter und weiter auszudehnen.
Einst hatte sich hier, zwischen Palatin und Kapitol, nur eine sumpfige Ebene erstreckt, die trockengelegt wurde und den Bürgern der ältesten römischen Gemeinden, in deren Mitte sie lag, als Marktplatz diente. Nach den Bauern und Händlern zogen die Götter ein, als die Römer fünfhundert Jahre vor Christi Geburt an diesem Ort Tempel errichteten. Für Saturn, den Gott des Ackerbaus, und für die Dioskuren Castor und Pollux, die den Römern der Sage nach bei der Entscheidungsschlacht gegen die Latiner beigestanden hatten. Bald kamen Bauwerke zur Verehrung weiterer Gottheiten hinzu. Der Tempel der Vesta, der keuschen Hüterin des heiligen Feuers, der nur von den jungfräulichen Vestalinnen und vom Pontifex maximus, dem obersten Wächter des Götterkults, betreten werden durfte. Der Tempel der Concordia, Göttin der Eintracht. Der Tempel des Feuergottes Vulcanus und der Tempel der Nymphe Juturna; Wasser aus den ihr geweihten Quellen galt als heilend. Der Tempel des Janus, Gott des Anfangs und des Endes, der Ein- und Ausgänge, der Türen und Tore. Von dem Tempel war nichts geblieben, aber für die Römer der Antike hatte er eine besondere Bedeutung gehabt: Standen seine Türen offen, hieß das, Rom befand sich im Krieg; waren sie geschlossen, bedeutete das Frieden im Reich und an den Grenzen.
Nicht nur die Götter hatte man im Forum Romanum verehrt, auch die wichtigen Entscheidungen über Politik und Wirtschaft waren hier getroffen worden. Das Comitium am Rande des Forums war bis in die Zeit der späten Republik der Ort der gesetzgebenden Versammlung gewesen, und da-

neben, in der Curia Hostilia und später in der von Caesar begonnenen und von Augustus beendeten Curia Julia, hatte der römische Senat getagt. Dazu hatte hier in einer immer wieder vergrößerten Wandelhalle, die mit ihren Läden, Kontoren und Wechselbanken einer modernen Einkaufspassage nicht unähnlich gewesen war, ein pulsierendes Geschäftsleben geherrscht.

Auch in der Gegenwart war das Forum Romanum von regem Treiben erfüllt, nur kamen heute die Touristen aus aller Herren Länder, um sich und ihre Lieben auf Schnappschüssen vor den Resten alter Pracht zu verewigen und den Hauch der Weltgeschichte zu spüren.

Eine Ironie ebendieser Weltgeschichte, dachte Claudia: Rom hatte seine Legionen in die Welt hinausgesandt, um sie zu unterwerfen, jetzt kam die ganze Welt nach Rom, um die Überbleibsel einstiger Macht zu bewundern.

An diesem Abend im Mai aber waren keine Touristen in Jeans und Freizeithemden, in Outdoorwesten und mit buntbedruckten Schirmmützen zu sehen, wie schon den ganzen Tag über nicht. Das Gelände war seit dem frühen Morgen abgesperrt gewesen, damit Vorkehrungen für den abendlichen Festakt getroffen werden konnten.

Unerwartet und von den meisten unbemerkt war aus der Absperrung zu logistischen Zwecken auch eine sicherheitstechnische geworden. Die Zahl der sichtbaren Uniformierten war kaum erhöht worden, um Gäste und Öffentlichkeit nicht zu beunruhigen. Aber draußen an den Straßen standen mehrere scheinbar zivile Lieferwagen und Busse, in denen eine Hundertschaft der Carabinieri und eine der Staatspolizei sich für einen Einsatz bereithielten, der hoffentlich nicht kam. Polizisten in Zivil hatten sich unter die Gäste gemischt;

um nicht aufzufallen, trugen sie dem festlichen Anlaß angemessene Kleidung.
Claudia hatte sich für einen dunklen Hosenanzug entschieden, schlicht, aber elegant. Ihr Kollege Aldo Rossi, der neben ihr stand und die Szenerie zu genießen schien, hatte es ihrer Ansicht nach mit seinem Dreiteiler, zu dem eine weinrote Weste, eine weinrote Krawatte und ein weinrotes Einstecktuch gehörten, etwas übertrieben. Er allerdings schien sich zu gefallen, und nicht wenigen der geladenen Damen erging es offenbar ähnlich. Immer wieder zog Aldo Blicke auf sich, in denen die Frage lag, wer der gutaussehende, schlanke Mann mit dem dunklen Teint und den schwarzen Locken war und warum man ihn noch nie auf einem gesellschaftlichen Anlaß gesehen hatte.
Aldo wußte Claudias amüsierte Miene nicht zu deuten und fragte: »Hast du etwas Lustiges gesehen?«
»Nein, ich habe mir nur selber einen Witz erzählt.«
»Na immerhin«, brummte Aldo.
Claudia war irritiert. »Was soll das denn heißen?«
»Du wirst zugeben, daß du in letzter Zeit nicht gerade ein Quell sprudelnder Lebensfreude warst. Es wird Zeit, daß du mal wieder ein paar positive Gedanken in deinen Kopf läßt. Und wenn du dir selbst einen Witz erzählst, ist das doch ein guter Anfang. Darf ich fragen, wie der Witz geht?«
»Es war der Witz von dem vorlauten Vice Commissario, der von seiner Vorgesetzten eine gute Beurteilung haben will«, erwiderte Claudia mit gespielter Strenge, konnte sich aber ein Lächeln nicht verkneifen.
Aldo hatte ja recht. In den vergangenen zwei Monaten hatte sie sich vermutlich ein Anrecht auf den Titel der verdrießlichsten Polizistin von Rom erworben. Sie konnte sich nicht

erinnern, wann sie das letzte Mal richtig gelacht hatte. Sie war gewiß nicht grundlos deprimiert gewesen, aber wie hieß es doch in rührseligen Filmen und Romanen: Das Leben geht weiter! Das mochte eine Platitüde sein, aber es war doch etwas Wahres daran, das war ihr in den vergangenen Wochen mit jedem Tag stärker bewußt geworden.

Eine männliche Stimme hinter ihr beanspruchte ihre Aufmerksamkeit: »Ist alles im grünen Bereich?«

Sie drehte sich um und sah sich ihrem obersten Vorgesetzten gegenüber, Cesare Compagni, Polizeipräsident von Rom. Ein großer, wuchtiger Mittfünfziger, dessen stets gepflegte Erscheinung dafür sorgte, daß er trotz der imposanten Statur nicht grobschlächtig wirkte. Sein Charakter entsprach seinem Äußeren. In der Regel hatte er einen ruhigen, höflichen Umgangston; nur höchst selten hatte man ihn gegenüber Untergebenen laut werden hören. Wenn es aber dazu kam, glich er einem Vulkan, dessen Eruption längst überfällig war, und wehe dem, über den sich der Lavastrom seiner Wut ergoß!

Jetzt lächelte er unverbindlich, wie fast alle anderen geladenen Gäste auch. In seinem schwarzen Dreiteiler mit den feinen grauen Streifen, gekrönt durch die im selben Muster gehaltene Fliege, wirkte er ganz wie einer von ihnen, von Roms oberen Zehntausend. Was er ja auch war.

Niemand, der nicht eingeweiht war, wäre darauf gekommen, daß Compagni sich nicht nur aus privaten Gründen hier aufhielt. Er hatte sogar seine Frau mitgebracht, eine dem Anlaß entsprechend herausgeputzte Endvierzigerin, die ihre matronenhafte Figur in ein etwas zu enges grünes Abendkleid gezwängt hatte. Claudia wußte nur, daß sie Antonella hieß und einen hohen Posten in der Schulbehörde innehatte.

Aldo hatte offenbar eine weitere Eroberung gemacht; wann immer die Frau des Polizeipräsidenten sich unbeobachtet glaubte, warf sie ihm sehnsüchtige Blicke zu, doch er schien es gar nicht zu bemerken.

»Bis jetzt haben wir keinen Hinweis darauf, daß an der mysteriösen Drohung etwas dran sein könnte«, sagte Claudia schließlich. »Gut möglich, daß sich jemand einen Spaß mit uns erlaubt und sich in diesem Augenblick königlich amüsiert.«

»Meinetwegen«, brummte Compagni. »Lieber das, als uns hinterher vorwerfen lassen zu müssen, wir hätten eine Drohung nicht ernst genommen. Schließlich sind eine Menge wichtiger Leute hier.« Mit einer ausladenden Geste schien er das ganze Forum umfassen zu wollen. »Künstler, Medienleute, Wissenschaftler, wichtige Repräsentanten der Stadtverwaltung und natürlich unsere Freunde aus dem Vatikan.«

Sein Blick blieb an einer Gruppe hängen, deren weitgehend schlichte schwarze Kleidung nicht zur Aufmachung der übrigen Gäste passen wollte. An die zwanzig Vertreter des Vatikans waren gekommen, um dem Ereignis beizuwohnen, darunter einige Kardinäle, deren rote und purpurne Gewänder immerhin angemessen feierlich wirkten. Claudia entdeckte unter den Klerikern die schlanke, kaum mittelgroße und in unauffälliges Schwarz gekleidete Gestalt von Monsignore Eiji Uehara, dem stellvertretenden Leiter des vatikanischen Büros für Gräberarchäologie. Unvermittelt mußte sie an die ebenso gefährlichen wie geheimnisvollen Geschehnisse rund um das sogenannte Wahre Grab Petri denken, die sie – und nicht nur sie – etwa zwei Monate zuvor in Atem gehalten hatten.

Der aus Japan stammende Jesuitenzögling hatte ihren Blick bemerkt und erwiderte ihn. In den schmalen Augen hinter seiner randlosen, kaum sichtbaren Brille las sie Verwunderung darüber, daß sie hier war. Dann aber lächelte er und nickte ihr zu.
Sie erwiderte die Geste und war froh, daß er nicht zu ihr herüberkam und fragte, was sie hier tat. Ein großer, knochiger Mann, der Uehara offenbar eine Frage stellte, beanspruchte seine Aufmerksamkeit. Das war Ueharas neuer Vorgesetzter, ein Franzose, wie sie sich erinnerte, wenngleich ihr der Name nicht einfallen wollte.
Compagni seufzte tief, aber es wirkte eher entspannt als besorgt: »Nun ja, hoffen wir, daß alles glatt über die Bühne geht und wir tatsächlich nur einem Spaßvogel aufgesessen sind. Allerdings würde ich diesem Vogel dann gern ein paar Federn ausrupfen. Aber sehen Sie doch, es scheint zu beginnen!«
Begleitet von einem Trommelwirbel, der aus den zahlreich aufgestellten Verstärkerboxen dröhnte, flammte ein Scheinwerfer auf und beleuchtete eine Bühne hoch über den Köpfen der Gäste. Auf der mindestens zehn Meter hohen, halbmondförmigen Plattform aus Leichtmetall stand ein junger Star-Tenor, der seit drei, vier Jahren mit verpoppten Arien und klassisch verbrämten Popballaden von sich reden machte. Beifall brandete auf und ebbte erst ab, als er seinen jüngsten Hit anstimmte, eine Ode an die Schutzengel, die über jeden Menschen wachen. Die Menge lauschte dem a cappella vorgetragenen Lied so andächtig, daß nach dem Verhallen des letzten Tons eine kleine Ewigkeit verging, bevor der Künstler im rauschenden Applaus baden konnte. Er verneigte sich einige Male zuviel und zog sich dann in den hinteren Bereich

der Bühne zurück, der unbeleuchtet war und wo sich, wie Claudia von einer zwei Stunden zuvor durchgeführten Inspektion wußte, der Treppenaufgang befand.
Ein junger Mann in einem glitzernden Anzug, der eher nach Las Vegas gepaßt hätte, trat ins Licht und konnte nur einen Bruchteil jenes Applauses auf sich ziehen, den eben der Tenor eingeheimst hatte. Der Mann in dem Glitzer-Outfit sollte durch die Veranstaltung führen. Seinen Namen hatte Claudia vergessen. Er begrüßte die Gäste, lobte den Tenor überschwenglich und wies zweimal darauf hin, daß dieser später weitere Lieder zum Besten geben werde.
»Jetzt aber kommen wir zu dem eigentlichen Grund unseres heutigen Beisammenseins«, fuhr er in jenem Tonfall fort, der jeden einzelnen Satz zur Ankündigung einer kleinen Sensation machte. »Wie Sie wissen, haben die Vatikanischen Museen und das Forum Romanum eine einzigartige Zusammenarbeit vereinbart, die sowohl der Forschung zugute kommen soll als auch dem Publikum, das jetzt noch mehr jener prächtigen Schätze zu sehen bekommen wird, an denen unser schönes, ehrwürdiges Rom so reich ist. Aber warum erzähle ich Ihnen das eigentlich, meine Damen und Herren? Lassen wir doch die Verantwortlichen selbst zu Wort kommen. Begrüßen Sie mit mir die Direktorin des Forum Romanum, Dottoressa Arietta Calvi, und den Direktor der Vatikanischen Museen, Dottore Giuseppe Pignato!«
Unter deutlich mehr Applaus, als dem Conférencier zuteil geworden war, betraten die beiden die Bühne. Falls ihm das etwas ausmachte, ließ er es sich nicht anmerken. Mit einem breiten Lächeln zog er sich zurück, bis die Bühne den beiden Hauptakteuren allein gehörte. Zunächst sprach die Direktorin des Forum Romanum ein paar einleitende Worte, mit

denen sie ihren Kollegen von den Vatikanischen Museen vorstellte.
Arietta Calvi war eine großgewachsene Frau in den Fünfzigern, schlank und sehr elegant in ihrem langen schwarzen Kleid. Giuseppe Pignato war einen ganzen Kopf kleiner als sie, dafür aber von beträchtlichem Leibesumfang, den selbst der maßgeschneiderte Abendanzug nur notdürftig kaschieren konnte.
Seine Begeisterung für die neuen Möglichkeiten, die sich aus der engen Zusammenarbeit der beiden Museen für die Wissenschaft ergeben würden, war aber derart mitreißend, daß Claudia bald nicht mehr auf sein Äußeres achtete. Der Enthusiasmus sprang auf die Gäste über, und neuer Applaus rollte durch das Forum, als Pignato das Wort wieder an Arietta Calvi gab, die das Publikum mit den Details der neuen Zusammenarbeit vertraut machen sollte.
Sie hatte noch nicht lange gesprochen, da glaubte Claudia, eine seltsame Veränderung an Giuseppe Pignato wahrzunehmen. Sein eben noch entspanntes Gesicht, das mit seinem seligen Lächeln an einen Pfannkuchen denken ließ, wurde schlagartig ernst und starr. Maskenhaft. Ein Zittern schien durch seinen ganzen Leib zu wandern, als bäume er sich innerlich gegen etwas auf.
Dann ging alles sehr schnell. Er schlang die Arme um seine Kollegin, tat ein paar ungelenke Schritte nach vorn und stürzte, die blonde Frau noch immer in den Armen, von der Bühne in die Tiefe. Pignato war vollkommen still, Arietta Calvi aber stieß einen schrillen Schrei aus, der bis in den hintersten Winkel des Forum Romanum zu dringen schien. Er erstarb jäh, als die beiden Körper mit einem dumpfen Knall aufschlugen.

Wie alle anderen auch verharrte Claudia in einer Art Schockstarre. Wahrscheinlich nur für Sekunden, aber ihr erschien es wie eine kleine Ewigkeit, bis sie sich endlich in Bewegung setzte und sich einen Weg durch die Menge bahnte, die von einem Augenblick auf den anderen zum Leben erwachte. Die Menschen rannten und schrien durcheinander wie eine von Blitz und Donner aufgescheuchte Viehherde. Claudia setzte ihre Ellbogen ein, um vorwärts zu kommen, und schließlich stand sie zu Füßen der Bühne, vor den beiden Leibern, die reglos und in grotesker Verrenkung am Boden lagen.
Zu spät!, durchfuhr es sie. Ich komme zu spät! Hatte sie die Drohung vom Nachmittag doch nicht ernst genug genommen?

2

Rom, Questura Centrale (Polizeipräsidium),
sieben Stunden zuvor

Mit müden Augen starrte Claudia Bianchi auf den Flachbildschirm vor ihr auf dem Schreibtisch und wünschte sich nichts sehnlicher, als daß dieser Arbeitstag ein Ende finden möge. Quälend langsam verstrich die Zeit, Minuten dehnten sich zu Ewigkeiten, und sie spürte mehr und mehr, daß sie eine unruhige Nacht hinter sich hatte. Eine? Sie konnte sich nicht erinnern, wann sie das letzte Mal durchgeschlafen hatte. Alpträume quälten sie und eine innere Unruhe, deren Ursache sie nur zu genau kannte und gegen die sie machtlos war. Ihr blieb nichts übrig, als zu hoffen, daß sie irgendwann von selbst Ruhe fand. Die Zeit heilte angeblich alle Wunden, warum also nicht auch die ihren?

Sie nippte an ihrem Tee, der längst kalt war, und versuchte, sich auf das Protokoll zu konzentrieren, das sie halb fertig auf dem Schirm hatte. Ein Routinefall, aber ein unappetitlicher, der ihr gerade jetzt mehr zu schaffen machte, als sie sich eingestehen wollte. Etwas in ihr sträubte sich dagegen, sich noch einmal mit dem Fall zu befassen, den Aldo Rossi und sie tags zuvor abgeschlossen hatten. Vielleicht war dieser innere Widerstand der Grund, warum sie mit ihrer Arbeit nicht vorankam.

Sie dachte an die traurigen, leeren Augen von Pietro Mantelli, als er sein Geständnis abgelegt hatte. Ein einfacher Mann, dessen Lebensinhalt es einmal gewesen war, seine Familie zu ernähren, seiner Frau ein guter Ehemann und seinen drei Kindern ein guter Vater zu sein. Er hatte einen ordentlichen Beruf erlernt, Metallfacharbeiter, und jahrelang hart gearbeitet, um genug Geld für seine Frau Gianna und die Kinder zu verdienen. Bis sein Arbeitgeber Konkurs angemeldet hatte, wie es so viele in den Zeiten von globalisierter Wirtschaft und globaler Wirtschaftskrise taten.

Pietro Mantelli hatte auf der Straße gestanden und sich um einen neuen Job bemüht – ohne Erfolg, weil es so viele andere wie ihn gab, darunter etliche jüngere, flexiblere. Das Geld war knapp geworden, Mantelli hatte begonnen zu trinken, hatte die Kontrolle über sich und sein Leben verloren, die Selbstachtung und schließlich die Achtung vor allem, was ihm je etwas bedeutet hatte. Innerhalb weniger Minuten hatte er die Familie, die ihn nicht länger als Versager erleben sollte, ausgelöscht.

Claudia erschauerte, als sie an die blutverschmierte Wohnung dachte, in einem gesichtslosen Hochhaus draußen in einem der Randbezirke der Stadt, wo Rom nichts Malerisches mehr hatte, schon gar kein geschichtsträchtiges Antlitz. Da, wo die Touristen nur auf der Fahrt vom oder zum Flughafen durchkamen und gar nicht so genau hinschauten, weil es nicht das war, was sie sehen wollten in der Ewigen Stadt. Für Pietro Mantelli und seine Familie aber war es ein Zuhause gewesen, und selbst das galt jetzt nicht mehr.

Gianna und die Kinder hatten schon geschlafen, als es geschah, und das war vielleicht der einzige, wenn auch äußerst schwache Trost in dieser ansonsten trostlosen Geschichte. Mantelli hatte sich eines Brotmessers und eines großen Hammers bedient; nach wenigen Minuten hatte er keine Familie mehr gehabt.

Es war ihm wohl erst hinterher bewußt geworden, was er angerichtet hatte. Der Polizei hatte er etwas von maskierten Einbrechern erzählt, gegen die er sich verzweifelt gewehrt habe. Daher das viele Blut an seinen Kleidern. Aber sie hatten kein fremdes Blut gefunden, nur das seiner Frau und seiner Kinder. Diese Tatsache und die zahlreichen kleinen Widersprüche, in die Mantelli sich im Laufe des Verhörs verstrickte, hatten sein Lügengebäude in sich zusammenbrechen lassen.

Claudia glaubte nicht, daß er gelogen hatte, um sich der Strafe zu entziehen. Aus ihrer Sicht handelte es sich um einen verzweifelten Versuch, das Geschehene ungeschehen zu machen, wenn nicht in der Realität, dann wenigstens in seinen Gedanken, vor seinem Gewissen. Aber auf ihre Sicht kam es nicht an. Das Gericht würde über Mantellis weiteres Schicksal befinden, und sie hatte nicht die geringste Ahnung, was sie ihm wünschen sollte. Vielleicht, daß er vergessen konnte. Ja, vergessen …

Zum x-ten Mal schweifte ihr Blick vom Bildschirm zum Fenster hinaus, und sie schaute auf die Dächer Roms, die in der warmen Maisonne badeten. Ein Bild wie von einer jener Postkarten, die an jeder Straßenecke feilgeboten wurden. Ein wahres Bild, im Gegensatz zu den retuschierten Postkartenabbildungen, und doch eines, das ihr unecht erschien. Vielleicht, weil es nicht zu ihrer düsteren Stimmung paßte.

Sie wollte vergessen und konnte es nicht. An jedem Tag, zu jeder wachen Stunde und auch nachts im Traum, sah sie Pauls Gesicht. Die markanten, offenen Züge und das dunkle, leicht gewellte Haar. Erst lächelte er sie an, aber dann wurde sein Antlitz plötzlich starr, und seine Augen sahen aus wie Glaskugeln, die Augen eines Toten.

Auch jetzt erblickte sie in der sonnengetränkten Fensterscheibe sein Gesicht und hätte fast losgeschrien, er solle sie endlich in Ruhe lassen. Aber war es wirklich Paul, der sie quälte, oder war sie es selbst?

Von einer Sekunde zur anderen veränderte sich das Gesicht im Fenster. Es wurde etwas schmaler, der Teint dunkler, das Haar lockiger. Jetzt war es das Spiegelbild von Aldo Rossi, der ihr Büro betreten hatte. Dankbar für die Ablenkung von ihren trüben Gedanken und dem Mantelli-Protokoll, schwang sie auf dem Drehstuhl zu ihm herum.

Er blickte auf ihren Bildschirm. »Noch immer nicht fertig damit? Vielleicht hättest du mich das schreiben lassen sollen. Irgendwie habe ich den Eindruck, die Sache nimmt dich zu sehr mit.«

»Vielleicht werde ich weich auf meine alten Tage.«

»Nicht doch, ›alt‹ ist kein Wort, das man im Zusammenhang mit dir benutzen sollte.«
»Zweite Hälfte der Dreißiger«, seufzte sie. »Langsam sollte ich meine Pensionierung ins Auge fassen.«
Aldo setzte sein charmantes Lächeln auf. »Mit jedem neuen Tag wirst du nur attraktiver.«
Vielleicht meinte er das sogar ernst. Schließlich hatten sie zwei Monate zuvor eine kurze, aber heftige Affäre gehabt. Vor Paul. Schon wieder er.
Irgendwie kehrten ihre Gedanken immer zu ihm zurück, und sie fragte sich, ob das eine Form dessen war, was die Katholiken, zumindest die gläubigen unter ihnen, Besessenheit nannten.
»Gute Nachrichten für deine mitleidige Seele, du kannst deinem Schreibtisch und damit dem Protokoll den Rücken kehren, wenigstens vorerst«, fuhr Aldo mit einem Anflug von Ironie fort. »Der Chef will uns beide sprechen.«
»Weshalb?«
»Das hat die schöne Cilia mir nicht verraten.«
Die schöne Cilia, so wurde hier im Präsidium hinter vorgehaltener Hand Cilia De Luna genannt, die Vorzimmerdame des Polizeipräsidenten. Immer eine Spur zu aufgedonnert für ihre weit über fünfzig Jahre, die Haare immer ein wenig zu rot gefärbt, immer ein wenig zu manieriert in Sprache und Gestik. Den Titel hat sie sich ehrlich verdient, dachte Claudia, als sie Aldo auf den Flur folgte.
Kurz bevor sie den Fahrstuhl erreichten, schien von einer Sekunde auf die andere der Boden unter ihr zu schwanken. Wie ein Erdbeben, das Rom unerwartet erschütterte. Aber Claudia wußte, daß das kein Erdbeben war. Die Ursache lag allein bei ihr.

Sie blieb stehen und konzentrierte sich darauf, ruhig und gleichmäßig zu atmen, während sie sich mit dem Handrücken den Schweiß von der Stirn wischte. Jetzt bloß nicht schlappmachen!
Sie kämpfte gegen die Übelkeit an, die ihr inzwischen vertraut war und die leicht in einen Brechreiz münden konnte. Das nicht, nicht jetzt und nicht vor Aldo, hämmerte sie sich ein.
Der war ebenfalls stehengeblieben und blickte sie besorgt an. »Was ist mit dir?«
»Ach, nichts weiter.« Sie zwang sich zu lächeln. »Das muß an der Hitze liegen. Letzte Woche war es viel kälter. Der Umschwung ist mir wohl nicht bekommen. Und dann die viele Stubenhockerei hier im Büro. Ein bißchen frische Luft täte mir sicher gut.«
»Und sonst ist nichts?« fragte er unsicher.
Sie straffte ihre Haltung, um fit und selbstsicher zu wirken. »Nein, natürlich nicht. Was soll schon sein? Komm jetzt, die schöne Cilia hat es nicht gern, wenn man den Chef warten läßt!«
Claudia marschierte an Aldo vorbei und preßte ihre Hand ein wenig zu energisch auf den Fahrstuhlknopf. Sie sah sich nicht nach Aldo um, aber sie meinte seinen bohrenden Blick zu spüren. Hartnäckig ignorierte sie das unangenehme Gefühl, von ihm wie mit Röntgenstrahlen durchleuchtet zu werden; und die ganze Zeit rang sie mit dem in ihr aufsteigenden Unwohlsein.
In Compagnis Vorzimmer, in dem alles peinlich sauber und geordnet wirkte, thronte Cilia De Luna kerzengerade hinter ihrem Schreibtisch. Ihre Finger tanzten über die ergonomisch geformte Computertastatur, auch dann noch, als sie

den Blick vom Bildschirm löste und auf die beiden Eintretenden heftete. Einen Blick, in dem sich ihre übliche Strenge mit einem leichten Tadel darüber mischte, daß Claudia und Aldo sich soviel Zeit gelassen hatten.

»Signor Compagni erwartet Sie bereits«, verkündete sie, ohne auch nur eine Sekunde in ihrer Schreiberei innezuhalten. Damit war alles gesagt, und sie wandte sich wieder ihrem Bildschirm zu.

Compagnis Büro bot einen atemberaubenden Ausblick auf den Quirinal, den höchsten unter den legendären sieben Hügeln Roms. Gut zu sehen war der Palazzo del Quirinale, der vor Jahrhunderten als päpstliche Residenz gebaut worden war, damit der Heilige Vater der sommerlichen Malaria in der Tiberstadt entfliehen konnte. Als Rom im neunzehnten Jahrhundert die Hauptstadt des neugegründeten Königreiches Italien wurde, zog der König in den Quirinalspalast, und heute befand sich hier der Amtssitz des italienischen Staatspräsidenten. Aber nicht der grandiose Ausblick fesselte Claudias Aufmerksamkeit, sondern ihr Chef, der sichtlich angespannt hinter dem großen Schreibtisch saß und auf das Blatt Papier in seiner Rechten starrte. Eines seiner Lider zuckte nervös.

Mit einer knappen Handbewegung bedeutete er Claudia und Aldo, sie sollten sich setzen. »Schön, daß Sie beide da sind. Ich habe Sie hoffentlich nicht von wichtigen Dingen weggeholt.«

»Mich vom Protokoll in der Sache Mantelli«, sagte Claudia zögernd, hätte sie es doch schon längst fertig haben müssen. »Ich habe mir damit etwas Zeit gelassen, weil Mantelli ein schwierig einzuordnender ...«

»Mantelli ist jetzt nicht wichtig«, platzte der sonst so gelas-

sene und in sich ruhende Polizeipräsident ungeduldig heraus. »Die Staatsanwaltschaft kann ruhig noch ein, zwei Tage auf das endgültige Protokoll warten. Sagen Sie mir lieber, was Sie über den Abend des Alten Roms wissen.«
Verwirrt sah Claudia erst Compagni und dann Aldo an.
»Sie werden doch davon gehört oder gelesen haben«, fuhr Compagni fort.
»Ja, natürlich«, sagte Claudia. »Aber ich verstehe nicht, was daran wichtig sein soll.«
»Das werden Sie gleich erfahren, Commissario Bianchi. Also?«
Claudia fühlte sich wie einst in der Klosterschule, wenn die strenge Nonne Alberta eine ihrer berüchtigten Fragen gestellt hatte und niemand wußte, worauf genau sie hinauswollte. Die scheinbar auf der Hand liegende Antwort hatte einen schnell in Teufels Küche bringen können, weil Schwester Alberta es liebte, dann mit einer Anschlußfrage zu reagieren – oder auch mit mehreren. Bis man plötzlich in eine Diskussion verwickelt war, die Alberta von vornherein beabsichtigt hatte und mit der sie ihren Schülerinnen klarmachen konnte, daß sie allesamt kleine, unwissende Sünderinnen vor dem Herrn waren. So wie damals Schwester Alberta, erwartungsvoll und undurchschaubar zugleich, erschien ihr jetzt Cesare Compagni.
»Der Abend des Alten Roms findet heute statt, im Forum Romanum«, sagte Claudia, ihre Erinnerung an das zusammenkramend, was sie in der Zeitung über die Veranstaltung gelesen hatte. »Die Direktion des Forums und die der Vatikanischen Museen wollen in einem feierlichen Akt, zu dem zahlreiche Honoratioren geladen sind, ihre neue Zusammenarbeit verkünden. Das Forum ist wegen der Vorbereitungen heute für den Besucherverkehr geschlossen.«

»Ja, soll wohl eine richtig große Show werden«, ergänzte Aldo. »Mit Live-Übertragung im Fernsehen und allem Drum und Dran. Ehrlich gesagt wundert es mich etwas, daß der Vatikan da mitspielt.«

Claudia sah ihn von der Seite an. »Wieso wundert dich das? Große Shows mit allem Drum und Dran sind doch seit ihrer Gründung das Geschäft der katholischen Kirche.«

Aldo grinste. »Da hast du auch wieder recht.«

Mit einem energischen Räuspern erinnerte Compagni die beiden daran, daß sie in seinem Büro saßen. »Leider hat es sich in der heutigen Zeit eingebürgert, daß große öffentliche Veranstaltungen Spinner, Neider und vermeintliche Spaßvögel auf den Plan rufen. Diese E-Mail ist vor einer knappen Stunde in unserer Zentrale eingegangen.« Er las von dem Zettel ab: *Der Abend des Alten Roms wird ein Abend des Todes werden. Zwei Menschen werden sterben, vor laufenden Kameras.*

Aldo seufzte schwer. »Das Übliche also. Irgendein Wichtigtuer lacht sich ins Fäustchen, weil er mit seiner E-Mail die Polizei rotieren läßt. Wahrscheinlich beruht das Ganze auf einer Wette, die ein paar Betrunkene gestern nacht nach ihrer letzten Flasche Rotwein abgeschlossen haben. Läßt sich der Absender der Mail nicht ausfindig machen?«

»Ja und nein«, antwortete Compagni. »Abgeschickt wurde sie aus einem Internetcafé am Corso Vittorio Emanuele. Die haben dort viele Stammkunden mit eigenem Konto und einer Kundenkarte, aber – natürlich – war es keiner von denen. Und wenn doch, war er nicht so blöd, sein Kundenkonto zu benutzen. Der Absender hat bar bezahlt, und niemand in dem Laden kann sich an ihn erinnern. Die Kollegen, die vor Ort ermittelt haben, sagen, es geht dort zu wie in einem Taubenschlag.«

»Ich verstehe nicht, warum Sie dieser E-Mail so großes Gewicht beimessen«, sagte Claudia. »Anonyme Bomben- und Morddrohungen bei Großveranstaltungen sind doch an der Tagesordnung. Sicher müssen wir dem nachgehen, aber wenn die Spur, wie hier, im Sande verläuft, können wir schließlich nichts weiter tun. Weshalb haben Sie uns also rufen lassen, Herr Polizeipräsident?«

»Wenn Sie sich den Text dieser Mail genau durchlesen, erkennen Sie, daß es sich eben nicht um eine der üblichen anonymen Drohungen handelt.«

»Sie meinen die präzise Aussage, daß zwei Menschen vor laufenden Kameras sterben sollen.«

»Richtig, Commissario Bianchi. Üblicherweise ist in solchen Schreiben von vielen Toten und Verletzten die Rede, aber gerade zwei Menschen? Und vor laufenden Kameras? Das heißt doch, der Verfasser hat einen konkreten Zeitpunkt im Sinn.«

»So konkret auch wieder nicht«, wandte Aldo ein. »Die Veranstaltung soll zwei Stunden dauern, wenn ich mich recht entsinne.«

»Das stimmt«, sagte Compagni. »Trotzdem ist es eine recht konkrete Angabe, zumal die Wendung ›vor laufenden Kameras‹ besagt, daß die Opfer nicht irgendwelche Personen im Hintergrund sein werden, sondern …«

Claudia beugte sich vor und führte seinen Satz zu Ende: »Solche, die im Fokus der Kameras stehen. Also Künstler, Moderatoren oder die Festredner.«

»Sie nehmen mir das Wort aus dem Mund, Commissario Bianchi.«

»Also erhöhte Sicherheitsstufe?« fragte Claudia. »Oder wollen Sie die Veranstaltung abblasen lassen?«

»Am liebsten letzteres, aber dazu ist die Drohung wiederum nicht genau genug. Ich habe bereits mit der Direktorin des Forum Romanum telefoniert, die heute abend auch eine Rede halten wird. Dr. Calvi hat nur gelacht, als ich ihr vorschlug, die Veranstaltung auf einen anderen Termin zu verlegen. Sie meinte, ich könne ja zu Hause bleiben, wenn ich Angst hätte.«

»Oh, Sie sind also auch eingeladen«, warf Aldo ein.

»Ja, und Sie beide auch.«

Aldo starrte Compagni mit großen Augen an. »Ich habe keine Einladung erhalten, Herr Polizeipräsident, und ich bin dafür auch ganz sicher nicht wichtig genug.«

»Doch, das sind Sie, Vice Commissario Rossi. Sie und Commissario Bianchi, weil ich Ihnen beiden die Verantwortung für die Sicherheit heute abend übertrage. Es handelt sich also um eine dienstliche Einladung, aber ich darf Sie dennoch bitten, in angemessener Garderobe zu erscheinen. Wir werden die Sicherheitsvorkehrungen zwar verschärfen, aber das muß unauffällig vonstatten gehen. Vermutlich ist es doch nur ein schlechter Scherz, und in dem Fall wollen wir nicht unnötig Aufsehen erregen.«

Claudia hatte ihren Vorgesetzten genau beobachtet und bei seinem letzten Satz eine kleine Unsicherheit in seiner Stimme bemerkt. »Sie glauben nicht, daß es nur ein dummer Scherz ist, Herr Polizeipräsident. Da ist noch mehr, etwas, das Sie uns bislang vorenthalten haben, oder?«

Compagni lächelte dünn, fast gequält. »Sie sind eine gute Beobachterin, Claudia, und ich komme mir fast vor wie im Verhör. Ja, es gibt einen besonderen Grund, warum ich gerade Sie und Aldo mit dieser Aufgabe betraue, abgesehen davon natürlich, daß Sie beide zu meinen besten Leuten gehören. Ich habe Ihnen nicht den ganzen Text der E-Mail vorgelesen. Da ist nämlich noch ein Satz, der lautet: *Es sei denn, Commissario Claudia Bianchi kann es verhindern.*«

Vielleicht lag es daran, daß Claudia sich ohnehin nicht gut fühlte, aber es schien ihr selbst eine Ewigkeit zu dauern, bis sie die letzten Worte des Polizeipräsidenten realisiert hatte. Schließlich bemerkte sie, daß Compagni sie ebenso fixierte wie Aldo.

Beide schienen auf eine Einlassung von ihr zu warten, und sie fühlte sich regelrecht bedrängt. Sie war genauso ratlos wie die beiden auch; beim besten Willen konnte sie sich nicht erklären, weshalb der Verfasser der anonymen Drohung ausgerechnet sie namentlich erwähnte.

Compagni begann unruhig auf seinem schweren Lederstuhl hin und her zu rutschen. Schließlich fragte er: »Haben Sie eine Erklärung dafür, Commissario Bianchi?«

»Absolut keine.«

»Keine Ahnung, wer diese E-Mail geschrieben haben könnte?«

»Ich war es bestimmt nicht.«

»Aber offenkundig jemand, der Sie kennt.«

»Und?« Claudia zuckte ratlos die Achseln. »Vielleicht ist es ein ehemaliger Kunde, der mir eins auswischen will.«

»Möglich«, brummte Compagni und griff nach einem vergoldeten Kugelschreiber, um sich eine Notiz zu machen. »Ich werde überprüfen lassen, wer von Ihren *Kunden* kürzlich aus der Haft entlassen worden ist. Vielleicht haben wir Glück und finden tatsächlich einen Spinner, der es nicht erwarten kann, sich an Ihnen zu rächen – und sei es, wie ich hoffe, durch eine leere Drohung. Trotzdem laufen die Sicherheitsvorkehrungen für den heutigen Abend auf Hochtouren. Irgend etwas an dieser Sache ist faul. Bianchi, Rossi, ich verlasse mich auf Sie beide. Die Veranstaltung im Forum Romanum muß ohne Zwischenfall über die Bühne gehen!«

3

Rom, Forum Romanum,
fast sieben Stunden später

Er stand inmitten der Überreste des mächtigen, längst untergegangenen Roms, unbeweglich und starr wie einer der alten Felsen, während sich rings um ihn her vergnügte Menschen bei Prosecco und Horsd'œuvres unterhielten. Sie ahnten nicht, was auf sie zukam. Es würde ein Schock sein, und diese Vorstellung genoß er außerordentlich. Nicht, weil er ihnen Böses wollte, sondern weil es ein Beweis seiner Fähigkeiten sein würde, seiner Macht. Ein Beweis für andere, aber auch für ihn selbst.

Die Menschen hier wußten von nichts, hatten nichts von den verschärften Sicherheitsvorkehrungen bemerkt, die ihm keineswegs entgangen waren. Die Polizisten hatten sich geschickt getarnt, die Hundertschaften draußen auf der Straße in ihren zivilen Fahrzeugen und die Beamten hier im Forum Romanum in teurer Abendgarderobe, die wohl in den meisten Fällen für diesen Anlaß ausgeliehen worden war. Bei dem Gedanken daran, wie die Kriminalbeamten sich unter die High Society mischten und sich alle Mühe gaben, nicht aufzufallen, kicherte er lautlos in sich hinein. Ob der Poli-

zeipräsident ihnen einen Crashkurs in gutem Benehmen verordnet hatte?
Sein Blick fiel auf einen Mann Anfang Dreißig, der mit seiner weinroten Weste, dem Einstecktuch und der Fliege in derselben Farbe ein etwas zu auffälliges Outfit gewählt hatte. Wohl doch kein Crashkurs, dachte er, zumindest nicht, was angemessene Kleidung angeht.
Die Frau an seiner Seite, ein paar Jahre älter, hatte sich mit ihrem schlichten schwarzen Hosenanzug dagegen fürs Understatement entschieden, in seinen Augen die bessere Wahl. Claudia Bianchi hatte noch nie zum Aufschneiden geneigt, jedenfalls nicht, soweit er es beurteilen konnte.
Die Erheiterung, die ihn kurz zuvor bei dem Gedanken an das Bevorstehende erfaßt hatte, legte sich, während sein Blick auf Claudia ruhte, so fest und unbeirrt, als seien sie beide an diesem Abend ganz allein im Forum Romanum.
Sie war eine gestandene Frau, sehr weiblich, durchaus attraktiv, mit einem entschlossenen Gesichtsausdruck, der in seltsamem Kontrast zu der sonst eher weichen Erscheinung stand. Ihr halblanges Haar erschien ihm etwas heller als früher, aber das mochte an dem Scheinwerferlicht liegen.
Während er sie betrachtete, fühlte er eine große Vertrautheit und paradoxerweise zugleich so etwas wie eine unsichtbare Trennwand zwischen ihr und sich. Wie zwei Menschen, die in verschiedenen Welten lebten, die einander zwar durch ein Fenster, das diese Welten auf magische Weise verband, sehen, aber keinen Kontakt zueinander aufnehmen, einander nicht berühren konnten.
Er mußte an eine Kurzgeschichte von Philip José Farmer denken, in der die Überbevölkerung der Welt dazu geführt hatte, daß jeder Mensch nur an einem bestimmten Wochen-

tag lebte und die restlichen sechs Tage in einem künstlichen Tiefschlaf verbrachte. Ein Mann und eine Frau hatten sich ineinander verliebt, kannten sich aber nur vom Ansehen in den Schlaftanks, weil sie an verschiedenen Tagen lebten. Schließlich war es ihnen gelungen, ihre Tage zu wechseln, aber da sie beide auf dieselbe Idee gekommen waren, lebten sie danach wiederum an verschiedenen Wochentagen und konnten nicht zueinanderfinden.

Die Melancholie, die ihn beim Lesen dieser Geschichte befallen hatte, wollte ihn auch jetzt wieder erfassen, aber er ließ es nicht zu. Gewiß hätte er Claudia schon früher nahe sein können, wenn er es nur gewollt hätte, aber es hatte Wichtigeres gegeben, Dinge, die von höherem Rang waren als Sentimentalitäten. Weder ergab es einen Sinn, noch hatte es eine Berechtigung, um die verlorene Zeit zu trauern. In Wahrheit war sie nicht verloren, im Gegenteil, er hatte sie gut genutzt.

Ein zweiter Mann, groß und von kräftiger Statur, trat zu Claudia und verwickelte sie und ihren Begleiter in ein Gespräch. Cesare Compagni, der Polizeipräsident von Rom.

Er konnte sich ungefähr vorstellen, worüber die drei sich austauschten, und neue Heiterkeit stieg in ihm auf. Er fühlte sich wie ein Marionettenspieler, der die drei Polizisten an unsichtbaren Fäden führte. Sie aber waren ahnungslos, Marionetten mit eigenem Denken, die doch nicht wußten, daß ein anderer ihre Schritte lenkte.

Während der Unterredung sah Claudia einmal in seine Richtung, und Anspannung bemächtigte sich seiner. Er glaubte nicht, daß sie ihn erkennen würde. Der Vollbart und die große Brille, die er zur Tarnung trug, veränderten sein Gesicht vollständig, und in dem Abendanzug fühlte er sich wie in

einer Uniform, die ihn mit den vielen anderen Anzugträgern ringsumher verschmelzen ließ. Und doch bestand die Möglichkeit, daß Claudia auf ihn aufmerksam wurde.
Warum hatte er sich so nahe an sie herangewagt? Aus Gefühlsduselei? Hatte er den Nervenkitzel gesucht? Wollte er sich etwas beweisen? Fast wartete er darauf, daß Claudias Blick sich mit dem seinen kreuzte, aber sie wandte sich wieder dem Polizeipräsidenten zu, und der magische Moment war vorüber.
Ein Trommelwirbel aus den Verstärkerboxen und ein aufflammender Scheinwerfer beanspruchten die allgemeine Aufmerksamkeit, nicht aber die seine. Er schenkte der Pop-Arie des bekannten Sängers ebensowenig Beachtung wie den gestelzten Worten des Conférenciers, der in seinem Glitzeranzug aussah wie eine schlechte Elvis-Kopie. Nein, er wartete auf die beiden Redner, die Gastgeber des Abends, die Doktoren Arietta Calvi und Giuseppe Pignato.
Aber es waren auch nicht die Worte der zuerst sprechenden Frau, die ihn interessierten. Ihm ging es nur um Pignato, seinen Verstand, seine Gedanken, sein Ich. Er drang in diese Gedanken ein wie ein Messer in weiche Butter und ließ seine eigenen Gedanken mit denen Pignatos verschmelzen.
Zu einem einzigen, und das war der Gedanke an den Tod.

4

Das Forum Romanum hatte sich in einen Hexenkessel verwandelt. Mit einem Mal war es viel zu klein für die Menschen, die nicht wußten, wohin sie sich wenden sollten. Etliche drängten zu dem Platz vor der Bühne, wo Arietta Calvi und Giuseppe Pignato in die Tiefe gestürzt waren. Andere wurden von Panik erfaßt, von der unbestimmten Furcht, daß es nicht bei diesem einen Unglück bleiben könnte, und strebten den Ausgängen zu. Die unterschiedlichen Gruppen verhedderten sich zu einem scheinbar unauflöslichen Gewirr menschlicher Leiber, aus dem eine nicht enden wollende Kakophonie ängstlicher Rufe und panischer Schreie aufstieg. Nur die steinernen Überreste des antiken Roms zeigten sich unbeeindruckt, hatten sie doch schon weitaus Schicksalträchtigeres geschehen sehen als den Tod zweier Menschen.

Daß sie tot waren, daran bestand für Claudia kein Zweifel. Sie stand vor den beiden reglosen Leibern und mußte sie nicht eingehender untersuchen, um zu wissen, daß in ihnen kein Leben mehr war. Sie hatte während ihrer Berufsjahre schon viele Leichen gesehen, vielleicht, schoß es ihr durch den Kopf, zu viele.

Noch im Tod hielt Pignato die Frau, die er mit sich in die Tiefe gerissen hatte, umklammert, als wolle er sicherstellen, daß sie ihrem Schicksal nicht entging. Er lag halb auf ihr, und die Augen in seinem zur Seite gedrehten Kopf waren glasig, leer, starr. Calvis Genick war gebrochen, das verriet der unnatürliche Winkel, in dem Kopf und Oberkörper zueinander standen.

All das erfaßte Claudia binnen weniger Sekunden, während sie das kleine Funkgerät aus ihrer schwarzen Umhängetasche zog und den Alarmcode durchgab, der alle Einheiten innerhalb und außerhalb des Forum Romanum darüber informierte, daß der Ernstfall eingetreten war.
»Sollen wir das Gelände abriegeln?« fragte ruhig und sachlich der Einsatzleiter der beiden Hundertschaften draußen.
»Nein«, entschied Claudia angesichts der sich ausbreitenden Panik. »Laßt alle raus, damit nicht noch Schlimmeres passiert!«
Aldo, der neben sie getreten war, fragte: »Ist das wirklich klug, Claudia? Vielleicht lassen wir den Mörder entkommen – falls das hier nicht ein Selbstmord war.«
»Im Fall von Arietta Calvi war es ganz sicher kein Selbstmord«, erwiderte Claudia. »Was Giuseppe Pignato angeht, bin ich mir da nicht so sicher. Wie auch immer, wir müssen die Leute rauslassen, sonst haben wir statt zweier Toter nachher zwanzig, wenn sie sich in der Enge hier gegenseitig tottrampeln.«
»Sie hat recht«, verkündete hinter ihnen mit Stentorstimme der Polizeipräsident. »Sonst sehe ich schon die Schlagzeile vor mir: *Roms Polizeipräsident sieht zu, wie die angesehensten Bürger der Stadt in den Tod laufen!*« Er starrte auf die beiden Toten und stieß einen Fluch aus, der an Unflätigkeit und Gotteslästerlichkeit kaum zu überbieten war und Claudia aus dem Mund eines Jesuitenzöglings um so befremdlicher vorkam. »Jetzt ist doch genau das eingetreten, was in der ominösen E-Mail angekündigt wurde: *›Der Abend des Alten Roms wird ein Abend des Todes werden. Zwei Menschen werden sterben, vor laufenden Kameras.* Woher hat der Kerl das gewußt?«

»Welcher Kerl?« fragte Aldo.
»Der Verfasser der E-Mail. Wer sonst?«
»Vielleicht war er derjenige«, sagte Aldo und zeigte auf den Toten vor ihnen.
»Pignato?« fragte Compagni zögernd nach.
»Nur er konnte wissen, was geschehen würde«, präzisierte Aldo seinen Verdacht. »Je länger ich darüber nachdenke, desto sicherer bin ich mir, daß hier kein Dritter die Hand im Spiel gehabt hat. Wie auch? Wir alle haben doch mit eigenen Augen gesehen, daß die beiden allein auf der Bühne da oben standen, als das Unglück geschah – oder der Selbstmord oder Mord, was auch immer. Wir haben gesehen, daß Pignato die arme Frau gepackt und in die Tiefe gerissen hat. Und die Kameras haben es aufgezeichnet.«
»Ja«, sagte der Polizeipräsident verdrießlich. »Nicht nur wir und die geladenen Gäste hier haben es gesehen, sondern Hunderttausende oder gar Millionen im ganzen Land. Und noch mehr werden es sehen, wenn die Bilder zur Hauptattraktion sämtlicher Nachrichtensendungen geworden sind. Die Medien werden uns schlachten, wenn sie erst erfahren, daß wir von dem Anschlag unterrichtet waren.«
Claudia nahm an, daß er zwar »uns« sagte, dabei aber hauptsächlich an seine Person dachte, und sie verstand ihn gut. Tatsächlich würde er derjenige sein, auf dessen glücklicherweise breite Brust das mediale Trommelfeuer niedergehen würde. Aber das erleichterte sie nicht. Ein dumpfes Schuldgefühl hatte von ihr Besitz ergriffen. Sie hatte die beiden Menschenleben nicht retten können, obwohl die Tat angekündigt gewesen war. Und nicht nur das, der mysteriöse Urheber der E-Mail hatte sich quasi direkt an sie gewandt: *Es sei denn, Commissario Claudia Bianchi kann es verhindern.*

Dieser Satz hallte in ihr nach wie ein endloses Echo, so laut und durchdringend, daß es ihr Kopfschmerzen bereitete und sie sich zu dem klaren, strukturierten Denken, das ihr Job erforderte, zwingen mußte. Vielleicht hatte sie auch Mühe, sich zu konzentrieren, weil sie insgesamt in keiner guten Verfassung war. Gerade jetzt konnte sie weitere Komplikationen in ihrem Leben so gut gebrauchen wie der Teufel eine Flasche Weihwasser.
Warum hätte sie verhindern sollen, was da geschehen war? Warum ausgerechnet sie?
»Sie sehen aber skeptisch aus, Commissario Bianchi«, stellte ihr Vorgesetzter fest. »Was geht Ihnen denn durch den Kopf?«
Claudia hatte nicht die Absicht, ihm ihr Innerstes zu offenbaren, deshalb sagte sie nur: »Ich glaube nicht, daß Pignato die E-Mail geschickt hat. Ich kannte ihn überhaupt nicht.«
»Vielleicht hat er Sie gekannt.«
»Möglich, aber nicht wahrscheinlich. Ein Mann wie Pignato verkehrt nicht in den Kreisen, mit denen wir beruflich in Berührung kommen. Wir müssen natürlich alle Eventualitäten gründlich überprüfen, aber ich kann mir beim besten Willen nicht vorstellen, daß Pignato aufgrund irgendwelcher Vorfälle in der Vergangenheit einen Groll gegen mich gehegt haben soll.«
»Man weiß nie«, orakelte Aldo. »In so mancher angesehenen Familie gibt es schwarze Schafe, warum nicht auch in der von Pignato? Vielleicht hast du seinen Lieblingsschwager hinter Gitter gebracht oder seinen besten Freund aus Jugendtagen?«
»Das wäre kaum ein Grund für eine Tat wie diese«, widersprach Claudia. »Außerdem – wenn Pignato die Mail ge-

schickt hätte und es sich tatsächlich um Rache handeln würde, dann hätte er doch gar nichts mehr davon.«

»Das alles bringt uns jetzt nicht weiter«, sagte Compagni. »Wir sollten keine wilden Theorien aufstellen, solange wir uns nicht mit allen Fakten vertraut gemacht haben. Wie Sie schon sagten, Commissario Bianchi, jetzt ist eine genaue Überprüfung der beiden Toten sowie ihres privaten und beruflichen Umfeldes angesagt. Außerdem sollten wir morgen als erstes ...«

Den Rest verstand Claudia nicht. Wieder war dieser laute Hall in ihrem Kopf, der alle anderen Geräusche übertönte. Als säße jemand darin und spräche zu ihr. Der Kopfschmerz wurde schier unerträglich.

Als wäre das nicht genug, konnte sie nicht anders, als immer wieder in die Augen der beiden Toten zu blicken. Oder war es umgekehrt? Blickten Giuseppe Pignato und Arietta Calvi sie an, herausfordernd, vorwurfsvoll, anklagend, weil sie ihren Tod nicht verhindert hatte?

So schien es ihr, und je länger sie den Toten in die Augen sah, desto unwohler wurde ihr. Übelkeit stieg in ihr hoch, so heftig, daß sie sie nicht zu unterdrücken vermochte. Sie wandte sich ab und schaffte es gerade noch ein paar Schritte zur Seite, bevor sie in die Knie ging und sich übergab.

Zweiter Tag

5

Rom, Via Flaminia

Es war fast zwei Uhr morgens, als Aldo mit dem Fiat Bravo in der kleinen Straße nahe der Via Flaminia an den Straßenrand fuhr und sich Claudia zuwandte.

»Da sind wir. Wie fühlst du dich?«

In seiner Stimme schwang echte Besorgnis mit, aber sie tat, als würde sie ihn nicht verstehen. »Wie soll ich mich schon fühlen? Müde, wie wir alle. Und frustriert. Vor Ort zu sein und den Tod zweier Menschen nicht verhindern zu können baut einen nicht gerade auf, oder?«

»Wohl wahr.« Er seufzte und fuhr sich mit der Hand über die Augen, als könne er die eigene Müdigkeit damit wegwischen. »Aber das meine ich nicht. Ich habe den Eindruck, dir geht es nicht gut.«

Claudia versteifte sich. »Ich weiß nicht, wovon du sprichst.«

»Ich meine deinen Übelkeitsanfall im Forum Romanum.«

»Ach das. Tut mir leid, falls du erschrocken sein solltest. Ich gebe zu, so was erwartet man, wenn es zwei Leichen gibt, vielleicht von Angehörigen oder auch von unbeteiligten Zeugen, aber sicher nicht von einer leitenden Beamtin der Mordkommission. Ich kann mir auch nicht erklären, woher es kam.«

Aldo musterte sie wie eine Verdächtige im Verhör. »Wirklich nicht?«

»Sag mal, was soll das? Jedem kann einmal schlecht werden, auch einer Polizistin. Vielleicht hat mir der enorme Druck zu schaffen gemacht. Schließlich hat der Absender dieser

E-Mail mich herausgefordert, den Tod der beiden zu verhindern. Und ich habe versagt. Willst du mir daraus einen Vorwurf machen, Aldo? Was hätte ich denn tun können?«

»Gar nichts. Du hast getan, was in deiner Macht stand. Ich hätte dieselben Entscheidungen getroffen wie du.«

»Na also.«

Claudia wollte aussteigen, aber ehe sie auch nur die Tür öffnen konnte, sagte Aldo: »Ich habe schon seit einiger Zeit den Eindruck, daß es dir nicht gutgeht. Gesundheitlich, meine ich. Dir ist in letzter Zeit oft übel.«

Sie bemühte sich, seinem forschenden Blick standzuhalten und dabei nicht preiszugeben, daß er einen wunden Punkt getroffen hatte. »Und wenn es so wäre? Jeder hat mal eine schlechte Phase.«

»Ich frage mich, ob es statt einer schlechten Phase vielleicht eher eine gute Hoffnung ist.«

»Wie bitte?«

Er seufzte abermals und wirkte jetzt nicht weniger müde und frustriert als sie selbst. »Lassen wir doch die Spielchen, dafür sind wir beide zu erledigt. Ich müßte ein verdammt lausiger Polizist sein, wenn ich nicht gemerkt hätte, was mit dir los ist. Wenn ich so schlecht wäre, hätte Compagni mich schon längst gefeuert. Sag mir einfach, wie es ist, Claudia! Bist du schwanger? Ja oder nein!«

Stille trat ein; nur das Hupen der Autos auf der vielbefahrenen Via Flaminia war zu hören. Und Musik, die irgendwo aus einem offenen Fenster drang, ein alter Hit von Eros Ramazzotti. Claudia kannte das Lied, aber der Titel wollte ihr nicht einfallen. Zu sehr war sie mit Aldos Frage beschäftigt, und das eine Wort verdrängte jeden anderen Gedanken: schwanger!

Gewiß, Aldo schien ehrlich besorgt um sie. Und doch ärgerte sie sich über ihn, seine Penetranz, diese direkte Frage. Sie wollte nicht darüber sprechen, nicht jetzt, nicht mit ihm!
Mit einem Ruck stieß sie die Beifahrertür auf und stieg aus. »Sei mir nicht böse, aber für so intime Gespräche bin ich jetzt nicht in Stimmung. Wir sehen uns morgen im Büro. Gute Nacht!«
Sie ging zur Haustür, schloß auf und ging hinein, ohne sich noch einmal umzusehen. Aber sie hörte, wie Aldo wegfuhr, und war erleichtert.
Auf halbem Weg die Treppe in den dritten Stock hinauf meldete sich ihr Gewissen. Wenn Aldo tatsächlich so besorgt um sie war, hatte sie ihn sehr schlecht behandelt. Sie schob den Gedanken beiseite. Jetzt war sie einfach zu müde und zu erschöpft, um sich auch noch über Aldos Seelenlage den Kopf zu zerbrechen. Vielleicht, versuchte sie sich einzureden, hatte er morgen schon alles vergessen. Und wenn nicht, dann stand so viel Arbeit an, daß für persönliche Gespräche keine Zeit bleiben würde. Das hoffte sie zumindest.
Vor ihrer Wohnungstür blieb sie ein paar Sekunden stehen und schnappte nach Luft. Sie mußte unbedingt etwas für ihre Kondition tun. Aber das allein war es nicht. Hätte Aldo sie jetzt gesehen, es wäre Wasser auf seine Mühlen gewesen. Sie versuchte sich abzulenken, indem sie an das Lied von Eros Ramazzotti dachte, während sie ihren Schlüsselbund hervorkramte. Wie hieß es noch? Ach ja, *Un'altra te*. Die Tür schwang auf, und sie tastete nach dem Lichtschalter.
Bevor sie ihn gefunden hatte, wurde sie am rechten Arm gepackt und in die Wohnung gerissen. Hinter ihr fiel die Tür mit einem für die Uhrzeit unanständig lauten Krachen zu.

Der Eingangsbereich ihrer Zweizimmerwohnung war klein, und Claudia stieß mit der Stirn gegen eine Wand. Ein kurzer, stechender Kopfschmerz war die Folge. Unwillkürlich tastete sie nach der verletzten Stelle, während sie begann, ihre Gedanken zu ordnen.
Sie war nicht allein, soviel war trotz der Dunkelheit klar. Und sie befand sich in Gefahr. In Lebensgefahr? Das war nicht auszuschließen, wenn sie an die mysteriöse E-Mail dachte und daran, wie Pignato und Calvi gestorben waren.
Jetzt hörte sie auch den fremden Atem. Sie streckte die Hand nach der Dienstwaffe in ihrem Hüftholster aus, doch noch bevor sie den Kolben der 9-mm-Beretta berühren konnte, wurde sie erneut gepackt, und jemand riß ihre Arme nach hinten, so brutal, als wolle er sie ihr ausreißen. Einen Augenblick lang glaubte sie, der Schmerz würde sie töten.
Sie wollte schreien, aber ihr Schrei wurde von etwas erstickt, das auf ihren Mund gepreßt wurde. Der Geschmack von Plastik und Klebstoff ließ sie würgen. Ein Klebeband verschloß ihren Mund, und ein weiteres wurde um ihre Hände gewickelt, so daß sie auf ihrem Rücken zusammengebunden waren. Fremde Hände tasteten roh ihren Körper ab und zogen die Beretta aus dem Holster.
»Ich habe ihre Waffe«, sagte ein Mann mit dunkler, rauher Stimme.
»Dann laß uns verschwinden, bevor die Nachbarn aufmerksam werden«, erwiderte ein zweiter Mann in einer etwas höheren Stimmlage.
Claudias Hoffnung, die Unbekannten würden sie zurücklassen, erfüllte sich nicht. Einer öffnete die Tür, der andere schob sie unsanft hinaus ins Treppenhaus. Sie spürte die Mündung einer Schußwaffe im Rücken.

»Wenn du Lärm schlägst oder abhauen willst, bist du tot!« Das war der mit der tieferen Stimme.
Das Licht im Treppenhaus war inzwischen erloschen, aber durch die kleinen Fenster auf den einzelnen Etagen fiel wenigstens ein Hauch von Helligkeit herein. Genug, um die Umrisse der Unbekannten zu sehen, aber nicht, um ihre Gesichter zu erkennen. Es waren zwei Männer, nicht mehr, aber im Augenblick waren es zwei zuviel.
Der eine ging voran, der andere blieb hinter Claudia und ließ sie den Stahl in ihrem Rücken spüren. So wurde sie nach unten geführt, und die ganze Zeit sann sie verzweifelt auf einen Ausweg.
Tausend Fragen schossen ihr durch den Kopf. Wer waren die beiden? Wie waren sie unbemerkt in ihre Wohnung gelangt? Was wollten sie von ihr? Aber das alles war im Augenblick unwichtig. Jetzt zählte nur, daß sie ihnen entkam.
Sie spannte ihre aneinandergefesselten Handgelenke, soweit das Klebeband es zuließ. Wieder und wieder.
Im Erdgeschoß öffnete der vordere Mann vorsichtig die Haustür und lugte nach draußen.
»Alles in Butter, auf der Straße ist keine Menschenseele. Los, schnell zum Wagen!«
»Beweg dich!« sagte der Mann hinter ihr und verschaffte der Forderung mit erneutem harten Druck der Schußwaffe Nachdruck.
Claudia gehorchte. Auf der Türschwelle spürte sie, daß das Klebeband sich lockerte. Aber würde die Zeit reichen? Auf der gegenüberliegenden Straßenseite zeichneten sich die Umrisse eines Lieferwagens ab, so geschickt geparkt, daß von den Straßenlaternen kaum Licht auf ihn fiel. Als sie mit Aldo vorgefahren war, hatte sie ihn gar nicht wahrgenom-

men. Als sie jetzt auf den Wagen zugingen, bemerkte sie das Logo einer Firma, einer Wäscherei.

Ein kurzer Rundumblick zeigte ihr, daß sich außer ihnen dreien tatsächlich niemand auf der Straße aufhielt. Was in tiefster Nacht auch kein Wunder war. Noch immer plärrte Musik von irgendwo, nur war Eros Ramazzotti inzwischen von Alice abgelöst worden. *Una notte speciale* – wie passend.

Ein weiteres Anspannen ihrer Muskeln, und das Klebeband löste sich. Claudia konnte nur hoffen, daß der Mann in ihrem Rücken das nicht mitbekam.

Der Mann vor ihr war jetzt, im Licht der Laternen, deutlicher zu sehen. Er war mittelgroß und hatte ein sehr breites Kreuz. Bei jeder Bewegung spannte sich sein Lederblouson über den offenbar gut trainierten Muskeln. Sein Kopf war fast kahl, das spärliche Resthaar sehr kurz geschnitten. Claudia war sicher, daß dies für ihn nicht der erste Job dieser Art war. Das ganze Verhalten der beiden ließ darauf schließen, daß es sich um Profis handelte.

Trotzdem mußte sie einen Fluchtversuch wagen, bevor sie in den Lieferwagen gesperrt wurde. Danach gab es vielleicht keine Chance mehr. Und wenn die beiden erst merkten, daß sie das Band um ihre Handgelenke gelockert hatte, würden sie sie erst recht nicht aus den Augen lassen.

Sie tat, als stolpere sie über den Bordstein, und ließ sich fallen. Der Aufprall war hart und schmerzhaft, weil sie sich nicht mit den Händen abfangen durfte. Sie mußte sich verhalten, als sei sie gefesselt, bis der richtige Augenblick gekommen war. Sie wußte, daß sie nur eine Chance hatte.

Der Mann vor ihr fuhr herum und zischte: »Was ist da los?«

»Der Trampel ist hingefallen«, knurrte der andere und beugte sich über Claudia. »Steh schon auf, los!«
Sie sah in das Gesicht eines Mannes in ihrem Alter, zerfurcht und mit zwei kleinen Narben auf der rechten Wange. Die Nase war so schief und krumm, die war wohl schon mehr als einmal gebrochen gewesen. Wäre der Mann nicht offenkundig ein Verbrecher gewesen, mit dieser Visage hätte er sich ohne Schwierigkeiten als Gangsterdarsteller beim Film verdingen können.
Wichtiger als sein Gesicht war allerdings die 9-mm-Beretta in seiner Hand, Claudias Dienstwaffe. Die Mündung war nicht auf Claudia, sondern zur Seite gerichtet. Der andere Mann hatte keine Waffe in der Hand, wenn Claudia auch nicht daran zweifelte, daß er eine bei sich trug. Sie mußte schnell sein, sehr schnell – und zwar jetzt!
Scherenartig schlossen sich ihre Beine um die Unterschenkel des Mannes über ihr und brachten ihn zu Fall. Gleichzeitig packte Claudia mit beiden Händen den rechten Arm ihres Gegners und entwand ihm die Waffe.
Sie rollte über den Boden, um Abstand zu gewinnen, und erhob sich auf die Knie. Mit der linken Hand riß sie sich das Klebeband vom Mund, während sie mit der rechten ihre Beretta hielt.
Der Mann mit dem kantigen Kreuz handelte augenblicklich. Er riß eine Waffe unter dem Lederblouson hervor, einen kurzläufigen Revolver, so daß Claudia weder Zeit hatte, sich Deckung zu suchen, noch, ihn zu warnen. Sie mußte schießen, jetzt!
Zum Glück hatte der andere Mann ihre Automatik durchgeladen und entsichert. Zweimal kurz hintereinander zog sie den Abzug durch. Als die Detonationen zu hören waren,

lag der Mann schon rücklings am Boden. Der Revolver war ihm aus der Hand gefallen. Sein Körper bäumte sich noch einmal auf, nur um einen Augenblick später schlaff in sich zusammenzufallen.
Claudia achtete nicht länger auf ihn. Sie wollte ihre Waffe auf den anderen Mann richten, aber der war verschwunden!
Hastig drehte sie den Kopf – und sah ihn. Der Mann mit der schiefen Nase hatte sich, ähnlich wie sie selbst kurz zuvor, weggerollt und war jetzt, ungefähr zwölf bis fünfzehn Meter von ihr entfernt, dabei, sich zu erheben. Zeitgleich zog er eine Waffe, offenbar eine schwere Automatik, aus dem Hüftholster. Claudia wirbelte zu ihm herum. Es schien eine Frage von Sekundenbruchteilen, wer zuerst den Abzug durchzog.
Da heulte hinter Claudia ein Motor auf, und grelles Scheinwerferlicht blendete ihren Gegner. Der riß die linke Hand hoch, um seine Augen zu schützen.
Ein Auto raste an Claudia vorbei, direkt auf den Mann zu. Der feuerte auf den Wagen. Glas klirrte. Dann erfaßte das Fahrzeug ihn mit einem dumpfen Aufprall und schleuderte ihn hoch. Er sah aus wie ein Crashtest-Dummy in einem Werbefilm der Autoindustrie, als er mit seltsam verrenkten Gliedern fünf, sechs Meter durch die Luft flog und schließlich am Straßenrand landete.
Der Wagen hatte angehalten, es war ein weinroter Fiat Bravo. Aldo Rossi stieß die Fahrertür auf und sprang heraus. Die Beretta im Beidhandanschlag, lief er zu dem Mann, der soeben unfreiwillig Bekanntschaft mit dem Kühlergrill seines Fiats gemacht hatte.
Offensichtlich hatte Aldo die Situation unter Kontrolle. Claudia wandte sich zu dem anderen Mann um, der in un-

veränderter Position auf dem Rücken lag, den Kopf zur Seite gedreht, Arme und Beine von sich gestreckt. Sie erhob sich und bemerkte ein leichtes Schwanken, als sie auf die Füße kam.

Jetzt nur nicht schlappmachen, hämmerte sie sich ein. Keine neue Übelkeit, nicht jetzt!

Die Waffe im Anschlag, näherte sie sich dem Mann vorsichtig. Der Revolver lag etwa einen Meter neben seiner rechten Hand. Zu weit weg für eine Falle – falls der Mann nicht außergewöhnlich schnell und geschickt war.

Als sie fast über ihm stand, sah sie, daß es keine Falle war. Dieser Mann würde niemandem mehr eine Falle stellen. Claudia hatte ihn in die Brust getroffen, nahe dem Herzen. Unter den gegebenen Umständen ein Schuß, auf den sie stolz sein konnte. Auf der Schießanlage der Polizei hätte sie dafür einiges Schulterklopfen geerntet.

Aber das hier war keine Schießanlage, und der Körper vor ihr war keine Trainingsfigur aus Kunststoff. Er war aus Fleisch und Blut. Leblos. Eine sich ständig vergrößernde Blutlache breitete sich um ihn herum aus, als sei in ihm ein Staudamm gebrochen.

Claudia rechnete mit einem Übelkeitsanfall, aber nichts dergleichen geschah. Im Gegenteil, sie atmete erleichtert auf. Sie hatte ein Menschenleben ausgelöscht, aber das bedauerte sie – zumindest im Augenblick – nicht im geringsten. Der Tote vor ihr und sein Begleiter hatten ihr nicht in ihrer Wohnung aufgelauert, um sie zu einer Partie Halma einzuladen.

»Was ist mit ihm?« rief Aldo zu ihr herüber.

»Tot«, sagte sie nur. »Und deiner?«

»Ebenfalls, toter geht's nicht. Hat sich beim Aufprall das Genick gebrochen, wie es aussieht.«

Claudia sicherte ihre Waffe und steckte sie zurück in das Holster, das einen extra hohen Sitz hatte, damit es unter der Jacke ihres einst feinen, nun reichlich lädierten Hosenanzugs nicht auffiel. Sie ging hinüber zu Aldo, der ebenfalls seine Beretta wegsteckte, und sah sich den anderen Entführer an. Sein Kopf war grotesk verdreht, wie sie es einmal bei einer überfahrenen Katze gesehen hatte.
Aldo fuhr sich über die Augen, als könne er das alles nicht recht glauben. »Was wollten die beiden Galgenvögel von dir?«
»Ich bin irgendwie nicht dazu gekommen, sie danach zu fragen. Es ging alles sehr schnell.« Sie erzählte in knappen Worten, was vorgefallen war. »Und dann kamst du auch schon angeschossen wie die Kavallerie in einem alten Western. Hilfe zur rechten Zeit nennt man das wohl. Danke, Aldo. Aber wieso bist du zurückgekommen?«
»Ich fand unser Gespräch vorhin nicht gerade befriedigend und hatte keine Lust, mich so abfertigen zu lassen. Ich wollte mit dir reden, egal, wie spät es ist. Aber jetzt gibt es andere Dinge zu klären. Cesare Compagni wird sich freuen.«
Bei diesen Worten zückte er sein Handy.
»Du willst den Chef persönlich anrufen?«
»Wen sonst? Schließlich ist gerade ein Anschlag auf eine seiner leitenden Beamtinnen verübt worden. Oder glaubst du, die beiden hätten sich in der Tür geirrt und wollten eigentlich die Frau Nachbarin auf besonders charmante Art zu einem Rendezvous abholen?«
Aldo hatte etwas geschafft, das Claudia noch Sekunden zuvor nicht für möglich gehalten hätte: Sie begann laut zu lachen.

6

Rom, Quirinal

Das Hotelzimmer war modern eingerichtet, sauber und sogar recht groß. Hier ließ es sich eine Weile aushalten, und dennoch hoffte Claudia, daß sie bald wieder in ihre Wohnung konnte. Sie mußte abwarten, bis die Kollegen dort alle Spuren gesichert hatten.

Im Hotel *Fontana di Trevi*, unweit des Polizeipräsidiums gelegen, brachte die römische Polizei besondere Gäste unter, ausländische Polizisten auf Austauschbesuch ebenso wie wichtige Zeugen, die vor den Augen der Öffentlichkeit und ganz besonders vor denen der Unterwelt versteckt werden sollten.

Claudia hatte einmal vierzehn Tage in einem der angrenzenden Zimmer verbracht, um einen Kronzeugen gegen die Sacra Corona Unita, die apulische Version der Mafia, bis zu seiner Überstellung nach Bari zu bewachen. Sie hatte dabei fast einen Koller bekommen, aber es war alles gutgegangen. Zwei Tage nach seiner Ankunft in Bari allerdings war der Kronzeuge auf mysteriöse Weise aus dem Polizeigewahrsam verschwunden und kurz danach tot aufgefunden worden – oder das, was von ihm übrig gewesen war. Sie wußte nicht, ob man jemals sämtliche Körperteile gefunden hatte.

Jetzt wurde sie selbst hier bewacht, und das gefiel ihr gar nicht. Bald würde die Morgendämmerung einsetzen, und sie hockte hier und ließ sich von einer nicht besonders freundlichen Ärztin untersuchen. Genau da betraten Aldo Rossi und Cesare Compagni das Zimmer.

»Oh, stören wir?« fragte der Polizeipräsident und wollte sich schon zurückziehen.
Die Ärztin schüttelte den Kopf und packte ihre Instrumente in die dunkelbraune Ledertasche. »Nein, ich bin gerade fertig und werde jetzt frühstücken gehen. Schlafen lohnt nicht mehr.«
»Vielen Dank, daß Sie sich um die Kollegin gekümmert haben, Dottoressa.« Compagni setzte ein gewinnendes Lächeln auf, wohl die beste Waffe gegen die Übellaunigkeit der Ärztin. »Und ist alles in Ordnung?«
»Ja, beiden geht es gut«, gähnte die Ärztin und schickte sich an, das Hotelzimmer zu verlassen.
»Beiden?« fragte der Polizeipräsident verwirrt.
Die Ärztin nickte. »Mutter und Kind.« Dann ging sie hinaus. Vielleicht lag es an der schlaflosen Nacht, aber Compagni schien es noch immer nicht zu begreifen. »Mutter und Kind? Was redet die Frau? Von was für einem Kind spricht sie?«
»Von meinem«, sagte Claudia und strich zärtlich über ihren noch flachen Bauch. »Ein Glück, daß ihm nichts passiert ist.«
Ihr Chef starrte sie an wie das achte Weltwunder. »Aber Sie haben doch gar kein Kind!«
»Noch nicht. Aber wenn alles glattgeht, wird sich das in sieben Monaten ändern.«
Er legte die Stirn in Falten. »Schwanger?«
»Nein. Der Klapperstorch hat mir einen Brief geschickt mit der Nachricht, daß er mich im Dezember besuchen kommt.«
Während Aldo hinter ihm wissend nickte, brach Compagni in heftiges Gelächter aus. »Gut gekontert, Claudia, wirklich! Ich habe wohl gerade eine etwas lange Leitung gehabt, aber

diese Nacht steckt so voller Überraschungen. Warum haben Sie denn nichts gesagt?«

Sie zuckte mit den Schultern. »Ich muß mich wohl erst selbst daran gewöhnen.«

»Und was wird es, Junge oder Mädchen?«

»Wenn ich das jetzt schon bestimmen könnte, würde ich mich zur Gynäkologin umschulen lassen. Da könnte ich sicher ein Heidengeld verdienen.«

Compagni rieb ein wenig verlegen über sein breites Kinn. »Man merkt wohl, daß Antonella und ich keine Kinder haben.«

Claudia schüttelte den Kopf. »Ach nein, wenn Sie es nicht erwähnt hätten.«

Der Polizeipräsident atmete tief ein und wieder aus, während er Claudia unverwandt anschaute. »Jetzt bin ich doppelt froh, daß die Geschichte so glimpflich ausgegangen ist. Zumindest für Sie, Claudia. Die beiden Ganoven haben teuer, aber angemessen bezahlt. Ein Glück, daß Aldo noch einmal umgekehrt ist, weil Sie Ihr Portemonnaie bei ihm im Wagen vergessen hatten.«

»Mein Portemonnaie?«

Aldo zwinkerte ihr zu.

»Ach so, ja. Da hat mir meine Vergeßlichkeit vielleicht das Leben gerettet.« Sie setzte sich auf die Kante des Bettes, auf dem sie während der Untersuchung gelegen hatte, griff nach dem Wasserglas und trank einen kräftigen Schluck. »Wie weit sind die Ermittlungen gediehen?«

»Da Sie selbst Polizistin sind, sollten Sie keine Wunder erwarten. Wir gehen gründlich vor, gründlicher noch als sonst, weil wir Übergriffe auf Polizisten nicht dulden dürfen. Das braucht seine Zeit.«

»Aber ich werde doch morgen wieder in meine Wohnung können?«
»Auf gar keinen Fall! Selbst wenn Pietro Monelli und seine Kollegen von der Spurensicherung Ihre Wohnung freigeben, sollten Sie einstweilen hierbleiben, und zwar unter strenger Bewachung. Solange wir nicht wissen, wer hinter dem Entführungsversuch steckt und worum es dabei ging, müssen wir jederzeit mit einem neuen Anlauf rechnen.«
»Wer immer dahintersteckt, dürfte nach dieser Nacht wohl entmutigt sein.«
Compagni schüttelte den Kopf. »Sie sollten nicht so leichtsinnig sein, Claudia. Vergessen Sie nicht, daß Sie jetzt die Verantwortung für zwei tragen. Es heißt immer, Ärzte seien die schlimmsten Patienten. Ich glaube, genauso sind Polizisten die schwierigsten Personen im Umgang mit Kollegen.«
»Okay, schließen wir einen Kompromiß. Nachts lasse ich mich hier bewachen, aber tagsüber versehe ich ganz normal meinen Dienst.«
Der Polizeipräsident stieß ein unschlüssiges Brummen aus, bevor er sagte: »Also gut, meinetwegen. Aber auf Ihre Verantwortung, Commissario Bianchi!«
Claudia nickte. »Auf meine Verantwortung.«
Compagni drehte sich zu Aldo um. »Und Sie werfen ein besonders wachsames Auge auf Ihre Kollegin, klar?«
Aldo lächelte. »Nicht nur eins, Chef, sondern alle beide!«
»Dann bin ich beruhigt und wünsche Ihnen beiden eine gute Nacht – oder zumindest den Rest davon.«
Als Compagni gegangen war, wandte Claudia sich an Aldo: »Willst du etwa hierbleiben?«
»Keine Sorge, mein Bett steht da.«
Er zeigte auf die Durchgangstür zu dem zweiten Zimmer

der Suite, das im Polizeijargon »Wachstube« hieß. Jeder, der in Claudias Zimmer wollte, mußte es durchqueren.
»Ich glaube wirklich nicht, daß in dieser Nacht noch einmal jemand versucht, mich zu entführen.«
»Ich auch nicht, aber sicher ist sicher. Ist doch egal, ob ich in meinem eigenen Bett warte oder hier.«
»Stimmt, wenn niemand auf dich wartet.«
Kaum hatte sie das gesagt, biß Claudia sich auf die Lippe. Aber zu spät, heraus war heraus. Sie bereute die Bemerkung, war die Sache mit Aldo doch nur kurz gewesen und längst vorbei.
Er blickte sie amüsiert an, und sie wäre am liebsten im Boden versunken. »Wünschst du Auskunft über mein aktuelles Liebesleben?«
»Nein, wo denkst du hin? Das geht mich doch überhaupt nichts an.«
»Stimmt. Aber vielleicht interessiert es dich trotzdem.«
Sie schüttelte den Kopf. »Wirklich nicht.«
»Dann ist ja gut. Alles Weitere sollten wir morgen besprechen.« Er stutzte und blickte auf die Uhr. »Ich meine heute, wenn es hell ist.«
»Einverstanden«, sagte Claudia und räusperte sich. »Aldo?«
»Ja?«
»Ich möchte mich noch einmal bei dir bedanken, in aller Form sozusagen. Vermutlich hast du mir das Leben gerettet.« Sie blickte auf ihren Bauch. »Und nicht nur mir.«

Obwohl sie vollkommen erledigt war, fand Claudia lange keinen Schlaf. Die Ereignisse der Nacht gingen ihr im Kopf herum, drehten sich wie ein Kirmeskarussell um sie. Viel-

leicht wäre sie in ihrer Wohung, in ihrem eigenen Bett, leichter eingeschlafen. Hier fühlte sie sich fremd.
So wie sie sich als Kind im Waisenhaus immer fremd gefühlt hatte. Und das, obwohl sie nie etwas anderes gekannt hatte. Sie wußte weder, wer ihre Eltern waren, noch, wo ihr Elternhaus stand, falls es überhaupt eines gab. Immer schon hatte sie in dem Waisenhaus der Nonnen von Santa Apollonia gelebt, und es war ihr Heim gewesen, aber niemals ihre Heimat. Dafür waren ihr die Nonnen, ihre Rituale, ihre Strenge und ihre Strafen zu fremd gewesen, so fremd, daß sie sich später von der Kirche abgewendet hatte. Deswegen und wegen der Sache mit Dario.
Dario!
Der Gedanke an ihn war immer etwas Schönes und Beruhigendes gewesen, damals, in ihrer Kindheit. Sie hatten sich nicht oft gesehen, aber wenn, dann hatte Claudias Herz immer schon Tage vorher heftig geklopft.
Er war ihr Bruder und zugleich ihre ganze Familie, seit man sie beide in frühester Kindheit an einem Sonntagmorgen vor der römischen Kirche Santa Maria Maggiore gefunden hatte. Ein Zettel hatte bei ihnen in dem Korb gelegen: »Sie sind Bruder und Schwester, geboren zur selben Zeit. In Gottes Namen, sorgt gut für sie!«
Schmerzhaft wurde ihr bewußt, wie sehr sie ihren Bruder vermißte, und mit dem Gedanken an Dario, an die wenigen gemeinsamen Glücksmomente ihrer Kindheit, fand sie schließlich den ersehnten Schlaf.

7

Als Claudia erwachte, war es ungewöhnlich hell im Zimmer. Sie brauchte einen Augenblick, um sich zu orientieren. Das war nicht ihr Bett, nicht ihr Schlafzimmer. Dann fiel ihr ein, daß sie sich im *Fontana di Trevi* befand, und mit einem Schlag standen ihr die Ereignisse der vergangenen Nacht wieder vor Augen, einer Nacht, die sie am liebsten aus ihrer Erinnerung gestrichen hätte.

Selbst durch die doppelt verglasten Fenster war der Straßenlärm zu hören, und sie wunderte sich, daß am frühen Morgen schon so viel los war. Am frühen Morgen? Ein Blick auf die LCD-Anzeige des Radioweckers zeigte ihr, daß es auf ein Uhr zuging. Kein Wunder, daß es schon so hell war.

Sie schlug die Bettdecke zurück und stapfte, nur mit dem blau-weiß gemusterten Pyjama bekleidet, barfuß zu der Tür, die ihr Zimmer mit dem anderen verband. Sie öffnete sie, ohne vorher zu klopfen.

»Aldo, warum hast du mich nicht gewe…«, begann sie, unterbrach sich dann aber.

Aldo war gar nicht da. Auf einem eher unbequem aussehenden Stuhl saß eine junge Blondine, die sich höflich erkundigte, wie Claudia geschlafen habe. Es war Vice Commissario Alessandra Gasperi, die Neue in ihrer Abteilung. Stets aufmerksam und fleißig, hatte sie gute Aussichten, ihren Weg bei der römischen Polizei zu machen.

»Ich habe gut geschlafen, aber viel zu lange«, sagte Claudia und blickte auf das Bett, das nur notdürftig geglättet war. »Aldo ist offenbar schon früher aufgewacht.«

Alessandra nickte beflissen. »Ich habe ihn vor vier Stunden abgelöst, er hatte mich darum gebeten.«
»Soso, für sich stellt er einen Wecker, und mich läßt er bis in die Puppen schlafen.«
»Sie sollten sich von der vergangenen Nacht erholen, Commissario Bianchi. Aldo hat mich gebeten, leise zu sein und Sie unter keinen Umständen zu stören.«
»Sehr fürsorglich, unser Aldo, nicht wahr?«
»J-ja.«
Die Antwort kam zögerlich. Alessandra schien nicht recht zu wissen, woran sie mit Claudia war.
Kein Wunder, dachte Claudia, sie wußte ja selbst nicht, ob sie Aldo zürnen oder ihm dankbar sein sollte. Er hatte es sicher nur gut gemeint, und doch wäre sie lieber früher aufgestanden. Sie brannte darauf, Licht in die düsteren Geschehnisse der vergangenen Stunden zu bringen.
»Gibt es denn neue Erkenntnisse?« fragte sie.
»Ich glaube nicht.« Alessandra zuckte mit den Schultern. »Und falls doch, bin ich nicht darüber informiert worden.«

Eine schnelle Dusche, einen Cappuccino und ein mit Käse belegtes Tramezzino später saß Claudia mit Aldo und Cesare Compagni im Büro des Polizeipräsidenten und erkundigte sich nach dem Stand der Ermittlungen.
»Wissen wir schon, wer die beiden von heute nacht sind – oder waren?«
Compagni nickte und nahm zwei Blätter von seinem Schreibtisch auf. »Die hatten beide ein eindrucksvolles Vorleben; ich erspare uns mal die Einzelheiten. Der eine, Vittorio Ortolani aus einem kleinen Nest bei Florenz, ist fleißig zwischen einer verkorksten Karriere als Boxer und einer

auch nicht sonderlich ruhmreichen Laufbahn als Unterwelthandlanger gependelt. Mehrere Verurteilungen wegen Einbruchdiebstahls, bewaffneten Raubüberfalls und Körperverletzung. Es gab sogar einmal eine Anklage wegen Mordes, aber da wurde er aus Mangel an Beweisen freigesprochen. Der andere hieß Bernardo Paretto und stammte aus Mailand. Sein Werdegang war dem von Ortolani ziemlich ähnlich. Seit ungefähr drei Jahren sind die beiden aber nicht mehr aktenkundig geworden.« Er blickte auf. »Die Namen sagen Ihnen nichts, Claudia?«

»Nicht das geringste. Ich will nicht ausschließen, daß ich den beiden schon mal über den Weg gelaufen bin. Aber wenn es so war, hat die Begegnung sich mir nicht eingeprägt; da war mit Sicherheit nichts, was eine Entführung gerechtfertigt hätte.«

»Ich glaube auch nicht an einen simplen Racheakt«, sagte Aldo. »Wozu dann der ganze Aufwand mit der Entführung? Wenn sie sich an Claudia hätten rächen wollen, hätten sie das an Ort und Stelle erledigen können.«

»Da ist was dran«, brummte der Polizeipräsident. »Aber das macht die Geschichte weder angenehmer noch einfacher. Wenn sie kein eigenes Motiv hatten, dann gibt es einen Auftraggeber, und der könnte sein Glück jederzeit erneut versuchen. Wer ist es, und was genau will er?«

Bei den letzten Worten fixierte er Claudia.

»Wenn ich das wüßte, Chef, würde ich jetzt vor ihm stehen und ihm meine Beretta unter die Nase halten. Apropos, wann bekomme ich meine Waffe wieder?«

»Sobald alle Untersuchungen, die bei einem Schußwaffengebrauch mit letalem Ausgang vorgeschrieben sind, erledigt sind. Keine Ahnung, wie lange die Techniker dafür brau-

chen. Lassen Sie sich für die Zeit eine Ersatzwaffe aushändigen. Ich werde die notwendige Anordnung geben.«
»Dann bin ich nicht vom Dienst suspendiert?« vergewisserte sie sich.
»Warum sollten Sie? Natürlich ist das kein offizielles Ermittlungsergebnis, aber für mich steht der Tatbestand der Notwehr außer Frage. Die Umstände sprechen dafür, und in Aldo haben Sie einen verläßlichen Zeugen. Wirklich ein Glück, daß er Ihnen Ihr Portemonnaie bringen wollte.«
»Was ist mit dem Lieferwagen?« fragte Claudia. »Ist er von der Wäscherei als gestohlen gemeldet worden?«
»Er ist tatsächlich gestohlen worden, allerdings einem Elektromonteur«, antwortete Compagni.
»Seltsam. Ich meine die Aufschrift einer Wäscherei gelesen zu haben.«
»Das haben Sie auch, Claudia. Der Diebstahl liegt bereits drei Wochen zurück. Der Wagen ist umlackiert und mit einem falschen Kennzeichen versehen worden. Ach ja, eine Wäscherei dieses Namens existiert gar nicht.«
»Vor drei Wochen? Dann ist meine Entführung also von langer Hand vorbereitet worden.«
»Entweder das«, sagte Aldo, »oder die beiden haben zu einer Organisation gehört, die für alle Eventualitäten einen Fuhrpark bereithält. Was bedeuten würde, daß ihr Auftraggeber eine große Nummer ist.«
Claudia sah ihn skeptisch an. »Gleich eine ganze Organisation, Aldo? Ich kann mir nicht vorstellen, daß ich so wichtig bin.«
»Wichtig genug für eine perfekt durchorganisierte Entführung.«
»So perfekt nun auch wieder nicht«, warf sie ein. »Schließlich ist die Sache in die Hose gegangen.«

»Aber nur um Haaresbreite. Es hätte leicht anders kommen können. Das Ganze ist ausgesprochen professionell abgelaufen, angefangen mit dem Einbruch in deine Wohnung. Das Sicherheitsschloß an deiner Tür ist mit einem Spezialwerkzeug fachgerecht geöffnet und auch wieder verschlossen worden. Es muß alles sehr schnell gegangen sein, denn niemand im Haus hat etwas bemerkt.«
»Es gibt viele Einbrecherbanden, die über solches Spezialwerkzeug verfügen«, sagte Claudia. »Leider.«
»Aber die brechen nicht gezielt in die Wohnungen von Polizistinnen ein, um diese zu entführen.« Aldo wandte sich an Compagni und zeigte auf etwas, das auf dessen Schreibtisch lag. »Darf ich?«
»Bitte.«
Aldo fischte eine kleine Plastiktüte vom Tisch und hielt sie Claudia hin. »Hier, sieh dir das einmal an!«
Claudia nahm die Tüte und sah, daß darin ein Fingerring eingeschweißt war, entweder aus Silber oder mit Silber überzogen. Obenauf saß eine dünne runde Scheibe mit dem ungefähren Durchmesser einer Zwei-Cent-Münze. Das Bild darauf kannte sie so oder ähnlich ebenfalls von Münzen, von antiken allerdings beziehungsweise deren Abbildungen. Es zeigte das Gesicht eines Mannes, das zweimal vorhanden war und nach rechts und nach links zugleich blickte.
»Sieht aus wie eine alte Münze. Eine mit dem Abbild des doppelgesichtigen Gottes Janus.« Sie las das Etikett, das am oberen Rand der Tüte aufgeklebt war: *B. Paretto*. »Der Ring hat also einem der beiden Möchtegern-Entführer gehört, na und?«
»Dann schau dir jetzt das an«, sagte Aldo ungerührt, nahm eine zweite Tüte von Compagnis Schreibtisch und reichte sie ebenfalls Claudia.

Sie enthielt einen Ring, der dem anderen genau glich, und war beschriftet mit *V. Ortolani.*

»Beide haben diesen Ring getragen?«

Aldo nickte. »Jetzt kann es natürlich sein, daß sie wie Männlein und Weiblein zusammenlebten, nur mit der Besonderheit, daß beide Männlein waren. Allerdings fehlt in unseren Unterlagen jedweder Hinweis auf eine homosexuelle Veranlagung. Da beide mehrfach hinter Gittern saßen, sollte das eigentlich in ihren Akten vermerkt sein. Außerdem wäre so ein Januskopf doch ein reichlich ungewöhnliches Motiv für einen Ehering. Hinzu kommt, daß keiner der beiden mir vorgekommen ist wie ein archäologischer Feingeist mit Sinn für die römische Mythologie. Wenn diese Ringe also nicht den Bund fürs Leben besiegelt haben, dann waren sie wohl …«

»Erkennungszeichen«, nahm Claudia ihm das Wort aus dem Mund. »Willst du darauf hinaus, Aldo?«

»Absolut.«

»Dann hast du sicher schon den Computer durchforstet. Gibt es Hinweise auf eine kriminelle Organisation namens Janus oder etwas in der Art?«

»Nur alten Kram, der nicht mehr relevant ist. Du kannst uns da auch nicht auf die Sprünge helfen?«

»Nein, ich habe nie von einer Organisation dieses Namens gehört. Und solche Ringe sehe ich zum ersten Mal. Für mich könnten das auch Andenken sein, wie sie in Touristenläden angeboten werden.«

Compagni räusperte sich. »Wenn die beiden eines mit Sicherheit nicht waren, dann harmlose Touristen.«

Stille trat ein, was Claudia zunächst gar nicht realisierte. Ihre Gedanken wanderten von der versuchten Entführung zu den Geschehnissen im Forum Romanum, und der Todessturz der beiden Museumsdirektoren stand ihr wieder vor Augen. Sie sah die erstarrten Menschen vor sich, die von einer Sekunde zur anderen in Panik ausbrachen. Sie hörte die Rufe der verwirrten Menge und fühlte sich schuldig, weil sie Giuseppe Pignatos Wahnsinnstat nicht verhindert hatte. Und während sie das alles noch einmal durchlebte, spielten ihre Finger mit einem der in Plastik eingeschweißten Ringe.

»Was hast du, Claudia?« fragte Aldo. »Du wirkst auf einmal so abwesend.«

»Ich frage mich, ob es einen Zusammenhang gibt.«

»Was für einen Zusammenhang?«

»Zwischen den Geschehnissen im Forum Romanum und dem Versuch, mich zu entführen. Die zeitliche Nähe ist doch mehr als seltsam. Und dann die Tatsache, daß ich in der Ankündigungs-Mail namentlich genannt werde. Als würde da jemand ein Spiel mit mir treiben, ein perverses Spiel.«

»Aber mit welchem Zweck?« fragte Compagni. »Was soll dahinterstecken, wenn man Sie erst auffordert, zwei Todesfälle zu verhindern, und dann versucht, Sie zu entführen? Die zeitliche Nähe der beiden Ereignisse ist unbestreitbar, aber ich kann da beim besten Willen keinen Zusammenhang entdecken.«

»Wenn jemand vorhat, mich fertigzumachen, versucht er das vielleicht in mehreren Abstufungen«, mutmaßte Claudia. »Erst führt er mir meine Unfähigkeit vor Augen, und dann entführt er mich, um mir meine Hilflosigkeit zu demonstrieren.«

»Hm, vielleicht«, sagte der Polizeipräsident leise, aber er klang nicht überzeugt. »Das wäre eine gewagte Hypothese, kein logischer Zusammenhang.«

Claudia hielt die Plastiktüte hoch. »Dieser Ring bringt mich auf einen Zusammenhang. Wenn das tatsächlich der Gott Janus sein soll, und es sieht ganz danach aus, dann ist das zumindest eine gewisse inhaltliche Verbindung. Stand nicht im Forum Romanum früher auch der Tempel des Janus?«

»Alle Achtung, nicht schlecht!« rief Compagni. »Vielleicht kommen wir so auf eine Spur. Ein paar schnelle Ermittlungserfolge wären nicht zu verachten. Sie können sich vorstellen, daß die Medien und auch die Politiker mich bedrängen. Hätte ich Cilia nicht angewiesen, für die Dauer unserer Besprechung keine Anrufe durchzustellen, hätten wir keine drei Sätze in Ruhe miteinander reden können. Aber wie wollen Sie weiter vorgehen?«

Claudia erhob sich und sagte: »Da habe ich schon eine Idee.«

8

Ungefähr eine Stunde später stoppte Aldo Rossi den Fiat Linea, den er anstelle des in der vergangenen Nacht lädierten Bravos fuhr, vor der Absperrung an der Porta Sant' Anna, einem stark frequentierten Seiteneingang zum Vatikan. Hier gingen und fuhren die Geistlichen ebenso wie die vielen im Vatikan Beschäftigten ein und aus, und auch angemeldete Besucher wurden hier abgefertigt. Von hier aus erreichte man die vatikanische Apotheke, in der manches Medikament zu kriegen war, nach dem man in italienischen

Apotheken vergeblich fragte; die Vatikanpost, die – ganz im Gegensatz zur italienischen Post – für ihre Zuverlässigkeit und Schnelligkeit bekannt war; die Redaktion des »Osservatore Romano«, der amtlichen Zeitung des Apostolischen Stuhls; die vatikaneigene Druckerei und noch manch andere Dienststelle im Vatikan. Schweizergardisten, die ihre blauen Alltagsuniformen mit den dunkelblauen Baretts trugen, bewachten das Tor, und einer von ihnen trat auf den Wagen zu.

Aldo ließ sein Fenster herunter, grüßte höflich und nannte ihre Namen. »Wir haben eine Verabredung mit Monsignore Uehara vom Büro für Gräberarchäologie.«

»Ihre Ausweise, bitte«, verlangte der Gardist.

Aldo und Claudia reichten ihm ihre Dienstausweise, und der junge Schweizer prüfte sie in dem kleinen Wachhäuschen, um anschließend ein Klemmbrett zur Hand zu nehmen. Vermutlich eine Liste der angemeldeten Besucher, dachte Claudia.

Der Gardist griff zum Telefon, führte ein kurzes Gespräch, kam zum Wagen zurück und händigte ihnen ihre Ausweise wieder aus. »Monsignore Uehara erwartet Sie in seinem Büro. Kennen Sie den Weg?«

»Ja«, sagte Aldo.

»Dann wünsche ich Ihnen einen angenehmen Aufenthalt im Vatikan.«

Der Schweizer gab den Gendarmen am hinteren Kontrollposten einen Wink, und vor ihnen ging der Schlagbaum nach oben. Die Gendarmen waren die zweite Sicherheitstruppe im Vatikan, weit weniger bekannt als die im Rampenlicht stehenden Schweizer, die bei offiziellen Anlässen in ihren bunten Gala-Uniformen stets im Fokus der Kameras waren, aber nicht minder wichtig für den Vatikan. Während die Schweizergarde hauptsächlich den Papst selbst und seine Räumlichkeiten bewachte, erfüllte die Gendarmerie allgemeine Polizeiaufgaben bis hin zur Verkehrsüberwachung. Ein wenig ärgerte es die Gendarmen, die allesamt italienische Staatsangehörige waren, daß sie in den Augen der Öffentlichkeit neben den Schweizern nur die zweite Geige spielten, und hinter den Kulissen gab es immer wieder Kompetenzstreitigkeiten und Rangeleien zwischen den beiden Einheiten und ihren Angehörigen.

Aldo ließ den metallicblauen Linea mit Schrittgeschwindigkeit durch den kleinsten Staat der Welt rollen, langsamer noch als die dreißig Stundenkilometer, die im gesamten Vatikan gestattet waren, aber angesichts der regen Betriebsamkeit auf den Straßen und Plätzen wäre ein schnelleres Tempo verantwortungslos gewesen. Kleriker in schwarzer Soutane oder im schwarzen Anzug mit weißem Römerkragen kreuzten ihren Weg, eine Gruppe munter schwatzender Nonnen, eine Abteilung Schweizer beim Exerzieren und eine große Schar von Kindern, die wohl ein Schulausflug hergeführt hatte.

Claudia verspürte eine leichte Beklemmung und war darüber nicht verwundert. Der Vatikan rief seit Jahren unschöne Gefühle in ihr hervor, seit der Sache mit Dario. Sie konnte diese Gefühle nicht unterdrücken, und wenn sie ehrlich war, wollte sie das auch gar nicht.

Aldo hielt auf einem Parkplatz zwischen dem Apostolischen Palast und den Vatikanischen Museen. In dem Gebäude, in dem das »Büro für Gräberarchäologie« beheimatet war, gab es keinen Fahrstuhl. Eine gewundene Treppe führte hinauf in den zweiten Stock, wo sie bereits von Uehara erwartet wurden. Der kleine, schlanke Japaner begrüßte sie freund-

lich und führte sie in einen Konferenzraum, wo auf einem ovalen Tisch Kekse und kalte Getränke angerichtet waren.
»Es freut mich wirklich, Sie beide wiederzusehen«, sagte Uehara. »Nur hätte ich mir dafür angenehmere Umstände gewünscht. Einfach schrecklich, was mit Dottore Pignato und Dottoressa Calvi passiert ist. Haben Sie schon eine Erklärung dafür?«
»Nicht die allergeringste«, erwiderte Claudia in einem Tonfall, der aus ihrer Ratlosigkeit in dieser Sache keinen Hehl machte. »Was erzählt man sich denn so im Vatikan darüber?«
»Offiziell gibt es noch keine Stellungnahme.«
»Und inoffiziell? Die Angelegenheit ist hier doch bestimmt Tagesgespräch, schließlich waren einige hochrangige Vertreter des Vatikans bei der Feier im Forum Romanum zugegen. Auch Sie habe ich dort gesehen, Monsignore.«
Uehara lächelte schwach. »Sie haben natürlich recht, Commissario Bianchi, heute wird auf den Gängen und Plätzen im Vatikan über nichts anderes gesprochen. Nur fürchte ich, daß man hier genausowenig weiß wie Sie.«
»Und Ihre private Meinung?«
»Ich bin schockiert. Wie wir alle. Ich habe Giuseppe Pignato gekannt, habe ein paar anregende Gespräche mit ihm geführt – daß er sich selbst umbringt, nein, das hätte ich nie und nimmer für möglich gehalten. Er war ein aufgeschlossener, fröhlicher Mensch, verheiratet, drei Kinder, glaube ich. Ein intaktes Familien- und ein erfülltes Berufsleben, wer denkt da an einen Suizid? Oder können Sie sich einen Grund vorstellen?«
»Man kann seinen Mitmenschen nicht hinter die Stirn gucken«, sagte Claudia. »Oft sind es die scheinbar Fröh-

lichen und Aufgeschlossenen, die ihrem Leben plötzlich und ohne erkennbaren Grund ein Ende bereiten. Freunde und Verwandte trifft es dann natürlich um so härter. Häufig steckt hinter einem Suizid eine unheilbare Krankheit, aber erst der Obduktionsbericht wird uns zeigen, ob Pignato an einer solchen litt.«

»Wenn man denn überhaupt von einer Selbsttötung sprechen kann«, fügte Aldo hinzu.

»Wie meinen Sie das?« fragte Uehara.

»Nicht nur Pignato ist in den Tod gestürzt, sondern auch seine Kollegin vom Forum Romanum, und das ganz sicher nicht aus freien Stücken. Insofern dürfte Pignato nicht nur ein Selbstmörder, sondern auch ein Mörder sein, immerhin einer, der sich selbst gerichtet hat.«

Es war Uehara anzusehen, daß Aldos despektierliche Worte bei ihm nicht sonderlich gut ankamen. Er erwiderte knapp: »Ob Mörder oder nicht, dazu kann ich nichts sagen. Ich bin kein Jurist.«

»Aber Sie haben doch auch gesehen, was passiert ist«, fuhr Aldo fort. »Es war eindeutig, daß Pignato seine Kollegin Arietta Calvi mit sich in den Tod gerissen hat. Und dafür läßt sich nur schwerlich ein Motiv finden, eigentlich fällt mir nur eines ein. Kann es sein, daß die beiden ein Verhältnis miteinander hatten?«

»Ein Verhältnis?« wiederholte Uehara in einem Ton, als wäre der Ausdruck bis dahin in seinem Wortschatz nicht vorgekommen. »Das … das halte ich für äußerst unwahrscheinlich. Ich sagte doch schon, daß Pignato meines Wissens glücklich verheiratet gewesen ist.«

»Soweit die Wörter ›glücklich‹ und ›verheiratet‹ überhaupt zueinander passen«, meinte Aldo grinsend.

»Ich bin katholischer Geistlicher und somit kein Fachmann in Ehefragen. Außerdem kann ich Ihnen nicht folgen, Signore. Selbst wenn Pignato und Calvi ein Verhältnis gehabt haben sollten, weshalb hätten sie sich dann umbringen sollen? Oder er sie? Oder wie auch immer man es nennen will.«
Der sonst so ruhige und freundliche Mann klang zunehmend ungehalten, aber Claudia beschloß, sich vorläufig zurückzuhalten. Sie wollte ihrem Kollegen nicht in die Parade fahren. Es war eine gute alte Verhörtaktik, den anderen durch provozierende Bemerkungen in Rage zu bringen, um ihm unbedachte Äußerungen zu entlocken. Sie bezweifelte, daß der gutmütige Eiji Uehara der richtige Adressat für diese Taktik war, aber im Augenblick stocherten sie derart hilflos im Nebel, daß jede Aktion, mochte sie auch noch so aussichtslos erscheinen, sich letztlich als die richtige erweisen konnte.
»Wenn die beiden etwas miteinander hatten, haben sie es offenkundig vor der Öffentlichkeit geheimgehalten«, spann Aldo seinen Faden weiter. »Es wäre wohl auch kaum anders gegangen, denn als ein leitender Angestellter des Vatikans hätte Pignato sich Ehebruch nicht leisten können. Ich nehme an, das hätte ihn seine Stellung gekostet.«
»Mit Sicherheit«, bestätigte Uehara.
»Dann haben wir doch schon ein Motiv! Pignato durfte nicht mit seiner Geliebten leben und konnte nicht ohne sie sein. Also hat er den Freitod gewählt.«
»Und seine – vermeintliche – Geliebte gleich mit in den Tod genommen?« fragte Uehara ungläubig.
»Warum nicht? Zu solchen Kurzschlußhandlungen kommt es öfter, als Sie denken.«

Der Japaner breitete in einer Geste der Hilflosigkeit die Arme aus. »Das alles mag zwar sein, aber ich kann es mir kaum vorstellen. Letztlich bin ich da auch nicht der richtige Ansprechpartner für Sie. Sie sollten sich mit den Angestellten in der Leitung der Vatikanischen Museen unterhalten, die haben Dottore Pignato wesentlich besser gekannt als ich. Gibt es sonst noch etwas?«

Offenkundig wollte er das Gespräch beenden, weil er mit dem Verlauf ganz und gar nicht einverstanden war. Jetzt fand Claudia es an der Zeit, sich einzumischen.

»Es gibt in der Tat noch etwas, Monsignore. Der eigentliche Grund unseres Kommens ist nämlich nicht der Tod von Pignato und Calvi, sondern das, was danach noch geschehen ist.«

»Danach?« Uehara, der sich schon halb erhoben hatte, ließ sich wieder auf den lederbespannten Stuhl sinken. »Ich weiß nicht, wovon Sie sprechen, Commissario.«

»Als ich gegen zwei Uhr nach Hause kam, wurde ich in meiner Wohnung von zwei Männern überfallen. Die beiden haben versucht, mich zu verschleppen.«

»Unglaublich!« entfuhr es dem Japaner, und er schüttelte heftig den Kopf. »Und Ihnen ist nichts passiert?«

»Nein, ich konnte mich befreien, und zum Glück stand Aldo mir bei.«

»Konnten Sie die Männer überwältigen?«

»Wie man's nimmt. Sie sind beide tot.«

»Vier Tote in einer Nacht! Ihren Beruf möchte ich nicht haben, Commissario Bianchi.« Uehara bekreuzigte sich, beugte sich in einer plötzlichen Gefühlsaufwallung zu Claudia vor und ergriff ihre Hände. »Ich bin sehr froh, daß Ihnen nichts zugestoßen ist, das müssen Sie mir glauben.«

Er ließ ihre Hände wieder los, verharrte aber in seiner angespannten Haltung.
»Ich bin natürlich ebenfalls froh darüber, auch wenn die vergangene Nacht mich insgesamt eher betrübt zurückläßt. Vier Tote, und alle gehen, wenn auch nur mittelbar, auf mein Konto.«
»Das ist zu hoch für mich.«
»Aldo und ich waren gestern nicht zufällig im Forum Romanum, und wir haben nicht zu den geladenen Gästen gehört. Wir waren da, weil wir damit rechnen mußten, daß zwei Menschen den Tod finden würden.« Sie erzählte Uehara von der ominösen E-Mail, auch davon, daß sie selbst darin genannt wurde. »Jetzt verstehen Sie vielleicht, daß ich mich in gewisser Weise für den Tod von Pignato und Calvi verantwortlich fühle, auch wenn ich beim besten Willen nicht weiß, wie ich ihn hätte verhindern können.«
Uehara starrte sie erschüttert an. Schließlich sagte er: »Sie haben sich nichts vorzuwerfen, wirklich nicht. Es gibt nichts, das Sie hätten tun können. Aber wer kann diese E-Mail geschrieben haben?« Nach kurzem Überlegen beantwortete er seine Frage selbst: »Doch wohl niemand anderer als Pignato. Nur er kann im voraus gewußt haben, was er am Abend tun würde.«
»Das eben ist die Frage«, seufzte Claudia.
»Wieso?«
»Auch wenn es dem Augenschein nach nur ein Freitod gewesen sein kann – ich hatte gestern abend nicht den Eindruck, daß Pignato aus freien Stücken handelt. Bevor er mit Arietta Calvi in die Tiefe stürzte, kam er mir vor wie jemand, der ebenso verzweifelt wie vergeblich gegen etwas ankämpft.«

Der Japaner nickte. »Ja. Jetzt, da Sie es sagen, den Eindruck hatte ich auch.«
»Das ist doch Blödsinn«, warf Aldo ein. »Als die beiden stürzten, stand außer ihnen niemand auf der Bühne.«
»Vielleicht hat er sich gegen sich selbst gewehrt«, gab Uehara zu bedenken. »Gegen das Zerstörerische in ihm, das dann aber doch die Oberhand gewonnen hat.«
»Ja, vielleicht«, sagte Claudia leise. »Das wäre wohl die einzige logische Erklärung.«
Uehara legte den Kopf schief und sah sie zweifelnd an. »Sie sagen das in einem Ton, Commissario, als seien Sie nicht davon überzeugt.«
»Ich frage mich, ob es einen Zusammenhang gibt zwischen Pignatos Tat und dem Versuch, mich zu entführen. Schon seltsam, daß beides in ein und derselben Nacht geschehen ist.« Sie zog einen der eingeschweißten Ringe hervor und legte ihn vor Uehara auf den Tisch. »Beide Entführer haben einen solchen Ring getragen. Sagt er Ihnen etwas, Monsignore?«
»Mir? Warum kommen Sie damit ausgerechnet zu mir?«
»Weil Sie sich als stellvertretender Leiter des vatikanischen Büros für Gräberarchäologie mit der Antike auskennen und als Theologe gewiß auch über profunde Kenntnisse in der römischen Mythologie verfügen. Außerdem, und das ist der wichtigste Grund, vertraue ich Ihnen, und ich baue darauf, daß Sie unser Gespräch mit größter Diskretion behandeln.«
»Darauf können Sie sich verlassen«, sagte Uehara und nahm den Ring auf, um ihn eingehend zu betrachten. »Der Ring ist ganz sicher nicht antik, das Bildnis allerdings stammt von einer vorchristlichen Münze. Es zeigt den alten Gott Janus, aber das dürften Sie auch schon erkannt haben.«

»Ja, aber von wann genau stammt dieses Bild?«
»Aus dem zweiten vorchristlichen Jahrhundert, würde ich sagen. Wenn Sie einen Augenblick warten wollen.«
Flink stand Uehara auf und verließ den Raum.
Die Blicke von Claudia und Aldo trafen sich, und Aldo fragte: »War ich zu hart?«
»Er ist einer der sympathischsten Leute hier im Vatikan, und ich glaube, er macht uns nichts vor.«
»Ja. Aber war ich zu hart?«
Claudia lächelte. »Nein, du hast deinen Job getan, das ist deine Aufgabe. Aber jetzt sollten wir uns darauf konzentrieren, den Monsignore als unseren Verbündeten zu gewinnen.«
»Einverstanden. Es tut übrigens gut, dich mal wieder lächeln zu sehen.«
»Du hast halt eine erheiternde Ausstrahlung.«
Aldo gab sich erstaunt. »Das hat mir noch niemand gesagt. Aber wenn es so ist, dann freut es mich. Da du Erheiterung vertragen kannst, darf ich dich heute abend zum Essen einladen? Wir haben schon lange nicht mehr richtig ausgiebig gequatscht.«
»Okay.«
»Ehrlich?«
»Sieh mich an, Aldo. Können diese Augen lügen?«
Er grinste. »Kein Kommentar.«
Sie hatte ganz spontan zugesagt, aber sie bereute es nicht. In der Tat konnte sie Abwechslung vertragen, und Aldo war voller Charme und Witz. Warum also nicht ein paar Stunden mit ihm verbringen? Das war allemal besser, als allein in diesem Hotelzimmer zu hocken.
Wenig später kehrte Uehara zurück, in der Hand ein bro-

schiertes Buch mit dem Titel »Münzen der Antike. Band 1. Die vorchristliche Zeit«. Er schlug es auf, sobald er sich wieder gesetzt hatte.

»Hier müßte es sein.«

Er zeigte auf eine Seite etwa in der Mitte des Buches, aber dann malte sich Enttäuschung auf seinem Gesicht ab. Ganz oben auf der Seite war zwar eine Janus-Münze abgebildet, aber das Gesicht darauf war – anders als das auf dem Ring – bärtig.

»Oh, das ist es gar nicht. Moment mal, ich weiß genau, daß es in diesem Buch ein Bild von dem Ring gibt. Ah, hier!«

Nach kurzem Blättern hatte er die entsprechende Seite gefunden; dort war tatsächlich eine Münze mit dem Bildnis zu sehen, das auch die Ringe schmückte. »Ich habe die beiden Münzen verwechselt. Die andere datiert aus dem zweiten Jahrhundert vor Christus, diese hier wird allerdings dem Zeitraum um 220 vor Christus zugeordnet.«

»Ein sehr jugendlich wirkender Gott«, stellte Aldo fest. »Ich habe mir Janus eigentlich immer mit Bart vorgestellt. Da wirkt er einfach eindrucksvoller, ehrfurchtgebietender.«

»Es gibt verschiedene Janus-Darstellungen, auch solche, auf denen das eine Gesicht bärtig und das andere glattrasiert ist.« Uehara blätterte ein paar Seiten weiter. »Hier sehen Sie eine entsprechende Münze. Diese Darstellungen werden in der Regel als Sinnbilder des Gegensatzes zwischen alt und jung, aber auch zwischen männlich und weiblich gedeutet. Es gibt übrigens auch Bildnisse eines vierköpfigen Janus, soweit ich weiß, vornehmlich aus der Zeit Kaiser Hadrians.«

»War das nicht der erste römische Kaiser, der sich mit Bart abbilden ließ?«

Der Monsignore hob die Brauen. »Alle Achtung, das stimmt.«

Aldo grinste. »Auch ich bin mal zur Schule gegangen.«
Claudia zeigte auf die Tüte mit dem Ring und fragte: »Gibt es weitere Deutungen für den glattrasierten Janus auf unserem Ring?«
»In der Tat. Eine Theorie besagt, daß es sich dabei gar nicht um Janus handelt, sondern um Fontus, auch bekannt als Fons oder Fontanus. So heißt der Sohn, den Janus mit der Nymphe Juturna gezeugt hat. Fontus ist der Gott der Quellen, der Brunnen, der Flüsse und Bäche.«
»Dann ist es vielleicht gar kein Janus-Ring, sondern ein Fontus-Ring?« fragte Aldo.
»Schon möglich.«
»Läßt sich das nicht genau sagen?«
»Ich fürchte, nein. Es hängt letztlich davon ab, welcher Deutungsmöglichkeit man folgen möchte.« Uehara goß Mineralwasser in eines der bereitgestellten Gläser und trank, bevor er weitersprach: »Warum messen Sie diesem Ring soviel Gewicht bei?«
»Vielleicht ist er das Bindeglied zwischen den Ereignissen der vergangenen Nacht«, erklärte Claudia. »Nehmen wir mal an, es ist ein Janus-Ring. Dann ist es doch seltsam, daß die beiden Entführer ihn trugen und daß ich wenige Stunden zuvor noch im Forum Romanum gewesen bin, dort, wo einmal der Tempel des Janus gestanden hat. Er stand dort doch, oder?«
»Ja, vermutlich im südlichen Bereich des Forums. Allerdings ist von ihm nichts übriggeblieben, und auch seine genaue Position ist nicht bekannt.«
»Hatte denn dieser Fontus auch einen Tempel dort?«
»Seine Mutter Juturna ja, er aber meines Wissens nicht. Sein Altar stand auf dem Gianicolo.«

Bei der Erwähnung dieses Hügels mußte Claudia unweigerlich an den Jesuiten Renato Sorelli denken, der dort zwei Monate zuvor sein gewaltsames Ende gefunden hatte. Und sie dachte an Sorellis Sohn, Paul.

Zum Glück lenkte Aldo sie ab, indem er Uehara fragte: »Ist der Gianicolo nicht nach Janus benannt?«

»Das stimmt. In vorchristlicher Zeit soll sich dort ein Kultzentrum des Gottes Janus befunden haben, deshalb stand dort wohl auch der Altar seines Sohnes.«

»Immer wieder Janus«, sagte Aldo. »Was will uns das sagen?«

Er erhielt keine Antwort, denn in diesem Augenblick wurde die Tür aufgestoßen, und ein etwa fünfzigjähriger Mann mit dunklem Haar und einem Kinnbart, in dem die ersten grauen Tupfer erkennbar waren, blickte sie an. Es war Olindo Tarabella, Generalinspektor der vatikanischen Gendarmerie und Sicherheitschef des Vatikans. Und kein Freund der römischen Polizei, wie Claudia sich erinnerte. Jedenfalls dann nicht, wenn diese sich in – seiner Meinung nach – seine Angelegenheiten einmischte. Und seiner Meinung nach gehörte alles, was im Vatikan vor sich ging, zu seinen Angelegenheiten.

»Hier sind Sie also«, sagte er vieldeutig. »Eine nette Plauderei, wie? Ich habe von den Wachen bei Sant'Anna erfahren, daß die römische Polizei bei uns zu Gast ist. Wenn Sie statt einer Plauderstunde etwas echte Polizeiarbeit haben wollen, sollten Sie sich mal das Büro von Giuseppe Pignato ansehen. Jemand hat es durchwühlt, und zwar so gründlich, daß es aussieht wie nach einem Erdbeben.«

»Ein Einbruch?« fragte Claudia.

»Nein, die Tür ist unversehrt. Der Täter scheint einen Schlüssel gehabt zu haben oder einen guten Nachschlüssel.«

»Oder spezielles Einbruchswerkzeug, das Türen öffnet wie mit dem Originalschlüssel«, sagte Claudia und warf Aldo einen bedeutungsvollen Blick zu.
»Wie auch immer«, brummte Tarabella unwirsch. »Da Sie schon einmal hier sind, wollen Sie sich das vielleicht ansehen.«
»Nein, im Augenblick nicht«, erwiderte Claudia zu seiner Überraschung. »Sagen Sie mir lieber, wo Pignato gewohnt hat.«
»In der Via Crescenzio.«
»Das ist nicht weit von hier. Komm, Aldo!«
Sie sprangen auf und drängten sich an Tarabella vorbei auf den Gang.
»Glauben Sie, man durchsucht auch die Wohnung?« fragte der Generalinspektor.
»Für den Glauben sind Sie hier im Vatikan zuständig«, sagte Claudia. »Wir werden uns lieber vergewissern.«

9

Während Aldo den Fiat Linea aus dem Vatikan hinaus auf die Via di Porta Angelica lenkte, sprach Claudia über Funk mit dem Präsidium und erfragte die Nummer des Hauses, in dem Giuseppe Pignato gewohnt hatte. Dann gab sie Anweisung, umgehend Polizeistreifen zu Arietta Calvis Wohnung und Büro zu schicken.
Als sie das Gespräch beendet hatte, sagte sie zu Aldo: »Ich

glaube immer mehr, daß Pignatos Tat etwas mit den beiden Typen zu tun hat, die mir in meiner Wohnung aufgelauert haben.«

»Möglich, aber nicht zwingend. Die Durchsuchung von Pignatos Büro könnte auch profane Gründe haben. Vielleicht war es einer seiner Mitarbeiter. Das würde erklären, weshalb die Tür nicht aufgebrochen worden ist. Vielleicht hat ein Untergebener, der mit seinem Chef auf Kriegsfuß stand, die Gelegenheit genutzt, Unterlagen, die ihn in schlechtem Licht erscheinen lassen, beiseite zu schaffen.«

»Möglich ist das schon, aber ich halte es nicht für sehr wahrscheinlich. Hätte dein hypothetischer Mitarbeiter nicht wissen müssen, wo ungefähr er zu suchen hat? Tarabella aber sprach von einem Erdbeben.«

»Wir wissen doch, daß der gute Tarabella zu Übertreibungen neigt.«

Alessandra Gasperi meldete sich über Funk: »Commissario, Sie wollten doch wissen, ob Pignatos Familie sich derzeit in der Wohnung aufhält.«

»Ja, und?«

»Nach unseren Informationen müßte die Wohnung leer sein. Pignatos Frau wollte heute morgen mit den Kindern zu ihrer Mutter nach Terni fahren.«

»Gut, danke.«

An der Piazza del Risorgimento bog Aldo in die breite, vielbefahrene Via Crescenzio ab und trat das Gaspedal durch. Das Haus, das sie suchten, lag am Ende der Straße, im Schatten der Engelsburg, die sich stolz und mächtig vor ihnen erhob.

Strahlendes Nachmittagslicht umgab dieses Wahrzeichen Roms, und jeder anständige Tourist wäre jetzt ausgestiegen,

um ein Foto zu schießen. Claudia aber hatte anderes im Sinn, sie konzentrierte sich auf die Häuser vor ihnen.
»Langsamer, Aldo. Das große Haus da vorn links an der Einmündung muß es sein. Pignato soll das Penthouse gemietet haben.«
Ihr Kollege stieß einen anerkennenden Pfiff aus. »Beste Lage mit Blick auf Engelsburg und Tiber, nicht weit entfernt von seiner Arbeitsstelle im Vatikan … Bestimmt nicht billig. Dieser Pignato muß ein Heidengeld verdient haben.«
Claudia lachte. »Prächtig verdient hat er als Direktor der Vatikanischen Museen ganz sicher, aber doch kein *Heidengeld*, Aldo!«
Aldo hielt direkt vor dem Haus, und sie stiegen aus. Claudia konnte nichts Verdächtiges feststellen, und ein Blick zu Aldo hinüber verriet ihr, daß es ihm genauso ging. Sie näherte sich der Haustür und las die Klingelschilder.
»Schau an, es gibt einen Hausmeister«, stellte sie fest. »Der wird hoffentlich einen Schlüssel für das Penthouse haben. Wenn wir schon einmal hier sind, können wir uns auch gleich gründlich umsehen.«
Der Hausmeister hieß Filippo Dini und war ein kleiner Mann um die Sechzig mit sich lichtendem Haar und einem ergrauenden Schnurrbart. Er sah Claudia und Aldo aus müden Augen an, während er die obersten Knöpfe seines Hemdes schloß. Anscheinend hatten sie ihn bei einem verlängerten Mittagsschlaf gestört.
Sie hielten ihm ihre Dienstausweise unter die knochige Nase, und Claudia sagte: »Wir würden uns gern in Dottore Pignatos Wohnung umsehen. Haben Sie einen Schlüssel?«
Dini riß den Mund auf und gähnte, wobei zwischen seinen vergilbten Zähnen etliche Lücken sichtbar wurden. »Ich

hätte mich gar nicht erst hinlegen sollen, heute ist nicht der Tag dazu.«

»Wir stören Sie nur ungern«, sagte Aldo, »aber es ist wichtig.«

»Jaja, das glaube ich ja. Aber hätten Sie nicht gleich mit Ihren Kollegen zusammen kommen können? Alle fünf Minuten aus dem Schlaf gerissen zu werden, ist nicht so schön.«

»Von welchen Kollegen sprechen Sie?« fragte Claudia.

»Na, von den beiden, die ich vorhin ins Penthouse gelassen habe. Weiß denn bei Ihnen die eine Hand nicht, was die andere tut?«

»Haben die Kollegen sich ausgewiesen?« wollte Aldo wissen.

»Die haben mir irgendwelche Ausweise unter die Nase gehalten.«

»Und wann war das genau?«

Der Hausmeister blickte auf die billige Uhr an seinem Handgelenk. »Vor zwanzig, dreißig Minuten vielleicht.«

»Geben Sie uns jetzt bitte den Penthouseschlüssel, und dann gehen Sie zurück in Ihre Wohnung, Signore, und schließen sich dort ein!«

»Jetzt, wo ich einmal wach bin, kann ich auch mit Ihnen hochfahren. Der Lift ist dahinten, einmal um die Ecke.«

»Tun Sie bitte, was ich Ihnen gesagt habe!« erwiderte Aldo scharf.

»Wenn Sie es so wünschen. Kriege ich den Schlüssel auch bestimmt wieder?«

Trotz der unerwarteten Wendung bemühte Claudia sich um ein verbindliches Lächeln. »Ganz bestimmt.«

Dini fummelte umständlich einen Schlüssel von seinem Bund und reichte ihn Claudia. Dann ging er in seine Woh-

nung zurück und murmelte dabei so etwas wie: »Typisch Polizei, die wissen alles besser, und die Weiber sind am schlimmsten.«
Aldo hatte bereits sein Handy gezückt und sprach mit Alessandra, um Verstärkung anzufordern. Claudia fiel auf, daß die beiden einen recht vertrauten Umgangston pflegten.
»Warten wir auf die Kollegen?« fragte Aldo, während er das Handy wegsteckte.
»Ich glaube, soviel Zeit haben wir nicht«, sagte Claudia. »Das hört sich an wie der Fahrstuhl.«
Sie lauschten beide und verfolgten die typischen Geräusche einer zum Stillstand kommenden Liftkabine. Wie auf ein geheimes Kommando zogen sie ihre Waffen. Jetzt war Claudia froh, daß sie sich vor der Fahrt zum Vatikan eine Ersatzwaffe hatte aushändigen lassen.
In diesem Moment öffnete sich die Tür der Hausmeisterwohnung, und Dini steckte den Kopf heraus. »Haben Sie gehört? Das war der Lift. Vielleicht sind das schon Ihre Kol...«
Claudia achtete nicht weiter auf ihn. Sie hörte leise Stimmen, einen hastigen Wortwechsel, und gleich darauf Schritte, die sich schnell entfernten.
»Gibt es einen Hinterausgang?« fragte sie Dini.
»J-ja, natürlich.«
Er schien die Waffen in ihren Händen jetzt erst zu bemerken und bekam große Augen.
»Zurück in Ihre Wohnung, und verschließen Sie die Tür!« fuhr Aldo ihn an, bevor Claudia und er losliefen.
Kurz vor der Biegung, die zum Fahrstuhl führen mußte, hielten sie inne und lauschten. Weder die fremden Stimmen waren zu hören noch Schritte.

Waren die Unbekannten entkommen? Oder lauerten sie ihnen auf?
Mit einem knappen Handzeichen forderte Claudia ihren Kollegen auf, ihr Feuerschutz zu geben. Die schußbereite Automatik in beiden Händen, sprang sie vor und ging leicht in die Knie. Vor sich sah sie den Fahrstuhl. Die Kabine befand sich im Erdgeschoß, war aber, soweit sie durch das schmale Fenster sehen konnte, leer. Auch sonst konnte sie niemanden entdecken.
Aldo tauchte neben ihr auf, ebenfalls bereit, sofort zu schießen.
»Was ist?« fragte er leise.
»Offenbar haben sie den Hinterausgang genommen.«
»Warum nicht die Treppe neben dem Lift?«
»Das wäre doch dumm. Wer begibt sich freiwillig in eine Falle?«
»Wir könnten uns aufteilen«, schlug Aldo vor.
»Abgelehnt, das würde unsere Feuerkraft halbieren. Wir versuchen's mit dem Hinterausgang.«
Sie folgten dem Gang, der jenseits des Fahrstuhls zu einer nur angelehnten Tür führte. Helles Tageslicht fiel durch die schmale Öffnung herein. Claudia blieb an der Tür stehen und lugte durch den Spalt. Sie sah einen Ausschnitt eines Hinterhofes und eines angrenzenden Gebäudes, aber sie überblickte längst nicht alles und konnte nicht sicher feststellen, ob sich jemand auf dem Hof aufhielt.
»Es hilft alles nichts, wir müssen nach draußen«, flüsterte sie Aldo zu.
Sie hakte die Spitze ihres rechten Fußes hinter die Tür und riß sie auf. In derselben Sekunde, wie es schien, klatschte etwas dicht neben ihrem Kopf gegen die Wand und ließ den

Putz aufspritzen. Eine Kugel, die sirrend als Querschläger davonflog. Gleichzeitig hörte sie den Knall.
Instinktiv ließ sie sich fallen, und Aldo tat es ihr nach. Eine weitere Kugel zischte durch den Gang und hätte Aldo voll erwischt, hätte er noch aufrecht gestanden.
Claudia machte sich hastig ein Bild von der Lage. Auf dem Hinterhof, der von einer nicht sonderlich hohen Mauer umgeben war, standen ein paar Müllcontainer, ein kleiner Tisch mit zwei Gartenstühlen, eine Kinderschaukel sowie eine Rutsche. Als Deckung für ihre Gegner kamen nur die Container in Frage.
Da sprangen auch schon zwei Männer hinter den Containern hervor und deckten sie und Aldo mit einem wahren Kugelhagel ein. Sie schossen zurück, konnten aber nicht verhindern, daß ihre angeblichen Kollegen, offenbar beide gut trainiert, mit einem Satz über die Mauer verschwanden.
»Wir müssen ihnen nach!« zischte Aldo und wollte aufspringen, aber Claudia hielt ihn zurück.
»Bleib bloß unten! Wenn wir über den Hof laufen, haben wir keine Deckung. Die können uns abschießen wie die Tontauben.«
»Wenn wir ihnen nicht folgen, entkommen sie!«
»Vielleicht, aber wir bleiben am Leben.« Claudia überlegte kurz und fügte hinzu: »Du bleibst hier in Deckung und beobachtest den Hof für den Fall, daß es eine Finte war und sie zurückkommen. Ich laufe vorn raus zur Straße. Vielleicht erwische ich sie bei ihrem Wagen.«
»Du allein gegen die beiden? Das gefällt mir nicht.«
»Muß es auch nicht, Aldo. Nimm es als einen Befehl!«
Verärgerung und Sorge standen ihm ins Gesicht geschrieben, aber sie achtete nicht weiter darauf, sondern sprang auf

und hastete zurück zur Haustür. Vorsichtig, die Beretta bereithaltend, trat sie auf die Straße, wo ein paar von den Schüssen angelockte Schaulustige stehengeblieben waren. Mit lautem Sirenengeheul jagte ein Streifenwagen heran, und zwei Uniformierte, Mann und Frau, stiegen aus.
»Commissario Claudia Bianchi«, rief sie. »Wir sind auf der Suche nach zwei Flüchtigen, deren Wagen vermutlich irgendwo in der Nähe steht. Die beiden sind bewaffnet und schießen sofort. Seid also vorsichtig, Kollegen. Aber als erstes schafft bitte die Leute von der Straße!«
Die Uniformierten begannen die Straße zu räumen, während Claudia in die nächste Seitenstraße lief. Wer konnte schon sagen, wo die Kerle ihren Wagen abgestellt hatten? Ihr fiel nichts Verdächtiges auf. Vielleicht waren die beiden schon weggefahren, oder sie flüchteten zu Fuß.
Weitere Streifenwagen trafen ein, und Claudia ließ Aldo durch einen uniformierten Ispettore ablösen. Jetzt durchsuchten sie die anliegenden Straßen systematisch, aber von den Flüchtigen fehlte weiterhin jede Spur.
»Wir hätten ihnen doch gleich folgen sollen«, sagte Aldo. Er machte keinen Hehl daraus, daß er sauer war.
»Dann hätten wir sie vielleicht erwischt.«
»Eben drum!« knurrte Aldo.
»Vielleicht hätten sie aber auch uns erwischt«, sagte Claudia.
Sie gingen zurück zu dem Haus, in dem Giuseppe Pignato gewohnt hatte, und trafen auf den Hausmeister, der erst jetzt zu realisieren begann, in welcher Gefahr er geschwebt hatte. Er zitterte am ganzen Leib und brachte keine fünf zusammenhängenden Worte heraus.
Claudia wandte sich an eine Streifenpolizistin. »Ein Arzt soll sich um den Mann kümmern. Ich schätze, er braucht ein

starkes Beruhigungsmittel. Wenn er wieder auf dem Damm ist – heute wohl nicht mehr –, soll er ins Präsidium gebracht werden. Er hat die beiden Flüchtigen gesehen; vielleicht können mit seiner Hilfe Phantombilder von ihnen angefertigt werden.« Sie wandte sich an Aldo. »Und du kannst Alessandra anrufen. Wir brauchen hier die Spurensicherung. Außerdem sollen die Einheiten, die Arietta Calvis Büro und Wohnung bewachen, verstärkt werden. Und sie soll die Polizei in Terni verständigen. Die Kollegen dort sollen Pignatos Angehörige unter Polizeischutz stellen.«

»Meinst du wirklich, daß sie in Gefahr sind?«

»Solange wir nicht wissen, was unsere Freunde suchen und ob sie das Gesuchte schon gefunden haben oder nicht, sollten wir mit allem rechnen. Denkst du nicht?«

»Doch, du hast recht«, sagte Aldo und tastete nach seinem Handy.

Nachdem er mit Alessandra Gasperi gesprochen hatte, gingen sie die Treppe zum Penthouse hinauf. Der Fahrstuhl durfte nicht benutzt werden, solange die Spurensicherung ihn nicht untersucht hatte. Die Tür zum Penthouse war verschlossen.

»Das sind aber mal ordentliche Gangster«, sagte Claudia und zog den Schlüssel hervor, den Filippo Dini ihr gegeben hatte.

Vorsichtig, um keine Spuren zu verwischen, verschaffte sie sich Einlaß. Drinnen standen alle Türen weit offen. Schon vom Eingang aus konnten sie sehen, daß Regale ausgeräumt und Schubladen herausgerissen und entleert waren. Die Eindringlinge hatten das Unterste zuoberst gekehrt.

»Oje!« entfuhr es Claudia. »Da sollten wir vorerst keinen Fuß reinsetzen, sonst finden Monelli und seine Leute sich

gar nicht mehr zurecht. Die Ärmsten können ihren Feierabend wohl vergessen.«
Aldo grinste breit. »Wie war das doch gleich mit den ordentlichen Gangstern?«

10

Das *Giuseppe Garibaldi* war ein gemütliches kleines Restaurant in einer Seitenstraße am Fuß des Quirinals. Überall hingen Bilder des berühmten italienischen Freiheitskämpfers, mit dessen Namen man sich schmückte, und man hätte es mit einigem Recht überladen nennen können. Aber Claudia, die zum ersten Mal hier war, fand es gemütlich. Obwohl an der Wand neben ihrem Tisch ein buntes Gemälde hing, das Garibaldis Truppen in der Schlacht von Calatafimi zeigte, lag hier nichts Martialisches in der Luft. Im Gegenteil, die gelöste Atmosphäre hatte etwas Beruhigendes, und auch Aldo, der hier Stammgast zu sein schien, fühlte sich sichtlich wohl. Er winkte einen Kellner herbei, den er Giorgio nannte, und verlangte nach der Karte. Während die beiden sich munter über das letzte Spiel von Lazio Rom unterhielten, ließ Claudia noch einmal die Ereignisse des Tages Revue passieren.
Leider waren die beiden Männer, die Pignatos Penthouse durchsucht hatten, spurlos untergetaucht. Ob es dieselben waren, die auch Pignatos Büro im Vatikan auseinandergenommen hatten, ließ sich nicht sagen, noch nicht. Vielleicht konnten Monelli und seine Leute da weiterhelfen. Im Augen-

blick allerdings verhandelte Cesare Compagni noch mit Olindo Tarabella darüber, ob ein Spurensicherungsteam der römischen Polizei auf vatikanischem Hoheitsgebiet tätig werden durfte. Claudia ging davon aus, daß es keine einfache Sache sein würde, das bei Tarabella durchzusetzen. Manchmal glaubte sie, daß der Vatikan die ständige Geheimniskrämerei um ihrer selbst willen betrieb.
Arietta Calvis Wohnung und auch ihr Büro waren bislang verschont geblieben, und jetzt, da die Polizei alarmiert war, würde sich auch kein Krimineller mehr dorthin wagen. Zumal bereits Polizeiteams damit beschäftigt waren, beide Örtlichkeiten nach verwertbaren Spuren und Hinweisen zu untersuchen. Dumm war nur, daß sie nicht wußten, wonach sie suchen sollten. Da hatten die Unbekannten es leichter. Ob sie bereits gefunden hatten, worauf sie aus waren?
In Terni war bislang alles ruhig, und Claudia hoffte, daß es so blieb. Der Tod von Giuseppe Pignato hatte dessen Familie schon genug Kummer bereitet.
Mit Dini, dem Hausmeister, hatten sie noch nicht reden können, aber damit hatte sie gerechnet. Der Arzt hatte ihn so gründlich ruhiggestellt, daß er erst morgen wieder richtig ansprechbar sein würde. Er mußte die beiden Männer deutlich gesehen haben, deshalb hoffte sie, mit seiner Hilfe zu brauchbaren Phantombildern zu kommen. Auf jeden Fall würde sie ihn fragen, ob die beiden den Janus-Ring getragen hatten.
Immer wieder Janus! Was hatte eine antike Gottheit mit Straftaten zu tun, die im 21. Jahrhundert begangen wurden? Sie zerbrach sich den Kopf darüber, fand aber keine Antwort.
»Klopf, klopf! Hallo, Claudia, wo bist du mit deinen Gedanken?« Aldo imitierte die Bewegung des Anklopfens und sah sie forschend an. »Doch nicht etwa bei der Arbeit?«

»Leider doch.«
»Dann sollten wir uns jetzt anderen Dingen zuwenden, zum Beispiel einem guten Wein. Giorgio möchte wissen, ob wir schon einen bestellen wollen.«
»Ich ganz bestimmt nicht, ich werde für die nächsten sieben Monate trocken bleiben.«
Aldo schlug sich mit der flachen Hand gegen die Stirn. »Ich Esel, natürlich. Dann Tafelwasser?«
»Bitte, ja.«
Aldo wandte sich wieder Giorgio zu. »Und für mich einfach den Hauswein, den roten.«
Noch vor den Getränken brachte der Kellner die Speisekarte. Claudia verspürte nach dem ereignisreichen Tag einen Bärenhunger und hätte am liebsten die gesamte Karte einmal rauf und runter bestellt. Am Ende entschied sie sich für gegrilltes Gemüse und Parmaschinken mit Melone als Vorspeise, für Tagliatelle mit Pfifferlingen und Pecorino als ersten und eine mit Steinpilzen gefüllte Rinderlendentasche als zweiten Gang. Aldo staunte gewaltig über ihren Appetit, und fast bekam sie ein schlechtes Gewissen, als er es nach der Vorspeise, Wachteln mit Rucola und Parmesan, bei einem Hauptgericht beließ, nämlich gegrilltem Seewolf im Lauchmantel.
Mit den Getränken brachte der Kellner frisches Weißbrot und eingelegte Oliven, dann kam die Vorspeise, und während der ganzen Zeit führten sie ein angeregtes Gespräch jenseits alles Beruflichen, was Claudia sehr genoß. Aldo versprühte seinen Charme, und sie konnte gut nachvollziehen, warum sie sich ungefähr zwei Monate zuvor trotz aller guten Vorsätze, Berufliches nicht mit Privatem zu vermischen, auf eine Affäre mit ihm eingelassen hatte.

Allerdings war die Sache schnell und unschön zu Ende gegangen, sobald sie begriffen hatte, daß sie für Aldo nicht mehr war als ein Beutestück in seiner Sammlung. Das hatte sie sehr gekränkt, und sie war nicht gut auf ihn zu sprechen gewesen.

Inzwischen sah sie das Ganze ein wenig gelöster. War es nicht ihre eigene Schuld, daß sie sich etwas eingebildet hatte, das gar nicht vorhanden war? Aldo, ein paar Jahre jünger als sie, hatte seinen Spaß haben wollen, warum auch nicht? Ihre Zusammenarbeit war durch das kleine private Zwischenspiel zum Glück nicht getrübt worden, und sie schätzte ihn nach wie vor als den besten Kollegen, den sie sich wünschen konnte. Auch wenn sie offiziell seine Vorgesetzte war, agierten sie meistens als gleichberechtigte Partner, und sie war sicher, daß er eine glänzende Karriere vor sich hatte.

Nachdem der Kellner Seewolf und Tagliatelle serviert hatte, schien Aldo etwas von seiner Lockerheit einzubüßen. Mehrmals verlor er den Faden und verhaspelte sich, und Claudia war schnell klar, daß er mit seinen Gedanken ganz woanders war.

»Bedrückt dich etwas, Aldo?«

Überrascht sah er von seinem Teller auf, wo er den Seewolf gedankenverloren in geradezu schändlicher Weise mit Gabel und Fischmesser zerstückelte.

»Was? Wieso?«

»Ich habe den Eindruck, daß du mit deinen Gedanken ganz woanders bist.«

»Da täuschst du dich«, sagte er eine Spur zu schnell.

Sie strahlte ihn an. »Vergiß nicht, daß du einer erfahrenen Kriminalbeamtin gegenübersitzt. Du täuschst dich, wenn du glaubst, daß du mich täuschen kannst.«

Er seufzte schwer. »Dann muß ich wohl ein Geständnis ablegen.«

»Ich bin ganz Ohr.«

»Ich weiß nicht recht, wie ich es sagen soll. Es hat mit Alessandra zu tun. Wir sind nämlich seit ein paar Tagen zusammen, weißt du?«

»Gewußt habe ich es nicht, aber ich hatte den Eindruck, daß zwischen euch etwas läuft.«

»Und – das stört dich nicht?«

»Mensch, Aldo, hältst du mich für verklemmt? Du weißt so gut wie ich, daß es bei vielen im Präsidium Vorbehalte gegen Beziehungen unter Kollegen gibt, aber du weißt auch, daß gerade ich mich lächerlich machen würde, wenn ich auf dieser Welle reiten würde. Also seid glücklich miteinander und achtet darauf, daß das Private dem Beruflichen nicht in die Quere kommt.« Sie hielt inne und kicherte dann. »Jetzt rede ich wie die Briefkastentante in einer Klatschpostille. Ihr beide werdet schon wissen, was ihr tut.«

Aldo atmete durch. »Ich bin wirklich froh, daß du es so leicht nimmst.«

»Das ist alles, was dich bedrückt hat? Die Sache zwischen uns ist längst vorbei und vergessen, zu den Akten gelegt, warum sollte ich dir deine Beziehung zu Alessandra verübeln?«

»Na ja, ich dachte, du machst dir vielleicht Sorgen wegen der Verantwortung.«

Jetzt war Claudia wirklich irritiert. »Wegen welcher Verantwortung? Täusche ich mich, oder reden wir irgendwie aneinander vorbei?«

»Ich spreche von meiner Verantwortung.«

»Meinst du deine Verantwortung für Alessandra? Was habe ich damit zu tun?«

»Nein, ich meine die Verantwortung für dich.«
»Ich wüßte nicht, wieso du Verantwortung für mich haben solltest, außer der unter Kollegen natürlich. Aber damit hat wiederum Alessandra nichts zu tun. Oder?«
»Selbstverständlich habe ich eine Verantwortung, und ich wollte dir sagen, daß ich mich nicht darum drücken werde, auch wenn wir kein Paar sind. Du kannst immer auf mich zählen, auch finanziell natürlich.«
»Auch finanziell?« Claudia hatte das Gefühl, ihr Gesicht müsse ein einziges Fragezeichen sein. »Du, ich glaube, die letzten vierundzwanzig Stunden haben mich doch mehr mitgenommen, als ich dachte. Ich verstehe nur Bahnhof.«
»Wieso? Ist es nicht normal, daß ein Vater für sein Kind sorgt, auch wenn er nicht mit der Mutter verheiratet ist?«
Endlich verstand Claudia, was Aldo meinte, und sie fing lauthals an zu lachen. Die übrigen Gäste drehten sich schon zu ihnen um, aber sie konnte einfach nicht aufhören. Fast wären ihr die Nudeln wieder aus dem Mund gefallen. Tränen traten ihr in die Augen, und schließlich bekämpfte sie den Lachanfall, indem sie ein halbes Glas Wasser hinunterstürzte.
Jetzt war es an Aldo, verwirrt dreinzuschauen. »Ich verstehe nicht, was daran so lustig ist.«
»Es ist sehr unfein, ich weiß, Aldo, aber ich habe über deine Seelenqual gelacht. Bis du das endlich heraushattest! Es muß dich wirklich schwer beschäftigt haben.«
»Man wird schließlich nicht alle Tage Vater.«
»So? Im wievielten Monat ist Alessandra denn?«
»Wieso Alessandra? Ich spreche von dir, Claudia. Von dir und mir und unserem Kind.«
»Soweit habe ich es jetzt schon verstanden. Allerdings be-

findest du dich da komplett auf dem Holzweg. Du bist nicht der Vater meines Kindes, Aldo. Ich hoffe, dir fällt jetzt mindestens ein mittleres Gebirge vom Herzen.«

»Aber … aber … das kann nicht sein. Du hast gesagt, daß es bis zur Geburt noch sieben Monate hin ist, und vor zwei Monaten haben wir …«

»Ja, das haben wir«, unterbrach sie ihn. »Aber glaubst du, sonst interessiert sich niemand für mich?«

»Äh, nein, natürlich glaube ich das nicht. Aber woher willst du so genau wissen, daß nicht ich der Vater bin?«

»Weil ich meinen Körper ein bißchen besser kenne als du und weiß, wann ich für ein Kindelein bereit bin und wann nicht.«

»Ja, natürlich, aber …« Er stammelte wie ein Schuljunge, der beim Schummeln ertappt worden ist, und fast tat er Claudia leid. »Aber wer ist dann der Vater?«

»Was soll das werden, Aldo? Intime Geständnisse einer Polizeikommissarin?«

Jetzt lief er tatsächlich rot an. »So war das nicht gemeint. Ich war nur neugierig, aber natürlich geht es mich nichts an, mit wem du …« Er brach ab, biß sich auf die Lippe und zog die Stirn in Falten. So verharrte er einen Moment, bis es in seinen Augen plötzlich aufleuchtete. »Paul Kadrell, er ist es! Habe ich recht?«

Sie sah ihn durchdringend an; jedwede Heiterkeit war von ihr abgefallen. »Laß uns über etwas anderes sprechen, bitte!«

Natürlich hatte Aldo recht, aber Claudia hatte es ihm nicht gesagt. Nicht, weil sie ein Geheimnis daraus machen wollte, sondern weil es ihr schwerfiel, über Paul zu sprechen. Aldo und sie hatten sich daraufhin wieder belangloseren Dingen zugewandt, aber der Rest des Abends war nicht mehr ganz so locker und heiter verlaufen.

Mittlerweile hatte sich die Nacht über Rom gelegt, und Claudia wälzte sich, bewacht von einer Schutzpolizistin im vorderen Zimmer, in ihrem Hotelbett und dachte über den Abend nach. Und über Paul, zu dem ihre Gedanken immer wieder zurückkehrten. Sie wußte ja nicht einmal, ob er noch am Leben war.

Als sie Paul Kadrell zwei Monate zuvor kennen- – und lieben- – gelernt hatte, war er noch Jesuit gewesen, kein Priester, sondern ein sogenannter Bruder, der aber auch den jesuitischen Gelübden – wie dem der Keuschheit – unterworfen war. Er war nach dem Tod des hochrangigen Jesuiten Renato Sorelli vom Mondsee in Österreich, wo er ein Waisenhaus geleitet hatte, nach Rom gekommen, nur um herauszufinden, daß sein vorgeblicher Ziehvater Sorelli in Wahrheit sein leiblicher Vater gewesen war.

Paul – und mit ihm Claudia – war in eine Verschwörung rund um das Wahre Grab Petri hineingezogen worden, das unterhalb des Vatikans lag und mit dessen Hilfe eine gut organisierte Gruppe, die sich »Söhne des Alten« nannte, einer uralten Gottheit zur Macht über die Menschen verhelfen wollte.

Mit Schaudern erinnerte sie sich an den gnadenlosen Kampf um das Grab Petri, der in den Katakomben unter Roms Straßen getobt hatte. Die Söhne des Alten hatten die Jesuiten, denen die Bewachung des Grabes seit Jahrhunderten anvertraut war, unterwandert, und der Jesuiten-Admonitor Juan Felipe Martín, der weit oben in der Hierarchie des Ordens stand, war ihr Anführer. Leider war er entkommen und

untergetaucht; es war nicht gelungen, die Söhne des Alten vollends zu zerschlagen.
Die Verschwörer hatten Paul für sich gewinnen wollen, weil er als Sorellis Sohn in ihren Augen der »Erwartete« war, ein leiblicher Nachfahre der alten Gottheit, dazu ausersehen, deren neugewonnene Macht auf Erden zu verkörpern. Aber Paul hatte ihnen widerstanden und sich für die andere Seite entschieden, für den christlichen Glauben, in dem er erzogen worden war und dem er sich als Jesuit verpflichtet gefühlt hatte.
Nur hatte noch etwas ihn und sein Pflichtgefühl als Jesuit auf die Probe gestellt: seine Liebe zu Claudia. Nachdem Jean Christophe Gavalda, der todkranke Generalobere der Jesuiten, ihn von seinen Gelübden entbunden hatte, war Paul für eine Nacht mit Claudia zusammen gewesen – die Nacht, in der ihr Kind gezeugt worden war. Doch davon wußte er nichts, denn am nächsten Morgen war er verschwunden gewesen und mit ihm Claudias Dienstpistole. Es war nicht schwer zu erraten gewesen, daß er sich töten wollte, um der Gefahr zu entgehen, von den Söhnen des Alten für ihre Zwecke mißbraucht zu werden. Aber hatte er sein Vorhaben auch verwirklicht? Paul war und blieb verschwunden, so verzweifelt Claudia auch nach ihm gesucht hatte.
Sie wußte nicht, ob das Ungeborene in ihrem Leib einen Vater haben, ob es ihn jemals kennenlernen würde. Sie wußte nicht einmal, ob sie mit Pauls Kind einen Abkömmling der alten Gottheit in sich trug. Aber sollte sie an so etwas Irrationales wie Kinder von Göttern oder Dämonen überhaupt mehr als einen kurzen Gedanken verschwenden?
Jetzt, mit zwei Monaten Abstand, erschienen ihr die Geschehnisse von damals wie ein Alptraum, eine Fieberphan-

tasie. Natürlich war ihr der Gedanke an eine Abtreibung gekommen. Da sie ihren Glauben längst verloren hatte, hätten keinerlei religiöse Bedenken dagegen gesprochen. Aber sie wollte ihr Kind nicht töten. Es war das einzige, was ihr von Paul geblieben war.

Dritter Tag

11

Claudia und Aldo standen in dem geräumigen Vorzimmer des Büros von Dottore Valfredo Collotti und blickten durch das große Fenster hinaus auf das Gelände des Forum Romanum, wo trotz der frühen Vormittagsstunde bereits zahlreiche Touristen die Überreste antiker Pracht durchstreiften, in Reiseführern blätterten, sich über Texttafeln beugten und Foto um Foto schossen. Nichts erinnerte mehr an das schreckliche Ereignis der vorletzten Nacht, und die Leute zwischen den Ruinen benahmen sich ganz zwanglos. Der Tod zweier Menschen war für sie nicht mehr als eine Zeitungsmeldung von gestern.

Für Claudia und Aldo allerdings war er eine harte Nuß, die es zu knacken galt, und deshalb waren sie hier. Sie wollten mit dem Stellvertreter von Dottoressa Arietta Calvi sprechen in der Hoffnung, endlich etwas Licht in die Angelegenheit zu bringen. Die schwarzhaarige Sekretärin in dem etwas zu engen Rock bat sie herein, und Collotti begrüßte sie freundlich. Er war in den Fünfzigern, nicht mehr ganz schlank. Sein Rücken war von der jahrelangen Schreibtischarbeit gebeugt, weshalb er kleiner wirkte, als er tatsächlich war. Er trug ein großkariertes Jackett, auf dessen Ärmeln Lederflicken saßen, und wirkte damit wie aus einer anderen Zeit.

»Ich nehme an, Arietta Calvis unglückliches Schicksal führt Sie zu mir«, eröffnete er das Gespräch, nachdem sie Platz genommen hatten. »Wir alle hier sind zutiefst erschüttert.«

»Sie persönlich auch?« fragte Claudia.

»Aber natürlich, weshalb fragen Sie?«
»Aus unseren Unterlagen geht hervor, daß Sie schon seit fünfzehn Jahren für das Forum Romanum arbeiten und sich ebenfalls für den Posten des Direktors beworben hatten. Aber Arietta Calvi aus Pisa hat den Job bekommen, und Sie sind stellvertretender Leiter geblieben.«
»Aber dafür konnte Arietta doch nichts. Wir haben uns recht gut verstanden.« Er rieb seinen Nacken und blickte Claudia skeptisch an. »Was soll das überhaupt? Das hört sich ja so an, als wollten Sie mir ein Mordmotiv unterschieben. Über dreihundert Menschen haben mit eigenen Augen gesehen, wie Arietta von Giuseppe Pignato in den Tod gerissen wurde. Ich habe zu der Zeit unten bei den anderen gestanden, dafür gibt es Zeugen.«
»Es gehört zu unseren Aufgaben, alle Möglichkeiten zu prüfen«, sagte Claudia geduldig. »Können Sie sich vorstellen, was Pignato zu seiner Tat getrieben hat?«
»Nein, wirklich nicht.«
»Gab es berufliche Differenzen zwischen den beiden?«
»Soweit ich weiß, nicht.«
»Oder eine enge persönliche Beziehung?«
»Wie meinen Sie das?«
»Sie meint ein Verhältnis«, konkretisierte Aldo.
»Unvorstellbar! Dafür war Arietta nicht der Typ. Schon rein äußerlich hätten die beiden doch nicht zueinander gepaßt. Pignato war nicht gerade ein Adonis.«
»Wo die Liebe hinfällt«, meinte Aldo und grinste.
Collotti blieb ernst. »Ich kann mir wirklich nicht vorstellen, daß die Liebe ausgerechnet da hingefallen ist.«
Claudia blätterte in einem bunten Flyer, der auf dem Schreibtisch lag und den Titel »Antike Welten – moderne Koopera-

tion« trug. Darin wurde die neue Zusammenarbeit zwischen dem Forum Romanum und den Vatikanischen Museen angepriesen.

»Erzählen Sie uns doch etwas über die Hintergründe dieser Zusammenarbeit, Dottore«, bat sie. »Wie ist es dazu gekommen?«

»Arietta und Pignato sind im Rahmen eines Symposiums auf die Idee gekommen, und es ist ja auch eine gute Idee. Warum nebeneinanderher forschen, wenn man sich zusammentun kann? Wir leben in wirtschaftlich harten Zeiten. Diese Kooperation hilft uns Kosten sparen und verschafft uns gleichzeitig die Aufmerksamkeit der Medien und damit hoffentlich auch neue Besucher.«

»Ich hatte nie den Eindruck, daß das Forum Romanum unter Besuchermangel leidet«, erwiderte Claudia. »Bei den Vatikanischen Museen kann ich mir das genausowenig vorstellen.«

»Der Eindruck täuscht. Wir merken schon, daß die Leute mehr aufs Geld schauen. Deshalb wollen wir demnächst auch ein kombiniertes Ticket für das Forum Romanum und die Vatikanischen Museen anbieten. Die Aussicht, Geld zu sparen, verfängt bei den Menschen einfach am besten.«

Claudia hatte den Eindruck, daß sie nicht recht weiterkamen. Sie zog einen der eingeschweißten Janus-Ringe hervor und zeigte ihn Collotti.

»Sagt Ihnen dieser Ring etwas? Haben Sie ihn – oder einen ähnlichen – vielleicht schon einmal gesehen?«

Er betrachtete den Ring und sagte: »Janus oder sein Sohn Fontus, nach dem Vorbild einer antiken Münze gestaltet. Und?«

»Natürlich kennen Sie sich mit den Göttern der Antike aus,

aber können Sie da möglicherweise einen aktuellen Bezug herstellen?«
»Aktuell, bei einer vorchristlichen Gottheit?« Collotti wollte ihr den Ring schon zurückgeben, hielt dann aber inne. »Na ja, da sind natürlich das Symposium und die geplante Ausstellung.«
»Geht es etwas ausführlicher?« bat Aldo.
»Nun, ich habe Ihnen ja bereits gesagt, daß Arietta und Pignato einander auf einem Symposium nähergekommen sind – beruflich, meine ich natürlich. Die Tagung stand unter dem Motto ›Janus – die vielen Gesichter einer Gottheit‹. Arietta und Pignato fanden das Ganze so inspirierend, daß sie eine gemeinsame Janus-Sonderausstellung geplant haben. Pignato hat das Thema wohl besonders interessiert; er war damit beschäftigt, eine neue Monographie über Janus zu schreiben.«
Claudia und Aldo tauschten einen bedeutungsvollen Blick, und dann fragte Claudia: »Was hat es denn mit diesen vielen Gesichtern des Janus auf sich?«
Collotti lehnte sich in seinem schweren Bürostuhl zurück und preßte die Fingerspitzen beider Hände gegeneinander, wie um sich zu konzentrieren. »Janus ist ein sehr alter Gott, und demzufolge hat er viele verschiedene Deutungen erfahren. Wir kennen ihn heute als Hüter der Türen, Tore und Durchgänge, aber auch als Beherrscher der Kriege. Oft wird der alte römische Brauch erwähnt, die Tore des Janus-Tempels in Friedenszeiten geschlossen zu halten und sie in Kriegszeiten zu öffnen. Das alles ist richtig, aber es kratzt nur an der Oberfläche seiner eigentlichen Bedeutung.«
Claudia, die gespannt zugehört hatte, fragte ungeduldig: »Und die wäre?«

»Janus ist sehr alt, wie gesagt, älter als Rom. Über seine Eltern haben wir keine Gewißheit. Uranus soll ihn mit Hekate gezeugt haben, sagen die einen, und andere bezeichnen Apollon als seinen Vater.«

»Dann wäre er ein griechischer Gott«, warf Claudia ein.

Collotti nickte. »Ursprünglich ja, wenn man dieser Theorie folgt. Sie besagt weiterhin, daß Janus von Thessalien nach Italien gezogen sei.«

»Sie klingen nicht sehr überzeugt, Dottore Collotti.«

»Ach, all diese Theorien verschleiern letztlich nur, daß wir über die Herkunft von Janus nichts Definitives sagen können. Es scheint tatsächlich so zu sein, daß er immer schon da war, ein wirklich römischer Gott, den die Römer sich nicht – wie so viele andere – von den Griechen ausgeliehen haben. In ganz alten Zeiten, bevor die halbwegs gesicherte Überlieferung einsetzt, scheint er sehr mächtig gewesen zu sein, der mächtigste Gott überhaupt. Damals galt er als Gottheit des Lichts und der Sonne, als erster unter den Göttern, dessen Name vor allen anderen genannt wurde, ja, als Schöpfer der Welt. Viele der Rituale, die mit ihm in diesen Funktionen verbunden waren, haben in der durch Überlieferungen gesicherten römischen Zeit noch existiert, aber davor – bevor die Römer massenhaft Götter aus anderen Kulturen importierten – muß seine Bedeutung ungleich größer gewesen sein.«

»Also war er fast ein allmächtiger Gott«, meinte Aldo. »Ähnlich unserem christlichen.«

Collotti lächelte und nickte dabei. »Kein schlechter Vergleich. Der Unterschied ist allerdings der, daß der Gott der Christen sich durchsetzen konnte, Janus aber nicht.«

»Und warum nicht?« fragte Claudia.

»Auch da fehlen uns gesicherte Überlieferungen. Soweit ich weiß, ist das eines der Themen, die Pignato in seiner Monographie behandeln wollte. Arietta hat gelegentlich von den dunklen Seiten des Janus gesprochen und gesagt, es gebe Hinweise darauf, daß er ein grausamer, böser Gott gewesen sei. Aber ich habe bislang keinen Beleg dafür gesehen, und es erscheint mir fragwürdig. Weshalb hätten ihn dann so viele Menschen anbeten sollen?«

»Warum sind so viele Menschen Adolf Hitler gefolgt oder Josef Stalin oder Mao Zedong?« gab Claudia zurück.

Collotti reagierte leicht genervt.

»Das weiß ich nun wirklich nicht, ich bin kein Fachmann für neuere Geschichte.«

»Wissen Sie, wie weit Pignato mit seiner Janus-Monographie vorangekommen war?« fragte Claudia weiter. »Gibt es bereits ein Manuskript oder ein Teilmanuskript?«

»Tut mir leid, da bin ich überfragt.«

»Wir sollten Pignatos Wohnung und sein Büro noch einmal nach diesem Manuskript oder Aufzeichnungen für die Monographie durchsuchen«, sagte Claudia, als sie vor dem Forum Romanum auf der Straße standen. »Vielleicht kann uns auch seine Frau etwas darüber sagen.«

»Glaubst du wirklich, das ist es, wonach die Unbekannten gesucht haben?« fragte Aldo.

»Der Verdacht liegt doch wohl nahe«, erwiderte sie und hielt ihm die Tüte mit dem Janus-Ring unter die Nase. »Vielleicht ist Pignato im Zuge seiner Forschung auf etwas gestoßen, das andere lieber geheimhalten möchten, und vielleicht hat er Arietta Calvi davon erzählt.«

»Das könnte ein Mordmotiv sein, sicher, aber du vergißt,

daß Pignato nicht in die Tiefe gestürzt wurde, sondern gesprungen ist.«
»Das ist eine der großen Ungereimtheiten in diesem Fall«, gab Claudia zu.
Aldo nahm ihr die Tüte aus der Hand und betrachtete den Ring einmal mehr von allen Seiten.
»Tut mir leid, aber ich kann mir beim besten Willen nicht vorstellen, was ein uralter Gott mit unserem Fall zu tun haben soll. Du etwa?«
»Nein«, sagte sie und hoffte, daß er die leichte Unsicherheit in ihrer Stimme nicht bemerkte.
Sie hatte damals dem Generaloberen der Jesuiten versprochen, über das Wahre Grab Petri und alles, was damit zusammenhing, nur das Nötigste verlauten zu lassen. Auch Aldo war nicht in alles eingeweiht. Er wußte nicht, daß Paul der Nachfahre einer alten Gottheit sein sollte. Jetzt aber fragte sie sich, ob diese Gottheit Janus hieß und ob sie einem Abkömmling des Janus das Leben schenken würde.

12

Zurück im Präsidium, suchte Claudia als erstes das Büro von Pietro Monelli auf. Der Leiter der Spurensicherung saß am Computer und ließ seine Finger wie tanzende Derwische über die Tastatur sausen. Erst als sie sich vernehmlich räusperte, nahm er sie wahr und drehte sich zu ihr um.
»Durchsuchst du da gerade Pignatos Festplatte?«

»Sehr witzig«, sagte Monelli mürrisch und fuhr sich mit der Rechten durch den Bart. »In Pignatos Wohnung war keine Festplatte.«

»Kein PC?«

»Doch, aber die Festplatte war ausgebaut. Oder eher herausgerissen. Wer immer das war, er ist nicht gerade sorgfältig zu Werke gegangen.«

»Und sie ist verschwunden?«

»Korrekt.«

»Was ist mit seinem Büro?«

»Da hat er ein Notebook benutzt, aber das ist ebenfalls verschwunden.«

»Dann haben unsere Unbekannten also ganze Arbeit geleistet«, seufzte Claudia.

»So sieht es derzeit leider aus. Was suchst du denn?«

Claudia sagte es ihm.

»Gut, ich werde auf alles achten, was mit dem Gott Janus oder auch nur mit dem Namen zu tun haben könnte.«

»Auch auf handschriftliche Aufzeichnungen, bitte.«

»Danke für den Hinweis, da wäre ich allein nicht drauf gekommen.«

Claudia ließ Monelli mit seiner schlechten Laune allein und ging in ihr Büro. Von Aldo keine Spur, was ihr nicht unlieb war.

Ihr ging nicht aus dem Kopf, was Collotti ihnen über den Gott Janus erzählt hatte, und sie grübelte eine kleine Ewigkeit darüber nach. Auch wenn sie keine Beweise dafür hatte, sie wurde das Gefühl nicht los, daß die aktuellen Ereignisse mit dem Kampf um das Wahre Grab Petri in einem Zusammenhang standen. Aber wie konnte sie Gewißheit darüber erlangen? Wer konnte ihr dabei helfen? Schließlich griff sie

zum Telefon und wählte die Nummer von Jean Christophe Gavaldas Büro.
»Pater Baldesi, Büro des Generaloberen der Gesellschaft Jesu«, meldete sich ein Mann mit einer jugendlichen Stimme.
»Commissario Claudia Bianchi von der römischen Polizei, ich hätte gern einen Termin beim Pater General, dringend.«
Nach einem kurzen Schweigen sagte die jugendliche Stimme: »Das geht nicht, Commissario, der Pater General empfängt niemanden.«
»Wann geht es denn wieder?«
Erneut schwieg der Pater ungewöhnlich lange, bevor er schließlich zögernd antwortete: »Leider gar nicht. Der Pater General ist gesundheitlich nicht auf der Höhe und kann niemanden empfangen. Worum handelt es sich denn?«
Statt auf die Frage einzugehen, erkundigte Claudia sich: »Können Sie mit dem Pater General sprechen?«
»Ja, natürlich.«
»Dann suchen Sie ihn bitte schnellstmöglich auf und nennen ihm meinen Namen. Sagen Sie ihm bitte, ich wünsche ihn in einer dringenden Angelegenheit zu sprechen. Und dann rufen Sie mich wieder an.«
Sie gab dem Jesuiten ihre Nummer und beendete das Gespräch.
Während sie wartete, ging sie die Akten auf ihrem Schreibtisch durch: die vorläufigen Untersuchungsergebnisse zum Tod der beiden Museumsdirektoren sowie zu der versuchten Entführung. Doch es wollte ihr nicht gelingen, sich zu konzentrieren. Die Buchstaben verschwammen vor ihren Augen, und sie legte eine Hand auf ihren Bauch: ein Abkömmling des Alten – des Janus?

Es war nicht zu spät für eine Abtreibung. Sie hatte noch vier Wochen Zeit, sich zu entscheiden.
Auf einmal ekelte sie sich vor sich selbst. Wie konnte sie nur daran denken, ihr Kind abtreiben zu lassen? Noch dazu weil sie sich einredete, es könnte von einer alten Gottheit abstammen – einer Gestalt aus der Mythologie?
An Gott glaubte sie nicht, warum also an Janus? War sie paranoid?
Ihr wurde schlecht. Sie lief zum Fenster, riß es auf und atmete tief durch. Die frische Luft tat ihr gut. Sie schloß die Augen, zwang sich, weiterhin tief und gleichmäßig zu atmen, und entspannte sich allmählich.
Sie nahm sich vor, sich nicht mit irgendwelchem Budenzauber zu belasten, ganz gleich, ob er von katholischen Geistlichen oder von den obskuren Anbetern nicht minder obskurer alter Gottheiten stammte. Das war nicht das reale Leben.
Die Leute, mit denen sie es zu tun hatten, fuhren in Autos und benutzten Schußwaffen. Es waren Verbrecher, reale Menschen, keine Dämonen, denen man mit Zaubersprüchen und Hokuspokus zu Leibe rückte, mit Weihrauch und geweihtem Wasser. Vielleicht gar mit Holzpflöcken und Silberkugeln, dachte sie und kicherte in sich hinein.
War sie zuviel allein und hatte vorübergehend die Bodenhaftung verloren? Vermutlich. Seit Paul, den sie nur so kurz gehabt hatte, war der Beruf ihr Leben gewesen. Abgesehen von der Suche nach Paul, aber auch die war mehr eine Fortsetzung ihrer beruflichen Tätigkeit gewesen als das, was andere ein Privatleben nannten.
Sie durfte nicht mehr so viel an Paul denken. Er hatte seine Wahl getroffen, und das mußte sie respektieren. Vielleicht

hätte es für sie beide ohnehin keine Zukunft gegeben. Paul war ein zutiefst gläubiger Mensch – oder war es gewesen. Sonst hätte er nicht die Gelübde der Jesuiten abgelegt. Daß er seinen Generaloberen gebeten hatte, ihn von diesen Gelübden zu entbinden, hatte nicht mit einer Abkehr vom Glauben zu tun gehabt, sondern ganz allein mit Claudia und ihrer gegenseitigen Zuneigung.

Oder doch nicht? Zum ersten Mal kam ihr ein Gedanke, der doch im Grunde naheliegend war. Vielleicht hatte Paul auch um die Entbindung von seinen Gelübden gebeten, damit sein Suizid keinen zu großen Schatten auf die Gesellschaft Jesu warf, die für ihn und für die er ein Leben lang dagewesen war.

Sein Suizid!

Hatte Paul nur vorgehabt, sich das Leben zu nehmen, oder hatte er es tatsächlich getan? Wenn er es getan hatte, warum war dann seine Leiche nie gefunden worden? Das war, wie sie sich eingestand, eine Frage, die sie nicht weiterbrachte. Denn selbst wenn er noch lebte, er war so oder so verschwunden!

Sie preßte die flachen Hände gegen ihre Schläfen und versuchte krampfhaft, nicht an Paul zu denken. Aber wie von selbst kehrten ihre Gedanken immer wieder zu ihm zurück, was ihr letztlich zeigte, daß sie seinen Verlust noch längst nicht überwunden hatte. Sie mußte daran arbeiten, das nahm sie sich fest vor.

Als das Telefon läutete, stürzte sie zum Schreibtisch. Das Display zeigte die Nummer an, die sie zuvor angerufen hatte, das Büro des Generaloberen.

Kaum hatte sie sich mit ihrem Namen gemeldet, sagte dieselbe Stimme wie vorher: »Pater Baldesi hier. Ich habe mit dem Pater General gesprochen. Er sagt, Sie möchten zu ihm kommen.«

»Fein. Und wann?«

»Jetzt.«

Keine halbe Stunde später parkte Claudia den Fiat Linea auf dem belebten Borgo Santo Spirito, unweit der Curia Generalis Societatis Jesu, dem Hauptquartier des Jesuitenordens. Sie hatte niemandem gesagt, wohin sie fuhr. Aldo wußte nicht einmal, daß sie das Präsidium verlassen hatte. Allein, da war sie sich sicher, würde sie hier mehr in Erfahrung bringen. Der Pater General hatte sie schon einmal ins Vertrauen gezogen, und sie wußte Dinge, die nicht einmal dem Jesuitenzögling Cesare Compagni bekannt waren.

Als sie den Wagen abschloß, wanderte ihr Blick in Richtung des Vatikans, der in unmittelbarer Nähe lag. War es ein Zufall, daß die Jesuiten sich so nahe am Zentrum der katholischen Christenheit angesiedelt hatten? Seitdem Claudia um die besondere und höchst geheime Aufgabe des Ordens wußte, das Wahre Grab Petri zu bewachen, glaubte sie nicht mehr an einen Zufall. Das Jesuitenhauptquartier erschien ihr wie ein Bollwerk, errichtet zum Schutz gegen jeden, der den Vatikan und damit den katholischen Glauben bedrohte.

Seit ihrer Gründung im sechzehnten Jahrhundert war die Societas Jesu, die Gesellschaft Jesu, wie der Jesuitenorden eigentlich hieß, auf der ganzen Welt der verlängerte Arm der Kirche. Über die Jahrhunderte hinweg hatten die Jesuiten auf allen Kontinenten Missionen gegründet, und immer wieder waren sie angefeindet und verboten worden. Daß sie auch hier, im Herzen Roms, eine wichtige – aus ihrer eigenen Sicht vielleicht die wichtigste – Aufgabe erfüllten, ließ

diese wechselhafte Geschichte für Claudia in einem anderen Licht erscheinen. Waren die Jesuiten auch, und vielleicht gerade, wegen dieser Aufgabe bekämpft worden?
Unwillkürlich schüttelte sie den Kopf. Das waren wilde Spekulationen, und auf einer solchen Grundlage sollte niemand versuchen, die Weltgeschichte umzuschreiben, nicht einmal in einem reinen Gedankenspiel. Sie straffte sich und näherte sich dem Eingang, der in die Welt der Gesellschaft Jesu führte.
An der Pforte saß ein älterer Mann mit ergrauendem Haar, der einen dunklen, schon ein wenig abgeschabten Anzug trug. Offenbar kein Pater, sondern ein Jesuitenbruder. An seiner Brust hing ein Schild mit dem Namen »Turati«.
Sie nannte ihren Namen und fügte hinzu: »Der Pater General erwartet mich, Bruder Turati.«
Der Pförtner hob die buschigen weißen Brauen. »Das kann nicht sein, der Pater General nimmt keine Termine wahr.«
»Ich habe vor einer halben Stunde mit Pater Baldesi telefoniert. Er hat mir den Termin bestätigt.«
»Mit Pater Baldesi? Einen Augenblick, bitte.«
Er nahm den Hörer von einer klobigen Telefonanlage und drückte auf einen der zahlreichen Knöpfe, die in mehreren Reihen angeordnet waren. »Turati hier, Pater Baldesi bitte.« Eine kurze Pause. »Ja, hier Turati. Eine Dame ist hier, Commissario Bianchi, und sagt, Sie hätten ... Ja, wirklich? Gut, wird erledigt.«
Er legte den Hörer wieder auf und sah Claudia an. »Pater Baldesi wird gleich bei Ihnen sein. Wenn Sie bitte solange warten möchten.«
Er wies auf ein paar unbequem aussehende Stühle, die um einen kleinen Tisch gruppiert waren. Auf dem Tisch lagen religiöse Zeitungen, Zeitschriften und Prospekte.

Claudia setzte sich und griff nach der neuesten Ausgabe des »Osservatore Romano«, ohne wirklich darin zu lesen. Ihr Blick schweifte ab zu dem Pförtner und dem Bildnis des Ordensgründers Ignatius von Loyola, das hinter ihm neben einer profanen Wanduhr hing. Die Art, wie Turati sie empfangen hatte, kam ihr seltsam vor. Warum hatte man ihn nicht informiert, wenn sie vom Pater General, dem Oberhaupt des Jesuitenordens, erwartet wurde? Allmählich beschlich sie das Gefühl, daß hier etwas nicht stimmte.
Nach vier oder fünf Minuten erschien endlich ein rundgesichtiger junger Mann im schwarzen Klerikeranzug. Er stellte sich als Pater Baldesi vor. Dabei machte er einen seltsam mitgenommenen Eindruck; so sprach er Claudias Namen falsch aus, als sei er mit seinen Gedanken ganz woanders.
»Es tut mir sehr leid, Commissario, daß ich Sie nicht angerufen habe. Bitte entschuldigen Sie!«
»Aber Sie haben mich doch angerufen, sonst wäre ich jetzt nicht hier.«
»Sie mißverstehen mich.« Der Pater zog ein weißes Taschentuch hervor, das er offenkundig nicht zum ersten Mal benutzte, und tupfte sich ein paar Schweißperlen von der Stirn. »Ich hätte Sie noch einmal anrufen sollen, um den Termin abzusagen, aber ich habe es schlichtweg vergessen. Ich hatte soviel um die Ohren in der letzten halben Stunde.«
»Hat der Pater General es sich anders überlegt?«
»Nein, so kann man es nicht sagen.«
»Wie dann?«
»Es geht ihm ohnehin nicht gut, und in den letzten Minuten hat sein Zustand sich dramatisch verschlechtert.« Der Pater atmete schwer, er schien einem Zusammenbruch nahe; aber-

mals tupfte er mit dem Taschentuch über seine Stirn, aber diesmal war es nicht mehr als ein Zeichen seiner Nervosität.
»Ich fürchte, es ist meine Schuld.«
Claudia war sehr betroffen. Sie hatte gewußt, daß es schlecht um ihn stand, aber nicht, daß es so ernst war. Der Krebs fraß ihn von innen auf, und obwohl Claudia nicht viel für Kleriker übrighatte, würde sie seinen Tod als schweren Verlust empfinden. Bei allem, was sie und Gavalda in Glaubensfragen trennen mochte, hatte sie ihn doch als integren und gegenüber seinen Untergebenen loyalen Menschen kennengelernt. Nicht jeder an Gavaldas Stelle hätte Paul von seinen Gelübden entbunden.
»Was ist denn geschehen, Pater Baldesi?«
»Als ich dem Pater General Ihr Anliegen vortrug, wollte er wissen, ob ich mir einen Grund vorstellen könnte, weshalb Sie ihn zu sprechen wünschten.«
»Und konnten Sie?«
»Nun ja, ich habe natürlich die Meldungen über das, was im Forum Romanum geschehen ist, verfolgt. Also habe ich die Vermutung geäußert, daß Ihr Wunsch, ihn zu besuchen, mit dem Tod von Dottore Pignato und Dottoressa Calvi zusammenhängen könnte. Erst dann habe ich bemerkt, daß ich einen Fehler begangen hatte.«
Baldesi schwankte leicht, als verlöre er den Boden unter den Füßen. In einer unsicheren Bewegung streckte er den rechten Arm aus und stützte sich an der Wand ab. Der Pförtner verfolgte das aufmerksam und schien bereit, jederzeit helfend aufzuspringen.
»Noch sprechen Sie für mich in Rätseln, Pater«, sagte Claudia.
»Wie gesagt, dem Pater General ging es in letzter Zeit sehr

schlecht. Dottore Cassola, sein Arzt, hat uns angewiesen, jegliche Aufregung von ihm fernzuhalten. Der Pater General hat schon seit Tagen keine Zeitung mehr gelesen, nicht mehr ferngesehen und keine Nachrichten gehört. Er wußte nicht, was im Forum Romanum geschehen ist. Und ich Esel muß es ihm erzählen! Wo war ich nur mit meinen Gedanken? Wo?«

Jetzt begriff Claudia, weshalb der junge Jesuit sich solche Vorwürfe machte, aber eins war ihr immer noch nicht klar.

»Wieso hat das, was im Forum Romanum geschehen ist, ihn so aufgeregt?«

»Vielleicht wegen Dottore Pignato. Der Pater General hat ihn gekannt, soweit ich weiß.«

»Wie gut?«

»Das kann ich nicht sagen. Ich erinnere mich nur, daß Pignato den Pater General einmal hier besucht hat.«

»Wann war das?«

»Vor einem Monat, so ungefähr. Kurz danach begann der Zustand des Pater Generals sich rapide zu verschlechtern.«

»Worum ist es denn in dem Gespräch zwischen dem Pater General und Pignato gegangen?«

»Das weiß ich nicht, ich war nicht dabei.«

»In welcher Funktion arbeiten Sie für den Pater General?«

»Ich bin in seinem Sekretariat tätig.« Baldesi hatte zu Boden geblickt; jetzt hob er den Kopf und sah Claudia an. »Es tut mir aufrichtig leid, daß Sie vergebens hergekommen sind, aber leider kann der Pater General niemanden empfangen. Im Vertrauen, ich fürchte, es geht zu Ende mit ihm.«

In seine letzten Worte mischte sich ein durchdringendes Läuten. Das Telefon des Pförtners. Der nahm den Hörer auf und führte, äußerst einsilbig, ein kurzes Gespräch.

Danach wandte er sich Claudia und dem Pater zu. »Das war Pater Ackermann. Er sagt, der Pater General besteht darauf, Commissario Bianchi augenblicklich zu empfangen.«
»Aber dazu ist der Pater General gar nicht in der Lage«, wandte Baldesi ein.
Turati machte ein unglückliches Gesicht. »Ich wiederhole nur, was der Generalsekretär mir gesagt hat. Mehr weiß ich nicht.«
»Der Generalsekretär?« wiederholte Claudia. »Dann ist Ackermann der Nachfolger von David Fincher?«
»Ja«, sagte Baldesi knapp. Er schien nicht gewillt, das Thema zu vertiefen.
Claudia verstand, warum. Der Generalsekretär war so etwas wie die rechte Hand des Generaloberen, es war eine absolute Vertrauensstellung. Fincher aber hatte das Vertrauen mißbraucht und war in ein Mordkomplott verstrickt gewesen. Aus seiner Sicht waren seine Motive edel gewesen, weil er und seine Gefolgsleute gegen die Söhne des Alten vorgingen, aber Mord blieb Mord. Fincher war für die Ermordung von Renato Sorelli verantwortlich gewesen und hatte sich schließlich mit Hilfe einer Zyankalikapsel selbst gerichtet. Claudia konnte darüber nicht traurig sein, denn Fincher war derjenige gewesen, der Paul eingeredet hatte, er müsse sich selbst töten, um die Welt vor der Rückkehr des Alten zu schützen.
»Kommen Sie, Commissario, ich führe Sie zum Pater General.« Baldesi seufzte. »Wenn es denn sein muß.«
Während Claudia ihm folgte, bat sie: »Erzählen Sie mir von Pater Ackermann. Ich kenne ihn nicht. Ist er Deutscher?«
»Ursprünglich ja, aber dann ist er viele Jahre als Missionar im Ausland gewesen. Er ist erst kürzlich hierher in die Zen-

trale berufen worden. Vor seiner Ernennung zum Generalsekretär war er für die Koordinierung der Missionstätigkeit auf dem afrikanischen Kontinent zuständig.«

»Weshalb ist er aus Afrika abberufen worden?«

»Aus gesundheitlichen Gründen. Ich glaube, er leidet an Malaria.«

Über Flure und Treppen ging es ins zweite Obergeschoß, und Claudia erinnerte sich lebhaft an ihre früheren Besuche hier. Sie wußte, daß in diesem Stockwerk das Büro des Pater Generals und auch der von ihm genutzte Konferenzraum lagen. Baldesi aber blieb vor keiner der beiden Türen stehen, sondern näherte sich einer, durch die Claudia noch nie gegangen war. Leise, fast zaghaft klopfte er an.

»Was ist?« fragte jemand von jenseits der Tür, und es klang, als sei er über die Störung nicht erfreut.

»Baldesi hier. Ich habe Commissario Bianchi mitgebracht.«

Die Tür wurde geöffnet, und Claudia blickte in ein ihr vollkommen unbekanntes Gesicht. Trotzdem war sie sicher, Pater Ackermann gegenüberzustehen. Der Mann im schwarzen Klerikeranzug war um die Fünfzig, und seine Haut war, wohl von dem jahrelangen Leben unter tropischer Sonne, recht dunkel getönt. Um seine Augenwinkel hatten sich tausend winzige Fältchen gebildet. Sein Haar war noch voll und, wie sein Bart, von dunkelblonder Färbung. Nicht besonders groß von Gestalt, wirkte er doch robust. Ein Mann, der das Zupacken gewohnt war.

»Sie müssen Commissario Bianchi sein«, sagte er leise mit einer tiefen, angenehmen Stimme.

Claudia nickte. »Und Sie Pater Ackermann.«

»Reinhold Ackermann, ja. Treten Sie ein.«

Er wich einen Schritt zurück, und Claudia ging an ihm vor-

bei ins Zimmer. Als Pater Baldesi ihr folgen wollte, wies Ackermann ihn mit einer schnellen Handbewegung zurück.
»Danke, Pater. Wenn wir Sie brauchen, werden wir Sie rufen.«
Der Generalsekretär schloß die Tür, und Claudia hörte, wie Baldesis Schritte sich auf dem Gang entfernten, zögernd, so als wisse der junge Pater nicht, was er jetzt tun sollte.
Der Raum, in dem sie stand, mutete sie seltsam an. Halb schien er Büro zu sein, halb Krankenstation. Sie sah einen großen Schreibtisch mit PC, kombiniertem Telefon- und Faxgerät und einem kleinen Handapparat von Büchern. Aber es gab auch jede Menge medizinischer Geräte und ein großes Bett, in dem Jean Christophe Gavalda lag.
Der aus Frankreich stammende Generalobere sah noch viel schlechter aus, als Claudia ihn in Erinnerung hatte. Er lag auf dem Rücken und rührte sich nicht. Genausogut hätte er tot sein können.
Auf einem Stuhl neben dem Bett saß ein grauhaariger älterer Mann, der seine Jacke ausgezogen und die Hemdsärmel hochgekrempelt hatte. Vor seiner Brust hing ein Stethoskop. Er wandte sich zu Claudia und Ackermann um und sagte anstelle einer Begrüßung: »Ich halte diese Unterredung für Wahnsinn. Das Herz des Patienten ist sehr schwach, so schwach, daß ich unter diesen Bedingungen für seinen Zustand keine Verantwortung übernehmen kann.«
Da rührte der Pater General sich und drehte langsam, wie unter großer Anstrengung, den Kopf zur Seite, so daß er den Mann auf dem Stuhl ansah.
»Reden Sie nicht über mich, als sei ich schon weggetreten, Dottore Cassola!«

Gavaldas Stimme war brüchig, und er sprach leise, aber mit unüberhörbarer Autorität.
Der Arzt ließ ein undefinierbares Brummen hören. »Gut, dann sage ich es Ihnen ins Gesicht. Wenn Sie nicht auf meinen Rat hören und weiterhin auf der Unterredung mit dieser Dame bestehen, kommt das in meinen Augen einem Selbstmordversuch gleich. Jede Anstrengung, jede Aufregung ist Gift für Sie, Pater General!«
Gavalda stöhnte leise vor Schmerz, bevor er antwortete: »Ich habe Ihre Warnung vernommen, Dottore, und Pater Ackermann wird das jederzeit bestätigen. Jetzt lassen Sie mich bitte mit Commissario Bianchi allein, Sie beide!«
»Was?« Cassola schüttelte den Kopf. »Sie dürfen während der Unterhaltung nicht unbeaufsichtigt sein! Dafür lehne ich jede Verantwortung ab!«
»Das ist schon in Ordnung«, sagte Gavalda. »Die Verantwortung trage allein ich. Und jetzt bitte!«
»Wie Sie wünschen, Pater General, aber nur unter Protest.« Der Arzt nahm das Stethoskop ab, legte es auf einen kleinen Tisch, erhob sich und griff nach seiner dunklen Jacke, die er über die Stuhllehne gehängt hatte, dann verließ er zusammen mit Ackermann den Raum.
»Nun zu uns«, sagte Gavalda. Er sprach langsam, so als koste jedes Wort ihn unendliche Anstrengung. »Treten Sie näher, Commissario, und setzen Sie sich!«

13

Langsam, fast ehrfürchtig, trat Claudia an das Krankenlager. Auch als sterbenskranker Mann ging von Jean Christophe Gavalda große Würde und Autorität aus. Die Art, in der er eben seinen Arzt in die Schranken gewiesen hatte, bewies es. Er war schmal geworden, richtiggehend dürr, und wirkte überaus zerbrechlich. Von seinem schlohweißen Haar waren nur wenige Fäden übrig. Seine ehemals tiefbraune Haut – er hatte, wie sein neuer Generalsekretär, viele Jahre als Missionar in den Tropen gelebt – war blaß, fast durchscheinend. Sein Körper schien sich vom Diesseits zu verabschieden, schien sich bereits in einem Übergangsstadium zu befinden, auf dem Weg in eine andere Welt. Aber die Augen in seinem faltigen Gesicht blickten wach, lebendig; Claudia meinte ein Blitzen in ihnen wahrzunehmen.

»Ich freue mich sehr, Sie noch einmal zu sehen, Claudia«, sagte er mit dünner, leicht zitternder Stimme. »Erlauben Sie, daß ich Sie Claudia nenne?«

»Gern, Pater General.«

»Sagen Sie doch Jean, es hört ja keiner. Und setzen Sie sich, bitte.«

»Danke«, sagte sie und setzte sich umständlich.

Obwohl sie von Berufs wegen schon viele Tote und auch Sterbende gesehen hatte, empfand sie eine seltsame Befangenheit. Das langsame, qualvolle Vergehen war eine Zumutung und eine Herausforderung, wie man sie sich härter kaum vorstellen konnte, doch Gavalda meisterte sie, wie es aussah, mit großer Kraft und Würde. Bezog er diese Kraft aus seinem Glauben? Vermutlich. Auch wenn sie selbst nicht gläubig war, wahrhaft gläubige Menschen hatte Claudia immer wegen ihrer inneren Stärke bewundert und beinahe beneidet.

»Es tut gut, einen festen Glauben zu haben«, sagte er zu ihrer Überraschung. »Ich wüßte nicht, wie ich diese letzte, große Prüfung anders bestehen sollte.«

»Können Sie Gedanken lesen?«

Das heisere Krächzen des Generaloberen sollte wohl ein Lachen sein.

»In gewisser Weise schon. Hinter mir liegt ein langes Leben. Ich habe viele Menschen kennengelernt, in vielen Ländern gelebt, viel Elend gesehen, aber auch viel Glückliches. Dadurch kann ich in Menschen vieles lesen, was anderen verborgen bleibt. In Ihnen, Claudia, lese ich Zweifel, große Zweifel.«

»Wenn Sie den Glauben an Gott meinen, den habe ich schon lange verloren.«

»Wirklich? Das glaube ich nicht. Ich denke, Sie verneinen Gott, weil Sie ihn für das bestrafen wollen, was Ihnen widerfahren ist. Viele Menschen machen Gott für das Unglück in ihrem Leben verantwortlich, wohingegen sie alles Schöne und Glückliche als selbstverständlich hinnehmen.«

»Das Unglück, das mein Leben überschattet hat, hängt ganz unmittelbar mit dem Vatikan zusammen. Und wenn ich schon meine Zweifel an Gottes Stellvertretern auf Erden habe, wie soll ich dann an ihn selbst glauben? Aber ich bin nicht hier, um darüber mit Ihnen zu diskutieren.«

»Doch«, sagte er und hustete schwach. »Ich sehe an Ihrem Gesichtsausdruck, daß Sie sich über mich wundern. Sie fragen sich, warum ich mich in der Stunde meines Todes für das

Leben anderer interessiere. Ganz einfach, weil alles mit allem zusammenhängt und weil für mich das Leben nicht aufhört, wenn ich diese Welt verlasse. Also, Claudia, mögen Sie mir von Ihrem Leben und Ihrem Unglück erzählen?«

»Wenn das Ihr Wunsch ist«, antwortete sie stockend, erstaunt darüber, welchen Verlauf das Gespräch nahm.

»Das ist es«, sagte er und legte eine zarte Hand, in der eine Infusionskanüle steckte, auf ihren Unterarm. »Bitte!«

Also erzählte Claudia davon, wie sie und ihr Zwillingsbruder Dario als Babys vor Santa Maria Maggiore aufgefunden worden waren, von ihrer Kindheit im Waisenhaus, von den seltenen glücklichen Stunden, die sie zusammen hatten verbringen können.

»Und als wir erwachsen waren und glaubten, nun endlich mehr Zeit füreinander zu haben, habe ich Dario – und mit ihm meine gesamte Familie, denn außer ihm hatte ich niemanden – verloren.«

»Und daran trägt der Vatikan die Schuld?«

»Das weiß ich nicht. Aber ich weiß, daß niemand dort daran interessiert war, mir bei der Suche nach ihm zu helfen.«

»Was ist mit ihm geschehen?«

»Dario hatte vom Vatikan ein Stipendium erhalten, um Sprachen zu studieren, Englisch und Französisch. Sprachen waren seine große Begabung, seine Leidenschaft. Er revanchierte sich, indem er in den Semesterferien für ein geringes Entgelt im Vatikan als Übersetzer arbeitete. Vor sechzehn Jahren war es dann, in den Semesterferien, da ging er wie jeden Morgen in den Vatikan. Er hatte es nicht weit von seiner kleinen Wohnung in der Via Mascherino. Nach getaner Arbeit hat er sich von den Kollegen verabschiedet, aber er ist nie wieder aufgetaucht.«

»Wieso glauben Sie, daß der Vatikan mit seinem Verschwinden zu tun hat?«

»Weil der Posten an der Porta Sant'Anna vermerkt hat, daß Dario den Vatikan morgens um halb acht betreten hatte, aber es existiert kein Vermerk darüber, daß er ihn auch wieder verlassen hat.«

»Vielleicht einfach ein Versehen der Wache, die vergessen hat, ihn aus der Anwesenheitsliste zu streichen.«

»So wollte sich die vatikanische Untersuchungsbehörde auch herausreden, aber ich glaube das nicht. Ich weiß, wie penibel die Wachen im Vatikan bei der Erfüllung ihrer Aufgabe vorgehen. Schon nach drei Tagen hatte der Vatikan seine Untersuchung abgeschlossen, ohne irgendeinen konkreten Hinweis gefunden zu haben; in dürren Worten wurde mir mitgeteilt, daß man über das sogenannte Verschwinden meines Bruders – ja, das war die Formulierung – nichts habe herausfinden können. Ich kann es nicht beweisen, aber ich fühle, ich weiß, daß der Vatikan etwas verschleiert hat.«

»Und da haben Sie Ihren Glauben verloren oder, anders ausgedrückt, aufgegeben?«

»In Ihren Augen mag das kein Grund sein, Pater ... Jean, weil Sie gewiß viel größeres Elend gesehen haben. Aber vergessen Sie nicht, daß die so überaus frommen Schwestern von Santa Apollonia mich von frühester Kindheit an mit ihren hehren christlichen Grundsätzen gefüttert haben. Liebe deinen Nächsten wie dich selbst. Die Zehn Gebote. Du sollst kein falsch Zeugnis ablegen. Das alles war mein täglich Brot, morgens, mittags und abends und oft auch in der Nacht, wenn wir Kinder zum Beten geweckt wurden. Und dann muß ich erleben, daß der Vatikan sich nicht anders verhält als die Diktatur einer x-beliebigen Bananenrepublik. Was soll ich da noch glauben? An wen soll ich glauben?«

»Der Vatikan ist ein komplexes Gebilde, aber letztlich setzt er sich aus Menschen zusammen, und Menschen machen Fehler.«

»Hier geht es um mehr als um einen Fehler, um viel mehr. Sogar an den Papst habe ich damals geschrieben, mehr als einmal.«

»Hat er Ihnen geantwortet?«

»Ein Schreiben habe ich von seinem Büro erhalten. Darin stand, der Heilige Vater freue sich über die Unterstützung seitens der Gläubigen und schicke mir zum Dank das Bildnis eines Heiligen. Der Brief enthielt tatsächlich irgendein buntes Bildchen. Ich habe es zerrissen und in der Toilette runtergespült.«

Gavalda schwieg und blickte zur Wand, wo ein großes Foto des derzeitigen Papstes hing. Lange sah er das Bild an, bevor er sich wieder an Claudia wandte.

»Ich kann Ihren Zorn gut verstehen, auch Ihren Schmerz. Erst verlieren Sie Ihren Bruder und dann den Mann, dem Ihr Herz gehört.«

»Sie sprechen von Paul? Was wissen Sie über ihn?«

»Ich weiß, daß Sie ihn verzweifelt gesucht haben. Als Bruder Kadrell mich bat, ihn von seinen Ordensgelübden zu entbinden, habe ich Ihnen, das muß ich gestehen, zunächst ein bißchen gegrollt, denn Sie waren der Grund für seine Bitte. Jetzt aber tun Sie mir leid, denn Sie sind so allein.«

»Und Sie, Jean?«

»Ich habe Gott.«

»Ja, Sie haben Gott«, sagte Claudia leise und wollte sich erheben. »Ich sollte Sie jetzt besser ausruhen lassen, das Gespräch ist doch sicher sehr anstrengend für Sie. Ihr Arzt wird mir den Kopf abreißen.«

»Bleiben Sie!« verlangte er, und seine Stimme war fast so fest wie früher. »Sie haben noch nicht über Ihr Anliegen gesprochen, den Grund, aus dem Sie hergekommen sind. Verzeihen Sie mir meine Ausführlichkeit, und halten Sie mich bitte nicht für schwatzhaft. Mir war das, worüber wir gesprochen haben, sehr wichtig, und ich hoffe, es kommt der Tag, an dem es auch für Sie wichtig ist, Claudia.« Er nahm ihre Rechte in seine beiden Hände und drückte sie, so fest es ihm möglich war. Mit einem kleinen Lächeln fuhr er fort: »Und jetzt kommen Sie zum Geschäft!«

»Pater Baldesi hat Ihnen bereits von dem bösen Verlauf erzählt, den der Festakt im Forum Romanum genommen hat.«

»Ja, ich bin erschüttert.«

»Sie haben Giuseppe Pignato gekannt?«

»Ich bin ihm drei- oder viermal begegnet.«

»Kannten Sie auch Arietta Calvi?«

»Nein.«

»Pignato hat Sie vor ungefähr einem Monat aufgesucht, wenn ich richtig informiert bin.«

»Das sind Sie.«

»Darf ich fragen, was er von Ihnen wollte?«

»Es ging um eine Monographie, an der er arbeitete. Er bat um Einsicht in unser Geheimarchiv.«

»In das des Vatikans?«

»Nein, dazu hätte er mich nicht zu fragen brauchen. Ich spreche vom Geheimarchiv der Gesellschaft Jesu.«

»Vielleicht ist es das, was mich so gegen die Religionen einnimmt«, murmelte Claudia. »Diese ewige Geheimnistuerei.«

»Wenn Sie wüßten, was alles in unserem Geheimarchiv verborgen ist, hätten Sie Verständnis dafür.«
»Aber Sie werden mir keine Einsicht in Ihr Archiv gewähren?«
»Nein.«
»Haben Sie Pignato Einsicht gewährt?«
»Auch nicht.«
»Wie hat er das aufgenommen?«
»Er war verstimmt, um es gelinde auszudrücken.«
»Warum haben Sie ihm keine Einsicht gewährt?«
»Weil es sich, wie der Name schon sagt, um ein *Geheimarchiv* handelt.«
»Verwahren Sie darin auch Unterlagen über das Wahre Grab Petri?«
»Auch, ja.«
»Wollte Pignato Papiere einsehen, die mit dem Wahren Grab Petri im Zusammenhang stehen?«
Zum ersten Mal, seit sie miteinander sprachen, trat ein Anflug von Skepsis auf das Gesicht des Generaloberen. »Wie kommen Sie darauf?«
Claudia zeigte ihm den Ring mit dem Doppelkopf-Bildnis. »Wissen Sie, was das ist?«
»Natürlich. Das ist ein Bild des Janus, vielleicht auch des Fontus. Das Original befindet sich auf einer Münze aus vorchristlicher Zeit.«
»Wollte Pignato für seine Arbeit an der Janus-Monographie Einsicht in Ihr Geheimarchiv nehmen?«
»Ja.«
»Aber Sie wollten seinem Wissen über Janus nicht auf die Sprünge helfen. Warum nicht?«
»Das habe ich doch schon gesagt.«

»Ich glaube, das ist nicht die ganze Wahrheit.«
»Sagen Sie, Claudia, verhören Sie mich?«
»Ja.«
Sie hatte damit gerechnet, daß er empört sein würde, aber Gavalda zwang abermals ein schwaches Lächeln auf seine Züge.
»Was erfreut Sie so?« fragte Claudia verwirrt.
»Ist es nicht zum Lachen, so kurz vor dem Ende des Lebens von der Polizei verhört zu werden? Wenn ich die Aussage verweigere, nehmen Sie mich dann in Beugehaft?«
»Jean!«
»So ähnlich hat sich meine Mutter angehört, wenn ich etwas ausgefressen hatte damals in Chinon. Das ist ein kleiner Ort südwestlich von Tours, dort bin ich aufgewachsen.«
Seine Augen nahmen einen seligen Glanz an, als er an seine Kindheit dachte, und Claudia fürchtete, es könne jeden Moment mit ihm zu Ende gehen. Es mochte pietätlos sein, vielleicht sogar unmoralisch, ihn in diesem Augenblick aus seinen schönen Erinnerungen zu reißen, aber sie konnte nicht anders.
»Was wissen Sie über Janus, Jean?«
Sein Blick wurde klar, bis sie nicht mehr den Eindruck hatte, daß er durch sie hindurchsah.
»Janus? Das ist ein alter Gott, über den schon sehr viele kluge Abhandlungen geschrieben worden sind. Darin können Sie über Janus alles nachlesen, was interessant ist.«
»Wirklich alles?« Claudia sah Gavalda durchdringend an. »Erfahre ich darin auch, ob Janus der Gott ist, dessen Wiederkehr die Söhne des Alten erwarten und vorbereiten?«
Diese Frage überraschte ihn. »Woher wissen … Wie kommen Sie darauf?«
»Ich habe nachgedacht. Und ich möchte wissen, weshalb

Männer, die so einen Ring getragen haben, versucht haben, mich zu entführen. Mich und mein Kind.«
»Sie erwarten ein Kind?«
»Ja.«
»Wer ist der Vater? Paul etwa?«
»Sie können beruhigt sein. Es geschah, nachdem Sie ihn vom Gelübde der Keuschheit entbunden hatten.«
»Darum geht es nicht«, sagte er, plötzlich sehr aufgeregt. »Es ist vielmehr ... es ist ...«
Er konnte nicht mehr. Sein Gesicht verzerrte sich vor Schmerz. Sein ganzer Körper bäumte sich auf, als kämpfe er unter Mobilisierung der letzten Kräfte gegen das Unvermeidliche an.
»Ich hole besser den Arzt.«
»Noch nicht«, flüsterte der Generalobere. »Sie müssen wissen ...«
Seine Lippen bewegten sich, aber er brachte kein weiteres Wort heraus.
»Was muß ich wissen?« fragte Claudia und beugte sich dicht über ihn.
»Der, den Sie suchen«, hauchte er mehr, als er sagte. »Bei Anfuso.«
Das war alles. Seine Stimme erstarb, sein Leib erschlaffte, und sein Blick wurde starr.
Claudia rief nach dem Arzt, und Dr. Cassola stürmte, gefolgt von Pater Ackermann, herein. Sie stand auf, damit Cassola genügend Platz hatte, und beobachtete, wie er seinen Patienten zügig, aber mit ruhigen Handgriffen untersuchte.
Schließlich drehte er sich um und sah Claudia vorwurfsvoll an.
»Sie haben ihn umgebracht!«

14

Claudia hätte nicht sagen können, warum sie nicht zurück zum Präsidium fuhr, aber auf der Via del Corso bog sie, einer inneren Eingebung folgend, in südlicher Richtung ab und hielt auf die Piazza Venezia zu. Dahinter lag das Kapitol, der kleinste der berühmten sieben römischen Hügel, in der Antike die letzte Zuflucht der Römer im Falle der Bedrohung durch einen angreifenden Feind. Auf dem Kapitol hatten, wenn man dem antiken Historiker Livius glauben konnte, im vierten Jahrhundert vor Christus die Gänse des Juno-Tempels die Stadt gerettet, als sie einen nächtlichen Angriff der Gallier bemerkten und durch ihr lautes Geschnatter die Verteidiger alarmierten. Der Kapitolshügel war einer der vielen mythenbeladenen Orte in dieser vor Mythen nur so strotzenden Stadt, und manchmal fragte sie sich, ob Rom zu schwer an dieser Last trug, ob eine der vielen dunklen unter den unzähligen Legenden der Ewigen Stadt einmal zum Verhängnis werden würde.

Plötzlich kannte sie ihr Ziel, als habe ein unsichtbarer Beifahrer es ihr zugeflüstert. Noch vor dem Kapitol bog sie nach rechts ab, fand in einer kleinen Straße einen Parkplatz und ging den letzten Rest des Weges zu Fuß. Schließlich stand sie vor Il Gesù, der Hauptkirche der Jesuiten.

Ignatius von Loyola selbst hatte den Anstoß zum Bau der Kirche gegeben, und für die Jesuiten war sie ebenso bedeutungsvoll wie der Petersdom für die gesamte katholische Christenheit. Mit der für die damalige Zeit neuartigen Verwendung klassischer Elemente wie Bögen, Säulen und Pilaster hatte Il Gesù den barocken Kirchenbau stark beeinflußt, und in vielen Ländern der Erde standen nach ihrem Vorbild gestaltete Jesuiten-Kirchen, äußere Wahrzeichen ihrer weltweiten Aktivitäten.

Claudia verband nicht nur angenehme Erinnerungen mit diesem Bauwerk, ganz im Gegenteil. Zwei Monate zuvor war sie hier durch einen geheimen Eingang in jenes unterirdische Labyrinth gelangt, in dem der entscheidende Kampf gegen die Söhne des Alten entbrannt war. Entscheidend? Nein, gewiß nicht. Heute mußte sie sich eingestehen, daß sie damals nur eine Schlacht gewonnen hatten, aber nicht den Krieg. Der tobte offensichtlich weiter – und hatte Claudia eingeholt.

Sie betrat nur selten eine Kirche, aber jetzt konnte sie nicht anders. Il Gesù schien sie magisch anzuziehen. Die Kirche war offen, und einige Gläubige hatten sich zum stillen Gebet hier eingefunden. Vielleicht auch ein paar Touristen, aber die knipsten angesichts der Betenden ihre Fotos nur verschämt. Ganz verkneifen konnten sie es sich nicht, zu verlockend war das Gotteshaus mit seiner Pracht aus vielfarbigem Marmor, dekorativem Stuck, bronzenen und vergoldeten Statuen. Prunkstück der Kirche war der überreich verzierte Altar im linken Querschiff mit dem Grabmal des Ignatius von Loyola.

Pracht und Macht, dachte Claudia bitter, darauf verstand sich die Kirche. Die Kirche blendete die Menschen mit Reichtum und bat sie gleichzeitig, ihre Portemonnaies für die Armen dieser Welt zu öffnen. Sie forderte Freundlichkeit, Güte und Nächstenliebe und drohte zugleich mit dem Fegefeuer und ewiger Verdammnis, machte den Menschen Vorhaltungen, anstatt ihnen Verständnis entgegenzubringen.

Sie haben ihn umgebracht!

Diese vier Worte gingen ihr nicht aus dem Kopf. Hatte Dr. Cassola recht? So gern sie das von sich gewiesen hätte, sie konnte es nicht. Die Aufregung hatte Gavaldas Ende beschleunigt, das stand für sie fest. Aber wie lange hätte er sonst noch zu leben gehabt? War das Ende für ihn nicht eine Erlösung gewesen? Das hoffte Claudia, aber sie fand auch, daß es zu schnell gekommen war.

Der, den Sie suchen. Bei Anfuso.

Was hatte der Generalobere damit gemeint? Und wen? Die Männer, hinter denen Claudia her war, jene, die den Janus-Ring trugen?

Nein, er hatte von nur einem gesprochen. Auch wenn die Stimme des sterbenden Mannes kaum noch zu vernehmen gewesen war, in dem Punkt war Claudia sicher. Vielleicht hatte Gavalda den gemeint, der hinter allem steckte.

Oder war von Paul die Rede gewesen? Der Gedanke verschlug ihr für ein paar Sekunden den Atem, aber dann wischte sie ihn beiseite. Sie war nach Pauls Verschwinden in Ludovico Anfusos Haus nahe San Vito gewesen und hatte mit dem kauzigen Exorzisten gesprochen, ohne die leiseste Spur von Paul dort entdecken zu können. Was hätte Gadalva auch von Paul wissen sollen, der vom Erdboden verschwunden war, als hätte er nie existiert?

Der, den Sie suchen.

Ein unglaublicher, ein verrückter Gedanke kam ihr in den Sinn: Hatte Gavalda von Dario gesprochen?

In den sechzehn Jahren seit seinem Verschwinden hatte sie sich so manches Mal gefragt, ob er noch am Leben war. Anfangs selten, aber je mehr Jahre vergingen, desto öfter. Hatte sie den Gedanken, daß er tot sein könnte, zunächst kaum zugelassen, hatte es später eine Zeit gegeben, da hätte sie sich eine Todesnachricht beinahe gewünscht, wenn es schon keine andere Nachricht über seinen Verbleib gab. Dann hätte sie wenigstens Gewißheit gehabt und sich nicht länger die quälende Frage stellen müssen, wo ihr Bruder abgeblieben war.

Die Vorstellung, ihm gegenüberzustehen, ihn in die Arme zu schließen und an sich zu drücken, raubte ihr für einen Augenblick den Atem. Sie setzte sich in eine der hinteren Kirchenbänke, um wieder zu sich zu kommen. Den Kopf in die Hände gestützt, blieb sie eine ganze Weile still sitzen, und ihre Gedanken kreisten um Dario.

Sie sah ihn vor sich, als kleines Kind, im Schulalter und als jungen Mann. Sie erinnerte sich genau, wie er, endlich dem Einfluß der Mönche von San Benedetto entronnen, sein dunkelblondes Haar wachsen ließ und wie die jungen Frauen ihm interessierte Blicke zuwarfen. Er hatte das nie zugegeben, aber sie hatte gewußt, daß er es genoß. Damals, als er an der Schwelle zu einem eigenen Leben stand – kurz bevor er verschwand.

Hatte Gavalda tatsächlich Dario gemeint? Er hatte sich so eingehend nach ihm erkundigt. Andererseits – woher hätte er etwas über Darios Schicksal wissen sollen?

Und warum hätte Dario sich ausgerechnet bei Ludovico Anfuso aufhalten sollen? Zwischen Paul und Anfuso gab es eine Verbindung, ja, aber zwischen Dario und Anfuso nicht. Jedenfalls war ihr diesbezüglich nichts bekannt.

Ludovico Anfuso war der Bruder von Giacomo Anfuso, jenem Jesuitenpater, der das Waisenhaus San Xavier zu der Zeit, als Paul dort aufgewachsen war, geleitet hatte. Vor zwei Monaten dann hatte er sich mit Paul bei den Ruinen des abgebrannten Waisenhauses treffen wollen, um ihm etwas Wichtiges über die Verschwörung der Söhne des Alten mitzuteilen, aber dazu war es nicht mehr gekommen; er war vorher ermordet worden.

Claudia wußte noch genau, wie Aldo und sie Paul bei der Leiche gefunden und als Tatverdächtigen festgenommen hatten. Auch Ludovico Anfuso war einst Jesuit gewesen, bis der Orden ihn verstoßen hatte, weil es bei einem Exorzismus-Ritual, das er unerlaubterweise vollzogen hatte, zu einem Todesfall gekommen war. Anfuso hatte Paul damals geholfen, und nach Pauls Verschwinden hatte Claudia ihn aufgesucht, weil sie gehofft hatte, von ihm etwas über Pauls Verbleib zu erfahren. Anfuso hatte sie freundlich empfangen, aber er hatte ihr nicht weiterhelfen können, und sie hatte den Eindruck gehabt, daß er ehrlich gewesen war.

Sosehr sie auch grübelte, sie war nicht sicher, was der sterbende Jesuitengeneral gemeint hatte. Sie hob den Kopf und merkte, daß sie feuchte Augen hatte. Die Erinnerung an Dario und an Paul hatte sie überwältigt.

Während sie noch nach einem Taschentuch suchte, sagte eine sonore Stimme: »Nehmen Sie ruhig das, es ist sauber.«

Neben ihr stand Pater Ackermann und hielt ihr ein weißes Tuch hin. Sie griff danach, trocknete ihre Tränen damit und gab es zurück.

»Wie haben Sie mich hier gefunden, Pater?«

»Ich habe Sie gar nicht gesucht. Ich bin nach Il Gesù gekommen, um für Jean zu beten. Eigentlich habe ich gar keine Zeit, soviel ist jetzt zu tun. Aber ich konnte nicht anders, ich habe einfach etwas Ruhe und Besinnung gebraucht. Ihnen geht es ebenso, wie ich sehe.«

»Ich bin aus anderen Gründen hier.«

»Aus welchen?«
»Um in Ruhe nachzudenken.«
»Zwischen dem Nachdenken in Ruhe und dem stillen Gebet ist zuweilen kein großer Unterschied, oft sind es nur zwei verschiedene Bezeichnungen für ein und dasselbe.«
»Ich bete nicht, ich bin nicht gläubig.«
»Wenn das so ist, haben Sie sich einen bemerkenswerten Ort zum Nachdenken ausgesucht.«
Claudia ließ ihren Blick durch das imposante Innere der Jesuskirche schweifen.
»Das stimmt. Ich kann selbst nicht so genau sagen, weshalb ich ausgerechnet hierher gekommen bin. Und jetzt behaupten Sie bloß nicht, der Herr habe meine Schritte gelenkt.«
Der Generalsekretär hob abwehrend die Hände. »Ich habe kein einziges Wort in dieser Richtung gesagt. Kommen Sie, Commissario Bianchi, ich zeige Ihnen etwas.«
Sie erhob sich und folgte ihm zum rechten Querschiff, wo sie vor dem Altar stehenblieben. Hier hielten sich im Augenblick weder Gläubige noch Touristen auf, so daß sie frei sprechen konnten.
»Das ist der Altar des heiligen Franz Xaver, dessen rechter Arm sich hier befindet«, erklärte Ackermann. »Für Jean Gavalda und mich ist Franz Xaver stets ein besonderes Vorbild gewesen.«
»Weil er, wie Sie beide auch, als Missionar gewirkt hat, nehme ich an.«
»Ja, genau. Ich sehe, auch wenn Sie nicht gläubig sind, kennen Sie sich mit den Heiligen gut aus.«
»Bei jemandem, der von den frommen Schwestern von Santa Apollonia erzogen worden ist, kein Wunder.«
»Ich verstehe.« Der Pater wandte sich wieder dem Altar zu.

»Der Weg seines Lebens und Glaubens hat den heiligen Franz Xaver von Navarra bis nach Asien geführt. Er hat Menschen in Goa und auf Malakka, auf den Molukken und in Japan dem wahren Glauben zugeführt. Sogar in China wollte er missionieren, aber das ist ihm leider verwehrt geblieben, und so liegt er heute in Goa begraben.«

»Ja, die lieben Heiligen«, sagte Claudia mit mehr Sarkasmus, als es der Situation angemessen sein mochte, aber fromme Geschichten dieser Art hatte sie in Santa Apollonia bis zum Erbrechen zu hören bekommen. »War der heilige Franz Xaver nicht auch derjenige, der den König von Portugal gebeten hat, die Inquisition nach Indien zu entsenden?«

»Aus edlen Motiven. Viele der Missionierten sind zu ihrem heidnischen Glauben zurückgekehrt, sobald Franz Xaver seine Aufmerksamkeit anderen Dingen zuwandte.«

»Dann war seine Überzeugungskraft wohl doch nicht so groß.«

Ackermann musterte Claudia eine ganze Weile, schien sie richtiggehend zu studieren.

»Jean hatte recht, Sie sind eine harte Nuß.«

»Ich glaube kaum, daß der Pater General sich so ausgedrückt hat.«

»Doch, genau das waren seine Worte. Wenn wir unter uns waren, gab es keine Förmlichkeiten.«

»Aha. Und Sie beide haben sich also über mich unterhalten.«

»Ja, erstaunt Sie das?«

»Nur ein wenig. Wann hat diese Unterredung denn stattgefunden?«

»Kurz nachdem ich das Amt des Generalsekretärs übernommen hatte.«

»Und zu welchem Ergebnis sind Sie gelangt?«

»Wir sind übereingekommen, daß wir Sie im Auge behalten sollten.«

»Aber warum?«

»Als mögliche Verbündete. Sie haben unserem Orden sehr geholfen, als es darum ging, das Wahre Grab Petri vor den Söhnen des Alten zu schützen. Jean meinte, wir könnten auch in Zukunft auf Sie zählen.«

»Auf eine Ungläubige?«

»Er war nicht davon überzeugt, daß Sie Ihren Glauben wirklich verloren haben. Seiner Meinung nach verleugnen Sie ihn aus Trauer und Zorn.«

»So etwas hat er mir heute auch gesagt.«

»Sie waren die Letzte, mit der er gesprochen hat. In Anbetracht seines Zustands war das ein sehr ausführliches Gespräch.«

»Wohl zu ausführlich, wenn es nach Dottore Cassola geht.«

»Sie müssen Cassola seine Bemerkung nachsehen, Commissario Bianchi, er hat es nicht so gemeint. Sie waren kaum gegangen, da tat es ihm schon leid.«

»Vielleicht hatte er gar nicht so unrecht. Aber der Pater General wollte mit mir sprechen, und er hat sich nicht davon abbringen lassen.«

»Typisch Jean.« Ackermann lächelte versonnen, als erinnerte er sich an längst vergangene gemeinsame Zeiten mit Gavalda. »Er wußte immer genau, was er wollte, und konnte andere hervorragend dazu bringen, seiner Vision zu folgen. Das hat ihn zu einem Generaloberen gemacht, wie man so schnell keinen zweiten findet. Sein Nachfolger, auf wen auch immer die Wahl fällt, wird es nicht leicht haben. Er wird sich immer an Jean Christophe Gavalda messen lassen müssen.«

Claudia nickte. »Auch ich habe gespürt, daß er ein bedeutender Mann ist – war.«
»Bis zuletzt, auch als es allmählich zu Ende ging mit ihm, konnte niemand sich seiner Ausstrahlung entziehen. Uns, seine Ordensbrüder, interessiert natürlich brennend, was er in seinen letzten Minuten gesagt hat. Vielleicht gibt es da ein Vermächtnis, das es zu erfüllen gilt?«
Ackermann hatte den Satz noch nicht beendet, da schrillten in Claudia schon die Alarmglocken. War es wirklich nur ein Zufall, daß der Generalsekretär sie hier getroffen hatte? Daran mochte sie auf einmal nicht mehr so recht glauben. Der Jesuit erschien ihr wie ein männliches Gegenstück zu Schwester Alberta. Erst hatte er sie mit seinen frommen Worten über den heiligen Franz Xaver und Gavalda eingelullt, und jetzt, da er ihr Vertrauen gewonnen zu haben glaubte, wollte er sie aushorchen.
»Es tut mir leid für Sie und Ihre Brüder, Pater Ackermann«, sagte sie förmlich. »Ihr Ordensgeneral hat, solange ich bei ihm war, kein Vermächtnis für Sie formuliert.«
»Vielleicht etwas, das sich Ihnen nicht erschlossen hat?« bohrte der Jesuit weiter. »Etwas, das nur dem Eingeweihten verständlich ist? Wenn ich wüßte, was Sie und Jean besprochen haben, könnte ich vielleicht erkennen, ob es etwas von Bedeutung war.«
Claudia überlegte, ob sie Ackermann, der immerhin ein enger Freund Gavaldas gewesen zu sein schien, ins Vertrauen ziehen sollte, entschied sich dann aber dagegen. Sie kannte ihn zu wenig, um ihm wirklich zu vertrauen, und was zwei Monate zuvor geschehen war, hatte gezeigt, daß es auch in der Führungsriege des Jesuitenordens Verräter und Mörder gab. Der Generalsekretär mochte ihr gegenüber ehrlich sein,

aber dies war nicht der richtige Zeitpunkt, um sich auf ihn einzulassen. Zuerst mußte sie sich vergewissern, was der Generalobere mit seinen letzten Worten gemeint hatte. Vielleicht sah sie dann ein wenig klarer.
Deshalb sagte sie: »In dem Gespräch ging es um sehr persönliche Dinge, und im Augenblick fühle ich mich nicht in der Lage, darüber mit Dritten zu reden. Ich hoffe auf Ihr Verständnis, Pater.«
»Gewiß doch, ich verstehe Sie«, erwiderte Ackermann, aber die Enttäuschung stand ihm deutlich ins sonnengebräunte Gesicht geschrieben.

15

Kaum hatte Claudia das Präsidium betreten, da kam ihr auch schon Aldo entgegen, als hätte er auf sie gewartet.
»Ah, die verlorene Tochter, sieh an. Darf man untertänigst fragen, wo du gewesen bist?«
»Beim Generaloberen der Gesellschaft Jesu.«
»Bei Gavalda?« fragte er mit offensichtlichem Erstaunen.
»So heißt der Generalobere.« Claudias Gesicht verfinsterte sich. »Oder vielmehr, so hieß er bis heute. Gavalda ist tot.«
»Jetzt machst du mich aber wirklich neugierig, Claudia. Was hältst du von einem Caffè Latte und einem ausführlichen Gespräch?«
»Klingt verlockend, besonders der Teil mit dem Caffè Latte.«

Zehn Minuten später saßen sie vor der *Bar Napolitano* unweit des Präsidiums und hatten ihre Bestellung aufgegeben. Das Wetter meinte es weiterhin gut mit Rom, und die Menschen nutzten es weidlich aus. Sie hatten den letzten freien Tisch erwischt. Claudia genoß es, hier in der Sonne zu sitzen und die Vorbeigehenden anzuschauen. Es vermittelte ihr das Gefühl, ein normaler Mensch zu sein und teilzuhaben an einem normalen Leben. Einem Leben, das ganz anders war als das der Jesuiten und einen nicht auf Schritt und Tritt mit alten Göttern, dunklen Prophezeiungen, Heiligen und ihren als Reliquien verehrten mumifizierten Körperteilen konfrontierte.

Im Innersten aber ahnte sie, daß sie sich einer Illusion hingab. Viel zu tief war sie in die düsteren Geheimnisse um das Wahre Grab Petri und die Söhne des Alten verstrickt. Sie konnte nicht einfach eine Tür hinter sich zuschlagen und die Welt der Patres und Monsignores, der Götter und Dämonen hinter sich lassen. Längst war sie Teil dieser Welt – und vielleicht, so dachte sie kurz, war sie das immer schon gewesen.

»Eben hast du noch gelächelt«, sagte Aldo und schob seine Sonnenbrille hoch auf die Stirn, »und jetzt schaust du so düster drein. Denkst du an Gavalda?«

Claudia nickte. »Ich war bei ihm, als er starb. Seltsam, ich habe ihn nur wenige Male getroffen, und doch hat sein Tod mich tief berührt. Er war ein außergewöhnlicher Mensch.«

»Ich verstehe, was du meinst«, sagte Aldo, aber Claudia war sich nicht sicher, ob er das wirklich tat. »Was wolltest du von ihm?«

»Diese Janus-Geschichte hat mich sehr an das erinnert, was wir vor zwei Monaten erlebt haben. Ich habe ihm den Ring gezeigt und gefragt, ob er uns weiterhelfen kann.«

»Und?«
Aldo war so gespannt, daß er die ebenso hübsche wie freizügig gekleidete Kellnerin, die ihnen den Caffè Latte brachte, ganz übersah – zum offenkundigen Leidwesen der jungen Frau.
»Er hat eher konsterniert reagiert. Ich bin sicher, daß er mehr wußte über Janus, aber er wollte nicht recht mit der Sprache heraus. Und dann war es zu spät.«
»Also hat dein Besuch letztlich nichts gebracht«, sagte Aldo enttäuscht und griff nach seinem Glas.
»So würde ich es nicht sehen. Ich habe immerhin herausgefunden, daß Pignato vor einem Monat bei ihm war, um Einsicht ins Geheimarchiv der Jesuiten zu erbitten. Aber Gavalda hat ihm die Bitte abgeschlagen.«
»Ein Geheimarchiv? Ich wußte gar nicht, daß die Jesuiten eins haben.«
»Manchmal glaube ich, hier in Rom hat jeder ein Geheimarchiv.«
Aldo lachte und fragte dann: »Wieso hat Pignato den Generaloberen gebeten, ihm Einsicht in das Geheimarchiv zu gewähren? Was wollte er dort herausfinden?«
»Ich weiß nur, daß es um Recherchen zu der Janus-Monographie ging. Jedenfalls hat Pignato es Gavalda so gesagt.«
»Janus! Janus! Janus! Immer wieder er! Man könnte fast glauben, es gibt ihn wirklich, und er treibt ein Spiel mit uns, um uns zu verwirren und seinen Spaß daran zu haben. Ich finde es allerdings wenig erheiternd, wenn dabei Menschen sterben.«
»Ich auch«, sagte Claudia leise und dachte an die letzten Minuten des Generaloberen.
»Sieht ganz so aus, als hätte ich die Zeit effektiver genutzt«,

verkündete Aldo in bemüht lockerem Ton, wohl um Claudia aufzuheitern. »Ich hatte nämlich Besuch von unserem Hausmeister aus der Via Crescenzio.«
»Signor Dini?«
»Ja, und wir haben mit seiner Hilfe zwei schöne Phantombilder anfertigen können, anhand derer es uns gelungen ist, die beiden schießwütigen Typen mit an Sicherheit grenzender Wahrscheinlichkeit zu identifizieren.«
»Du machst mich wirklich neugierig, Aldo.«
»Im Präsidium zeige ich dir, mit wem wir es zu tun hatten.«

Claudia mußte sich noch etwas gedulden. Im Präsidium hatte sie einen Anruf von Cilia De Luna, die sie zu Cesare Compagni bat – oder eher befahl, so hörte sich der Tonfall der schönen Cilia jedenfalls an.
Der Polizeipräsident hatte bereits erfahren, daß Gavalda gestorben war, und er wußte auch, daß Claudia in der Stunde seines Todes bei ihm gewesen war. Es wunderte Claudia nicht im mindesten, daß Compagni so gut unterrichtet war. Schließlich war er ein Schüler der Jesuiten und verfügte noch immer über sehr gute Kontakte zur Gesellschaft Jesu. Also berichtete sie noch einmal, was sie kurz zuvor bereits Aldo erzählt hatte.
»Ein schwerer Schlag für die Gesellschaft Jesu«, sagte Compagni, nachdem sie geendet hatte. »Gavalda war schon lange schwerkrank, und es war abzusehen, daß es mit ihm zu Ende ging, aber dennoch! Jetzt, da er nicht mehr ist, werden die Jesuiten erst richtig merken, was sie an ihm hatten.«
»So ähnlich hat Pater Ackermann sich auch ausgedrückt.«
»Dann haben Sie den Generalsekretär kennengelernt.«
»Ja, ein interessanter Mann«, erwiderte Claudia und be-

schloß, einstweilen nicht zu erwähnen, daß sie in Il Gesù gewesen war und ihn dort ein zweites Mal getroffen hatte.
»Wie darf ich das verstehen?«
»Er und Gavalda scheinen eine Menge zusammen erlebt zu haben, in ihrer Missionarszeit.«
»Richtig, ja, Ackermann könnte ein Buch darüber schreiben oder mehrere. Das wäre nicht weniger spannend als Salgari.«
»Vermutlich«, sagte Claudia ausweichend, da sie die Abenteuerromane von Emilio Salgari nie gelesen hatte. »Er ist sehr erfahren und war mit Gavalda so eng verbunden – wäre er nicht ein passender Nachfolger?«
»Da schneiden Sie ein heikles Thema an. Bei den Jesuiten ist es nicht viel anders als im Vatikan, wenn ein neuer Papst gewählt wird. Es gibt verschiedene Fraktionen, und wenn bei einer Wahl der Kandidat der einen Fraktion erfolgreich war, bemüht sich bei der nächsten Wahl die andere besonders um ihren Mann. Und da es immer ein paar Enttäuschte gibt, kommt es häufig zu Richtungswechseln. Der Vatikan hat das sehr schön demonstriert, als dem Visionär und Skifahrer Johannes Paul II. der Pragmatiker und Bücherwurm Benedikt XVI. folgte.«
»Und wer hat demnach Chancen, der neue Generalobere der Gesellschaft Jesu zu werden?«
Compagni streckte abwehrend die Hände von sich. »Ich bin weder Prophet noch Mitglied der Gesellschaft Jesu. Es gibt sicher mehrere geeignete Kandidaten, und ich persönlich halte Ackermann nicht für den schlechtesten. Wie gesagt, ich fürchte nur, seine enge Verbundenheit mit Gavalda könnte ihm in diesem Fall eher hinderlich sein.«
Claudia nahm an, daß ihr Gespräch beendet war, aber sie

hatte noch etwas auf dem Herzen, deshalb blieb sie einfach sitzen.
»Gibt es sonst noch etwas?« fragte Compagni.
»Es geht um meine Wohnung. Ich habe gehört, Monelli ist damit fertig. In dem Hotel, unter ständiger Beobachtung, fühle ich mich nicht wohl. Ich möchte gern zurück nach Hause – ohne Polizeischutz.«
Der Polizeipräsident nickte. »Sie sind erwachsen und selbst für sich verantwortlich. Aber halten Sie es wie Clint Eastwood im Kino, haben Sie Ihre Waffe immer griffbereit!«
»Ich werde dran denken.«
Claudia war erleichtert. Jetzt war sie wieder ihre eigene Herrin, und das mußte sie bei dem, was sie für den Abend plante, auch sein.

»Das sind also die Knilche«, sagte Claudia, als Aldo ein paar Minuten später die beiden Fotos auf den Computerbildschirm holte.
Diese Männer waren nach einem Abgleich mit den nach Filippo Dinis Angaben angefertigten Phantombildern mit einer weit über neunzigprozentigen Wahrscheinlichkeit als diejenigen identifiziert worden, mit denen Claudia und Aldo es in der Via Crescenzio zu tun gehabt hatten.
Mit einem Mausklick vergrößerte Aldo das linke Bild. Der Mann hätte mit seinen gleichmäßigen, markanten Zügen sehr gut ausgesehen, hätte nicht ein grausamer Zug auf seinem Gesicht gelegen. Er wirkte, als hätte er schon als kleiner Junge mit Vorliebe Insekten die Flügel ausgerissen und als sei es auch jetzt das größte Vergnügen für ihn, anderen Schmerzen zuzufügen. Auffällig war eine vier bis fünf Zentimeter lange Narbe rechts auf seiner Stirn.

»Ugo Grifone, neunundzwanzig Jahre alt«, erläuterte Aldo. »Auf Sizilien geboren, aber schon früh mit den Eltern nach Rom gekommen. Was aus seiner Sicht wohl zu bedauern ist. Bei der sizilianischen Mafia hätte er sicher Karriere gemacht, aber sein Strafregister ist auch so sehr eindrucksvoll. Hauptsächlich Gewalttaten. Pistolen, Messer, Fäuste, halt alles, was weh tut. Und das ist Nummer zwei.«
Der zweite Mann schien etwas älter zu sein; sein Haar begann sich zu lichten. Er hatte ein Durchschnittsgesicht, und Claudia suchte vergebens nach einem markanten Merkmal. Er hatte die Ausstrahlung eines kleinen Büroangestellten oder Staubsaugervertreters. Ein Wunder, daß Dini sich dieses Gesicht hatte merken können.
»Der sieht absolut harmlos aus«, sagte sie dann auch. »Dem würde ich glatt mein Portemonnaie anvertrauen, wenn er mir vorschlüge, für mich einkaufen zu gehen.«
»Das macht ihn ja gerade so gefährlich. Bernardo Battisti, sechsunddreißig, aus Bologna, hat schon mehr alte Damen um ihr Erspartes gebracht, als wir beide zusammen überhaupt kennen. Spitzname ›der Nette‹, weil er allen sofort sympathisch ist.«
»Ein Trickbetrüger? Das paßt aber so gar nicht zu einem brutalen Typen wie Grifone. Und es paßt auch nicht zu dem, was wir gestern erlebt haben. Ich hatte den Eindruck, daß die beiden nicht lange fackeln. Vielleicht hat die Erinnerung in diesem Fall Signor Dini im Stich gelassen.«
»Das dachte ich zunächst auch, aber wenn man sich Battistis Akte genauer ansieht, ergibt sich ein stimmiges Bild. Sobald nämlich etwas nicht so läuft, wie ›der Nette‹ es sich vorgestellt hat, ist er überhaupt nicht mehr nett, sondern gewalttätig. Auch wenn er alten Damen nur das Geld aus der

Zuckerdose stibitzt, was schon schlimm genug ist, er trägt immer eine Schußwaffe bei sich.«

»Ja, das ist wirklich ein *Netter*«, sagte Claudia wenig erbaut und sah sich die Ausdrucke der Akten an, die auf Aldos Schreibtisch lagen. »Das ist ja interessant!«

»Was hast du entdeckt?«

»Bei den beiden ist es ähnlich wie bei denen, die es auf mich abgesehen hatten. Seit ungefähr drei Jahren sind sie nicht mehr mit dem Gesetz in Konflikt gekommen, jedenfalls nicht auf eine Weise, die aktenkundig geworden ist. Ich wüßte zu gern, ob Grifone und Battisti auch den Janus-Ring tragen!«

16

Das herrliche Maiwetter schien sich von Rom verabschieden zu wollen, zumindest legte es eine Pause ein. Innerhalb der letzten Stunde hatte der Himmel sich zunehmend verdunkelt, so als sei es nicht früher Abend, sondern Nacht. Jetzt öffneten sich die Wolken, die sich über der Stadt zusammengezogen hatten, und die ersten Regentropfen patschten gegen Claudias Fenster.

Gerade noch rechtzeitig zum Umziehen, dachte Claudia, und streifte die dünne Baumwolljacke, für die sie sich entschieden hatte, wieder ab. Stattdessen holte sie die feste Lederjacke aus dem Schrank, nahm die kleine Sporttasche, die sie für ihren Ausflug gepackt hatte, und griff im Hinausge-

hen nach einem der Schirme im Ständer neben der Wohnungstür. Sie trug nur selten einen Regenschirm mit sich herum, was dazu führte, daß sie im Zweifelsfall keinen zur Hand hatte. Wenn es überraschend regnete und sie gerade an einem Geschäft vorbeikam, kaufte sie sich einen Schirm, und so hatten sich mittlerweile fünf oder sechs Exemplare bei ihr angesammelt.
»Vielleicht mal ein Fall für e-bay«, sagte sie schmunzelnd zu sich selbst, als sie die Tür hinter sich schloß.
Im Hauseingang blieb sie stehen und ließ ihren Blick über die Straße schweifen. Eine Vorsichtsmaßnahme, die sie vor weiteren unangenehmen Überraschungen bewahren sollte. Sie konnte nicht damit rechnen, daß Aldo wieder in letzter Sekunde angebraust kam, um ihr beizustehen. Bei dem, was sie an diesem Abend vorhatte, war sie auf sich allein gestellt, und sie hatte es nicht anders gewollt. Ihre rechte Hand tastete nach der Beretta im Hüftholster, und der kühle Stahl der Waffe hatte eine beruhigende Wirkung.
Da es so früh dunkel geworden war, brannte hinter vielen Fenstern Licht. Ein schnittiger Wagen, ein roter Alfa 159, fuhr an ihr vorbei in Richtung Via Flaminia, ansonsten war alles ruhig. Sie spannte den Schirm auf und ging zu ihrem Fiat Uno, der am Straßenrand stand.
Er war schon etwas altersschwach, aber für ihre Zwecke reichte er vollkommen aus. Tagsüber war sie ohnehin meistens mit einem Dienstwagen unterwegs. Daher hatte sie beschlossen, den kleinen Fiat so lange zu fahren, bis er sich von selbst verabschiedete. Das einzig Moderne in dem Uno war das Navigationsgerät, das sie aus der Sporttasche nahm und mit ein paar Handgriffen installierte.
Allerdings schaltete sie es noch nicht ein, denn in Rom fuhr

sie ihre eigenen Schleichwege, um möglichst schnell und ohne Stau aus der Stadt hinauszukommen. Irgendwann fiel ihr ein, daß ihr Handy noch in der Baumwolljacke steckte, aber sie verschwendete keinen Gedanken ans Umkehren. Sie war nicht unterwegs, um zu telefonieren, sondern um sich persönlich ein Bild zu machen.

Als Aldo das Büro betrat, das er sich mit Claudia teilte, stand Alessandra an Claudias Schreibtisch und telefonierte. Sie erblickte Aldo, und sogleich spielte ein Lächeln um ihre Lippen, die sich zu einem Kuß in seine Richtung formten. Er erwiderte die Geste.

»Einen Moment bitte, Commissario«, sagte sie und verdeckte die Sprechmuschel mit der Hand. »Ein Commissario Ojetti aus Terni, der mit Claudia Bianchi sprechen möchte, aber ich konnte sie nirgends finden.«

»Sie ist heute etwas früher gegangen, weil sie wieder in ihre Wohnung wollte. Ich glaube, etwas Ruhe wird ihr guttun.« Aldo zeigte auf den Hörer. »Laß mich mit ihm sprechen.«

Alessandra küßte ihn fix auf die Wange und gab ihm den Hörer.

»Hallo! Hier ist Vice Commissario Rossi. Commissario Bianchi ist derzeit nicht im Dienst. Worum geht es, Commissario Ojetti?«

»Nur eine Routinesache«, sagte eine kreidige Stimme, die sich mit einem ständigen Knacken und Rauschen vermischte; wahrscheinlich war irgendwo ein heftiges Gewitter. »Ihr in Rom wolltet ja über alles informiert werden, was Signora Vigezzi betrifft.«

»Allerdings«, sagte Aldo. »Was gibt es?«

Gilda Vigezzi war die Witwe von Giuseppe Pignato.

»Signora Vigezzi ist zurück nach Rom gefahren, nachdem sie die Mitteilung erhalten hatte, daß ihre Wohnung von der Polizei freigegeben worden ist.«
»Hat sie die Kinder mitgenommen?«
»Nein, die sind noch bei ihrer Großmutter.«
»Wann hat Signora Vigezzi Terni verlassen?«
»Irgendwann am Nachmittag, vor ein paar Stunden jedenfalls.«
»Das ist ja eine sehr präzise Auskunft«, brummte Aldo.
»Was soll das heißen, Vice Commissario?« fragte der ranghöhere Commissario aus Terni, und trotz der Störgeräusche war seine Verstimmtheit deutlich zu hören.
»Es heißt nur, daß ich es gern genauer hätte, Commissario.«
»Tut mir leid, genauer kann ich es nicht sagen. Glaubt ihr in Rom, wir hätten hier sonst nichts zu tun?«
»Ganz sicher nicht«, erwiderte Aldo mehrdeutig und fügte betont geschäftsmäßig hinzu: »Vielen Dank für die Information, Commissario Ojetti. Halten Sie uns bitte weiterhin auf dem laufenden.«
»Oh, oh, das klang aber nicht gerade angenehm«, meinte Alessandra und wedelte mit der rechten Hand. »Ärger?«
»Kein Ärger. Ich bin nur ein bißchen genervt von dem blasierten Kollegen aus Terni, der wahrscheinlich gerade ein bißchen von dem blasierten Kollegen aus Rom genervt ist. Pignatos Frau ist wohl wieder in Rom, in ihrer Wohnung.«
»Und seit wann?«
»Das eben konnte mir der Kollege nicht so genau sagen. Schließlich gibt es noch andere Dinge, um die sich die Polizei in Terni kümmern muß.«
»Hm«, machte Alessandra. »Sollten wir die Familie nicht besser unter Polizeischutz stellen?«

»Die Kinder sind noch in Terni und werden dort hoffentlich gut bewacht. Signora Vigezzi ist allein nach Rom zurückgekehrt. Gleichwohl ist deine Frage berechtigt, meine Süße, aber das soll Claudia entscheiden. Sie leitet schließlich die Ermittlungen.«

Er wählte die Nummer von Claudias Wohnung, hörte für ein paar Sekunden das Freizeichen und dann Claudias Stimme, aber nur auf dem Anrufbeantworter: »Sie haben leider Pech gehabt, können mir nach dem Piepton aber gern eine Nachricht hinterlassen.«

»Sehr originell«, knurrte Aldo und versuchte es mit der Handynummer. Auch dort sprang nach kurzem Klingeln die Mailbox an. »Hier ist Aldo. Wo auch immer du steckst, Claudia, melde dich doch bitte. Pignatos Frau ist wieder in Rom. Du kannst mich auf dem Handy erreichen, jederzeit.«

Er konnte es sich nicht verkneifen, dem letzten Wort einen ironischen Unterton zu geben.

»Vielleicht sitzt sie mit einem Glas Rotwein in der Badewanne und entspannt sich«, sagte Alessandra.

»Ja, vielleicht – aber hoffentlich nicht mit Rotwein.«

»Wieso?«

»Ach, nichts, nur so.«

Aldo hatte Stillschweigen über Claudias Schwangerschaft bewahrt, auch Alessandra gegenüber. Zwei Monate zuvor hatte er mit Kollegen über seine Beziehung zu Claudia geschwatzt und damit ihr Vertrauen mißbraucht und sie gekränkt. So etwas sollte nicht noch einmal geschehen.

»Tu nicht so verschwiegen, Aldo, jetzt hast du dich ohnehin verplappert. Ist Claudia schwanger?«

»Meine Lippen sind versiegelt.«

»Na, dann lese ich es eben von deinen versiegelten Lippen.«

»Aber von mir hast du das nicht.«
Alessandra bedachte ihn mit einem unschuldigen Augenaufschlag. »Ich weiß gar nicht, wovon du sprichst.«
»Weil's besser ist«, seufzte er. »Laß uns das Thema jetzt beenden. Wir sollten uns um Signora Vigezzi kümmern.«
»Willst du bei ihr anrufen?«
»Nein, ich werde hinfahren. Und du kommst mit. Das ist doch die Gelegenheit, persönlich mit ihr zu sprechen.«
»Claudia wird sich ärgern, wenn sie das verpaßt.«
»Mamma mia, was soll ich denn tun, Claudia zur Fahndung ausschreiben?«
»So sehr vermissen wir sie auch wieder nicht, oder?« Alessandra drückte ihm einen Kuß auf die Wange. »Ich freue mich darauf, den Abend mit dir zu verbringen, wenn auch im Dienst.«

Der Regen war heftiger geworden, als Aldo den Fiat Linea zwischen einem Mercedes und einem klapprigen Lieferwagen parkte. Um nicht zu naß zu werden, überquerten Alessandra und er die Via Crescenzio im Laufschritt und waren froh, als sie den schützenden Hauseingang erreichten. Aldo hatte gesehen, daß im Penthouse Licht brannte. Also waren sie nicht vergebens hergekommen.
»In einem Film wäre das jetzt eine romantische Szene«, sagte Alessandra und schüttelte ein paar Regentropfen aus ihrem langen blonden Haar. »Endlich in Sicherheit vor dem Unwetter, würde der Mann die Frau in seine starken und wärmenden Arme schließen, und beider Lippen würden sich sehnsuchtsvoll zu einem Kuß vereinigen.«
»Unwetter?« meinte Aldo mit einem zweifelnden Blick auf die Straße. »Ich weiß nicht recht.«

»Aldo!«
»Okay, Unwetter.«
Er nahm Alessandra in die Arme und drückte sie an sich. Sie war fast einen Kopf kleiner als er und sah erwartungsvoll zu ihm auf. Für ein paar Sekunden bewunderte er ihr ebenmäßiges Gesicht, das so engelsgleich war, wenn in ihr auch manchmal ein kleiner Teufel steckte. Aber gerade das mochte er. Aldo hatte viele Freundinnen gehabt, die ihm nichts weiter bedeutet hatten. Wahrscheinlich hatte auch er ihnen nichts bedeutet, aber das war nie wichtig gewesen. Ein paar schöne Wochen, Tage oder auch nur Stunden, das hatte ihm gereicht. So war es auch mit Claudia gewesen, auch wenn er seine Oberflächlichkeit ihr gegenüber später bedauert hatte. Mit Alessandra war es anders. Er hatte sie wirklich gern. Zwar war ihre Beziehung erst drei Wochen alt, aber im Moment konnte er sich nicht vorstellen, mit einer anderen Frau zusammenzusein. Vielleicht, so dachte er, als seine Lippen die ihren berührten, hatte er in ihr die Frau fürs Leben gefunden. Nach einem langen, sehr langen Kuß erinnerte er sich an den Grund ihres Hierseins und drückte auf den Klingelknopf des Penthouses. Nichts geschah. Weder wurde der Türöffner betätigt, noch meldete sich jemand über die Gegensprechanlage. Aldo klingte noch mehrmals, aber es tat sich nichts.
»Das gefällt mir nicht«, sagte er düster.
»Vielleicht ist die Signora nicht zu Hause.«
»Irgendwer ist aber dort oben, da brennt Licht. Na gut, versuchen wir unser Glück bei Signor Dini.«
Er klingelte beim Hausmeister, und der meldete sich schon nach wenigen Sekunden über die Gegensprechanlage. Als Aldo seinen Namen nannte, betätigte Dini den Türöffner.

»Sie kommen wohl nicht von mir los«, meinte er, als er Aldo und Alessandra in seiner Wohnungstür gegenüberstand. »Haben Sie noch Fragen?«

»Gewissermaßen«, antwortete Aldo. »Es geht um Signora Vigezzi. Haben Sie bemerkt, daß sie heute in ihr Penthouse zurückgekehrt ist?«

»Aber ja. Ich habe ihr sogar geholfen, einen schweren Koffer raufzubringen.«

»Wann war das?«

»Vor eineinhalb oder zwei Stunden.«

»War sie allein?«

»Ja.«

»Hat sie später Besuch bekommen?«

»Keine Ahnung.«

»Vielleicht haben Sie ja etwas gehört, fremde Stimmen, etwas in der Art?«

»Tut mir leid, im Fernsehen läuft gerade eine Schlagersendung, da drehe ich immer laut auf. Besonders mag ich *Sempre sempre,* das kommt gleich. Und im Moment spielen sie *Volare,* das ist auch sehr schön, nicht?«

»Ich höre ja sehr gern *Azzurro*«, meinte Alessandra, verstummte aber, als sie Aldos strafenden Blick bemerkte.

»Würden Sie mir noch einmal den Schlüssel fürs Penthouse leihen, Signor Dini?« bat Aldo.

»Aber warum? Klingeln Sie einfach bei Signora Vigezzi.«

»Das habe ich bereits, leider öffnet sie nicht.«

Dinis Gesicht verdüsterte sich. »Meinen Sie, ihr ist etwas zugestoßen?«

»Das will ich nicht hoffen, aber ich würde mich gern persönlich vergewissern.«

»Soll ich mitkommen?«

»Nein, Sie warten besser in Ihrer Wohnung. Und schließen Sie die Tür ab!«

»Ja, das Spiel kenne ich nun schon.«

Aldo und Alessandra nahmen die Treppe. Das Penthouse war kein eigenständiges Gebäude, sondern ein Staffelgeschoß mit einem Flachdach. Der unbebaute Teil der Hausfläche bildete eine wirklich großzügige Dachterrasse mit bestem Blick auf Engelsburg und Tiber. Die Treppe endete vor einem überdachten Eingang.

»Nicht schlecht!« bestaunte Alessandra die Lage und ließ ihren Blick über den Tiber schweifen. »Versprich mir, daß wir auch einmal so nobel wohnen werden, Aldo.«

»Ja, sicher. Du verdienst die Kohle, und ich lasse mich auf unserer Dachterrasse von einem langbeinigen, vollbusigen Dienstmädchen verwöhnen.«

Alessandra knuffte ihn mit dem Ellbogen in die Seite. »Vielleicht sollte ich mir das mit der gemeinsamen Zukunft doch noch einmal überlegen. Du bist ja ein richtiger Sexist!«

»Nein, Italiener.«

Aldo griff unter seine Nappalederjacke und zog die Beretta hervor.

»Rechnest du mit Ärger?« fragte Alessandra und zog ihre Waffe ebenfalls.

»Vorsicht ist besser als Nachsicht. Daß auf unser Klingeln niemand reagiert hat, macht mich schon ein bißchen nervös. Wenn niemand da ist, warum brennt dann Licht? Wenn aber jemand zu Hause ist, warum wird dann nicht geöffnet?«

»Soll ich's nochmal versuchen?«

Alessandras linke Hand schwebte über der Klingel im Eingangsbereich zur Penthousewohnung, und sie streckte schon den Zeigefinger aus.

»Nein, wir haben ja das hier.«
Aldo hielt den Schlüssel hoch und steckte ihn ins Schloß. Es ließ sich problemlos öffnen, und mit einer schnellen Bewegung stieß er die Tür auf.
In dem dunklen Flur vor ihnen blitzte etwas auf. Aldo hörte die Detonation eines Schusses, und er hörte den Schrei neben sich.
»Alessandra!«
Er hatte ihren Namen noch nicht ganz ausgesprochen, da brach sie auch schon zusammen und fiel ihm vor die Füße.

17

Auf der Autobahn kam Claudia gut voran. Die Scheibenwischer kämpften tapfer gegen den Regen an, der mal heftiger, mal weniger stark auf den Fiat Uno niederprasselte. Immer wieder fragte sie sich, was sie in San Vito erwarten mochte und was sie selbst erhoffte. Vielleicht hatte sie die Fahrt ganz umsonst angetreten und erlebte eine riesengroße Enttäuschung. Aber das glaubte sie nicht, nicht nach dem, was der sterbende Jean Christophe Gavalda gesagt hatte. Ihre innere Anspannung wuchs mit jedem Kilometer, den sie hinter sich brachte.
Um sich etwas abzulenken, schaltete sie das Autoradio ein. Es klackerte ein paarmal gefährlich, bis der altersschwache Motor endlich die Teleskopantenne ausgefahren hatte. Aus den billigen Lautsprechern drang nur ein Rauschen. Vor Ur-

zeiten hatte sie sich einmal die Mühe gemacht, ein paar Sender zu speichern, aber das war in Rom gewesen. Ohne eine Ahnung, ob sie die auch hier draußen empfangen konnte, drückte sie sich durch die Stationstasten, bis sie einen Kanal fand, auf dem relativ deutlich Robbie Williams zu vernehmen war. *Millennium.* Nicht das Schlechteste für eine einsame Autofahrt, dachte sie und blieb dabei.
Eigentlich war es eine schöne Strecke, an den Albaner Bergen vorbei und am Meer entlang, aber bei diesem Wetter konnte sie sie nicht so recht genießen. Und sie war auch gar nicht in der Stimmung, sich an schöner Landschaft zu erfreuen. Der Regen hatte inzwischen so zugenommen, daß sie fast die richtige Ausfahrt verpasst hätte. Auf der Landstraße mußte sie sich zwingen, aller Ungeduld zum Trotz das Tempo zu drosseln. Bei diesem Wetter war es einfach zu gefährlich, mit mehr als hundert Stundenkilometern durch die Gegend zu jagen.
Ein paar andere Autofahrer waren weniger vorsichtig, und zwei- oder dreimal wurde sie in mehr oder minder waghalsigen Manövern überholt. Zum Glück hatten alle ihre Scheinwerfer an, so daß Claudia die potentiellen Todesfahrer rechtzeitig kommen sah und den Uno nach rechts ziehen konnte, soweit es nur ging.
Ein Wagen hinter ihr fuhr allerdings ohne Licht, versuchte aber auch nicht, sie zu überholen. Er hielt einen konstanten Abstand zu ihr ein, aber gerade als sie sich fragte, ob sie verfolgt wurde, verschwand er aus dem Sichtfeld ihres Rückspiegels, und sie verwarf den Gedanken.
Wer sollte auch hinter ihr her sein, hier draußen?

Fassungslos blickte Aldo auf Alessandra hinunter. Sie lag auf der rechten Seite, seltsam verkrümmt, als sei sie kein

Mensch, sondern eine Puppe mit beliebig schwenkbaren Gliedern. Eben noch hatte sie neben ihm gestanden, mit ihm gesprochen. Wenige Minuten war es erst her, da hatten sie sich geküßt. Und jetzt?

Seine Reflexe gewannen die Oberhand. Obwohl unter Schock, handelte er, wie er es x-mal geübt hatte. Er hechtete zur Seite und rollte sich ab, um aus dem Schußfeld desjenigen zu gelangen, der auf Alessandra gefeuert hatte.

Er hätte keinen Sekundenbruchteil länger warten dürfen. Eine Kugel jagte durch die Luft und hätte ihn getroffen, hätte er noch im Eingang gestanden.

Zwei weitere schnelle Sprünge, und er hatte eine Deckung gefunden. Einen großen Kübel mit einer Pflanze darin, die aussah wie ein kleiner Nadelbaum. Mehrere von diesen Kübeln waren am Rand der Dachterrasse aufgereiht.

Aldo spähte zur Tür und versuchte zu erkennen, was mit Alessandra war. Vergeblich suchte er nach einem Anzeichen dafür, daß sie lebte. Er kämpfte die Tränen, die in ihm aufsteigen wollten, nieder und holte mit der linken Hand das Handy hervor, während seine Rechte den Griff der Beretta umklammerte.

Er wählte die eingespeicherte Nummer, die ihn mit der Notfallzentrale des Polizeipräsidiums verband.

Eine junge Frau meldete sich: »Polizei Rom, Ispettore Fidani.«

Aldo nannte seinen Namen, seine Dienstnummer und seinen Standort. »Brauche dringend Verstärkung gegen bewaffnete Täter, Anzahl unbekannt. Eine Kollegin ist schwer verletzt, Notarzt erforderlich. Eine Zivilistin vermutlich in den Händen der Täter. Ich versuche, die Stellung zu halten.«

»Verstanden, Vice Commissario. Ich werde alles veranlassen. Ende.«

Dann war er wieder allein und ließ das Handy fast achtlos in eine Jackentasche gleiten.
Die ganze Zeit über hatte er den Eingangsbereich des Penthouses nicht aus den Augen gelassen. Er wußte nicht, ob es einen Hinterausgang gab. Aber selbst wenn die Unbekannten einen solchen benutzten, mußten sie sein Sichtfeld passieren, um zum Fahrstuhl oder zur Treppe zu gelangen.
Vielleicht gab es eine Feuerleiter außerhalb seines Sichtfeldes, aber darum konnte er sich jetzt nicht kümmern. Inzwischen waren alle Lampen im Penthouse erloschen. Möglicherweise hockten die Unbekannten hinter den dunklen Fenstern und warteten darauf, daß er seine Deckung verließ. Dann würden sie ihn abknallen wie einen Hasen auf der Wiese.
Er hätte ganz ruhig warten können, bis die Verstärkung eintraf, wäre da nicht Alessandra gewesen.
Er mußte ihr helfen, so schnell wie möglich!
Also beschloß er, laut zu rufen, um mit seinen Gegnern Kontakt aufzunehmen. Aber die waren schneller, und eine heisere Männerstimme drang zu ihm herüber.
»Melde dich, Bulle! Du bist doch ein Bulle, oder?«
»Ja«, antwortete Aldo und versuchte, das Zittern in seiner Stimme zu unterdrücken. Die Sorge um Alessandra brachte ihn fast um den Verstand.
»Wir wollen hier ohne weitere Schwierigkeiten verschwinden. Du hast sicher eben Verstärkung gerufen. Richtig?«
»Richtig. Es ist das beste für euch, wenn ihr euch sofort ergebt.«
»Mach dich nicht lächerlich, Bulle! Und jetzt hör genau zu. Du wirfst deine Waffe in den Eingang, und dann verschwinden wir. Kapiert?«
»Warum sollte ich mich darauf einlassen?«

»Weil wir zwei Geiseln haben. Die Signora und deine Kollegin. Und wenn du deine Waffe nicht gleich wegwirfst, ist die Kollegin tot!«

In Aldos Hals saß ein dicker Kloß, und trotzdem mußte er das jetzt sagen: »Aber das ist sie doch schon.«

»Noch atmet sie, aber es geht ihr bestimmt nicht gut. Eine weitere Kugel wird sie kaum überleben. Also, was ist? Du hast fünf Sekunden Zeit. Fünf ...«

Fieberhaft überlegte Aldo. Vielleicht bluffte der Gangster nur, und Alessandra war längst tot.

»Vier ...«

Selbst wenn sie noch lebte, gab es keine Garantie dafür, daß die Unbekannten sie auch am Leben ließen. Gut möglich, daß sie keine Zeugen duldeten und Alessandra, ihn selbst und Signora Vigezzi erschossen, sobald er ihnen seine Waffe überließ.

»Drei ...«

Es war eine jener unglückseligen Situationen, auf die einen auch die beste Ausbildung nicht vorbereiten konnte. Wie ein Pokerspiel, in dem man die Karten der anderen nicht kannte und auf seine Erfahrung bauen mußte, auf die eigene Intuition.

»Zwei ...«

Er dachte an Alessandra und die gemeinsame Zukunft, von der sie gesprochen hatten. Und ihm war klar, daß er alles dafür tun würde, diese Zukunft Wirklichkeit werden zu lassen. Selbst wenn er dafür viel, sehr viel aufs Spiel setzte, auch sein Leben.

»Eins ...«

»Ist gut, ihr sollt meine Waffe kriegen!« schrie er aus Leibeskräften. »Achtung, sie kommt!«

Er sicherte die Beretta, bevor er sie flach über den Boden schliddern ließ. Genau in der Mitte des Eingangsbereichs blieb sie liegen.
Ein paar Sekunden lang herrschte Schweigen, dann meldete die fremde Stimme sich wieder: »Warum nicht gleich so, Bulle? Jetzt bleib am besten, wo du bist, und mach uns nicht nervös! Denk dran, wir haben noch die Signora, und die nehmen wir mit, als Sicherheit, damit uns nichts passiert.«
»Das war nicht ausgemacht«, protestierte Aldo.
Ein heiseres Lachen ertönte, wie das Meckern eines Ziegenbocks. »Du bist nicht in der Lage, hier Bedingungen zu stellen, Bulle!«
Er hörte mehrere leise, aber erregt miteinander sprechende Stimmen. Dann erschienen zwei Männer und eine Frau im Eingangsbereich.
Die Frau, Gilda Vigezzi, war eine etwas üppige, aber durchaus attraktive Mittvierzigerin. Ihre Hände waren auf den Rücken gefesselt, und ihr rotes Haar hing in wirren Strähnen herab. Ihre Augen waren vor Angst geweitet; sie sah aus, als hätten die Männer sie geschlagen.
Einen von ihnen konnte Aldo kaum erkennen, zu schnell verschwand er in dem überdachten Bereich von Fahrstuhl und Treppenhaus. Er drückte irgendwelche Knöpfe am Lift, wohl um die Kabine hochzuholen.
Der zweite Mann, der Signora Vigezzi wie einen lebenden Schild vor sich hielt, war klein und hager, und sein spitzes, verschlagenes Gesicht erinnerte an ein Nagetier. Eine menschgewordene Ratte, durchfuhr es Aldo.
Der Mann mit dem Rattengesicht bedrohte seine Geisel mit einem kurzläufigen Revolver. Während er langsam mit ihr zum Fahrstuhl ging, sagte er: »Bleib hübsch brav hinter

deinem Blumentopf, Bulle.« Es war die heisere Stimme, die Aldo bereits kannte. Sie fuhr fort: »Du kannst uns sowieso nichts. Mein Kumpel hat deine Waffe und die von deiner Kollegin. Der scheint es übrigens nicht besonders zu gehen. Der Notarzt, den du sicher gerufen hast, sollte sich beeilen.«

Die Fahrstuhlkabine kam oben an, und die Tür öffnete sich. Jetzt war es der andere, der dem Kleinen mit der Geisel Feuerschutz gab. Er stand noch immer im Schatten, aber Aldo erkannte, daß es ein größerer Mann mit einem akkurat gestutzten Bart um Mund und Kinn war. Und er sah die metallisch schimmernde Automatik in den Händen des Mannes.

»Helfen Sie mir!« rief Gilda Vigezzi gequält, dann wurde sie auch schon von dem Kleinen brutal in die Fahrstuhlkabine gestoßen.

Sie prallte gegen die rückwärtige Wand und sackte zu Boden. Ob aus Verzweiflung oder infolge einer Verletzung, konnte Aldo nicht erkennen.

Die beiden Männer folgten ihr, und der größere drückte auf einen Knopf. Erdgeschoß, vermutete Aldo. Mit einem leisen Zischen schloß sich die Tür, und schon setzte die Kabine sich in Bewegung.

Den Kidnappern und ihrer Geisel über die Treppe nacheilen zu wollen, war vollkommen sinnlos. Ohne Schußwaffe konnte Aldo nichts gegen die beiden Männer ausrichten. Im Gegenteil, er würde nicht nur sich selbst, sondern auch Signora Vigezzi in Gefahr bringen. Es war schlimm, ihr nicht helfen zu können, aber im Augenblick war er machtlos.

Dagegen konnte er für Alessandra vielleicht etwas tun – falls sie wirklich noch lebte!

Er sprang aus seiner Deckung und lief auf den Eingang des

Penthouses zu, wo sie noch in exakt derselben Haltung lag. Um sie herum hatte sich eine Pfütze gebildet, fast schon ein kleiner Teich.
Ein Teich aus Blut.

18

Der, den Sie suchen. Bei Anfuso.
Es war nicht mehr weit bis zu Ludovico Anfusos Haus, vor ihr lag bereits der beeindruckende Korkeichenwald. Claudia hätte das Navigationsgerät nicht gebraucht, um zu wissen, daß sie bald am Ziel war. Unentwegt gingen ihr die Worte des Generaloberen durch den Kopf. Sie konnte kaum noch an etwas anderes denken als daran, was – oder wen – sie im Haus des alten Exorzisten vorfinden würde.
Sie hatte die asphaltierte Straße verlassen, und der Fiat Uno holperte über einen schmalen, unebenen Weg, für den ein Geländewagen besser geeignet gewesen wäre. Weil sie befürchtete, auf einer aus dem Boden ragenden Baumwurzel oder einem Stein aufzusetzen, nahm sie den Fuß noch weiter vom Gaspedal.
Vielleicht hatte die Anspannung sie zu sehr abgelenkt. Als sie jetzt in den Rückspiegel sah, bemerkte sie ein Fahrzeug, das schnell näher kam. Es war ein roter, schnittig aussehender Wagen. Ein Alfa 159.
Wieso hatte sie ihn nicht längst gesehen? Er mußte schon eine ganze Weile hinter ihr sein. Vielleicht war er ihr nicht

aufgefallen, weil seine Schweinwerfer aus waren, obwohl Wolken und Regen im Verein mit der längst hereingebrochenen Dämmerung sicheres Fahren ohne Licht unmöglich zu machen schienen.

Da, jetzt flammten die Scheinwerfer auf. Grelles Licht, Fernlicht, das ihren Augen weh tat, sie blendete.

Plötzlich fiel Claudia wieder ein, daß sie kurz vor ihrem Aufbruch einen roten Alfa 159 gesehen hatte. Er war, scheinbar harmlos, in Richtung Via Flaminia an ihr vorbeigerollt. Verfolgte dieser Wagen sie seit Rom? War sie derart unaufmerksam gewesen? Einiges sprach dafür, und sie stieß einen lauten Fluch aus.

Gleichzeitig trat sie aufs Gaspedal, auch wenn das angesichts der Wegverhältnisse Wahnsinn war. Dennoch kam der Wagen hinter ihr näher und näher. Der Alfa war einfach schneller, der Fahrer rücksichtsloser.

Kurz bevor sie den Wald erreichten, drängte er den Alfa neben Claudias Fiat. Mit einem kreischenden Geräusch berührten die Karosserien einander. Instinktiv riß Claudia das Lenkrad nach rechts und bremste gleichzeitig.

Der Uno preschte geradewegs auf den sich verzweigenden Stamm einer gewaltigen Korkeiche zu. Die sich in alle Himmelsrichtungen reckenden Äste sahen aus wie erhobene Arme, die verzweifelt versuchten, Claudia vor einer Kollision zu warnen.

Ganz konnte sie sie nicht vermeiden. Trotz durchgetretener Bremse krachte der Uno gegen den Baum, und für einen Augenblick fühlte Claudia sich, als habe ihr jemand sämtliche Luft aus der Lunge gepreßt. Zum Glück war sie angeschnallt – zum Glück für sie selbst und das Kind.

Der Gedanke an das neue Leben, das sie unter dem Herzen

trug, machte ihr die Gefahr, in der sie schwebte, wieder bewußt. Sie schüttelte die Benommenheit ab und blickte in den Rückspiegel. Der Alfa hatte angehalten, und gerade wurden Fahrer- und Beifahrertür aufgestoßen. Also hatte sie es mit mindestens zwei Gegnern zu tun!
Der Motor ihres Wagens war ausgegangen. Sie wollte ihn wieder anlassen, vernahm aber nur ein leierndes Gurgeln. Abgesoffen.
Sie reagierte blitzschnell. Löste den Sicherheitsgurt, öffnete die Tür und stieg aus. Heftiger Regen klatschte ihr ins Gesicht, und sie wischte sich mit einer Hand über die Augen. Mit der anderen hielt sie sich am Wagen fest, weil der Boden unter ihr zu schwanken begann.
Ruhig und tief durchatmen!
Das hämmerte sie sich ein und konzentrierte sich auf die beiden Gestalten, die sie wegen der Dämmerung und des Regens nur undeutlich erkennen konnte. Sie kamen auf sie zu, und es sah aus, als hielten sie Schußwaffen in den Händen.
Claudia machte auf dem Absatz kehrt und rannte in den Wald hinein. Hinter ihr krachte ein Schuß. Sie scherte sich nicht darum, sondern lief weiter und schlug immer neue Haken, um kein zu gutes Ziel zu bieten.
Irgendwann – waren dreißig Sekunden vergangen oder fünf Minuten, sie hätte es nicht sagen können – verfing ihr rechter Fuß sich in einer Baumwurzel, die bogenförmig aufragte. Sie stolperte und fiel, konnte den Sturz jedoch abfangen, wie sie es im Nahkampftraining geübt hatte.
Aber durch den Fuß raste ein schlimmer Schmerz. Als bohrten sich von allen Seiten heiße Nadeln hinein. Sie lehnte sich gegen den borkigen Stamm der Eiche, die sie zu Fall ge-

bracht hatte, und tastete nach ihrem Fuß. Er schien nicht gebrochen zu sein, aber wohl verstaucht. Schlimm genug, denn jetzt waren ihre Aussichten davonzukommen dramatisch geschrumpft.

Ich muß Hilfe holen! durchfuhr es sie, und unwillkürlich tastete sie nach ihrem Handy. Dann fiel ihr ein, daß es in der anderen Jacke steckte, in ihrer Wohnung – in Rom. Jetzt bereute sie, daß sie nicht umgekehrt war, um es zu holen. Zu spät.

Es gab nur zwei Möglichkeiten. Wenigstens hatte sie ihre Waffe dabei. Sie konnte hier auf die Unbekannten warten und sich auf einen Schußwechsel einlassen. Sie war eine gute Schützin, aber das waren ihre Gegner möglicherweise auch. Zudem waren sie in der Überzahl. Wenn sie verletzt oder getötet wurde, gab es für ihr Kind keine Hoffnung. Deshalb wählte sie Möglichkeit zwei und versuchte, ihre Flucht fortzusetzen.

Der verstauchte Fuß schmerzte höllisch, sobald sie ihn belastete. Ihr war klar, daß sie eine Gehhilfe brauchte, um ihn zu schonen. Ihre Augen suchten den nur noch undeutlich zu erkennenden Waldboden ab, und schließlich wurde sie fündig. Da lag ein abgebrochener Ast, lang und belastbar aussehend, mit einer Gabel an einem Ende, der würde eine passable Krücke abgeben.

Sie brach ein unterarmlanges Stück ab, dann hatte er die richtige Länge. Ein erster Versuch zeigte, daß es funktionierte. Der Fuß schmerzte noch immer, aber dank ihrer Astkrücke konnte sie sich trotzdem einigermaßen fortbewegen.

Nur leider nicht sonderlich schnell. Hinter sich hörte sie Schritte, das Knacken von Zweigen, Stimmen, halblaute Rufe.

Immer tiefer humpelte sie in den Wald hinein, ohne genau zu wissen, in welche Richtung sie sich bewegte. Für sie galt im Augenblick nur eines: Weg von ihren Verfolgern!
Einmal schlug ihr ein tiefhängender Ast schmerzhaft ins Gesicht. Dann stürzte sie ein zweites Mal, rappelte sich aber sofort wieder auf und lief weiter, immer weiter. Ihr Puls raste, ihr Herz klopfte heftig, ihr Atem rasselte. Regen, Schmutz, Schmerz, nichts davon spielte eine Rolle. Weiter!
Als sie schon glaubte, die Männer abgeschüttelt zu haben, hörte sie ein undeutliches Geräusch hinter sich, Schritte vielleicht. Sie blieb stehen, um zu lauschen. Ja, das waren tatsächlich Schritte, und sie schienen schnell näher zu kommen. War das Zufall, oder hatten die Verfolger sie eingeholt?
Wie auch immer, es schien aussichtslos, weiter fliehen zu wollen. Mit dem verletzten Fuß war sie einfach nicht schnell genug.
Fieberhaft auf der Suche nach einer Alternative, sah sie sich nach allen Seiten um. Nicht weit von ihr standen zwei wuchtige Korkeichen so eng beieinander, daß die üppigen Kronen wie miteinander verwachsen wirkten. Unter diesem natürlichen Dach hatte sich allerlei loses Holz angesammelt. Da die Sichtverhältnisse schlecht waren, hoffte Claudia, sich dort verstecken zu können. Ein besserer Unterschlupf war jedenfalls nicht auszumachen.
Sie humpelte auf die beiden Bäume zu und kauerte sich hinter das lose Holz auf den feuchten Waldboden. Nachdem sie die Krücke beiseite gelegt hatte, zog sie ihre Dienstpistole und machte sie schußfertig. Die Waffe in beiden Händen, starrte sie in die Richtung, aus der die Schritte näher kamen.

Sie atmete so ruhig, wie es ihr nach all der Anstrengung nur möglich war. Vielleicht gelang es ihr, unentdeckt zu bleiben. Falls nicht, mußte sie, wenn sie schoß, auch treffen.
Ihre Hoffnung, der Verfolger möge an ihrem Versteck vorbeieilen, erfüllte sich nicht. Eine dunkle Gestalt tauchte auf und hielt geradewegs auf die beiden Bäume mit den ineinandergreifenden Kronen zu – und damit auf sie.
Bald konnte sie das Gesicht des Mannes erkennen. Sie hatte es kürzlich erst gesehen. Ein Allerweltsgesicht, harmlos, fast gutmütig wirkend. Hätte der Mann nicht eine Automatik in der Rechten gehabt, hätte er als Vertreter oder freundlicher Verkäufer durchgehen können.
»Polizei!« sagte Claudia. »Stehenbleiben, die Waffe fallen lassen und sonst keine Bewegung, oder ich schieße!«
Bernardo Battisti, »der Nette«, blieb stehen, aber er behielt seine Waffe in der Hand. Der Lauf zeigte schräg nach unten. Claudia, die auf ihn angelegt hatte, beobachtete jede seiner Bewegungen mit Argusaugen. Gleichzeitig fragte sie sich, wo der zweite Verfolger stecken mochte.
»Der Nette« lächelte und sah dabei durch und durch vertrauenerweckend aus.
»Warum so feindselig?« fragte er mit einer warmen, angenehmen Stimme, mit der er beim Rundfunk vermutlich gute Chancen gehabt hätte. »Ich will Ihnen doch nur helfen, Claudia.«
»Die Waffe weg, habe ich gesagt!«
»Sie mißverstehen die Situation«, fuhr der Mann aus Bologna unbeirrt fort, ohne seine Automatik fallen zu lassen. »Ich will Ihnen nichts Böses. Ich bin Ihnen nur gefolgt, weil Sie so panisch davongerannt sind. Nach dem Unfall habe ich mir Sorgen um Sie gemacht.«

Es war verrückt, aber Claudia war fast geneigt, ihm zu glauben. Das mußte an seiner Stimme und dem treuherzigen Blick liegen. Andererseits war da die Waffe in seiner Hand. Außerdem hatten sein Kumpan und er sie erst von der Straße abgedrängt und dann auf sie geschossen.
»Unsinn!« sagte Claudia. »Ohne Sie hätte es gar keinen Unfall gegeben, Battisti! Ein letztes Mal: die Waffe weg!«
Als sie seinen Namen erwähnte, ging im Gesicht des Mannes eine kaum merkliche Veränderung vor sich. Ein kurzes Zucken nur, aber Claudia, die ihn unverwandt ansah, registrierte es. Offenbar hatte er erkannt, daß er bei ihr auf Granit biß, weil sie wußte, mit wem sie es zu tun hatte.
Trotzdem fuhr er in unverändert einschmeichelndem Ton fort: »Das muß eine Verwechslung sein, Claudia. Ich bin geschickt worden, um Ihnen beizustehen. Es gibt nämlich jemanden, der Sie schon seit …«
Während er ganz ruhig weitersprach, ruckte sein rechter Arm nach oben, und die Automatik spuckte Feuer.
Er war wirklich schnell, aber nicht schnell genug. Claudia schoß noch vor ihm, zweimal kurz hintereinander.
Sie hörte, wie seine Kugel hinter ihr in einen Baumstamm fuhr, während Battisti, von ihren Kugeln in die Brust getroffen, nach hinten geschleudert wurde. Aus der geringen Entfernung hatten die Geschosse eine verheerende Wirkung. Der Mann fiel rücklings hin und stöhnte laut, während ein krampfhaftes Zucken durch seinen Körper ging. Dann lag er still, die Waffe noch in der Rechten, aber dem Augenschein nach kampfunfähig, wenn nicht gar tot.
»Das sollst du büßen, du Hexe!«
Die Stimme kam von hinten. Claudia fuhr zusammen. Sie wirbelte herum und erkannte, daß sie ihren Verfolgern auf

den Leim gegangen war. Während Battisti sie abgelenkt hatte, war der zweite Mann einen Bogen um ihr Versteck gegangen und hatte sich von hinten genähert. Jetzt stand er nur wenige Meter von ihr entfernt und zielte mit einer klobig wirkenden Waffe auf sie, offenbar ein Mateba-Selbstladerevolver, Kaliber .357 Magnum. Wenn er mit dieser Waffe auf die kurze Distanz schoß, konnte er Claudias Kopf in tausend Stücke sprengen.

Sie hielt ihre Beretta zwar in der Hand, aber um auf den Mann zu schießen, hätte sie den Arm heben müssen. Damit war sie in der gleichen Situation wie zuvor Bernardo Battisti, was bedeutete, daß sie keine Chance hatte.

Der Mann vor ihr war der zweite, den sie dank Dinis Hilfe hatten identifizieren können. Ugo Grifone, gebürtiger Sizilianer. In seinem markanten, durchaus gutaussehend zu nennenden Gesicht war keine Spur von Mitleid zu entdecken. Er würde nicht zögern, Claudia zu erschießen, wenn es sein mußte. Vielleicht war es sogar das, was er ohnehin vorhatte.

Wenn sie das Blatt doch noch wenden wollte, mußte sie Zeit gewinnen, deshalb sagte sie: »Ihr Freund Battisti hat mir keine Wahl gelassen. Er oder ich, etwas anderes gab es nicht.«

»Wirklich? Dann sage ich dasselbe, du oder ich! Etwas anderes gibt es auch hier nicht.«

In Claudias Gehirn arbeitete es fieberhaft, und einer plötzlichen Eingebung folgend, sagte sie: »Ich glaube nicht, daß das klug wäre, Signor Grifone. Ihr Auftraggeber will doch sicher keine Leiche.«

So leicht ließ Grifone sich nicht irritieren. Er fragte: »Was wissen Sie denn von meinem Auftraggeber? Gar nichts!«

»Ich weiß, daß Sie mich lebend zu ihm bringen sollen.«
»So? Woher?«
»Der Entführungsversuch vor zwei Nächten spricht eine deutliche Sprache. Ihre Komplizen hätten mich schon in meiner Wohnung töten können, wenn sie das gewollt hätten, es wäre das Einfachste gewesen.«
»Hätten sie es nur getan!« stieß Grifone aus.
»Und auch Sie und Battisti hätten mich bei mir zu Hause töten können«, fuhr Claudia fort, ohne auf seine Bemerkung einzugehen. »Schließlich verfolgen Sie mich schon seit Rom.«
»Du bist ein kluges Mädchen, was?« Grifone grinste auf eine Art, die ihr gar nicht gefiel. »Aber weißt du was? Ich scheiße auf deine Klugheit und meine Befehle. Ich werde einfach sagen, ich mußte abdrücken, sonst hättest du mich erledigt. Niemand wird mir das Gegenteil beweisen können, zumal du Bernardo umgenietet hast. Gleich ergeht's dir genauso wie ihm!«
Grifones Zeigefinger krümmte sich um den Abzug.
Dann hörte Claudia einen Schuß. Es klang fast, als hätte er ein Echo.
Der Mateba-Revolver in Grifones Hand spuckte Feuer. Die Kugel flog so dicht an Claudias Wange vorbei, daß sie den Luftzug spürte.
Ungläubig sah sie zu, wie der Mann vor ihr zusammenbrach. Der Revolver fiel ihm aus der Hand und landete neben ihm auf dem Boden.
Fast mußte Claudia sich zu der Erkenntnis zwingen, daß sie noch am Leben war. Ihr ging auf, daß sie nicht nur einen Schuß gehört hatte, sondern zwei. Jemand hatte noch vor Grifone geschossen und ihn in den Rücken getroffen. Grifo-

nes Schuß kurz danach war das gewesen, was sie für ein Echo gehalten hatte.
Aus der Finsternis trat ein Mann – ihr Lebensretter – auf sie zu, in der Rechten eine Automatik, und sah sie besorgt an.
»Claudia, bist du in Ordnung? Geht es dir gut?«
Sie konnte nicht antworten. Ihr Hals war wie zugeschnürt. Schließlich brachte sie ein einziges, ungläubiges Wort heraus: »Du?«

19

Rom, Ospedale Fatebenefratelli

Von dem, was um ihn her geschah, nahm Aldo kaum etwas wahr. Es war tiefste Nacht, und die dunklen Fluten des Tibers umflossen die kleine Insel mit dem Krankenhaus Fatebenefratelli, in das sie Alessandra gebracht hatten. Wie lange war das her? Eine Stunde, zwei, länger? Nur mit Mühe hatte er den Kollegen einen zusammenhängenden Bericht liefern können, dann hatte er sich zum Krankenhaus bringen lassen, um bei Alessandra zu sein. Er hatte sich nicht in der Lage gefühlt, selbst zu fahren.
Was aus den beiden Unbekannten, den Entführern von Gilda Vigezzi, geworden war, wußte er nicht. Auch nicht, was aus der Signora geworden war. Die Fahndung lief sicher auf Hochtouren, aber ihm war das im Augenblick gleichgültig. Für ihn zählte nur Alessandra.
Immer wieder wischte er die Tränen aus seinen Augen, wenn

ein Arzt oder eine Ärztin, eine Schwester oder ein Pfleger vorbeiging. Jeder weiße Kittel erweckte größte Hoffnungen in ihm und schürte zugleich größte Ängste. Sie operierten Alessandra, aber es dauerte, es dauerte so lange!
Sie war ohne Bewußtsein gewesen, und ihr Blutverlust war groß, sehr groß. Keiner der Ärzte und Sanitäter hatte sich festlegen, die Hoffnung, daß sie durchkam, schüren wollen. Fast wäre es Aldo recht gewesen, wenn sie ihn angelogen hätten.
Alles, was ihn hoffen ließ, Alessandra wieder in den Armen halten zu können, wäre ihm recht gewesen. Regen trommelte gegen die Fensterscheiben des Wartezimmers, selbst der Himmel schien um Alessandra zu weinen.
Wieder Schritte, und wieder blickte er hoffnungsvoll auf. Diesmal sah er keinen weißen Kittel, sondern einen Mann in einem teuren Anzug. Als er näher kam, wirkte er allerdings weniger elegant als müde und abgekämpft.
»Gibt es schon etwas Neues?«
Cesare Compagni blieb neben ihm stehen und sah ihn erwartungsvoll an, aber Aldo schüttelte den Kopf. Der Polizeipräsident ließ sich mit einem tiefen Seufzer neben ihm nieder und legte ihm, fast wie ein Vater, eine seiner wuchtigen Hände auf die Schulter.
»Wenn Sie sich etwas hinlegen wollen, Aldo, ich halte hier Wache.«
»Nein!« rief Aldo trotzig. »Ich lasse Alessandra nicht im Stich!«
»Sie haben sie nicht im Stich gelassen, keinen Augenblick. Es war eine Verkettung unglücklicher Umstände, Sie konnten nichts dafür.«
»Ich kann etwas dafür«, sagte Aldo. »Ich hätte erst mal allein

da raufgehen sollen. Ich hätte sie gar nicht mitnehmen dürfen!«
»Alessandra ist Polizistin, das ist ihr Job.«
»Es wäre Claudias Aufgabe gewesen, Claudias und meine.«
»Apropos, wo steckt Claudia Bianchi eigentlich?«
»Keine Ahnung, ich konnte sie nicht erreichen. Deshalb habe ich ja Alessandra mitgenommen. Wahrscheinlich reitet Claudia wieder eine ihrer Extratouren.«
»Claudia ist eine gute Polizistin und bringt uns mit ihren Extratouren manchmal weiter, als wir sonst gekommen wären.« Aldo blickte den Gang hinunter, der zu den Operationssälen führte.
»Hier sehen wir ja, wohin uns das gebracht hat.«
Eine Weile herrschte Schweigen, und Aldo wurde bewußt, daß sein Verhalten dem Polizeipräsidenten gegenüber unangemessen war. Cesare Compagni kümmerte sich um seine Leute, er war hier bei Alessandra – im Gegensatz zu Claudia.
»Tut mir leid, Chef«, sagte er schließlich. »Ich glaube, ich bin mit den Nerven etwas runter. Wissen Sie schon etwas über Signora Vigezzi?«
»Leider nicht.« Compagni drehte sich um und schaute durchs Fenster hinaus in die Dunkelheit, in der jenseits des Regenschleiers Tausende von kleinen Lichtern tanzten, jedes ein beleuchtetes Fenster oder ein Autoscheinwerfer. »Das nächtliche Rom scheint sie und ihre Entführer verschluckt zu haben. Falls sie überhaupt noch in Rom sind. Ich habe an allen Ausfallstraßen Sperren errichten lassen, aber wenn die Kidnapper geschickt sind, lassen sie sich davon nicht aufhalten. Und Sie wissen nicht, wer die Männer sind?«

»Ich habe beide nie zuvor gesehen. Aber ich könnte sie beschreiben, gut genug für ein Phantombild, besonders den einen, den Kleineren. Vielleicht finde ich sie auch in unserer Kartei.«
»Gut, Aldo. Sobald Sie sich erholt haben, sollten Sie das in Angriff nehmen.«
»Das tue ich so schnell wie möglich. Sowie ich weiß, was mit Alessandra ist, fahre ich ins Präsidium. So lange möchte ich allerdings noch warten.«
»Selbstverständlich. Ich bleibe auch hier.«
Wieder ging jemand im weißen Kittel vorbei. Nein, er blieb stehen!
Nahezu gleichzeitig blickten Aldo und Compagni auf. Vor ihnen stand eine Ärztin in mittleren Jahren, die ihr braunes Haar am Hinterkopf zu einem Knoten gesteckt hatte. Sie sah so müde und erschöpft aus, wie Aldo sich fühlte.
»Sie sind die Kollegen von Alessandra Gasperi, nicht wahr?«
Aldo brachte kein Wort heraus und war froh, als der Polizeipräsident antwortete: »Ja. Ich bin ihr Vorgesetzter, Cesare Compagni. Wie geht es Alessandra?«
»Wir konnten die Kugel herausholen, aber es war eine sehr schwierige Operation.«
»Dann lebt sie!« stieß Aldo hervor.
Die Ärztin nickte.
Aldo blickte durch sie hindurch und sagte, eigentlich zu sich selbst: »Wenn sie wieder ansprechbar ist, werde ich sie bitten, meine Frau zu werden.«
Während Compagni eher ein wenig verblüfft aussah, verfinsterte sich die Miene der Ärztin. Sie sagte: »Das wird die Patientin sicher freuen, aber Sie werden sich noch ein wenig gedulden müssen. Momentan liegt sie im Koma.«

Aldo sah sie ungläubig an. »Daraus wird sie doch bald erwachen, oder?«
»Das kann ich nicht sagen, beim besten Willen nicht.«
»Aber sie wird doch aus dem Koma erwachen? Das wird sie doch?«
Jetzt war die Ärztin nur noch ein Häufchen Elend. »Auch das kann ich Ihnen nicht mit Bestimmtheit sagen. Niemand kann das außer Gott.«

20

San Vito

Claudia fühlte sich wie in einem Traum. Oder war es ein Alptraum? Angesichts der Umstände kein abwegiger Gedanke. Vielleicht löste sich der Mann dort gleich vor ihren Augen in Rauch auf.
Der Mann, der ihr Leben gerettet hatte.
Der Mann, nach dem sie so verzweifelt gesucht hatte.
Da stand er vor ihr, aber die Freude, die sie sich immer ausgemalt hatte, konnte sie nicht empfinden. Im Moment war in ihr nur eine große Leere. Vielleicht die Reaktion auf das, was sie durchgemacht hatte. Sie war dem Tod von der Schippe gesprungen, und mit ihr das ungeborene Kind.
Die todbringende Waffe noch immer in der Hand, trat er auf sie zu.
»Ich bin so froh, dich zu sehen, Claudia!«
Sie blieb, wo sie war.

»Ich habe zwei Monate lang nach dir gesucht. Hattest du meine Telefonnummer verlegt?«
Paul Kadrell blieb wenige Schritte vor ihr stehen, so als bilde ihre innere Ablehnung einen unsichtbaren Schutzwall um sie. Er schien abgenommen zu haben, wirkte nicht mehr so athletisch, wie sie ihn in Erinnerung hatte, eher hager. Auch sein Gesicht war schmaler geworden. Vielleicht sah es aber auch nur so aus, weil ihm das regennasse Haar wie ein Helm am Kopf klebte.
Er starrte auf den Mann, den er niedergeschossen hatte, und ging dann neben ihm in die Hocke, um ihn kurz zu untersuchen.
»Ich habe ihn getötet.«
»Es war richtig, auf Grifone zu schießen. So wie ich das Richtige getan habe, als ich auf Battisti schoß.«
»Du kanntest die beiden?«
»Nein, ich kannte nur ihre Namen und ihr Vorstrafenregister.«
»Sind noch mehr von denen hier?«
»Ich glaube nicht.«
Claudia starrte auf die Beretta in ihrer Hand, und plötzlich kam die Waffe ihr vollkommen nutzlos vor. Sie steckte sie zurück ins Lederholster. Auch Paul hatte eine 9-mm-Beretta.
»Du bist sehr geschickt mit deiner Pistole, Paul.«
»Das war mehr Glück als Verstand. Außerdem ist es nicht meine Waffe, sondern deine.«
»Das dachte ich mir.«
Claudia ging zu Battisti und sah auf einen Blick, daß auch er tot war. Allerdings war auf seiner Brust kaum Blut zu erkennen, der Regen wusch es immer wieder ab. Sie bückte sich,

nahm seine Automatik an sich, ging zu Grifone und hob auch dessen Revolver auf.
Nun stand sie ganz nahe bei Paul und hätte nur die Hand auszustrecken brauchen, um ihn zu berühren, aber sie unterließ es. Seltsam, jetzt, da sie ihn endlich gefunden hatte, überwogen ihre negativen Gefühle. Er hatte sie verlassen, hatte sich davongestohlen wie ein Dieb in der Nacht, hatte sie glauben gemacht, er wollte seinem Leben ein Ende setzen. Sie hätte froh sein sollen, daß er es nicht getan hatte, doch sie fühlte sich benutzt und betrogen.
»Du verschwindest wie ein Geist und tauchst auf wie einer. Trotzdem danke, du hast mir das Leben gerettet.«
Kurz dachte sie daran hinzuzufügen: »Mir und unserem Kind.« Aber sie tat es nicht. Dies war nicht der richtige Ort, um darüber zu sprechen. Sie war nicht einmal sicher, ob Paul sich freuen würde. Es gab gute Gründe, daran zu zweifeln. Unweigerlich mußte sie an den Abschiedsbrief denken, den er ihr hinterlassen hatte. Jede Zeile, jedes Wort hatte sich unauslöschlich in ihr Gedächtnis gebrannt:

Claudia, mein Herz, ich möchte Dir nicht weh tun. Vielleicht hätte ich gar nicht zu Dir kommen dürfen. Aber ich wollte wenigstens eine Nacht als der verbringen, der ich so gern gewesen wäre, als Dein Mann. Was in mir ist, mein Erbe, läßt das nicht zu. Verfluch mich nicht für meine Entscheidung, Claudia, versuch, sie zu verstehen. Alle Liebe, die ich habe, gehört Dir. Paul

Pauls Erbe – das erstreckte sich auch auf sein Kind. Hatte er seine Meinung geändert? Daß er vor ihr stand, schien dafür zu sprechen. Aber was, wenn sie sich täuschte? Sie wußte nicht, was er in den vergangenen zwei Monaten erlebt hatte, was in ihm vorgegangen war. Und sie wußte nicht, was er jetzt dachte und fühlte.

»Wir haben Schüsse gehört«, erklärte er. »Da bin ich raus, um nachzusehen. Und dann – dann finde ich dich hier!«

»Wer ist wir?« fragte Claudia kühl, obgleich sie die Antwort ahnte.

»Vico. Ich meine, Ludovico Anfuso. Sein Haus steht hinter den Bäumen dort. Du wolltest doch sicher zu ihm, oder?«

»Ja, das wollte ich, aber mir war nicht klar, daß ich schon so nahe dran bin.«

Sie mußte geradewegs auf das Haus zugelaufen sein, auch wenn sie geglaubt hatte, die Orientierung verloren zu haben. Ein glücklicher Zufall, der ihr das Leben gerettet hatte, vielleicht auch Instinkt.

Claudia spürte, daß Paul auf eine Erklärung für ihre Anwesenheit wartete, aber die gab sie ihm nicht. Jetzt war dafür keine Zeit.

Außerdem hatte sie das sichere Gefühl, daß sie ein viel größeres Anrecht auf eine Erklärung hatte.

»Wir sollten die Polizei informieren«, sagte sie also nur. »Leider habe ich kein Handy dabei. Du?«

»Im Augenblick besitze ich gar keins.«

»Der alte Anfuso auch nicht, wie ich ihn einschätze. Aber ein Telefon hat er doch, oder?«

»Ja«, sagte Paul und machte Anstalten, einen Arm um sie zu legen, aber der unsichtbare Schutzwall ließ ihn mitten in der Bewegung verharren. »Komm mit ins Haus, da ist es trocken. Du mußt dich umziehen.«

Sie folgte Paul, der erst nach ein paar Schritten bemerkte, daß sie sich auf eine behelfsmäßige Krücke stützte.

Er wollte ihr helfen, aber sie lehnte ab: »Ich bin zwei Monate lang ganz gut ohne dich ausgekommen.«
Bei diesen Worten zuckte er zusammen, sein ganzer Körper erbebte, aber er preßte die Lippen aufeinander und schwieg.
Der Wald wurde lichter, und Claudia erkannte jenseits der letzten Bäume Anfusos Anwesen mit der hohen Mauer drum herum, die es wie eine Festung aussehen ließ. Unwillkürlich fragte sie sich, welchem Zweck die Mauer diente. Die Dämonen, die der ehemalige Jesuitenpater hier austrieb, würden sich davon kaum zurückhalten lassen.
Jemand kam ihnen entgegen, ein alter Mann mit einem grauweißen Bart um Mund und Kinn.
»Vico!« rief Paul. »Ich habe Ihnen doch gesagt, Sie möchten im Haus bleiben.«
»Ich habe mir zu große Sorgen gemacht. All diese Schüsse. Aber ... ist das nicht Claudia? Claudia Bianchi!«
»Guten Abend, Signor Anfuso. Tut mir leid, daß ich unter so dramatischen Umständen bei Ihnen auftauche.«
»Sind Sie allein?«
Paul übernahm die Antwort: »Dahinten im Wald liegen noch zwei, aber die sind tot.«
»Tot?«
»Einen habe ich erschossen, den anderen Claudia.«
Anfuso nickte, als würde das alles erklären.
»Kommt erst mal ins Haus!«

Im Haus ging Claudia als erstes zum Telefon, um die Kollegen über die Geschehnisse zu informieren, aber die Leitung war tot.
»Das ist nichts Neues«, sagte Anfuso unbekümmert. »Das passiert mehrmals im Jahr. Die Leitung nach hier draußen ist

nicht die beste, und mittlerweile wird sie bei fast jedem Unwetter in Mitleidenschaft gezogen. Wir sollten uns erst einmal abtrocknen, vielleicht funktioniert das Telefon dann schon wieder.«

»Und Sie haben wirklich kein Handy?« fragte Claudia.

»Nein.«

»Einen Computer?«

Dann hätte sie eine E-Mail schicken können.

»Um Gottes willen, nein!« zerstörte Anfuso ihre Hoffnung und zeigte auf eine Tür. »Da ist das Bad, Claudia. Ich suche Ihnen etwas zum Anziehen heraus.«

Die heiße Dusche war tatsächlich eine Wohltat, und Claudia entspannte sich etwas. Und nachdem Anfuso ihren verstauchten Fuß mit einer undefinierbaren Salbe eingerieben und verbunden hatte, ließ auch der Schmerz bald nach. Wenn sie den Fuß belastete, tat es noch immer weh, aber es ließ sich aushalten.

»Die Salbe wirkt wahre Wunder«, sagte Anfuso. »Ich habe sie selbst hergestellt.«

Als sie sich zu Anfuso und Paul an den Tisch setzte, trug Claudia eine Männerhose und einen Rollkragenpullover. Anfuso hatte einen Eintopf mit deftiger Fleischeinlage gekocht, genau das Richtige für diesen Augenblick. Sie aß mit großem Appetit, und dann erzählte sie, was sich an den vergangenen beiden Tagen zugetragen hatte, bis hin zu ihrem Besuch bei dem sterbenden Generaloberen der Jesuiten.

»Gavalda ist tot?« fragte Paul fassungslos, und auch Anfuso blickte Claudia ungläubig an.

Sie nickte. »Ich war bei ihm, als er starb.«

»Er wird dem Orden fehlen«, sagte Anfuso leise.

»Das wird er wohl«, erwiderte Claudia. »Aber für ihn selbst

muß der Tod eine Erlösung gewesen sein. Er hatte starke Schmerzen.«

»Konnte er dir weiterhelfen?« fragte Paul.

»In gewisser Weise ja. Er war es, der mich hierhergeschickt hat.«

»Aber warum?«

»Ich weiß es nicht.« Claudia wiederholte Gavaldas letzte Worte. »Also habe ich mich hierher auf den Weg gemacht. Hat er von dir gewußt, daß du hier bist?«

Paul schüttelte den Kopf und fragte: »Von Ihnen, Vico?«

»Ach, woher? Seit sie mich aus dem Orden geworfen haben, gibt es keine offiziellen Kontakte mehr zwischen mir und der Gesellschaft Jesu.«

»Aber vielleicht inoffizielle?« hakte Claudia nach.

»Ich habe niemandem erzählt, daß Paul hier ist. Paul wollte es so, und ich habe seinen Wunsch respektiert.«

»Das kann man wohl sagen.« Claudias Ton war scharf, vorwurfsvoll. »Auch mich haben Sie belogen, als ich hier war und nach Paul gefragt habe.«

»Nein, das habe ich nicht. Paul ist erst eine Woche danach hier aufgekreuzt.«

»Sie haben schließlich ein Telefon, Sie hätten mich anrufen können. Oder war gerade mal wieder ein Unwetter?«

»Hack nicht auf Vico herum!« bat Paul. »Er hat nur getan, worum ich ihn gebeten habe.«

Anfuso wollte etwas hinzufügen, doch in diesem Augenblick hörten sie ein lautes Klirren.

»Was war das?« fragte Paul.

»Vielleicht ist ein vom Sturm abgerissener Ast durch eine Fensterscheibe geflogen«, sagte Anfuso.

»Eine Fensterscheibe könnte es gewesen sein«, erwiderte

Claudia, sprang auf und griff nach ihrer Beretta, die sie samt Holster auf eine Anrichte gelegt hatte. »Aber war es bloß ein Ast oder etwas anderes?«

21

Rom, Questura Centrale (Polizeipräsidium)

»Und? Schon fündig geworden?« fragte Cesare Compagni, als er Aldos Büro betrat.

Das Büro, das Aldo viel zu groß vorkam, viel zu leer, viel zu einsam. Es war ungewöhnlich, daß der Polizeipräsident zu einem Untergebenen ins Büro kam. In der Regel ließ er die Leute zu sich rufen. Aber die schöne Cilia hatte wohl längst Feierabend, und vielleicht, mutmaßte Aldo, fühlte der Chef sich auch einsam.

»Der Kleine mit dem Rattengesicht, den habe ich schon. Es ging relativ schnell.« Aldo wies auf einen Computerausdruck, der vor ihm auf dem Tisch lag. »Tonino Ferroni, vierunddreißig, hat fast sein ganzes Leben in Salerno verbracht. Diebstähle, Räubereien und so weiter. Dann vor acht Jahren ein Wechsel nach Neapel und sein bisher größtes Ding, die Beteiligung an einem Banküberfall. Fünf Jahre hat er dafür gesessen; seitdem ist er nicht mehr aktenkundig. Wie alle diese schrägen Vögel.«

»Ich verstehe nicht ganz«, sagte der Polizeipräsident.

»Claudia und ich haben herausgefunden, daß all diese Typen, mit denen wir in den vergangenen zwei Tagen das zweifel-

hafte Vergnügen hatten, Berufsverbrecher sind. Sie kommen aus allen Teilen des Landes, und allen gemeinsam ist, daß sie trotz eines durch und durch kriminellen Lebenswandels seit etwa zwei, drei Jahren polizeilich nicht mehr in Erscheinung getreten sind.«
Trotz der späten Stunde schaltete Compagni schnell. »Eine Armee? Aus Schwerverbrechern, die jemand heimlich hier in Rom zusammengezogen hat?«
»Es sieht ganz danach aus.« Aldo stützte die Stirn in die rechte Hand und fügte leise hinzu: »Die Armee des Janus.«
»Des Janus?«
»Es sollte mich nicht wundern, wenn auch Ferroni und sein Kumpan, den wir noch identifizieren müssen, den Janus-Ring tragen.«
»Das werden wir wissen, wenn wir die beiden haben. Gute Arbeit übrigens, Aldo. Forschen Sie weiter nach dem anderen Mann, ich werde die Großfahndung nach Ferroni einleiten.«
»Sie sollten etwas schlafen, Chef. Der morgige Tag wird bestimmt nicht weniger anstrengend als der heutige.«
Compagni lächelte matt. »Ich kann jetzt genausowenig schlafen wie Sie.«
Aldo seufzte. Er war in Gedanken ständig im Krankenhaus, bei Alessandra.

San Vito

Claudia hielt ihre Beretta schußbereit, und Paul umklammerte die Waffe, die er ihr vor zwei Monaten entwendet hatte. Claudia wollte Anfuso eine der erbeuteten Waffen geben, aber der erschrak darüber und streckte abwehrend die Hände aus. Offensichtlich schlug er sich lieber mit Besessenen und deren tatsächlichen oder eingebildeten Dämonen herum, als sich in eine Schießerei verwickeln zu lassen.

»Licht aus!« sagte Claudia leise.
Anfuso eilte zum nächsten Lichtschalter und ließ es dunkel werden im Zimmer.
»Sie bleiben hier und machen sich so klein wie möglich, Signor Anfuso! Paul und ich sehen nach, was los ist.«
»Ist gut«, wisperte Anfuso.
Gefolgt von Paul, ging Claudia in geduckter Haltung hinaus in den Flur, der ebenfalls im Dunkeln lag. Vielleicht machte sie sich gerade lächerlich, und das Klirren war wirklich nur auf den Sturm zurückzuführen, der Anfusos Haus unvermindert heftig umtoste. Aber nach dem, was sie im Korkeichenwald erlebt hatte, wollte sie kein Risiko eingehen.
Die erste Tür, links von ihnen.
Claudia gab Paul, den sie nur schemenhaft sehen konnte, ein Zeichen. Er verstand und nickte, während sie sich in Schußposition brachte.
»Jetzt!« flüsterte sie.
Paul stieß die Tür auf, ging sofort in Deckung und war bereit, Claudia Feuerschutz zu geben. Es war ein mittelgroßer Raum mit einem Bett, einem schmalen Schrank und einigen kleineren Möbelstücken. Das Fenster, durch das schwaches Abendlicht hereinfiel, war intakt. In den beiden nächsten Räumen, in die sie schauten, war es nicht anders.
Doch dann hörten sie plötzlich laute Geräusche, Schreie und schließlich einen Schuß.
»Das muß bei Vico gewesen sein«, stieß Paul hervor. »Die Sache mit dem Fenster war vielleicht nur ein Ablenkungsmanöver!«
Sosehr sie es auch bedauerte, Claudia mußte ihm recht geben. Sie zischte: »Zurück zu Anfuso!«
Vor der Tür zu dem Wohnzimmer, in dem sie Anfuso zu-

rückgelassen hatten, blieben sie beide stehen. Jetzt bereute Claudia, daß sie die Tür geschlossen hatten, dabei war das eigentlich zu Anfusos Schutz geschehen.
»Es hilft nichts, wir müssen da rein!« flüsterte Paul. »Ich gehe voran.«
»*Ich* gehe voran«, widersprach Claudia. »Ich bin hier die Polizistin.«
»Aber Vico ist *mein* Freund.«
Kaum hatte er geendet, stieß Paul die Tür auf und hechtete in das Zimmer, wo er sich zu Boden fallen ließ. Stichflammen durchzuckten das Dunkel, und zwei Schüsse verfehlten Paul nur knapp. Die Kugeln klatschten in einen massiven Holzschrank.
Claudia zielte auf die Stelle, an der sie die Mündungsfeuer hatte aufblitzen sehen, und schoß. Es war riskant, weil sie nicht wußte, wo Anfuso sich aufhielt. Aber nichts zu tun hätte bedeutet, sich einfach abknallen zu lassen. Natürlich hätte sie sich zurückziehen können, aber dann hätte sie Paul und Anfuso im Stich lassen müssen.
Ein halberstickter Schrei verriet, daß sie jemanden getroffen hatte. Bloß wen?
»Weg hier!« hörte sie eine fremde Stimme flüstern.
Schritte entfernten sich, und irgendwo im Haus schlug eine Tür zu. Claudia widerstand dem Drang, die Verfolgung aufzunehmen. Erst mußte sie wissen, wie es um Paul und Anfuso stand.
Sie schaltete das Licht ein und sah, daß Paul, die Beretta in der Rechten, hinter der Anrichte kauerte, auf der vorher die Waffen gelegen hatten.
Er blinzelte in das helle Licht. »Sind die Kerle weg? Was ist mit Anfuso?«

Aus einer Ecke des Zimmers war ein Stöhnen zu hören; dort sahen sie den alten Mann am Boden liegen. Er preßte beide Hände auf seine Brust und blickte mit schmerzverzerrtem Gesicht zu ihnen auf.

»Nicht sprechen, Vico«, sagte Paul. »Sie müssen Ruhe halten. Wir kümmern uns um Sie.«

Sie hörten, wie ein Auto angelassen wurde. Das Motorengeräusch entfernte sich schnell.

»Hört sich an, als wäre es vorbei«, stellte Claudia fest. »Trotzdem sollten wir auf der Hut sein, diese Typen haben ihre Gefährlichkeit mehr als einmal bewiesen.«

»Im Moment mache ich mir weniger Sorgen um uns als um Vico«, sagte Paul und holte ein Kissen, auf das er den Kopf des verwundeten Exorzisten bettete.

Rom, Questura Centrale (Polizeipräsidium)

Er würde wohl nicht umhinkönnen, ein Phantombild von dem zweiten Mann anfertigen zu lassen. Sosehr Aldo den Polizeicomputer auch mit immer neuen Eingabekombinationen nach ihm suchen ließ, er hatte keinen Erfolg. Das war einfach nicht sein Tag, wirklich nicht. Der Bildschirm flimmerte vor seinen Augen, und die Fotos verschwammen zu einem einzigen Brei.

Er rieb sich die müden Augen und erhob sich, um in die kleine Küche zu gehen. Dort machte er sich den hundertsten Kaffee und dachte daran, wie Alessandra und er sich hier noch wenige Tage zuvor zärtlich geküßt hatten. Nein, sagte er sich, ich darf jetzt nicht an sie denken! Ich muß weiterarbeiten, herausfinden, wer ihr das angetan hat. Ich werde es herausfinden!

Mit dem heißen Kaffee kehrte er an den Schreibtisch zurück

und nahm sich noch einmal die virtuelle Akte über Tonino Ferronis letzten Coup vor, den Bankraub in Neapel, der wohl eine Nummer zu groß für ihn gewesen war. Ironischerweise trug Ferroni in der Unterwelt tatsächlich den Spitznamen »die Ratte«, das ging aus seiner Akte hervor. Offenbar war es ihm nicht bekommen, sich aus seinem Rattenloch in Salerno herauszuwagen.
»Warte nur, kleine Ratte, ich werde dich fangen, und wenn ich dich bis ans Ende der Welt jagen muß!« murmelte Aldo. Einer plötzlichen Eingebung folgend, rief er die Akten der anderen Männer auf, die an dem Bankraub beteiligt gewesen waren, und dann stutzte er. Das war er, der Zweite! Der Mann hieß Riccardo Cipriani, stammte aus Neapel und war ebenfalls zu fünf Jahren verurteilt worden. Er hatte im selben Gefängnis gesessen wie Ferroni und war am selben Tag entlassen worden wie dieser. Und er war seitdem polizeilich nicht mehr aufgefallen.
Das glatte Gesicht auf dem Foto verwirrte Aldo allerdings ein wenig. Er druckte es aus, nahm einen Kugelschreiber und malte einen Bart um Mund und Kinn.
Dann griff er zum Telefon und wählte mit einem Knopfdruck die gespeicherte Nummer des Polizeipräsidenten.
»Hallo«, meldete der sich lethargisch.
»Aldo hier, Chef. Ich habe den zweiten Mann!«

San Vito

Das Telefon funktionierte noch immer nicht, aber Claudia und Paul konnten nicht länger warten. Sie hatten Ludovico Anfuso verbunden, doch der alte Mann würde sterben, wenn er nicht bald ärztliche Hilfe bekam. In San Vito gab es zwar kein Krankenhaus, aber einen Arzt, wie Claudia von Paul erfahren hatte. Noch mehr überraschte es sie zu hören, daß die beiden über einen Wagen verfügten, einen nicht mehr ganz taufrischen Opel Zafira, der in einem Carport neben dem Haus stand.

»Ich habe den Wagen vor ein paar Wochen gebraucht gekauft, sehr günstig«, erklärte Paul. »Hier oben ist man ohne Auto ziemlich verloren.«

»Dann bringen wir Anfuso damit nach San Vito«, sagte Claudia. »Alles ist besser, als hier zu hocken und darauf zu warten, daß irgendwann das Telefon wieder geht.«

»Und wenn sie uns auflauern?«

»Damit müssen wir rechnen. Du fährst, ich passe auf.«

»Einverstanden«, sagte Paul und wollte ihr mit dem Handrücken die Wange streicheln, aber im letzten Augenblick hielt er sich zurück.

Sie wickelten Anfuso dick in Decken und trugen ihn zu dem Carport, wo sie ihn vorsichtig auf die Rückbank des Zafiras legten. Es goß noch immer in Strömen, und sie mußten in Kauf nehmen, daß sie bei der Aktion mehr oder weniger bis auf die Knochen naß wurden. Gemessen an dem, was Anfuso durchzustehen hatte, war das ohne Bedeutung.

Paul ließ den Motor an und lenkte den Opel im Rückwärtsgang auf die Straße.

»Soll ich langsam fahren? Wegen Vico, meine ich.«

Claudia schüttelte den Kopf. »Fahr, so schnell du kannst. Je eher wir beim Arzt sind, desto besser für ihn. Außerdem sind wir dann nicht so leicht zu treffen.«

»Okay.«

Paul hielt auf den Wald zu, und Claudia suchte aufmerksam das Gelände vor ihnen ab. Falls ihre Gegner sich hinter den breiten Korkeichen versteckten, war jede Vorsicht vergebens. Bei diesen Sichtverhältnissen boten die Bäume ein Versteck erster Güte. Der Wagen dagegen gab ein hervorragendes Ziel ab mit seinen Scheinwerfern. Aber ohne Licht wäre es bei diesem Wetter zu gefährlich gewesen, und wenn sie einen Unfall bauten, würde für Anfuso endgültig jede Hilfe zu spät kommen.

Die Lichtfinger der Scheinwerfer tasteten über die stark verzweigten Bäume, und jeder einzelne erschien wie ein Riese aus einem Zauberland, groß, dunkel, bedrohlich.

»Eine Armee von Feinden«, murmelte Claudia, in deren Schoß die Beretta-Automatik lag.

»Wie?« fragte Paul irritiert.

»Ich mußte gerade an unsere Gegner denken. Es scheinen sehr viele zu sein, und offenbar sind sie gut organisiert, sonst hätten sie nicht so schnell Verstärkung holen können.«

»Wohl wahr, aber wer hat sie gerufen?«

»Die beiden im Wald, nehme ich an, Grifone und Battisti.«

»Die sind doch tot.«

»Sie werden ihren Auftraggeber darüber verständigt haben, wo sie hinfahren. Wenn sie über Anfuso informiert gewesen sind, werden sie ab einem bestimmten Zeitpunkt geahnt haben, wohin ich wollte. Hier draußen gibt es nicht viele Menschen, die man besuchen könnte.«

»Dann hat diese Verstärkung die beiden Toten entdeckt?«

»Gut möglich, nein, sogar wahrscheinlich. Der Wagen ist nämlich weg!«

»Welcher Wagen?«

»Der Alfa, mit dem die beiden mir gefolgt sind. Er hat dort vorn am Waldrand gestanden, und jetzt ist er nicht mehr da.« Sie starrte in die Finsternis. »Da, mein Fiat steht noch da, sogar das Licht ist noch an.«

»Ich bin jedenfalls froh, daß der Wald hinter uns liegt«, sagte Paul und erhöhte, da die Sicht im Freien deutlich besser war, die Geschwindigkeit. »Nur zur Sicherheit. Ich glaube nicht, daß wir jetzt noch in Gefahr sind.«
Er sollte recht behalten. Ohne Schwierigkeiten erreichten sie San Vito und hielten vor dem Haus des Arztes. Er hieß Mario Pazzafini und bekam bestimmt einen Heidenschreck, als Claudia bei ihm Sturm klingelte.
Schließlich gingen im Haus ein paar Lichter an, und eine dickliche Frau um die Sechzig, in Filzpantoffeln und einem gestreiften Morgenmantel, öffnete die Tür.
»Sind Sie verrückt?« schimpfte sie augenblicklich los. »Was soll der Lärm mitten in der Nacht?«
»Ein Notfall«, sprudelte es aus Claudia heraus.
»Die nächste Sprechstunde ist morgen von zehn bis zwölf«, schnarrte die Frau. »Notfälle werden bevorzugt aufgerufen.«
»Es geht um Ludovico Anfuso!«
»Den alten Teufelsaustreiber? Was ist mit ihm?«
»Er liegt im Wagen, er hat eine Schußwunde. Wenn ihm nicht schnell geholfen wird, verblutet er.«
Die Frau im Morgenmantel drehte sich um und rief ins Haus hinein: »Maaariiiooo, komm sofort, aber schnell!«

Vierter Tag

22

San Vito

Capitano Guido Petroni war ein bodenständiger Mann, und in seinem Zuständigkeitsbereich gab es in der Regel keine Delikte, die über eine Samstagabendkeilerei unter Jugendlichen, einen Verkehrsunfall mit Fahrerflucht oder Wilderei hinausgegangen wären. Andererseits war Ludovico Anfusos Schußverletzung eine Tatsache und ein Beleg dafür, daß sich etwas Schwerwiegendes ereignet hatte. Was, das war ihm trotz der eindringlichen Schilderung Claudias und Pauls nicht so ganz klar, und hätte Claudia sich nicht als Commissario der römischen Polizei ausweisen können, hätte er vermutlich alle beide erst einmal in eine Zelle gesteckt, um in Ruhe über das Ganze nachzudenken.

So aber hatte der Chef der örtlichen Carabinieri-Station Claudia und Paul widerwillig in einen Geländewagen verfrachtet und sich mit ihnen und einem jungen Polizisten auf den Weg hinaus in die regnerische Nacht gemacht. Unbeweglich wie ein Felsblock saß Petroni auf dem Beifahrersitz, aber seine heruntergezogenen Mundwinkel, die wie eine Verlängerung des ergrauenden Schnurrbartes wirkten, verrieten seinen Unmut darüber, nach Mitternacht aus dem Bett geholt und zu einem Einsatz gerufen worden zu sein. Auch der Ispettore, der am Steuer saß, schwieg beharrlich. Claudia überlegte, ob er über den nächtlichen Einsatz ebensowenig erfreut war wie sein Vorgesetzter oder ob er Petroni einfach nur gut genug kannte, um ihn nicht durch eine unbedachte Bemerkung zu reizen.

Sie saß neben Paul auf der Rückbank und sah hin und wieder verstohlen in seine Richtung. Seine Miene war starr, die Stirn in Falten gelegt. Aber in seinem Fall war das nicht Unmut, sondern die Sorge um seinen Freund Anfuso.
Sie hatten die asphaltierte Straße verlassen und fuhren in Richtung Korkeichenwald. Hier zeigte sich, daß der Landrover Defender für die unbefestigte Straße die bessere Wahl war, besser als der Opel Zafira und allemal besser als Claudias Fiat Uno.
Als der Wald vor ihnen auftauchte, sagte Claudia: »Langsamer, bitte, vor dem Wald steht mein Wagen. Da, sehen Sie die Lichter?«
Scheinwerfer und Rücklichter des Fiats brannten immer noch, und sie fragte sich, wie lange die Autobatterie das mitmachen würde.
»Vor dem Wald anhalten!« befahl Petroni in schnarrendem Ton, und der Ispettore gehorchte.
Alle vier stiegen aus. Der Ispettore nahm einen Handscheinwerfer aus dem rückwärtigen Teil des Wagens, und sie stapften über den aufgeweichten Boden zu dem Fiat.
»Kann ich die Lichter ausstellen?« fragte Claudia. »Sonst ist die Batterie bald hinüber.«
»Meinetwegen«, brummte der Capitano und sah sich kurz um. »Viel ist hier nicht zu sehen. Wo liegen die beiden Toten, von denen Sie gesprochen haben?«
»Im Wald«, sagte Claudia.
»Wir fahren am besten ganz durch den Wald«, schlug Paul vor. »Von der anderen Seite ist die Stelle schneller zu erreichen.«
»Gut«, sagte Petroni. »Hier draußen werden wir ohnehin nur naß.«

Sie setzten die Fahrt fort und hielten am anderen Ende des Waldes erneut an. Petroni stieß einen leisen Fluch aus, als er am Waldrand in eine große Pfütze trat, und einen weiteren, als sie auch nach längerem Suchen keine Leiche fanden.

»Was ist jetzt mit Ihren beiden Toten? Haben die Leichen sich vielleicht irgendwo untergestellt, weil es so regnet?«

»Möglicherweise suchen wir nicht an der richtigen Stelle«, gab der Ispettore vorsichtig zu bedenken.

»Doch, es war genau hier.« Claudia zeigte auf die beiden eng zusammenstehenden Korkeichen. »Hinter den Eichen lag der eine Tote und da vorn der andere.«

»Und sie waren wirklich tot?« fragte Petroni.

»Toter geht es nicht«, antwortete Claudia. »Ich habe ihnen ihre Waffen abgenommen, aber leider nicht mehr.«

»Wie meinen Sie das, Commissario?«

»Ich hätte mich vergewissern sollen, ob sie einen Janus-Ring tragen.«

»Einen was?«

Sie erklärte es ihm, aber er schien nicht sonderlich überzeugt.

»Ich habe ja schon von vielen Erkennungszeichen gehört, aber Gangster, die sich mit dem Bild einer alten Gottheit schmücken, das klingt in meinen Ohren ...«

Als er verstummte, fragte Claudia: »Als seien wir verrückt?«

Petroni versteifte sich. »Das habe ich nicht gesagt, Commissario Bianchi. Aber Sie müssen zugeben, daß die Umstände dieser ganzen Geschichte durchaus geeignet sind, Zweifel zu wecken.«

»Ich bin die erste, die das zugibt«, sagte Claudia. »Wäre ich heute abend nicht um Haaresbreite genau an dieser Stelle erschossen worden, würde ich vielleicht auch nichts davon glauben.«

»Aber wo sind die Leichen geblieben? Die Toten werden wohl kaum mit dem Teufel im Bunde sein, der sie zu sich geholt hat.«

»Da wäre ich mir nicht so sicher«, murmelte Paul.

»Was?«

»Ach, nichts.«

»Ihre Komplizen müssen die Leichen mitgenommen haben«, mutmaßte Claudia. »Vielleicht wollten sie verhindern, daß wir sie identifizieren. Schließlich konnten sie nicht wissen, daß wir längst herausgefunden haben, wer die beiden sind.«

»Mag sein«, knurrte Petroni, noch immer zweifelnd. »Sobald es hell ist, werden wir hier die Spuren sichern. Sehen wir uns in Anfusos Haus um. Sie sagen, der alte Teuf…, äh, Signor Anfuso ist dort angeschossen worden?«

»Ja«, antwortete Claudia. »Ich habe auf die Eindringlinge geschossen und sie damit vertrieben. Was ich leider nicht verhindern konnte, war, daß sie Anfuso erwischt haben.«

»Du konntest nichts dafür«, warf Paul ein.

»Doch. Ich habe die Janus-Leute, wenn sie es denn waren, ja erst hergelockt. Von Rom bis hierher, und ich habe es nicht bemerkt.«

Beim Gedanken an ihre eigene Unachtsamkeit schüttelte sie den Kopf.

»Fahren wir weiter zum Haus«, sagte Capitano Petroni.

Dort mußte er Claudia und Paul wohl oder übel Glauben schenken. Die Spuren des Kampfes waren unübersehbar. Der Ispettore machte etliche Fotos, und sein Chef zückte das Handy, um ein Spurensicherungsteam an den Tatort zu beordern.

Anschließend sagte er: »Wilde Schießereien hier draußen bei uns, das gefällt mir nicht, und ich werde es nicht dulden. Wer immer meinen Bezirk zur Schießbude macht, den werde ich mir vorknöpfen, dem reiße ich den Kopf ab. Oder alle beide, falls es Janus höchstselbst sein sollte.«
Wenn das nur so einfach wäre, durchfuhr es Claudia, und sie sah Paul an, daß er dasselbe dachte.

23

Rom, Questura Centrale (Polizeipräsidium)

Aldo hörte Schritte hinter sich und drehte sich um. Cesare Compagni betrat das Büro und musterte den Vice Commissario im Licht des jungen Tages, als sähe er ihn zum ersten Mal.
»Sind Sie immer noch hier oder schon wieder, Aldo?«
»Schon wieder, auch wenn man es mir nicht ansieht.«
»Das sieht man wirklich nicht.«
»Danke, gleichfalls.«
Der Polizeipräsident lachte rauh, ohne jede wirkliche Erheiterung. »Haben Sie wenigstens ein paar Stunden geschlafen?«
»Sagen wir, ich habe es versucht, aber viel mehr als ein unruhiges Hinundherwälzen ist nicht dabei herausgekommen.«
»So ähnlich ging es mir auch. Meine Frau war ganz schön sauer, denn natürlich konnte sie auch kaum ein Auge zumachen. Am Ende hat sie mich aus dem Schlafzimmer gewor-

fen. Das war aber auch gut, denn kurz danach kam ein Anruf aus San Vito. Claudia hat sich gemeldet.«
»Und?« fragte Aldo knapp. »War sie bei diesem Anfuso? Sucht sie immer noch nach ihrem Paul?«
»So in der Art, und sie hat ihn sogar gefunden.«
»Was? Dann hat er sich nicht die Kugel gegeben?«
»Nein, aber ein paar andere hätten das gestern nacht fast erledigt, und Claudia vermutet, daß es mit unserem Fall zusammenhängt.«
Aldo runzelte die Stirn. »Ich verstehe nicht.«
»Dann hören Sie zu«, sagte Compagni und berichtete ihm, was er von Claudia am Telefon erfahren hatte. »Anfuso ist inzwischen ins nächste Krankenhaus überführt worden. Er wird, wie es aussieht, wohl durchkommen. Claudia will mit Paul nach Rom kommen, sobald alle Formalitäten in San Vito erledigt sind. Die Carabinieri da draußen scheinen aufgeschreckt zu sein wie die Hühner, wenn der Fuchs in den Stall kommt.«
Aldo, der kaum fassen konnte, was er eben gehört hatte, schüttelte den Kopf. »Claudia ist doch immer wieder für eine Überraschung gut.«
»Das kann man wohl sagen. Und sie hatte die beiden Toten, die jetzt verschwunden sind, sogar erkannt. Sie sagt, es habe sich um Ugo Grifone und Bernardo Battisti gehandelt.«
»Wirklich? Das wäre doch der Beweis, daß die Sache in San Vito mit unserem Fall zusammenhängt.«
»Ich weiß nur nicht, ob ich mich darüber freuen soll«, meinte der Polizeipräsident. »Wenn das stimmt, haben wir es mit einem noch mächtigeren Gegner zu tun, als wir bisher angenommen haben. Einem, der auch außerhalb Roms mitmischt.«

»Denken Sie an Signora Vigezzi, Chef?«

»Bisher haben wir noch keine Spur von ihr. Sie kann sich sonstwo befinden, vielleicht sogar schon außer Landes.«

»Soweit würde ich nicht gehen. Ich mag mich täuschen, aber …«

»Haben Sie etwas gefunden?« unterbrach Compagni ihn.

»Vielleicht. Dieser Riccardo Cipriani hat sich zwar hauptsächlich in Neapel aufgehalten, aber er ist ganz schön herumgekommen. Einmal ist er in der Nähe von Rom verhaftet worden, allerdings ohne danach verurteilt worden zu sein.«

»Worum ging es da?«

»Rauschgiftschmuggel, Heroin. Aber sie haben bei der Durchsuchung des Hauses, das angeblich einem Freund von Cipriani gehörte, kein einziges Körnchen Heroin gefunden. Also mußten sie ihn laufenlassen. Das ist jetzt mehr als zehn Jahre her, aber wer weiß, vielleicht benutzt er dieses Haus immer noch als Unterschlupf.«

»Gut möglich. Wo steht es?«

»Am Meer, ungefähr auf halber Strecke zwischen Rom und Anzio.«

»Gut! Wenn Sie so weitermachen, Aldo, wird Claudia bald auf Sie verzichten müssen.«

»Wieso?«

»Weil Sie reif dafür sind, Ihre eigene Abteilung zu leiten, Commissario Rossi.«

»*Vice* Commissario«, korrigierte Aldo.

»Nicht mehr.«

Überrascht fragte Aldo: »Ist denn überhaupt eine Planstelle frei?«

»Wenn nicht, sorge ich dafür, daß es eine gibt. Schicken Sie mir umgehend die Informationen über dieses Haus. Ich

werde veranlassen, daß es ebenso sorgfältig wie unauffällig überwacht wird.«
»Wird erledigt«, sagte Aldo.
Er sah dem Polizeipräsidenten, der das Büro verließ, hinterher und sagte sich, daß er sich eigentlich freuen sollte. Aber er konnte keine Freude empfinden, denn er war im Herzen immer bei Alessandra, und an deren Zustand hatte sich nichts geändert.

24

»Ich bin froh, daß Anfuso durchkommt«, sagte Claudia, nur um das bedrückende Schweigen zu brechen, das in dem Zafira herrschte, seit sie von San Vito nach Rom aufgebrochen waren. Fast zwanzig Minuten waren sie schon unterwegs, und keiner von ihnen hatte auch nur ein Wort gesprochen.
Sie hatten Pauls Wagen genommen, weil Claudias Uno nach dem Zusammenstoß mit der Korkeiche in die Werkstatt mußte. Es würde ein paar Tage dauern, hatte ihr der Werkstattbetreiber in San Vito gesagt und dabei vielsagend mit den Augen gerollt, so als müsse er auch dafür schon ein kleines Wunder vollbringen.
»Ich auch«, griff Paul den Faden auf. »Aber was ist da in Rom passiert? Wer ist diese Alessandra, die im Koma liegt?«
»Du kennst sie nicht. Sie ist in unsere Abteilung gekommen, nachdem du … verschwunden bist. Ich fürchte, den armen

Aldo nimmt das sehr mit. Alessandra und er stehen sich sehr nahe.«

»Verstehe«, sagte Paul. »Irgendwie scheint die ganze Sache unter keinem guten Stern zu stehen. Erst Gavalda, dann Vico und diese Alessandra. Und die beiden Museumsdirektoren, von denen du erzählt hast. Die Frau des einen ist entführt worden?«

»Ja, das hat Compagni am Telefon gesagt. Aldo und Alessandra waren vor Ort, konnten es aber nicht verhindern. Dort hat es Alessandra erwischt. Kannst du zwischen all diesen Ereignissen einen Zusammenhang erkennen?«

»Ich denke die ganze Zeit über Janus nach.«

»Und?«

»Als ich damals zum ersten Mal bei Anfuso war, mit dem besessenen Alcide Frattari, da hat Vico ihm den Dämon ausgetrieben. Es war eine schauerliche Prozedur, ich erinnere mich wirklich nicht gern daran. Jedenfalls hat Vico den Dämon nach seinem Namen gefragt, und der Name war Janus. Jetzt frage ich mich natürlich, ob das nur ein Zufall war.«

»Du glaubst genausowenig an einen Zufall wie ich, Paul. Und weil ich nicht daran glaube, bin ich zu Gavalda gegangen. Ich hätte ihn gern noch einiges mehr gefragt, aber dafür ist es zu spät. Ob das Wahre Grab Petri vor einem neuerlichen Angriff der Söhne des Alten wirklich sicher ist?«

»Ich bin kein Jesuit mehr und weiß nichts über die aktuellen Sicherheitsmaßnahmen, aber ich bin sicher, daß alles Menschenmögliche getan worden ist, um das Grab zu schützen.«

»Schon einmal hätten die Söhne des Alten es um ein Haar in ihre Gewalt gebracht.«

»Damals hatten sie die Gesellschaft Jesu unterwandert.«

»Vielleicht gibt es unter deinen ehemaligen Ordensbrüdern immer noch Maulwürfe«, gab Claudia zu bedenken.
»Das kann sein, aber jetzt sind die Grabeshüter gewarnt.«
»Ich wüsste zu gern, welche Pläne die Söhne des Alten jetzt verfolgen.«
Paul musterte sie kurz, bevor er sich wieder auf die Straße konzentrierte.
»Denkst du, daß zwischen den Söhnen des Alten und diesen Janus-Brüdern – nennen wir sie in Ermangelung eines besseren Namens einmal so – eine Verbindung besteht?«
»Genau das ist es, was mir schon eine ganze Weile durch den Kopf geht. Aber ich scheine mich im Kreis zu drehen, und langsam frage ich mich, ob ich nicht einer grundverkehrten Theorie hinterherlaufe.«
»Nur weil etwas schwer zu durchschauen ist, muß es nicht falsch sein. In dieser Angelegenheit gibt es viele rätselhafte Dinge.«
»Das ist wahr, Paul. Zum Beispiel die Frage, woher Gavalda gewußt hat, daß du bei Anfuso bist.«
»Die Jesuiten sind immer gut informiert.«
»Und warum hat er es für so wichtig gehalten, daß er es mir noch im Sterben gesagt hat?«
»Vielleicht dachte er, es sei wichtig für dich.«
»Ja, vielleicht.«
Claudia schwieg, und schließlich fragte Paul: »War es wichtig für dich?«
Sie spürte, wie Wut in ihr hochstieg. Wut auf Paul. Wut darüber, wie er mit ihr umgegangen war.
»Verdammt! Was denkst du denn? Meinst du, ich hätte den Ausflug nach San Vito nur unternommen, weil ich gerade nichts Besseres zu tun hatte?«

»Ich denke, daß ich dich sehr schlecht behandelt habe«, sagte Paul. »Und ich weiß nicht recht, wie ich dir mein Verhalten erklären soll.«
»Versuch es doch einfach!« erwiderte sie galliger, als ihr lieb war.
Paul atmete mehrmals tief durch und sagte schließlich: »Als ich dich verließ, befand sich mein Ich im Aufruhr. Ich war mit mir selbst nicht im reinen. Immer wieder mußte ich daran denken, daß ich, wenn ich wirklich ein Abkömmling des Alten war, eine Gefahr für die Menschheit darstellte. Und ich dachte an Fincher, der mir nahegelegt hatte, meinem Leben ein Ende zu setzen. Das schien der einzig sichere Weg zu sein, die Gefahr zu bannen, und ich hatte mir fest vorgenommen, es zu tun. Deshalb bin ich heimlich verschwunden, mitsamt deiner Pistole. Ich war draußen bei den Ruinen von San Xavier und hatte schon die Waffe gezogen, um ... Schluß zu machen.«
»Was hat dich davon abgehalten?«
Mit einem Mal lächelte Paul. »Der Gedanke an Nico.«
»Wer ist nun wieder Nico?«
»Ein Junge, der im Waisenhaus ›Nicolás Bobadilla‹ am Mondsee lebt. Seltsam, daß er denselben Vornamen trägt wie der Namenspatron des Waisenhauses. Das ist mir noch nie aufgefallen.«
»Und was ist mit diesem Nico?«
»Er ist ein sehr einsamer kleiner Junge. Du wirst jetzt sagen, daß alle Waisenkinder einsam sind, und natürlich hast du recht. Aber Nico ist einer von denen, die ganz besonderer Zuwendung befürfen. Kurz vor meiner Abreise nach Rom hat er mich gefragt, ob ich immer für ihn da sein würde, und ich habe es ihm versprochen. An dieses Versprechen habe

ich mich erinnert, als ich, deine Waffe schon in der Hand, vor den Ruinen des Waisenhauses stand, in dem ich selbst aufgewachsen bin. Mir wurde klar, daß ich dieses Versprechen nicht nur Nico gegeben habe, sondern allen hundertzwanzig Waisenkindern am Mondsee. Ich fühle mich ihnen verpflichtet, und deshalb habe ich beschlossen, gegen das Böse, das möglicherweise in mir steckt, zu kämpfen – für Nico und die Kinder vom Mondsee.«

»Sie sind ein guter Grund«, sagte Claudia.

Das meinte sie ehrlich, und zugleich war sie ein wenig enttäuscht.

Offenbar spürte Paul das, denn er fragte: »Glaubst du mir nicht?«

»Doch, ich glaube dir. Ich hätte mir nur gewünscht …«

»Was?«

»Daß auch ich eine Rolle gespielt hätte bei deiner Entscheidung, dein Leben nicht wegzuwerfen. Aber das wäre wohl zuviel verlangt. Ich sollte mich einfach freuen, daß du noch am Leben bist.«

»Aber Claudia, natürlich hat der Gedanke an dich auch eine Rolle gespielt, eine große sogar.«

»So? Und warum hast du dann nichts von dir hören lassen?«

»Ich habe so oft daran gedacht, dich anzurufen, dir zu schreiben, einfach zu dir nach Rom zu fahren.«

»Hättest du es doch getan!«

»Es ging nicht. Ich mußte erst mit mir selbst ins reine kommen, mußte mich erforschen und lernen, mich zu beherrschen, falls wirklich etwas Böses in mir ist. Sonst wäre ich doch für jeden, der mir nahesteht, eine Gefahr.«

»Und warum hast du dich Anfuso anvertraut?«

»Weil er ein Freund ist – und Exorzist. Er weiß, wie man mit Dämonen umgeht. Er sollte mich beobachten, und gleichzeitig wollte ich von ihm lernen, mich selbst zu kontrollieren. Ich wüßte keinen Besseren für diese Aufgabe als Vico. Außerdem kann er Hilfe gebrauchen, er wird langsam alt.«
»Du hast ihm bei seinen Exorzismen assistiert?«
»Mehrmals, und wenn es auch gewiß nicht die angenehmsten Stunden meines Lebens waren, so waren sie doch enorm wichtig. Ich habe viel gelernt.«
»Vom Jesuitenbruder zum Auszubildenden im Exorzismus, das nenne ich eine Karriere.« Claudia schüttelte ungläubig den Kopf. »Ich dachte, nur der Vatikan hätte das Recht, Exorzisten zu ernennen.«
»Das stimmt auch. Du wirst mich hoffentlich nicht beim Papst anschwärzen.«
»Mal sehen.«
Paul betrachtete sie erneut.
»Sehe ich da die winzige Spur eines ansatzweisen Lächelns in deinem Gesicht?«
»Du mußt etwas mit den Augen haben.«
»Du hast ja recht«, sagte er. »Ich verdiene keine Nachsicht.«
»Genau so ist es. Üblicherweise werden Frauen verlassen, weil ihre Männer sich in einen anderen Rock verguckt haben. Was passiert mir? Mein Kerl haut nach nur einer Nacht ab, um Dämonen auszutreiben. Das kann ich doch keinem erzählen!«
Paul grinste. »Gut, dann bleibt mein Geheimnis gewahrt.« Dann wurde er wieder ernst und fragte: »Wie ist es dir seither ergangen?«
»Keine besonderen Vorkommnisse«, log Claudia.

Sie hielt die Zeit noch nicht für gekommen, Paul von dem Kind zu erzählen. Sie wußte nicht einmal, ob sie es überhaupt tun sollte. Wozu – wenn Paul womöglich erneut beschloß, in ihrem Leben nur eine kurze Gastrolle zu spielen?
»Es gibt wirklich nichts zu vermelden? Keine Beförderung zur stellvertretenden Polizeipräsidentin? Oder vielleicht ein neuer Mann an deiner Seite?«
Claudia stieß einen leisen Pfiff aus.
»Aha, daher weht der Wind! Nach zwei Monaten taucht der Herr aus der Versenkung auf, und auch das nur, weil ich ihn quasi beim Schopf gepackt und herausgezogen habe, und schon will er wissen, ob ich mich zwischenzeitlich anderweitig vergnügt habe. Was denkst du denn, daß ich keusch lebe wie die Nonnen von Santa Apollonia?«
»Ich weiß, daß du nicht keusch lebst. Ich habe unsere Nacht nicht vergessen.«
»Ist das so? Wirklich? Also, meine Erinnerung daran ist höchst verschwommen. Ich bin nämlich bei der männlichen Bevölkerung Roms sehr begehrt, mußt du wissen.«
»Ach ja?«
»Zweifelst du daran?«
Statt ihr zu antworten, trat er plötzlich auf die Bremse, so heftig, daß der Fahrer des Wagens hinter ihnen auch bremsen mußte, was ein wütendes Hupen zur Folge hatte.
»Was tust du?« fragte Claudia.
Statt zu antworten, lenkte Paul den Zafira auf einen Parkplatz, der ein Stück abseits der Straße lag. Er ließ den Wagen zwischen ein paar Büschen ausrollen und stellte den Motor ab. Dann löste er seinen Sicherheitsgurt, beugte sich über Claudia und nahm sie fest in die Arme.
Sie war innerlich zerrissen. Die eine Claudia hatte sich zwei

Monate lang nach Pauls Nähe, nach seiner Umarmung gesehnt. Die andere war empört darüber, daß er sich ihr einfach so näherte, obwohl er sie noch nicht einmal um Entschuldigung gebeten hatte.

Aber hatte er das wirklich nicht? Ihr schoß durch den Kopf, was er während dieser Fahrt alles gesagt hatte, und auf einmal verstand sie, daß es mehr gewesen war als eine Entschuldigung. Er hatte ihr sein Herz und seine Seele geöffnet. Dagegen wäre jedes weitere Wort, jeder Blumenstrauß, jedes glitzernde Schmuckstück nur eine oberflächliche Geste gewesen. Jetzt lag es allein bei ihr, ihn zu akzeptieren oder von sich zu weisen.

Die Claudia, die Pauls Nähe zwei lange Monate hindurch so schmerzlich vermißt hatte, war die stärkere. Es war die wahre Claudia. Und die andere, die beleidigte, war machtlos dagegen. Sie mußte zulassen, daß Paul sie so fest an sich drückte, als seien sie ein einziger Körper, daß seine Lippen mit ihren verschmolzen, daß seine Zunge die ihre berührte.

25

Als der neue Tag anbrach, hatte das Unwetter sich verabschiedet, ganz so, als sei es nicht auf natürliche Weise entstanden, sondern von Dämonen gerufen worden, die nur nachts ihr Unwesen trieben. Die Wiesen und Wälder dampften unter der wärmenden Maisonne. In den Straßen Roms schließlich herrschte die rege Geschäftigkeit eines normalen

Vormittags, und fleißige Busfahrer entluden bereits an den vielen Sehenswürdigkeiten der Stadt ihre Touristenfuhren. Parkplätze waren, wie gewohnt, Mangelware, aber das stellte für Claudia und Paul kein Problem dar. Pauls Zafira war zwar kein Polizeifahrzeug, aber Claudias Dienstausweis verschaffte ihnen Einlaß in die Tiefgarage unter dem Präsidium.

Als sie zum Fahrstuhl gingen, registrierte Claudia ein Zögern bei Paul. Zweimal sah er sich nach der Stelle um, wo sie geparkt hatten.

»Mir scheint, du möchtest dich am liebsten ins Auto setzen und auf dem kürzesten Weg zurück nach San Vito fahren.«

Paul lächelte entschuldigend. »So falsch ist der Eindruck nicht. Seit wir hier in Rom sind, spüre ich eine seltsame Unruhe. Wie eine innere Stimme, die mir zuruft, daß ich am falschen Ort bin und auf der Stelle kehrtmachen sollte.«

»Wieso am falschen Ort?« fragte Claudia, während sie mit einem Knopfdruck den Fahrstuhl rief.

»Ich kann es nicht genau erklären. Vielleicht hängt es mit dem zusammen, was ich vor zwei Monaten hier erlebt habe. Es waren sehr beunruhigende Erlebnisse, wie du weißt. In San Vito hatte ich etwas Abstand gewonnen, aber jetzt steht mir alles wieder deutlich vor Augen.«

Claudia musterte ihn eingehend. »Ich glaube nicht, daß das alles ist, Paul. Du hegst doch irgendeine Befürchtung, oder?«

»Du hast recht. Ich habe Angst, daß alles wieder von vorn beginnen könnte.«

Sie nahm sein Gesicht in beide Hände wie eine Mutter, die ihr verängstigtes Kind tröstet.

»Es kann nicht neu beginnen, weil es noch gar nicht zu Ende

gebracht worden ist. Aber es muß beendet werden, damit wir Ruhe finden.«

»Wir?«

»Du und ich«, sagte Claudia und fügte in Gedanken hinzu »und unser Kind«.

Zuerst gingen sie in Claudias Büro, wo Aldo an seinem Computer hockte und durch eine scheinbar endlose Datenliste scrollte. Als er die Eintretenden bemerkte, wandte er sich ihnen zu, sagte aber kein einziges Wort zur Begrüßung. Claudia bemerkte seinen abweisenden Blick und fühlte sich augenblicklich schuldig.

Sie hätte ihn am Abend zuvor in ihr Vorhaben einweihen sollen, und unter normalen Umständen hätte sie das auch getan. Aber die Umstände waren weit davon entfernt, normal zu sein. Sie hatte nicht sicher gewußt, was – und wen – sie in San Vito vorfinden würde. Und es handelte sich um Dinge, die sie privat fast mehr betrafen als beruflich. Zwar hätte sie bei der Auseinandersetzung mit Grifone, Battisti und ihren Komplizen Aldos Hilfe gut gebrauchen können, aber das hatte sie bei ihrem Aufbruch nicht vorhersehen können. Letztlich hatte sie, dieser Meinung war sie noch immer, die aus ihrer Sicht einzig richtige Entscheidung getroffen.

»Das war ein turbulenter Abend gestern«, sagte sie und wußte im selben Moment, daß das eine unglückliche Wortwahl war. »Wie geht es dir, Aldo?«

»Das siehst du doch. Du solltest lieber fragen, wie es Alessandra geht!«

»Ja, natürlich, tut mir leid. Ich hoffe, ihr Zustand hat sich inzwischen gebessert.«

»Hat er nicht, und die Ärzte wissen auch nicht, ob er sich jemals bessern wird. Vielleicht bleibt sie auf ewig im Koma, eine lebende Tote!«

Unter aller Trauer und Verzweiflung hörte Claudia auch einen Vorwurf.

Da sie nicht recht wußte, was Aldo ihr vorzuwerfen hatte, sagte sie unsicher: »Unser Job ist gefährlich, Aldo, das wissen wir alle, und gerade wir beide können ein Lied davon singen. Auch Alessandra hat es gewußt, als sie sich bei der Polizei bewarb. Sie wird dir bestimmt keinen Vorwurf machen wegen dem, was gestern abend passiert ist.«

»Dabei hätte sie dazu alles Recht der Welt. Ich hätte sie nicht so leichtfertig in die Schußlinie bringen dürfen. Eigentlich hätte ich sie gar nicht mitnehmen sollen, aber du warst ja nicht da! Du warst einfach abgetaucht, warst nicht mal auf dem Handy zu erreichen!«

Jetzt war es heraus, und Claudia war fassungslos. Tags zuvor hatte Dr. Cassola ihr die Schuld am Tod des Generaloberen der Jesuiten gegeben, und jetzt machte Aldo sie für Alessandras beklagenswerten Zustand verantwortlich.

War das gerechtfertigt? Nein, sagte sie sich. Sie hatte nicht ahnen können, welchen Verlauf der Abend nehmen würde, und sie hatte das Handy nicht absichtlich zu Hause liegenlassen.

Claudia hatte nicht nahe am Wasser gebaut. In Santa Apollonia hatte sie schnell gelernt, daß die frommen Schwestern sich durch Weinen nicht erweichen ließen, sondern es vielmehr als Widerborstigkeit betrachteten und hart bestraften, also hatte sie es sich früh abgewöhnt. Jetzt aber fühlte sie sich den Tränen nahe, und sie wandte sich ab, damit weder Aldo noch Paul merkte, was mit ihr los war.

»Wir sollten uns bei Compagni melden, Paul«, sagte sie so gefaßt, wie sie es im Augenblick nur sein konnte. »Komm mit!«
Zehn Minuten später saßen nicht nur Claudia und Paul im großen Büro des Polizeipräsidenten, sondern auch Aldo, den Compagni dazugebeten hatte. Cilia De Luna brachte ihnen Kaffee und Gebäck, wobei sie gar nicht so unnahbar wirkte wie sonst, sondern eher verschüchtert. Immer wieder blickte sie verstohlen zu Compagni hinüber, und einmal hätte sie vor Nervosität fast eine Kaffeetasse umgestoßen.
Als sie das Büro verlassen hatte, bemerkte Claudia: »Signora De Luna ist ja wie ausgewechselt. Was hat sie bloß?«
»Die Aussicht, bald einen neuen Chef zu haben, scheint ihr nicht zu behagen«, sagte Compagni und trank einen Schluck Kaffee. »Sie wird sich schon daran gewöhnen.«
Claudia sah ihn aus großen Augen an. »Einen neuen Chef? Ich verstehe nicht ...«
Der Polizeipräsident lächelte, aber das schien seinen wahren Empfindungen nicht zu entsprechen. »Ich glaube, Sie haben heute noch nicht Zeitung gelesen. Die Presse hat herausgefunden, was gestern abend in der Via Crescenzio geschehen ist, und das läßt die Polizei nicht gerade in einem positiven Licht dastehen.«
Er wies auf ein paar Zeitungen, die vor ihm auf dem Tisch lagen; die Schlagzeilen waren alle ähnlich: »Frau aus der besten Gesellschaft entführt – vor den Augen der Polizei«, »Entführung in Rom – Polizei greift nicht ein«, »Neue Schreckenstat – was tut die Polizei?«
»Signora Vigezzi ist nicht irgendwer«, fuhr der Polizeipräsident fort. »Ihr Mann hatte als Direktor der Vatikanischen Museen eine bedeutende Stellung inne, und sein seltsamer

Tod steht allen noch vor Augen. Schließlich ist die Sache gefilmt worden und wird jeden Tag im Fernsehen gezeigt, morgens, mittags, abends. Die Öffentlichkeit versteht nicht, daß wir noch keine Ergebnisse haben.«

»Aber die Sache ist erst drei Tage her«, warf Claudia ein.

»Drei Tage sind in unserer multimedialen Zeit eine lange Spanne. Die Menschen sehen immer wieder diese Bilder und fragen sich jedes Mal aufs neue, was wir eigentlich tun. Die Entführung von Signora Vigezzi hat die Geschichte wieder ganz nach oben gebracht. Dabei können wir noch von Glück sagen, daß sie ihre Kinder in Terni gelassen hat. Ich will lieber nicht daran denken, was wäre, wenn die Entführer die ganze Familie in ihre Gewalt gebracht hätten.«

»Werden Signora Vigezzis Angehörige in Terni gut bewacht?« fragte Aldo. »Ich hatte gestern nicht den Eindruck, daß die Kollegen dort der Sache viel Gewicht beimessen.«

»Inzwischen tun sie es«, versicherte Compagni. »Ich habe vor einer Stunde mit dem dortigen Polizeichef telefoniert.« Er nahm noch einen Schluck Kaffee und schien sich innerlich zu sammeln, bevor er fortfuhr: »Ich habe auch mit unserem Bürgermeister und mit dem Innenminister telefoniert und meinen Rücktritt angeboten. Sie haben akzeptiert.«

»Was?« riefen Claudia und Aldo wie aus einem Mund, und Claudia fügte hinzu: »Das kann nicht sein! Wir brauchen Sie, Herr Präsident, gerade jetzt.«

Compagni hob beschwichtigend die rechte Hand. »Ich bin ja noch nicht fertig. Man hat mir so etwas wie eine Galgenfrist gewährt. Wenn es uns gelingt, Signora Vigezzi wohlbehalten zu befreien, bleibe ich im Amt. Finden wir sie nicht, oder stößt ihr etwas Schwerwiegendes zu, dann nehme ich sämtliche Verantwortung auf mich und trete zurück.«

»Es ist trotzdem nicht richtig«, sagte Claudia.
»In meiner Position trage ich die Verantwortung für alles, was in meinem Zuständigkeitsbereich geschieht, ganz gleich, ob ich persönlich etwas dafür kann oder nicht.«
»Der Bürgermeister und der Innenminister tragen auch Verantwortung«, murrte Aldo. »Die freuen sich, wenn sie die Konsequenzen nicht tragen müssen.«
»Ich bin der Polizeipräsident, von daher ist es schon richtig so«, seufzte Compagni. »Und jetzt sollten wir uns den aktuellen Ereignissen zuwenden. Bruder Kadrell, ich bin ebenso erstaunt wie erfreut, Sie wiederzusehen. Hieß es doch, Sie seien tot.«
»Einfach Signor Kadrell, bitte. Der – verstorbene – Pater General hat mich von meinen Gelübden entbunden; es war mein ausdrücklicher Wunsch.«
»Mit den Gelübden ist das so eine Sache«, sagte Compagni verständnisvoll. »Auch ich habe eine jesuitische Erziehung genossen und in meiner Jugend eine Zeitlang mit dem Gedanken gespielt, dem Orden beizutreten. Aber mit den Gelübden, nicht zuletzt dem der Keuschheit, hätte ich Probleme gehabt. Für mich war es die richtige Entscheidung, ein Leben außerhalb der Gesellschaft Jesu zu führen, ihr aber immer eng verbunden zu sein. Vielleicht bin ich dem Orden auf diese Weise sogar nützlicher, als ich es als Pater oder Bruder gewesen wäre. Willkommen also in der neugewonnenen Freiheit, *Signor* Kadrell. Ich hörte, Sie waren in San Vito bei Ludovico Anfuso.«
Paul nickte.
»Es hatte etwas von einem Eremitendasein, aber immerhin waren wir zu zweit. Das abgeschiedene Leben bei Vico Anfuso hat mir geholfen, zu mir selbst zu finden. In der vergan-

genen Nacht allerdings hat das andere Leben mich eingeholt, und Vico ist es leider nicht gut bekommen.«

»Wie ich hörte, kommt er durch.«

»Ja, das verdanken wir Dottore Pazzafini, der ihn so gut versorgt hat. Andernfalls hätte Vico wahrscheinlich nicht mal den Transport ins Krankenhaus überstanden. Aber für einen Mann in seinem Alter ist das eine ebenso schmerzhafte wie bedrohliche Geschichte, die ich ihm gern erspart hätte.«

»Du kannst nichts dafür, Paul, es ist ganz allein meine Schuld«, sagte Claudia. »Ich habe die Kerle nach San Vito gelockt. Schon in Rom ist mir der rote Alfa aufgefallen, aber ich war zu unaufmerksam. Leider.«

»Jetzt ist aber Schluß mit der Selbstzerfleischung!« sagte Compagni streng. »Wir haben Wichtigeres zu tun. Der Wagen, der Sie verfolgt hat, soll verschwunden sein, ebenso die Leichen der beiden Erschossenen?«

Claudia bestätigte das. »Ich finde das sehr beunruhigend. Wer sich die Zeit nimmt, im Wald nach den Leichen zu suchen, zeigt, daß er eine starke Organisation im Rücken hat und sich nicht einschüchtern läßt. Leider habe ich nicht daran gedacht, mich zu vergewissern, ob die Toten den Janus-Ring trugen.«

»Ich gehe davon aus, daß sie ihn trugen«, sagte Aldo. »Ich hoffe es sogar.«

»Warum?« fragte der Polizeipräsident und zog erstaunt die Brauen hoch.

»Hätten sie nicht zu den Janusleuten gehört, dann hätten wir es mit zwei mächtigen Feinden zu tun, und das wünsche ich uns nicht.«

»Da gebe ich Ihnen recht«, sagte Compagni. »Warten wir also, was San Vito angeht, auf den Bericht der Kollegen

dort – und natürlich auf Ihren ausführlichen schriftlichen Bericht, Claudia.«
»Wird schnellstmöglich erledigt«, versprach sie.
»Gut, dann zu unserem aktuellen Problem. Was wissen wir über Riccardo Ciprianis mutmaßlichen Unterschlupf, Aldo?«
»Was für ein Unterschlupf?« warf Claudia ein. »Und wer ist Riccardo Cipriani?«
»Einer der beiden Entführer von Signora Vigezzi«, erklärte Compagni. »Wir wissen das dank Aldo, der auch den Namen des anderen Mannes herausgefunden hat: Tonino Ferroni. Mehr noch, Aldos Recherchen führen zu dem Verdacht, daß dieser Cipriani über einen Unterschlupf außerhalb Roms verfügt, ein Haus am Meer.«
»Das ist wirklich gute Arbeit«, sagte Claudia und sah Aldo an.
»Deshalb habe ich ihn auch zum Commissario befördert«, erklärte der Polizeipräsident.
»Toll! Gratuliere, Aldo!«
»Danke«, sagte Aldo knapp, wich ihrem Blick aber aus. »Kommen wir zu dem Haus. Strenggenommen ist es eine Villa. Offiziell gehört sie einem gewissen Achille Luzzatti, der sich selbst Filmproduzent nennt. Er hat tatsächlich bei einer Reihe von Produktionen mitgewirkt, samt und sonders Sexfilmchen oder billiger Action-Trash. Alles direkt für den Video- oder DVD-Markt hergestellt. Sein offizieller Wohnsitz ist Rom, aber er hält sich schon seit Jahren so gut wie ständig im Ausland auf, meistens in Marbella oder Sankt Moritz.«
»Und seine Verbindung zu Riccardo Cipriani?« faßte Compagni nach.

»Die gibt es unbestreitbar, wenn wir auch nicht genau wissen, welcher Art sie ist. Luzzatti konnte nie etwas nachgewiesen werden, aber es heißt, daß er seine Darsteller gern mit der einen oder anderen Portion Rauschgift in Stimmung bringt. Cipriani war ihm vermutlich behilflich, den Stoff zu besorgen. Vielleicht war Luzzatti für eine gewisse Zeit der Mann im Hintergrund bei Ciprianis trüben Geschäften. Wir haben einen Hinweis von der Guardia di Finanza erhalten, wonach Luzzatti sein Vermögen in Wahrheit mit Rauschgiftgeschäften verdient und die Filmerei nur zur Tarnung betrieben hat, als Mittel zur Geldwäsche. Aber auch das ist ihm nicht nachzuweisen, er scheint aalglatt zu sein. Jedenfalls gibt es die Verbindung zu Cipriani, der auch wiederholt in Luzzattis hiesiger Villa gesichtet worden ist. Er scheint sich da mehr aufzuhalten als Luzzatti selbst. Vielleicht ist das Anwesen nur noch auf den sogenannten Filmproduzenten eingetragen, und der eigentliche Bewohner heißt Cipriani.«

»Eine geschickte Art, jemanden am Finanzamt vorbei zu entlohnen«, merkte Claudia an. »Wie gehen wir weiter vor?«

»Wir bewachen die Villa rund um die Uhr – allerdings sehr vorsichtig«, sagte Aldo. »Die Carabinieri haben starke Einsatzkräfte zusammengezogen, um im Zweifelsfall ohne Zeitverlust eingreifen zu können, und auf See patrouilliert ein Schiff der Guardia Costiera vor dem Gebiet, falls die Entführer versuchen sollten, Signora Vigezzi übers Meer wegzuschaffen.«

Jetzt mischte Paul sich ein. »Steht denn fest, daß sie sich in dieser Villa befindet?«

»Bis jetzt noch nicht«, sagte Aldo.

Ein kurzer Piepton, und Cilia De Luna meldete sich über

die Gegensprechanlage: »Herr Polizeipräsident, da ist ein Capitano Vettori von den Carabinieri am Apparat und besteht darauf, Vice Commissario Rossi zu sprechen.«
»Ab jetzt Commissario Rossi«, berichtigte Compagni und gab Aldo einen Wink. »Wenn es so wichtig ist, sollten Sie das Gespräch gleich hier annehmen.«
Es war ein kurzes Telefonat, und als es beendet war, lag ein zufriedener Ausdruck auf Aldos Gesicht.
»Jetzt haben wir die Bestätigung! Unsere Beobachter haben Signora Vigezzi auf dem Grundstück gesichtet. Offenbar ahnen die Entführer nicht, daß wir ihr Versteck im Visier haben, und so haben sie ihrer Geisel etwas frische Luft gegönnt.«
»Konnte sie zweifelsfrei identifiziert werden?« fragte Compagni.
»Capitano Vettori zufolge ja.«
»Ist auch Riccardo Cipriani dort gesehen worden?«
»Er nicht. Aber die Frau ist von jemandem bewacht worden, dessen Beschreibung hundertprozentig auf ›die Ratte‹ paßt.«
»Auf wen?« fragte Claudia.
»Tonino Ferroni, den Komplizen.«
Der Polizeipräsident klatschte so heftig in die Hände, daß es einen lauten Knall gab.
»Endlich geht es voran. Aldo, Sie erledigen hier rasch alles Notwendige, dann schwirren Sie ab und leiten den Einsatz vor Ort. Mit etwas Glück ist Signora Vigezzi in ein paar Stunden wieder frei. Aber, Aldo, was auch geschehen mag, die Sicherheit der Signora genießt absoluten Vorrang. Daran müssen Sie immer denken, so schlimm auch sein mag, was Cipriani und Ferroni Alessandra angetan haben!«

»Sie können sich auf mich verlassen, Chef«, versprach Aldo. »Und danke!«
»Wofür?«
»Dafür, daß Sie mir den Einsatz anvertrauen.«
»Sie haben es verdient, und jetzt los!«
Als Aldo das Büro mit schnellen Schritten verlassen hatte, wandte Claudia sich an Compagni: »Kann ich Sie kurz sprechen?«
Der Polizeipräsident nickte, und Paul verabschiedete sich mit dem Hinweis, er wolle draußen auf Claudia warten.

Allein mit Compagni, sagte Claudia: »Ich verstehe gut, daß Sie den Einsatz Aldo anvertrauen, Herr Polizeipräsident.«
»Aber Sie billigen meine Entscheidung nicht?«
»Doch, Aldo ist ein sehr guter Mann, und er ist an der Sache hautnah dran. Aber ich würde ihn gern begleiten. Er soll ruhig die Leitung haben, aber ich möchte ihn nicht schon wieder im Stich lassen.«
Compagni bedachte sie mit einem langen, forschenden Blick. »Täusche ich mich, oder habe ich da zwischen Ihnen und Aldo eine Verstimmung bemerkt?«
»Aldo ist sauer, weil ich nach San Vito gefahren bin, ohne ihn ins Vertrauen zu ziehen. Mehr noch, er gibt mir deshalb die Schuld an dem, was Alessandra zugestoßen ist.«
»Das ist eine Überreaktion, die Sie verstehen müssen, Claudia. Die Sorge um Alessandra treibt ihn dazu, so etwas Unsinniges zu sagen. Er macht sich selbst nicht weniger Vorwürfe als Ihnen.«
Claudia nickte. »Ich weiß überhaupt erst seit kurzem, daß sie zusammen sind, und wie ernst es Aldo mit ihr ist, das begreife ich jetzt erst.«

»Nach meinem Eindruck sehr ernst. Gestern nacht im Krankenhaus sprach er davon, Alessandra heiraten zu wollen.«
»Das wußte ich nicht.«
Compagni straffte sich; offenbar hatte er eine Entscheidung getroffen. »Ich denke, Sie sollten Aldo bei diesem Einsatz nicht begleiten, Claudia. Auch wenn seine Vorwürfe unhaltbar sind, die Verstimmung zwischen Ihnen könnte sich negativ auf die ganze Aktion auswirken. Außerdem wäre es nicht schlecht, wenn Sie mal ein wenig zur Ruhe kämen. Legen Sie sich ein paar Stunden aufs Ohr, und dann schreiben Sie mir einen möglichst detaillierten Bericht über San Vito. Vergessen Sie nicht, daß dort zwei Menschen zu Tode gekommen sind, verschwundene Leichen hin oder her, das wirft doch eine Menge Fragen auf.«
»Vermutlich haben Sie recht, Chef.«
»Und Sie sind nicht böse?«
»Nein.«
Das war die Wahrheit, aber ein wenig enttäuscht war Claudia schon. Obwohl sie Compagnis Gründe nachvollziehen konnte, fühlte sie sich zurückgesetzt wie eine Klassenerste, die zum ersten Mal nicht die beste Klausur geschrieben hatte. Verletzte Eitelkeit, redete sie sich gut zu, nichts als verletzte Eitelkeit. Sie freute sich für Aldo, darüber, daß der Polizeipräsident so großes Vertrauen in ihn setzte, aber das Gefühl, benachteiligt worden zu sein, wollte nicht vergehen.

26

Paul hatte den Zafira in einer Seitenstraße abgestellt und näherte sich der Curia Generalis Societatis Jesu mit zögernden Schritten. Als er zwei Monate zuvor nach Rom gerufen worden war, hatte er einem Toten die letzte Ehre erweisen wollen, Renato Sorelli. Und jetzt war es ähnlich. Er hatte zu Jean Christophe Gavalda keine so enge Verbindung gehabt wie zu Sorelli, aber der Generalobere hatte bei den Ereignissen um das Wahre Grab Petri eine wichtige Rolle gespielt, auch für ihn. Paul hatte ihm großen Respekt entgegengebracht, und das Wissen um seinen Tod erfüllte ihn mit Trauer. Einerseits wollte er dem Verstorbenen seine Reverenz erweisen, andererseits zögerte er, das Hauptquartier der Jesuiten zu betreten. Zu viele erschreckende Erinnerungen waren mit seinem damaligen Besuch in Rom und der Generalkurie verbunden.

Schließlich gab er sich einen Ruck und betrat das Gebäude, das so gemischte Gefühle in ihm auslöste. Drinnen saß ein Pförtner mit ergrauendem Haar, den er nicht kannte und der laut seinem Namensschild Turati hieß. Paul erklärte, er würde gern am Leichnam des toten Generaloberen ein Gebet sprechen.

Der Pförtner maß ihn, dessen Straßenkleidung nicht die neueste und ordentlichste war, mit einem skeptischen Blick. »Sind Sie ein Mitglied der Gesellschaft Jesu?«

»Nicht mehr, seit der Pater General mich vor zwei Monaten auf meinen eigenen Wunsch hin von meinen Gelübden entbunden hat«, antwortete Paul und nannte seinen Namen.

»Ich fühle mich dem Verstorbenen aber sehr verbunden und würde ihn deshalb gern sehen.«
Turati kratzte sich unsicher am Kopf. »Ich glaube, das wird nicht gehen, Signor Kadrell. Wir können nicht einfach jeden zu dem Leichnam vorlassen. Dies ist kein öffentliches Haus.«
»Das verstehe ich, Bruder Turati. Ich will Ihnen auch keine Unannehmlichkeiten bereiten, aber ein persönlicher Abschied vom Pater General wäre für mich sehr wichtig.«
»Dann sollten Sie sich bemühen, für übermorgen eine Eintrittskarte für den Petersplatz zu bekommen.«
»Warum?«
»Der Papst persönlich wird dort eine Messe halten, um den Verstorbenen zu ehren. Mitglieder der Gesellschaft Jesu aus aller Welt werden erwartet, aber die Veranstaltung steht allen Gläubigen offen. Sie müssen sich vorher nur im Vatikan um eine Eintrittskarte bemühen.«
»Ich danke Ihnen für den Hinweis, Bruder, und doch würde ich einen intimeren Abschied von Pater General Gavalda vorziehen.«
Der Pförtner schien langsam am Ende seiner Geduld. Er setzte eine mißmutige Miene auf. »Ich würde Ihnen den Wunsch gern erfüllen, Signore, aber ich habe meine Vorschriften. Versuchen Sie es doch übermorgen auf dem Petersplatz, bitte!«
Das war nicht nur kurz vor dem Rauswurf, dachte Paul, im Grunde war es einer. Obwohl es sein eigener Wunsch gewesen war, sich von den Gelübden entbinden zu lassen, war das Gefühl, nicht mehr zur Gesellschaft Jesu zu gehören, in diesem Moment ein bitteres. Wäre Gavalda noch am Leben gewesen, hätte er Paul wohl jederzeit vorgelassen. Wäre!

Hätte! Es nutzte nichts, sich damit zu beschäftigen. Das ganze Leben bestand aus Entscheidungen, die nicht mehr zu revidieren waren, und Paul hatte seine Entscheidung zwei Monate zuvor getroffen.
»Vielen Dank, Bruder Turati«, sagte er und wandte sich zum Gehen. »Sie waren sehr freundlich. Ich werde zum Vatikan gehen und mich um eine Eintrittskarte bemühen.«
Er war schon halb durch die Tür, da hörte er hinter sich jemanden rufen: »Bruder Kadrell, sind Sie es?«
Ein kräftig wirkender Mann mit dunkelblondem Haar und einem Bart gleicher Farbe, der einen Teil des sonnengebräunten Gesichts verdeckte, kam mit forschen Schritten auf ihn zu. Er trug einen schwarzen Anzug und den weißen Römerkragen eines Priesters. Paul überlegte kurz, woher er ihn kannte, dann fiel es ihm ein.
»Pater Ackermann, nicht wahr, zuständig für die afrikanischen Missionen?«
»Nicht mehr, ich habe David Fincher abgelöst, falls man das so nennen kann.«
»Dann sind Sie der letzte Generalsekretär, den der Pater General berufen hat?«
»Exakt.« Ackermann schüttelte Paul die Hand. »Ich freue mich, Sie zu sehen, Bruder Kadrell. Die Gesellschaft Jesu hat Ihnen viel zu verdanken.«
»Ich bin kein Bruder der Gesellschaft Jesu mehr, also nennen Sie mich doch einfach Paul.«
»Einverstanden. Aber lassen Sie sich gesagt sein, daß Sie für mich ein Bruder bleiben, ganz gleich, ob Sie formell noch dem Orden angehören oder nicht. Die Verdienste, die Sie sich um unsere Gemeinschaft – und alle Christenmenschen – erworben haben, können wir Ihnen nie genug danken.«

»Es gäbe schon etwas, das Sie für mich tun könnten, Pater.«
»Ja, was? Sagen Sie es nur!«
»Ich würde gern von Pater General Gavalda Abschied nehmen, falls es möglich ist. Deshalb bin ich eigentlich hergekommen.«
»Und man hat Sie nicht vorgelassen?« fragte Ackermann mit einem Seitenblick auf den Pförtner.
»Bruder Turati hat nur seine Pflicht getan, er hat sich mir gegenüber absolut korrekt verhalten«, betonte Paul.
»Gut, gut, ich bringe Sie zum Pater General. Er liegt in der Kapelle. Aber nur unter einer Bedingung: Ich darf Sie hinterher zu einem kleinen Mittagessen einladen.«
»Überredet.«
Ackermann begleitete ihn zu der Kapelle, die zum Gebäudekomplex der Generalkurie gehörte, und ließ ihn dann mit dem aufgebahrten Pater General allein. Langsam, fast ehrfürchtig, näherte Paul sich dem Leichnam und sah mit Entsetzen, wie sehr die lange, schwere Krankheit an Jean Christophe Gavalda gezehrt hatte. Schon zwei Monate zuvor war der Generalobere vom Krebs gezeichnet gewesen, jetzt aber war er nur noch der Schatten eines Mannes. Der Tod mußte für ihn wirklich eine Erlösung gewesen sein.
Paul ließ sich auf die Knie nieder, bekreuzigte sich, betete für den Toten und empfahl ihn Gott, auch wenn er sicher war, daß Gavalda seiner Empfehlung nicht bedurfte. Es war Paul ein Anliegen, ihm auf diese Art die letzte Ehre zu erweisen.
Als er sich endlich erhob, war ihm plötzlich seltsam zumute. Ein leichtes Schwindelgefühl ergriff ihn, und fast war ihm, als höre er Gavalda, der zu ihm sprach und ihn ermutigte, fest und unbeirrt für den Glauben und die Kirche Gottes

einzustehen. Natürlich war das nur eine Einbildung, hervorgerufen durch die besonderen Umstände und die innere Anspannung, unter der er stand, seit er am Vorabend die Schüsse im Wald gehört hatte und nach draußen gelaufen war.
Er hatte einen Menschen getötet, aus Notwehr zwar, aber auch der tote Verbrecher war ein Wesen, dem Gott das Leben geschenkt hatte. Es würde noch lange dauern, bis er darüber mit sich ins reine kam, und selbst wenn er seinen Frieden damit gemacht hatte, würde das Wissen, daß er ein Leben genommen hatte, ihn immer begleiten. Er nahm sich vor, an den Pater General zu denken, wenn ihn Zweifel befielen. Welch innere Stärke, welch festen Glauben mußte der Generalobere besessen haben, daß er der Krankheit so lange getrotzt und bis zuletzt seine Amtspflichten versehen hatte!

Sie gingen zum Essen in eine kleine Pizzeria, wo Paul sich noch einmal bei dem Generalsekretär bedankte.
»Sie ahnen nicht, wieviel mir dieser Abschied bedeutet.«
»Vielleicht doch«, sagte Ackermann. »Jean war ein beeindruckender Mann. Ich kann das beurteilen, habe ich in Afrika doch viele Jahre an seiner Seite gearbeitet. Leider war mir hier in Rom nicht mehr viel Zeit mit ihm vergönnt. Aber es ist eine Untugend, sich über das, was man nicht hatte, zu beklagen, wenn es doch so vieles gibt, für das man dankbar sein kann. Viele Menschen empfinden ihre Begegnungen mit Jean, und mögen sie noch so kurz gewesen sein, als Bereicherung ihres Lebens. Seitdem bekannt geworden ist, daß der Herr ihn zu sich gerufen hat, können wir uns vor Beileidstelegrammen, -E-Mails, -briefen und -anrufen kaum

noch retten. Nehmen Sie es deshalb bitte nicht übel, daß Bruder Turati Sie abweisen wollte.«

»Das tue ich nicht. Es ist schön zu wissen, daß der Pater General so viele Freunde hat, und auch wenn es nicht dasselbe ist wie vorhin in der Kapelle, werde ich doch versuchen, an der Trauerfeier übermorgen auf dem Petersplatz teilzunehmen.«

»Ich werde dafür sorgen, daß Sie einen Platz in den vorderen Reihen bekommen«, versprach Ackermann. »Wir alle sind sehr glücklich, daß der Papst sich bereit gefunden hat, diese Messe zu lesen, glücklich und auch ein bißchen stolz, zeigt es doch, welch große Bedeutung die Gesellschaft Jesu für die Kirche hat und welch enge Verbundenheit zwischen dem Vatikan und uns besteht. Ich hätte Sie selbstredend davon in Kenntnis gesetzt, Paul, hätte ich gewußt, daß Sie in Rom sind.«

»Ich bin erst seit ein paar Stunden wieder hier«, erklärte Paul und nickte der jungen Kellnerin, die seine mit Pilzen und Gemüse belegte Pizza vor ihn hinstellte, dankbar zu.

Er hatte zum Frühstück nur einen Cappuccino getrunken und war dementsprechend hungrig. Ackermann, der noch auf seine Pizza wartete, schien das zu bemerken.

»Fangen Sie ruhig an, Paul, es gibt nichts Scheußlicheres als kalte Pizza.«

»Danke«, sagte Paul und folgte der Aufforderung.

Der Generalsekretär sah ihm lächelnd zu und fragte leichthin: »Hat es mit Ihrer Rückkehr nach Rom eine besondere Bewandtnis?«

»Wie kommen Sie darauf?« fragte Paul zwischen zwei Bissen.

»Na ja, Sie kennen doch Commissario Claudia Bianchi ganz gut, wenn ich mich recht entsinne.«

»So kann man es sagen, ja.«
»Commissario Bianchi war gestern in der Generalkurie, weil sie dringend mit Jean sprechen wollte. Es wurde ihr – gegen den ausdrücklichen Einwand des Arztes – gestattet, und Jean ist quasi in ihren Armen gestorben. Heute, einen Tag nach seinem Tod, besuchen Sie uns, Paul. Ist es da ein Wunder, wenn ich mir Sorgen mache?«
»Sorgen? Was für Sorgen?«
»Daß ich mich zum Beispiel frage, ob die Söhne des Alten wieder aktiv geworden sind.« Als Ackermann Pauls überraschten Blick auffing, fuhr er fort: »Ich zähle nur eins und eins zusammen. Der seltsame Vorfall mit Dottore Pignato, nach dem Commissario Bianchi sich ausdrücklich erkundigt hat; dann die Entführung von Pignatos Witwe, von der Zeitungen und Rundfunk heute vormittag voll waren; und jetzt sind Sie auf einmal wieder in Rom. Ich freue mich ganz aufrichtig darüber, Paul, aber, ja, ich mache mir auch Sorgen.«
Die Kellnerin brachte Ackermanns Pizza Margherita, und der Generalsekretär aß ebenfalls mit großem Appetit.
»Wundern Sie sich nicht, Paul, auch ich bin in letzter Zeit kaum zum Essen gekommen. Oder dachten Sie, ich hätte Sie nur eingeladen, um Sie auszuhorchen?«
»Nun, ich …«, stammelte Paul und fühlte sich wie ein Schuljunge, der beim Schummeln ertappt worden ist.
»Jean hat mich ins Vertrauen gezogen, in allen Dingen, die das Wahre Grab Petri und die Söhne des Alten betreffen. Irgend jemand muß umfassend informiert sein, um seinen Nachfolger, wer immer es werden mag, zu instruieren. Eigentlich hat Jean sich gewünscht, daß dieser Nachfolger noch zu seinen Lebzeiten gefunden würde, dann hätte er ihn selbst in alles einweihen können. Doch die sich überschla-

genden Ereignisse vor zwei Monaten und sein sich rapide verschlechternder Gesundheitszustand haben ihm einen Strich durch die Rechnung gemacht. Ehrlich gesagt, ich habe schon seit Wochen täglich mit seinem Dahinscheiden gerechnet, und ihm ging es wohl genauso. Ich selbst habe es mir nicht gewünscht, mir eine so große Verantwortung aufzubürden, auch nicht für eine Übergangszeit, aber nach den Erfahrungen mit David Fincher und Juan Felipe Martín war Jean mißtrauisch geworden. Ich bin einer der ganz wenigen, denen er rückhaltlos vertraut hat. Natürlich kann ich nicht erwarten, daß Sie mir ebenso vertrauen, Paul. Ich kann Ihnen nur versichern, daß ich immer ein offenes Ohr für Sie haben werde, daß Sie mir alles anvertrauen können, von dem Sie meinen, ich sollte es wissen. Und noch etwas: Sollten Sie den Wunsch verspüren, unserer Gemeinschaft wieder beizutreten, wenden Sie sich an mich. Ich werde Ihren Austritt annullieren, und es wird sein, als wären Sie nie von den Gelübden entbunden worden.«

»Entspräche das den Regeln der Gesellschaft Jesu?« fragte Paul erstaunt.

»Das lassen Sie meine Sorge sein. Ich weiß, daß es Jeans Wunsch war, Sie wieder in unseren Reihen zu sehen. Er hat es mir gegenüber mehrfach bedauert, Sie von Ihren Gelübden entbunden zu haben.«

»Ich mußte ihn nicht dazu überreden.«

»Jean hat es getan, weil er Sie respektierte, Sie und Claudia Bianchi. Und er war Ihnen beiden sehr dankbar für das, was Sie im Kampf gegen die Söhne des Alten geleistet haben. Aber dieser Kampf ist noch nicht beendet, Paul. Wenn Sie wieder einer der Unsrigen werden, sind wir am besten dafür gerüstet!«

»Sie wissen, daß ich möglicherweise ein Abkömmling des Alten bin, oder? Fincher hat es gesagt, und alles, was ich weiß, spricht dafür.«
»Na und? Sie haben schon einmal für uns gekämpft und damit bewiesen, daß Ihr Glaube stark ist. Stärker als das, was Sie vielleicht mit dieser alten Gottheit verbindet.«
Paul hatte noch nicht aufgegessen, aber er schob den Teller mit dem Pizzarest beiseite. Bei dem Gedanken an die Gottheit, die von den Söhnen des Alten verehrt wurde, war ihm der Appetit vergangen.
»Ich habe viel nachgedacht in den vergangenen zwei Monaten, und manchmal war ich nahe daran, an meinem Verstand zu zweifeln, Pater. Ein alter Götze, dessen Macht groß genug ist, unseren Gott, den Allmächtigen, den Herrn im Himmel und auf Erden, zu verdrängen, das kann doch nicht wahr sein! Ist das nicht ein Widerspruch in sich?«
»Für mich nicht. Nicht Gottes Allmacht wird dadurch in Frage gestellt, sondern unser Glaube an ihn. Vergessen Sie nicht, daß wir freie Menschen sind, Paul. Gott läßt uns die Wahl, ob wir uns für Gut oder Böse entscheiden, Himmel oder Hölle, Gott oder Satan – oder welchen Namen Sie dem Bösen auch immer geben wollen.«
»Vielleicht Janus«, murmelte Paul.
»Janus? Wie kommen Sie darauf?«
Paul erzählte ihm von dem Ring mit dem Januskopf und dem Verdacht, bei dem alten Gott, dessen Anhänger danach trachteten, ihren Götzen an die Stelle des Christengottes zu setzen, könnte es sich um Janus handeln. Er mußte sich jemandem anvertrauen, um einen klaren Kopf zu bekommen. Und wenn er sich nicht dem Mann anvertraute, dem auch der Pater General vertraut hatte, wem dann?

Ackermann hörte sich alles mit großem Interesse an und stellte hier und da eine Zwischenfrage. Als Paul geendet hatte, herrschte für eine Weile Schweigen. Paul konnte förmlich sehen, wie es hinter der Stirn des Generalsekretärs arbeitete.
»Vielleicht sind Sie auf der richtigen Spur, Paul. Sicher, es ist eine wilde Geschichte, aber das war die Sache vor zwei Monaten auch. Janus ist ein alter Gott, ein sehr alter, gut möglich, daß er es ist, den die Söhne des Alten verehren.«
»Aber Sie sind sich nicht sicher?«
»Nein, wie sollte ich? Es gibt wahrlich versiertere Theologen als mich. Ich bin mehr ein Mann der Praxis. Wenn es darum geht, einen Hilfskonvoi durch den Urwald zu lenken, in einem Dürregebiet Brunnen zu bauen oder eine Notbrücke über einen Fluß, der nach der Regenzeit angeschwollen ist, bin ich der richtige Ansprechpartner. Aber ich werde mich in Sachen Janus kundig machen, und dann sprechen wir uns wieder. Wo kann ich Sie erreichen?«
Paul dachte daran, daß er kurz erwogen hatte, bei Claudia unterzukommen. Aber als er sie vor ihrem Haus abgesetzt hatte, war ihm nicht danach gewesen, sie zu fragen, und sie hatte auch nichts gesagt. Sie spürten wohl beide, daß es nicht das Richtige war, jedenfalls nicht zu diesem Zeitpunkt. Er hatte sich von ihr entfernt und durfte nicht hoffen, ihr auf einen Schlag wieder so nahe zu sein wie damals.
»Ich werde mir ein Hotel suchen und Sie dann benachrichtigen, Pater.«
»Wenn Sie wollen, kann ich Ihnen ein Zimmer in der Generalkurie besorgen. Es wäre ein erster Schritt zurück in die Gesellschaft Jesu.«
»Danke«, sagte Paul, »aber darüber muß ich in Ruhe nachdenken.«

27

Es war ein geradezu idyllisches Bild. Im Licht der Mittagssonne sah die Villa aus wie das Urlaubsdomizil betuchter Leute, und genau das war sie wohl einmal gewesen. Hinter ihr erhob sich ein mit Pinien bestandener Hang, und von ihrer Terrasse führte ein hölzerner Steg direkt ins blaue Wasser des Mittelmeeres. Am Ende des Steges war ein kleines, schnittiges Motorboot vertäut, das träge vor sich hin dümpelte. Auf dem Steg wie auf dem Boot hatten sich ein paar Möwen niedergelassen, scheinbar mit nichts anderem beschäftigt als damit, vor sich hin zu dösen.

Aldo setzte das Fernglas ab und sagte zu dem Capitano der Carabinieri, der neben ihm zwischen den Felsen lag: »Trügerisch schön, wie aus dem Hochglanzprospekt eines Reiseveranstalters.«

Capitano Vettori lachte leise. »Vielleicht ist die richtige Seite des Gesetzes in Wahrheit die falsche. Ich kann mir eine solche Villa jedenfalls nicht leisten, nicht einmal im Urlaub.«

»Für Cipriani und Ferroni ist der Urlaub am Meer auch bald vorbei. Dann treten sie einen anderen Urlaub an, hinter Gittern. Und Sie glauben wirklich, außer den beiden und Signora Vigezzi hält sich niemand in der Villa auf?«

»Meine Leute haben niemanden sonst ausgemacht.«

Vettoris Leute, eine ganze Hundertschaft, lagen zwischen den Felsen, Bäumen und Sträuchern rings um das Anwesen und warteten nur auf den Befehl zum Zuschlagen. Es war an Aldo, diesen Befehl zu erteilen, denn der Polizeipräsident hatte ihm die Leitung der Operation übertragen. Aber noch

zögerte er, war er sich über die richtige Vorgehensweise noch nicht ganz im klaren.
Und er fragte sich, ob sie es wirklich nur mit Cipriani und Ferroni zu tun hatten. Seit er hier eingetroffen war, hatte sich niemand sehen lassen, weder die Entführer noch ihre Geisel. Vielleicht saßen in dem Haus, dessen Mauern im Sonnenlicht weiß leuchteten, noch mehr von der Bande, schwerbewaffnet und zu allem bereit.
Er dachte an das, was Alessandra zugestoßen war. Eine solche Überraschung wie bei der Aktion am Vorabend wollte er nicht noch einmal erleben. Signora Vigezzis Leben hing davon ab, daß er keinen Fehler beging. Ebenso die berufliche Zukunft von Cesare Compagni. Aldo hätte sich nie träumen lassen, daß Wohl und Wehe des Polizeipräsidenten einmal in seinen Händen liegen würden.
Vettori schien seine Überlegungen zu erahnen. Er sagte: »Am sichersten wäre es natürlich, den Zugriff auf die Dunkelheit zu verschieben. Dumm nur, daß wir erst Mittag haben. Bis es Nacht wird, kann noch viel passieren. Die Entführer könnten versuchen, ihre Geisel wegzuschaffen. Oder aber sie kommen auf die dumme Idee, die Frau umzubringen. Gibt es denn wirklich keine Lösegeldforderung? Bei einer Geldübergabe könnte man die Kerle vielleicht überlisten.«
»Es gibt keine, und aller Wahrscheinlichkeit nach wird es auch keine geben. Den Entführern geht es um etwas anderes, wenn ich auch nicht genau weiß, was sie wirklich von Signora Vigezzi wollen.«
Er dachte an den mitgenommenen Eindruck, den die Frau am Abend zuvor gemacht hatte. Es schien ihm sicher, daß Cipriani und Ferroni sie geschlagen hatten, vielleicht Schlim-

meres, und er stellte sich lieber nicht vor, was sie zur Stunde hinter den so friedlich wirkenden Mauern mit ihr anstellten.

Eines aber stand für ihn fest, und er sprach es aus: »Wir dürfen mit dem Zugriff nicht mehr lange warten!«

In diesem Augenblick tat sich etwas an der dem Meer zugewandten Seite des Anwesens, und sie rissen beide ihre Ferngläser hoch. Ein Mann in Hemd und Hose, aber ohne Schuhe, trat auf den Steg und schlenderte ihn in aller Seelenruhe entlang.

»Das ist Cipriani«, sagte Aldo. »Was hat er vor?«

»Er benimmt sich wie in der Sommerfrische.«

Ungefähr in der Mitte des Steges blieb Cipriani stehen und begann sich zu entkleiden, bis er nur noch eine Badehose oder einen Slip trug. Sein sonnengebräunter Körper war muskulös und offensichtlich durchtrainiert.

»Sieht aus, als wollte er eine Runde schwimmen«, sagte der Capitano ungläubig. »Die Sonne scheint zwar, aber das Meer dürfte noch nicht sonderlich warm sein.«

»Das hält ihn offenbar nicht ab.«

Mit einem Kopfsprung tauchte Cipriani ins Meer und begann, mit kräftigen, gleichmäßigen Zügen in ihre Richtung zu schwimmen. Er schien sich im Wasser wohl zu fühlen, so als sei es sein zweites Zuhause.

»Das gefällt mir nicht«, sagte Aldo. »Er kommt uns viel zu nahe. Wenn er so weitermacht, könnte er unsere Leute bemerken.«

»Vielleicht hat er das längst«, meinte Vettori, der unablässig durchs Fernglas sah.

»Wie darf ich das verstehen?«

»Kann doch sein, daß er irgendwie Verdacht geschöpft hat

und jetzt den harmlosen Schwimmer mimt, um sich zu vergewissern.«
»Vielleicht ist es so, vielleicht will er sich aber auch wirklich nur ein wenig abkühlen und bewegen. Wie auch immer, wir dürfen kein Risiko eingehen, er darf nicht ins Haus zurückkehren!«
»Wie wollen Sie das verhindern, Commissario?«
»Indem ich ihm Gesellschaft leiste«, sagte Aldo, legte das Fernglas zur Seite und begann sich auszuziehen.
»Das ist verrückt!« entfuhr es dem Carabiniere.
»Es ist ja auch eine verrückte Situation.« Aldo legte den Gurt mit dem Holster und seiner Waffe ab. »Keine Angst, ich bin ein sehr guter Schwimmer.«
»Mag sein, aber das kann man von Cipriani auch sagen.«
»Vertrauen Sie mir, ich weiß, was ich tue.«
»Okay. Und wenn die Sache trotzdem schiefgeht?«
»Dann stürmen Sie mit Ihren Männern die Villa. Im übrigen ehrt mich Ihr Vertrauen ungemein, Capitano.«
Vettori schien noch etwas sagen zu wollen, doch dann überlegte er es sich anders und zuckte mit den Schultern.
Nur noch mit dem Slip bekleidet und barfuß lief Aldo zum Meer, vorbei an den in Deckung liegenden Carabinieri, die ihm erstaunt nachblickten. Er achtete nicht weiter auf sie, sondern konzentrierte sich darauf, die natürliche Deckung von Felsen und Buschwerk auszunutzen, so daß der ungefähr hundertfünfzig Meter vom Ufer entfernt schwimmende Cipriani ihn nicht sehen konnte.
Endlich hatte er das Meer erreicht und tauchte ins Wasser ein. Es war kälter, als er vermutet hatte, und er mußte sich zusammenreißen, um nicht vor Überraschung laut zu keuchen. Aber als er ein paar Meter geschwommen war, fand er

es schon nicht mehr ganz so schlimm. Er hielt nicht direkt auf Cipriani zu, sondern hatte als Ziel einen Punkt hinter dem anderen gewählt. Das verringerte die Gefahr, vorzeitig entdeckt zu werden.
Während er mit ruhigen Zügen das Wasser durchpflügte, fragte er sich auf einmal, ob er den Verstand verloren hatte. Was er hier trieb, stand in keinem Lehrbuch und wurde einem auch in keinem Geiselbefreiungskurs beigebracht. Er hatte rein instinktiv gehandelt, aber was sonst blieb ihm übrig? Irgend etwas hatte er tun müssen. Falls es ihm gelang, Cipriani zu überwältigen, hatten sie es nur noch mit einem Geiselnehmer zu tun – vorausgesetzt, Cipriani und Ferroni waren tatsächlich die einzigen, die Signora Vigezzi bewachten.
Hätte er nicht gewußt, daß vor ihm ein gefährlicher Verbrecher schwamm und daß in der nahen Villa eine Frau gegen ihren Willen festgehalten wurde, er wäre sich wie im Urlaub vorgekommen. Vor seinem geistigen Auge tauchte ein Bild auf: ein malerischer Strand, unbelebt bis auf zwei Menschen – Alessandra und er. Schnell schob er das Bild, das vielleicht immer eine Wunschvorstellung bleiben würde, beiseite.
Sein Haß auf den Mann vor ihm im Wasser wuchs mit jedem Schwimmzug, und er hatte Mühe, ihn zu unterdrücken. Auf keinen Fall durfte er sich jetzt von seinen Gefühlen überwältigen lassen. Nein, wenn er Erfolg haben wollte, mußte er ruhig bleiben und überlegt handeln.
Noch ungefähr fünfzig Meter.
Vierzig.
Dreißig.
Jetzt änderte er die Richtung und hielt auf Cipriani zu. So-

lange der sich nicht umdrehte, konnte er Aldo kaum entdecken.
Noch zwanzig Meter.
Und dann geschah es: Cipriani vollführte eine geschickte Kehre, so als wollte er zurückschwimmen.
Aldo holte tief Luft und tauchte unter. Er konnte nur hoffen, daß er schnell genug reagiert hatte, um nicht entdeckt zu werden. Unter Wasser behielt er seine ursprüngliche Richtung bei und blickte suchend nach oben.
Warum sah er keinen Schatten näher kommen? War das Wasser nicht klar genug? Er mußte dem anderen doch zwangsläufig begegnen.
Seine Lungen brannten schon, als er sich entschloß aufzutauchen. Er hielt es nicht länger aus.
Sobald er die Wasseroberfläche durchbrochen hatte, schnappte er nach Luft und wollte sich nach Cipriani umsehen.
Da schlug etwas hart gegen seinen Hinterkopf. Ein schmerzhaftes Ziehen durchlief seinen Kopf von hinten nach vorn.
Instinktiv erfaßte er, daß Cipriani ihm aufgelauert hatte. Rasch tauchte er wieder unter, und jetzt sah er den anderen, der ihm folgte.
Lag es an der Lichtbrechung unter Wasser, oder war Ciprianis Gesicht wirklich zu einer wütenden Fratze verzerrt? Der Mann sah aus, als sei er wild entschlossen, alles daranzusetzen, daß Aldo das Ufer nie wieder erreichte, jedenfalls nicht lebend.
Aldo überwand den Schock darüber, daß er vom Jäger zum Gejagten geworden war. Er weigerte sich, Ciprianis Beute zu sein, und entschloß sich zum Gegenangriff.
Unter Wasser schwammen sie aufeinander zu. Aldo stoppte ab, kurz bevor er auf Cipriani traf, und vollführte eine Rolle.

Cipriani wurde ebenfalls langsamer und schien sich über Aldos Kunststückchen zu wundern.
Aber es war kein Kunststück, sondern Teil seines Plans. Als er nahe genug an Cipriani heran war, streckte er beide Beine und rammte Cipriani die Füße in den Bauch. Der Gegner tauchte nach hinten weg. Aldo konnte nicht erkennen, ob das ein beabsichtigtes Ausweichmanöver war oder eine reflexhafte Reaktion auf den unerwarteten Angriff.
Erneut durchstieß Aldo die Wasseroberfläche, um die dringend benötigte Luft in seine brennenden Lungen zu pumpen. Allmählich fragte er sich, ob er sich zuviel vorgenommen hatte, als er beschloß, Cipriani im Wasser abzufangen. Er ging regelmäßig ins Fitneßstudio und war ein paar Jahre jünger als der Neapolitaner, aber der schien nicht schlechter in Form zu sein als er. Vielleicht sogar besser, wie er sich eingestehen mußte.
Aber für solche Zweifel war es zu spät. Unter ihm kam Cipriani angeschossen, packte ihn bei den Fußgelenken und zog ihn nach unten. Brauchte der verdammte Kerl denn gar keine Luft?
Über ihm schloß sich das Meer, er war wieder vollständig unter Wasser. Cipriani hing mit seinem ganzen Gewicht an ihm und zog ihn weiter in die Tiefe. Aldo strampelte wie ein Wahnsinniger, um sich von seinem Widersacher zu lösen, doch der umklammerte seine Fußgelenke mit eisernem Griff. Aldo fühlte sich wie in einem Alptraum, in den er sich auch noch aus freien Stücken begeben hatte.
Von einer Sekunde auf die andere gab er den Widerstand auf, und sein Körper erschlaffte. Wie ein Toter ließ er sich immer weiter nach unten ziehen.
Cipriani ließ ihn los und schwamm mit schnellen Stößen

nach oben. Offenbar war er jetzt derjenige, der dringend Luft brauchte, und Aldo, der sich nur totgestellt hatte, folgte ihm. Er kam dicht bei Cipriani hoch, und sie sahen einander in die Augen. In Ciprianis Blick las Aldo den unbedingten Willen, ihn zu töten.

Schnell streckte er die Hände aus, umklammerte Ciprianis Hals und versuchte, seinen Kopf unter Wasser zu drücken. Cipriani vergalt es ihm mit gleicher Münze.

Mal war der eine oben bei diesem Wasserringkampf, mal der andere. Vor Aldos Augen begann es zu flimmern, und seine Lungen schmerzten immer heftiger, je mehr der Neapolitaner ihm die Luft abdrückte.

Er fragte sich, ob es Cipriani ähnlich ging, aber irgendwann wurde auch das belanglos, und ihn beherrschte nur noch der Drang zu überleben. Der Wunsch, endlich wieder frei atmen, Luft einsaugen zu können, soviel er wollte.

Das Flimmern vor seinen Augen nahm zu, er konnte nicht mehr klar sehen. Über ihn legte sich ein Schleier, hinter dem alles verschwamm. Versank er im Wasser? Hatte Cipriani ihn besiegt? Fühlte es sich so an, wenn man starb?

28

Luft!

Das war sein erster Gedanke. Er konnte atmen, soviel er wollte. Und das genoß er, ohne zu wissen, wo er sich befand oder was geschehen war. Seine Lungen mit Luft zu füllen und durch nichts und niemanden daran gehindert zu werden war wundervoll.

Der Schleier vor seinen Augen verzog sich, und er sah einen blauen Himmel mit ein paar winzigen Wolken, weißen Tupfen, wie von einem Maler zur Krönung seiner Komposition ins Blau gesetzt, um dessen Reinheit hervorzuheben. Frische Luft und blauer Himmel, das mußte das Paradies sein.

Dann nahm er ein paar Baumkronen wahr und Gesichter, ganz nahe über seinem. Eines davon, schmal und mit einer kleinen Narbe über der Nasenwurzel, kam ihm bekannt vor. Wie war der Name doch gleich? Ach ja, Vettori, Capitano Vettori.

»Ihr Gehirn arbeitet ja noch«, sagte der Mann mit der kleinen Narbe. »Schön, daß Sie sich an mich erinnern.«

Da erst wurde Aldo bewußt, daß er Vettoris Namen laut ausgeprochen hatte. Allmählich kehrte seine Erinnerung zurück.

»Was war los?« fragte er matt.

Bei jeder Silbe schmerzte sein Hals, den Cipriani so fest gepackt und zugedrückt hatte.

»Was los war?« Der Carabinieri-Offizier rieb seinen Nacken, als könne er selbst nicht begreifen, was sich ereignet hatte. »Sie sind gerade noch mal mit dem Leben davongekommen, mein Freund. Aber nur, weil ich zwei meiner Männer ins Wasser geschickt habe, um Sie an Land zu holen. Viel hat nicht gefehlt, und Sie könnten sich jetzt als Bettvorleger bei Neptun verdingen.«

»Und was ist mit Cipriani?«

»Der liegt dahinten und freut sich über ein Paar hübscher Handschellen.«

»Er lebt?«

»Wir sind zwar sehr vorsichtig im Umgang mit Gefangenen, aber Toten pflegen wir keine Handschellen anzulegen. Ohne meine Leute wäre allerdings auch er abgesoffen. Sie beide haben einander wirklich nichts geschenkt. Den Kampf hätte ich gern gefilmt, die Fensehsender würden sich darum reißen.«
Aldo, der rücklings auf dem Boden lag, wollte sich aufsetzen, doch es gelang ihm nur, weil ein Carabiniere ihn stützte. Vorsichtig lehnte er sich mit dem Rücken gegen einen Baumstamm. Seine Glieder schmerzten bei jeder Bewegung. Es war, als protestierten sie und sagten ihm: Du hast uns für heute genug beansprucht, mehr geht nicht!
»Was ist mit Signora Vigezzi?«
»Wir haben bislang weder von ihr etwas gesehen noch von dem anderen Knaben, diesem Ferroni.«
»Glauben Sie, er hat nicht mitbekommen, was hier los war, Capitano?«
»Sicher nicht, es sei denn, er hat seinen Komplizen heimlich mit dem Fernglas beobachtet. Trotzdem sollten wir handeln, bevor er anfängt, Cipriani zu vermissen.«
»Helfen Sie mir auf!« bat Aldo. »Ich will mit Cipriani sprechen.«
»Wir können ihn herholen.«
Aldo schüttelte den Kopf. »Es macht sich besser, wenn ich auf eigenen Füßen stehe.«
Zwei Carabinieri halfen ihm, und nach ein, zwei Minuten hatte er seinen Körper einigermaßen unter Kontrolle. Sie gingen zu Cipriani, der zu Aldos großer Freude nicht weniger mitgenommen aussah, als er selbst sich fühlte. Sein Atem ging laut rasselnd, so als müsse er noch immer verzweifelt nach Luft schnappen. Die Hände mit Handschellen auf den

Rücken gefesselt, hockte er unter einer dichtbelaubten Steineiche und starrte Aldo feindselig an.
»Wieder bei Kräften, Cipriani?«
Der Gefangene strafte ihn mit Nichtachtung. Falls es ihn überraschte, daß die Polizei seinen Namen kannte, gab er das nicht zu erkennen.
»Wenn du mit uns sprichst, kannst du deine Situation nur verbessern«, fuhr Aldo fort. »Du hast doch einschlägige Erfahrungen gesammelt und solltest wissen, daß es sich positiv aufs Strafmaß auswirkt, wenn man der Polizei hilft. Also sag uns, ob dein Kumpel Ferroni mit der Signora allein ist oder nicht!«
Cipriani schwieg weiter.
Vettori beugte sich über ihn. »Bist ein harter Brocken, wie?«
»Vermutlich möchte er gern lebenslänglich hinter Gitter«, sagte Aldo betont sarkastisch. »Wenn Entführung und versuchter Polizistenmord zusammenkommen, lassen sich die Richter nicht so leicht gnädig stimmen.«
»Versuchter Polizistenmord?« fragte der Capitano.
»Er und sein Kumpel haben im Zuge der Entführung von Signora Vigezzi eine Kollegin angeschossen.« Aldos Ton wurde schärfer. »Sie liegt noch im Koma.«
Cipriani warf den Kopf in den Nacken und sagte: »Ich hoffe, das Miststück krepiert!«
Mit einem Satz war Aldo bei ihm und rammte ihm, bevor die Carabinieri ihn zurückhalten konnten, die Faust mitten ins Gesicht. Das Knirschen, als die Zähne in Ciprianis Mund zersplitterten, erfüllte ihn mit Genugtuung.
»Kennen Sie die verletzte Kollegin gut?« fragte Vettori.
»Ja«, sagte Aldo nur.

Blut rann aus dem Mund des Gefangenen, und es klang wie ein dumpfes Gurgeln, als er sagte: »Sie und Ihre Leute haben gesehen, was hier vorgefallen ist, Capitano!«
»Natürlich«, erwiderte der Carabiniere. »Wir haben alle gesehen, daß du gestolpert und mit dem Gesicht auf einen Felsbrocken gefallen bist. Laß dir das eine Warnung sein, sonst stolperst du noch einmal!«
Ein paar Carabinieri lachten leise, Cipriani dagegen hüllte sich wieder in Schweigen.
»Er fühlt sich stark«, sagte Aldo. »Weil er glaubt, seine mächtigen Freunde hauen ihn da schon wieder raus.«
»Mächtige Freunde hat er?« fragte Vettori.
Aldo packte die gefesselten Hände des Gefangenen, und Cipriani, der einen weiteren Schlag erwartete, fuhr zusammen. Aber Aldo zog nur etwas von einem seiner Finger und zeigte es dem Capitano.
»Ein Ring mit Januskopf«, erklärte er, »das Erkennungszeichen dieser ehrenwerten Herren!«

»Wo bleibt er nur, verdammt? Ist er ein verfluchter Fisch, oder warum schwimmt er so lange im Meer herum?« Zum x-ten Mal blickte der kleine Mann, den der andere Tonino nannte, auf die protzige Armbanduhr, die viel zu wuchtig war für sein schmales Handgelenk. »Er kann doch nicht ewig da draußen rumplanschen. Was sagst du?«
Dabei sah er Gilda Vigezzi an, die still in einem Sessel hockte und sich alle Mühe gab, den nervösen Mann nicht zu provozieren. Im Augenblick allerdings hatte sie den Eindruck, daß ihre reine Anwesenheit Provokation genug für ihn war. Dabei war sie alles andere als freiwillig hier. Sie war von ihm und seinem Komplizen in dieses Haus am Meer verschleppt

worden – und wäre jetzt viel lieber in Terni gewesen, bei ihren Kindern und ihrer Mutter.
»Antworte, du Hure!« schrie er sie an und hob die Rechte wie zum Schlag. »Oder bist du stumm?«
Sie hatten sie schon oft geschlagen, am Abend, in der Nacht und seit dem Morgen, immer wieder. Alles tat ihr weh, und sie hatte das Gefühl, nur noch aus blauen Flecken zu bestehen. Als der Mann jetzt erneut die Hand erhob, war ihr Zusammenzucken nur ein Reflex, ein instinktiver Versuch, sich zu schützen, denn sie wußte, daß sie nichts tun konnte. Ihre Hände waren mit einem festen Band zusammengeschnürt, sie war den beiden Männern wehrlos ausgeliefert.
»Ich weiß nicht, wo Ihr Freund bleibt«, sagte sie leise und bemühte sich, an ihm vorbeizustarren, weil sie befürchtete, schon ein falscher Blick könnte ihn dazu veranlassen, erneut auf sie einzuprügeln.
»Ja, was weißt du schon? Bist stumm wie ein Fisch und kannst uns nichts sagen. Oder willst du uns nichts sagen? Bis jetzt ist die ganze Sache mit dir eine ziemliche Pleite. Wenn es nach mir ginge, würden wir dir einfach die Kehle durchschneiden und dich zu den anderen Fischen da draußen ins Meer werfen.«
Gilda zweifelte keine Sekunde daran, daß es ihm damit ernst war. Und doch wußte sie, daß es der andere Mann, Riccardo, sein würde, der, sollte es soweit kommen, ihren Tod anordnete. Riccardo war der Anführer, der Kopf, der Überlegene. Tonino war der typische Mitläufer, der sich immer im Windschatten anderer hielt und sich dann stark fühlte, wenn jemand wirklich Starkes ihm sagte, was er zu tun hatte.
Doch konnte sie wirklich darauf bauen, daß er sie nicht aus eigenem Antrieb töten würde? Sie vermochte nicht zu sa-

gen, wie er sich verhalten würde, wenn er in Panik geriet. Und der nervöse Zustand, den das lange Wegbleiben seines Komplizen ausgelöst hatte, kam einer Panik schon recht nahe.

»Riccardo, Riccardo, das kannst du mit mir nicht machen«, murmelte Tonino vor sich hin und stolzierte im Zimmer auf und ab wie ein Raubtier im Käfig.

Der Mann namens Riccardo hatte ihm befohlen, Gilda nicht aus den Augen zu lassen, solange er schwimmen war, um sich zu erfrischen. Wie lange mochte das jetzt her sein? Dreißig Minuten, vierzig, fünfzig oder länger? Sie hatte jedes Zeitgefühl verloren, und in ihrer Lage brauchte sie auch keins.

Sie versuchte, an etwas Schönes zu denken, und rief sich ihre Kinder vor Augen. Wie gut, daß sie allein nach Rom gefahren war, um die Formalitäten rund um Giuseppes Beerdigung zu regeln. Sie mochte gar nicht daran denken, daß sonst auch ihre Kinder den Entführern in die Hände gefallen wären.

Aber so war es in Ordnung. Wenn sie hier starb, würde sie bald mit Giuseppe vereinigt sein. Ihre Mutter würde sich um die Kinder kümmern, und sie würde es gut machen. Fast fühlte sie bei dieser Vorstellung so etwas wie Zufriedenheit.

Da traf ein harter Schlag sie ins Gesicht und schleuderte ihren Kopf nach hinten.

Vor ihr stand Tonino und brüllte: »Warum grinst du so dämlich, du blöde Kuh? Lachst du mich aus, oder was?«

Der Schmerz tobte in ihrem Kopf, aber Gilda sah den Mann nur verächtlich an und sagte leise: »Du bist eine armselige Kreatur.«

»Was? Was sagst du? Warte!«

Abermals hob er die Hand zum Schlag, aber mehr sah sie nicht. Sie hörte ein lautes Splittern, gefolgt von einer Detonation, und ein jäher Blitz blendete sie. Weitere Detonationen folgten. Alles um sie her verging in greller Helligkeit und einem Lärm, wie sie sich ihn niemals hätte vorstellen können.

29

»Commissario Bianchi? Der Polizeipräsident bittet Sie, sich in einer Stunde zu einer Besprechung in seinem Büro einzufinden.«

Cilia De Luna schien ihre alte Souveränität wiedergefunden zu haben. Jedenfalls klang sie am Telefon arrogant wie eh und je.

Claudia hatte fest geschlafen und erkundigte sich unter herzhaftem Gähnen, worum es gehe.

»Das hat der Herr Präsident mir nicht mitgeteilt. Er erwartet Sie also in einer Stunde, Commissario.«

Damit beendete die schöne Cilia das Gespräch, und mit einer fahrigen Bewegung legte auch Claudia den Hörer auf. In ihrem Schlafzimmer war es taghell, und von draußen drang Straßenlärm herein. Sie schloß daraus, daß sie nicht lange geschlafen hatte, und ein Blick auf die Armbanduhr, die sie auf den Nachttisch gelegt hatte, bestätigte das. Es war kurz vor drei.

Sie fühlte sich nach diesem kurzen Schlaf wenig erholt. Im

Gegenteil, ihre Glieder gehorchten ihr anfangs nur widerwillig, und sie mußte sich zwingen, die Augen offen zu halten.

Mit einer Dusche aus abwechselnd kaltem und heißem Wasser versuchte sie, ihre Lebensgeister zu wecken. Danach ging es ihr tatsächlich etwas besser. Sie zog frische Kleider an und stärkte sich mit einem heißen Kaffee und einem Brötchen, das nicht mehr ganz taufrisch war. Auch der Käse in ihrem Kühlschrank hatte seine beste Zeit gehabt, aber Claudia war seit Tagen nicht zum Einkaufen gekommen. Zumindest gelang es ihr, das flaue Gefühl in ihrem Magen, das sie in den letzten Wochen häufig nach dem Aufstehen hatte, zu besänftigen.

Gerade wollte sie ein Taxi rufen, als ihr Telefon erneut klingelte. Es war Paul, der ihr mitteilte, daß er in einem kleinen Hotel in Trastevere untergekommen sei.

»Nicht gerade ein ruhiges Zimmer, dafür aber ein moderater Preis«, sagte er.

»Gut, danke, dann weiß ich Bescheid.«

»Du bist ziemlich kurz angebunden.«

»Ich muß los. Compagni hat mich zu sich beordert. Und bevor du fragst, ich habe keine Ahnung, worum es geht.«

»Vielleicht können wir beim Abendessen darüber sprechen«, schlug Paul vor. »Soll ich dich um acht abholen?«

»Lieber um neun. Ich muß noch den Bericht über San Vito schreiben.«

»Also gut, dann um neun.«

Nachdem sie aufgelegt hatte, fragte sie sich, ob sie zu distanziert gewesen war. Auf der Fahrt nach Rom, als Paul auf einem Parkplatz angehalten hatte, war die alte Leidenschaft in ihnen aufgeflammt, und sie hatten es beide genossen.

Doch im nachhinein hatte sie das Gefühl, daß das zu schnell gegangen war. Konnte man zwei lange Monate durch ein paar leidenschaftliche Minuten beiseite wischen, zerstörtes Vertrauen durch ein paar Küsse und zärtliche Berührungen wiederherstellen? Sie bezweifelte das, und deshalb hatte sie sich vorgenommen, es mit Paul langsam angehen zu lassen.

Im Präsidium traf sie auf einen Aldo, der reichlich mitgenommen aussah. So als könnte auch er ein paar Stunden Schlaf und eine Dusche gut vertragen.

»Du bist zurück?« stellte sie erstaunt fest. »Habt ihr Signora Vigezzi befreien können?«

»Ja. Aber ich bin gerade auf dem Weg zu Compagni, um ihm zu berichten.«

Gemeinsam gingen sie zum Büro des Poizeipräsidenten, der Aldo kräftig die Hand schüttelte und ihm zu seinem Erfolg gratulierte.

Aldo nickte und lächelte matt. »Ich hoffe, die Sache mit Ihrem Rücktritt ist damit vom Tisch, Herr Präsident.«

»Das ist sie. Der Innenminister und der Bürgermeister sind sehr zufrieden mit unserem schnellen Handeln. In zwei Stunden soll es im Rathaus eine Pressekonferenz geben, zu der ich eingeladen bin. Ich würde Sie gern mitnehmen, Aldo.«

»Besser nicht«, wehrte Aldo ab. »Ich muß noch meinen Bericht schreiben.«

»Na gut, in Ordnung«, sagte Compagni und bot ihnen an, sich zu setzen. »Erzählen Sie doch kurz, was sich da zugetragen hat!«

Aldo berichtete von dem Zweikampf im Wasser, und sowohl Claudia als auch Compagni lauschten mit wachsender Spannung.

»Das war einerseits mutig, aber andererseits auch gewagt, fast schon leichtsinnig, Aldo«, sagte der Polizeipräsident. »Ich habe Sie zum Commissario befördert, nicht zum Kampfschwimmer.«

»Mir blieb nicht viel Zeit zum Überlegen. Wenn Cipriani uns bei seinem Schwimmausflug entdeckt hätte, wäre die Befreiung der Signora ungleich schwieriger gewesen.«

»Wie ging es weiter?« fragte Claudia.

»Cipriani hat sich geweigert zu kooperieren. Wir wußten also nicht genau, in welchem Zimmer die Signora festgehalten wurde und ob es außer Ferroni weitere Wachen gab. Aber wir mußten handeln, bevor Ciprianis Fernbleiben Verdacht erregte. Also habe ich den Befehl zum Zugriff gegeben. Bevor die Carabinieri das Haus stürmten, haben sie in alle zugänglichen Räume Irritationsgranaten geschossen.«

Claudia stellte sich vor, wie im ganzen Haus solche Granaten explodierten. Sie entfalteten nicht nur eine enorme Blendwirkung, sondern lösten auch mehrere Detonationen kurz hintereinander aus, um etwaige Geiselnehmer so lange abzulenken, bis die betreffenden Räumlichkeiten gestürmt waren. Dabei wurde nicht nur auf die Blend- und Schockwirkung gesetzt, auch der Gleichgewichtssinn im Innenohr wurde überfordert. Natürlich blieben beim Einsatz von Irritationsgranaten auch die Geiseln nicht verschont. Für Signora Vigezzi mußte es die Hölle gewesen sein, aber eine Hölle, die sie durchleben mußte, um freizukommen.

»Es war eine riskante Sache, aber letztlich hatten wir Glück«, fuhr Aldo fort. »Außer Cipriani war Ferroni tatsächlich der einzige Bewacher, und die Carabinieri konnten ihn überwältigen, bevor er noch recht wußte, wie ihm geschah. Er ist wohl immer noch reichlich mitgenommen – wie auch

Signora Vigezzi. Die beiden haben ihr übel mitgespielt, haben sie offenbar permanent mißhandelt.«
»Warum?« fragte Compagni.
Und Claudia fügte hinzu: »Wollten sie der Signora Informationen entlocken?«
»Vermutlich«, antwortete Aldo. »Aber aus Cipriani und Ferroni war bislang nichts herauszubekommen, und Signora Vigezzi ist noch nicht vernehmungsfähig. Die Ärzte im Krankenhaus sagen, wir können sie frühestens morgen sprechen.«
»Wir sollten die Entführer rund um die Uhr verhören«, schlug der Polizeipräsident vor. »Mit aller Härte!«
Aldo nickte, aber sein Mienenspiel drückte Zweifel aus. »Die beiden sind harte Brocken, besonders Cipriani. Ferroni können wir möglicherweise aufweichen. Er verfügt nicht gerade über ein starkes Ego. Aber im Augenblick scheint er, wie auch sein Komplize, darauf zu vertrauen, daß jemand seine schützenden Hände über ihn hält.«
»Haben Sie eine Ahnung, wer dieser Jemand ist?« fragte Compagni.
Aldo griff in die Jackentasche und förderte etwas zutage, das er auf den Tisch legte. Es waren zwei Ringe mit dem Januskopf.

Als sie im Fahrstuhl nach unten fuhren, sagte Claudia: »Wir sollten uns die Zeit für eine Aussprache nehmen, Aldo, und ausräumen, was zwischen uns steht.«
»Zeit?« Aldo schüttelte den Kopf. »Ich habe einen Bericht zu schreiben, und dann sind da noch zwei Galgenvögel zu verhören. Ich habe keine Zeit. Du etwa?«
»Auch du mußt irgendwann etwas essen. Eigentlich bin ich

heute abend mit Paul verabredet, aber vielleicht sollten besser wir beide uns zusammensetzen.«
»Nach Dienstschluß fahre ich zu Alessandra ins Krankenhaus.«
»Geht es ihr denn besser? Ist sie aus dem Koma erwacht?«
»Nein, aber ich fahre trotzdem zu ihr.«

30

Fast auf die Minute genau fuhr Paul bei Claudia vor und lud sie in ein ebenso teures wie gutes Fischrestaurant in Trastevere ein. Daß sie nur Wasser bestellte und trotz aller Nachfragen keinen Wein haben wollte, irritierte ihn kurz, aber er ging nicht weiter darauf ein. Er war ausgesprochen guter Dinge, und Claudia erkundigte sich nach seinem Tag. Paul erzählte von seinem Besuch in der Generalkurie der Jesuiten und davon, wie er Abschied von Jean Christophe Gavalda genommen hatte.
»Auch wenn es nur ein paar Minuten waren, die Zeit allein mit ihm hat mir gutgetan. Fast war mir, als würde er zu mir sprechen. Im übertragenen Sinn war es vielleicht auch so. Der Pater General war einer jener Menschen, deren Wirken weit über den eigenen Tod hinausgeht. Sogar der Vatikan scheint das erkannt zu haben«, sagte er und erzählte von der für den übernächsten Tag geplanten Trauerfeier auf dem Petersplatz. Claudia sah ihn über den Rand ihres Wasserglases hinweg an und rang sich ein kurzes Lächeln ab.

»Du weißt, daß ich nicht gerade ein Fan des Vatikans bin, aber ich freue mich mit dir darüber, daß Gavalda so große Anerkennung erfährt. Meine letzte Begegnung mit ihm war überaus beeindruckend, und ohne ihn hätten wir uns vielleicht nicht wiedergetroffen.«

»Es ist schön, daß du unser Wiedersehen als etwas Positives betrachtest«, sagte Paul mit milder Ironie.

»Andernfalls würde ich wohl kaum hier sitzen. Sag mal, Paul, hast du eigentlich so etwas wie Zukunftspläne?«

Er lachte. »Willst du mich etwa doch loswerden?«

»Aber nein«, erwiderte sie und fiel in sein Lachen ein. »Ich frage mich nur, wovon du zum Beispiel die Rechnung hier bezahlen willst. Ich kann mir nämlich nicht vorstellen, daß man als Exorzist in Ausbildung, noch dazu als einer, der von der Kirche nicht genehmigt ist, gut verdient.«

»Noch reichen meine Ersparnisse. Und über kurz oder lang will ich zurück zum Mondsee. Du weißt ja, Gavalda hat mir gestattet, das Waisenhaus weiterhin zu leiten, auch wenn ich kein Mitglied der Gesellschaft Jesu mehr bin.«

»Was für Gavalda ebenso spricht wie für dich. Er hat dir großes Vertrauen entgegengebracht.«

»Und du?« fragte Paul und war von einer Sekunde auf die andere ernst. »Bringst du mir auch großes Vertrauen entgegen?«

»Du meinst, was uns beide angeht?«

Er nickte.

»Ehrlich gesagt bin ich mir darüber noch nicht im klaren. Immerhin ist es noch nicht viel länger als vierundzwanzig Stunden her, daß wir uns wiedergetroffen haben.«

Als sie das sagte, sah sie ihn wieder in dem dunklen Wald stehen, in der Hand die Pistole, mit der er ihr das Leben

gerettet hatte. Das war der Paul, den sie schätzte. Der tatkräftige Paul, der entschlossen sein Leben für andere einsetzte.
Aber es war auch die Pistole, die er ihr entwendet hatte, um seinem Leben ein Ende zu setzen. Und das erinnerte sie daran, daß es auch den anderen Paul gab. Den, der mit seinem Erbe zu kämpfen hatte, ein Abkömmling des Alten zu sein, der nicht wissen konnte, ob sich das Böse in ihm eines Tages aufbäumen würde. Der Paul, der sie mehr als zwei Monate darüber im unklaren gelassen hatte, ob er noch lebte oder schon tot war.
Sie verkannte die Schwere und Tragik dessen, was ihn belastete, nicht. Doch durfte das für sie keine Rolle spielen, zumal sie jetzt nicht mehr nur an sich zu denken hatte, sondern auch an ihr Kind. Es war auch sein Kind, gewiß, aber was hatte es von einem Vater, der nicht wußte, ob er für Frau und Kind dasein wollte – oder durfte?
»Ich weiß, was du dich fragst«, brachte er zögernd hervor. »Du glaubst, ich könnte irgendwann wieder verschwinden, einfach so, über Nacht, wie schon einmal, für zwei Monate oder länger. Und du weißt nicht, ob du das Risiko eingehen willst.«
»Ich denke, ich will es nicht eingehen. Bevor wir uns über eine mögliche gemeinsame Zukunft einig werden können, Paul, mußt du erst mal mit dir selbst ins reine kommen. Dann, und nur dann, ist es aus meiner Sicht sinnvoll, daß wir über uns sprechen.«
»Vermutlich hast du recht«, sagte Paul, aber seine gute Laune schien verflogen. »Ich hätte einfach nicht damit rechnen sollen, heute zwei großzügige Angebote zu erhalten.«
»Wer hat dir denn eins gemacht?«

»Pater Ackermann. Er meinte, er könne meinen Austritt aus der Gesellschaft Jesu rückgängig machen.«
»Und? Ist das ein verlockendes Angebot?«
Paul schüttelte den Kopf.
»Warum nicht? Eine Zeitlang dachte ich, es ginge dir nur um mich, um uns, als du Gavalda gebeten hast, dich von deinen Gelübden zu entbinden. Heute ist mir klar, daß du den Orden nach Möglichkeit nicht mit deinem Suizid belasten wolltest. Jetzt könntest du doch wieder von ganzem Herzen Jesuit sein. Oder willst du erst abwarten, was aus uns beiden wird?«
Pauls Miene verdüsterte sich vollends, und mit einer Mischung aus Traurigkeit und Wut sah er Claudia an.
»Wenn ich dir so zuhöre, komme ich mir vor wie der berechnendste Mensch auf Erden.«
»Frag dich doch mal, wie ich mir in den letzten Wochen vorgekommen bin.«
»Was willst du eigentlich? Daß ich auf Knien vor dir rutsche und mich entschuldige? Daß ich um Vergebung bettle?«
»Ich will nichts weiter, als daß du meine Frage beantwortest? Ist Ackermanns Angebot dein Plan B?«
Es war offensichtlich, daß Paul sich den Verlauf des Abends anders vorgestellt hatte. Ein paar Sekunden lang wirkte er wie ein Vulkan kurz vor dem Ausbruch. Dann zückte er plötzlich sein Portemonnaie und legte einen kleinen Haufen Geldscheine auf den Tisch.
»Was soll das?« fragte Claudia.
»Du siehst, ich kann unser Essen bezahlen. Genieß es in Ruhe. Geld fürs Taxi ist auch dabei.«
Damit stand er auf und ging.

Fünfter Tag

31

Am Nachmittag des nächsten Tages erhielten Claudia und Aldo die ärztliche Erlaubnis, mit Gilda Vigezzi zu sprechen, die im Ospedale del Celio an der Via Claudia lag. Als sie durch die langen Krankenhausflure gingen, hatten sie schon einen langen Tag hinter sich, der hauptsächlich aus stundenlangen Verhören bestanden hatte.

Erst hatte Aldo sich Cipriani vorgenommen und Claudia den kleinen Ferroni, dann hatten sie gewechselt, aber beide Entführer hatten dichtgehalten, hatten weder über die Organisation, die den Janus-Ring als Kennzeichen verwendete, noch über das Motiv für die Entführung etwas preisgegeben.

Einig waren sie sich darüber, daß Ferroni von seinem Charakter her generell leichter zu knacken war. Aber auch »die Ratte« schien auf Hilfe von außen zu vertrauen, und im Augenblick konnten sie nur darauf hoffen, daß steter Tropfen den Stein höhlte. Oder daß sie von Gilda Vigezzi etwas erfuhren, das sie weiterbrachte.

Giuseppe Pignatos Witwe lag in einem Einzelzimmer am Ende eines langen Flurs und wurde rund um die Uhr bewacht. Eine uniformierte Polizistin lehnte neben der Tür zum Krankenzimmer an der Wand und musterte Claudia und Aldo aufmerksam.

»Keine Sorge, wir sind Kollegen«, sagte Claudia und zog ihren Dienstausweis. »Gibt es etwas zu berichten?«

»Nein, es ist absolut ruhig.«

»Keine Besucher?«

Die Polizistin verneinte abermals.
Aldo wollte gerade an die Tür des Krankenzimmers klopfen, da kam ein braungebrannter Arzt angerauscht, dessen Haar ebenso weiß war wie sein Kittel. »Ich höre, Sie wollen zu Signora Vigezzi«, rief er schon von weitem. »Polizei, nicht wahr?«
»Ja«, erwiderte Paul. »Und Sie sind Arzt?«
»Äh, ja, wieso?«
»Weil Sie sich nicht vorgestellt haben.«
»Oh, Entschuldigung, Enzo Bolognini, ich trage die Verantwortung für Signora Vigezzi.«
Aldo stellte Claudia und sich vor. »Wir haben die Nachricht erhalten, daß wir mit Ihrer Patientin sprechen können.«
»Ja, schon, aber Sie sollten die Signora nicht überanstrengen. Sie hat zwar keine schweren Verletzungen davongetragen, aber das Ganze hat sie sehr mitgenommen, auch psychisch.«
»Ist ihr« – Aldo suchte nach den passenden Worten – »Gewalt angetan worden?«
»Vergewaltigung? Nein, das nicht. Aber sie ist, wie man so sagt, grün und blau geschlagen worden. Was sind das für Menschen, die einer Frau so etwas antun?«
»Eine gute Frage«, sagte Aldo. »Ich kann sie Ihnen leider nicht beantworten, Dottore. Aber vielleicht sollte man den Begriff ›Mensch‹ nicht rein biologisch definieren, sondern auch danach, ob sich jemand menschlich verhält.«
»Ja, vielleicht. Auf jeden Fall sollten Sie die Signora schonend behandeln. Und rufen Sie mich, wenn irgend etwas sein sollte.«
Als Claudia und Aldo das Krankenzimmer betraten, machte Gilda Vigezzi, deren Bett in der Nähe des Fensters stand,

wider Erwarten einen recht gelösten Eindruck. Halb aufgerichtet lag sie im Bett und blätterte in einem Magazin, das sie jedoch gleich sinken ließ. Bei der Begrüßung lächelte sie sogar.

»Wie geht es Ihnen, Signora?« fragte Aldo.

»Wenn ich keine ruckartigen Bewegungen mache, ganz gut. In meinen Ohren klingelt es wie verrückt, aber man hat mir gesagt, das ginge vorüber. Und hin und wieder wird mir ein wenig schwindlig.«

»Das sind Nachwirkungen der Irritationsgranate, die in Ihrer Nähe explodiert ist. Wir mußten die Dinger einsetzen, um Ihren Bewacher daran zu hindern, Dummheiten zu machen.«

»Ich werfe Ihnen nichts vor, Signor Rossi. Ganz im Gegenteil, ich bin heilfroh, daß Sie mich da rausgeholt haben. Noch länger in den Händen dieser beiden zu sein, ich glaube, das wäre die Hölle gewesen.«

»Waren es nur Ferroni und Cipriani?« fragte Aldo. »Oder hatten Sie auch Kontakt zu anderen Personen?«

»Es waren nur zwei, aber die Namen sagen mir nichts. Sie nannten sich Tonino und Riccardo.«

Aldo nickte. »Das sind ihre Vornamen. Vielleicht schildern Sie uns einfach der Reihe nach, wie Sie in das Haus am Strand gekommen sind.«

»Gern, aber viel gibt es da nicht zu erzählen. Gestern abend standen sie vor meiner Tür. Jetzt weiß ich, daß es ein Fehler war, ihnen zu öffnen. Aber sie gaben sich als Polizisten aus, die noch ein paar Fragen stellen wollten wegen der Sache … der Sache …«

»Mit Ihrem Mann«, half Claudia aus.

»Ja. Also habe ich die Tür aufgemacht, und da fielen sie auch

schon über mich her. Ich hatte gar keine Chance, mich zu wehren. Sie haben mich geschlagen und nach dem Manuskript meines Mannes gefragt.«
»Dem Manuskript der Janus-Monographie?«
»Richtig. Merkwürdig, daß sie sich dafür interessiert haben, nicht? Ich habe ihnen gesagt, daß er mit dem Schreiben noch gar nicht angefangen hatte. Giuseppe steckte noch in der Vorbereitungsphase und war fleißig am Recherchieren. Aber sie wollten mir nicht glauben und waren nicht davon abzubringen, daß Giuseppe schon einen Teil der Monographie geschrieben und das Manuskript irgendwo versteckt hätte. Ja, und dann ist die Polizei aufgetaucht, woraufhin die beiden mich verschleppt haben.«
»Ich habe gesehen, wie Sie gewaltsam vom Penthouse zum Fahrstuhl gebracht worden sind«, sagte Aldo. »Wie ging es weiter?«
»Auf der Straße haben sie mich in den Kofferraum eines Autos gesperrt, und dort mußte ich eine ganze Weile bleiben. Als der Wagen endlich hielt und der Kofferraum geöffnet wurde, waren wir bereits am Meer, bei diesem Haus, aus dem Sie mich gerettet haben.«
»Und dort sind Sie wieder nach dem Manuskript Ihres Mannes gefragt worden?« erkundigte Claudia sich. »Nach dem Manuskript, das es gar nicht gibt?«
»Mehr oder weniger ständig. Alle Fragen kreisten um das Manuskript und Giuseppes Forschungsarbeit über den alten Gott Janus. Als ich immer nur wiederholt habe, daß kein Manuskript existiert, haben sie mich nach Leuten gefragt, mit denen Giuseppe über sein Janus-Buch gesprochen hat.«
»Und was haben Sie da geantwortet?« fragte Aldo.
»Ich habe gesagt, ich wüßte das nicht so genau. Als sie mich

immer weiter schlugen, habe ich schließlich gesagt, am meisten hätte er mit seiner Kollegin vom Forum Romanum, Arietta Calvi, über das Thema gesprochen. Ihren Namen, dachte ich, kann ich nennen, denn ihr können sie nichts mehr antun.«

»Das war sehr klug von Ihnen, Signora Vigezzi«, lobte Claudia. »Hat man Sie danach in Ruhe gelassen?«

Die Frau im Krankenbett schüttelte den Kopf, und die Erinnerung an das Erlebte spiegelte sich deutlich auf ihrem Gesicht wider.

»Sie haben immer wieder dieselben Fragen gestellt und mich unaufhörlich geschlagen. Ich glaube, es hat ihnen Spaß gemacht, besonders dem Kleinen, Tonino.«

Ihre Stimmung schien zu kippen, plötzlich kämpfte sie mit den Tränen. Claudia goß Mineralwasser in ein Glas und reichte es ihr. Gilda Vigezzi trank in kleinen Schlucken, und die Pause verschaffte ihr Gelegenheit, sich wieder zu sammeln.

»Wir können das Gespräch auch morgen fortsetzen«, sagte Claudia mitfühlend. »Sie wollen sich jetzt vielleicht lieber ausruhen.«

Gilda Vigezzi gab ihr das fast leere Glas zurück und schüttelte vorsichtig den Kopf.

»Nein, danke, es geht schon wieder. Ich helfe Ihnen gern, so gut ich kann. Ich bin Ihnen sehr dankbar für das, was Sie für mich getan haben. Mir ist zu Ohren gekommen, daß gestern abend bei meiner Entführung eine Kollegin von Ihnen angeschossen worden ist. Ich hoffe, es geht ihr inzwischen wieder einigermaßen.«

»Leider nicht«, sagte Aldo.

»Dann werde ich ihr ein paar Blumen schicken, das wird sie vielleicht aufmuntern.«

Aldos Gesicht versteinerte. »Kaum. Sie liegt im Koma.«
»Oh, das wußte ich nicht. Das tut mir sehr leid! Wenn ich etwas tun kann?«
»Sie tun etwas, indem Sie unsere Fragen beantworten«, sagte Claudia. »Haben Sie eine Ahnung, wer Ihnen Tonino und Riccardo auf den Hals gehetzt haben könnte?«
»Nein. Sie glauben also, die beiden haben einen Auftraggeber? Steht deshalb eine Wache hier vor der Tür? Meinen Sie, es könnte noch einen weiteren Versuch geben, mich zu entführen?«
»Wir halten es nicht für wahrscheinlich, aber sicher ist sicher.«
Mit einem Mal war Gilda Vigezzi sehr aufgeregt. »Was ist mit meiner Familie? Sind die Kinder auch in Gefahr? Und meine Mutter?«
»Keine Sorge, die Polizei in Terni ist informiert«, antwortete Claudia in möglichst beruhigendem Ton. »Das Haus Ihrer Mutter wird gut bewacht.«
»Was hat es mit Giuseppes Arbeit nur auf sich, daß manche Leute deshalb sogar Verbrechen begehen?«
»Eigentlich hatten wir gehofft, das von Ihnen zu erfahren, Signora.«
»Bis vor wenigen Tagen hatte ich nie den Eindruck, daß seine Arbeit gefährlich sein könnte, lebensgefährlich sogar. Er hat dieses Janus-Projekt sehr wichtig genommen, und auch die Zusammenarbeit mit dem Forum Romanum lag ihm sehr am Herzen, nicht zuletzt wegen seines Interesses an Janus. Aber daß es lebenswichtig sein könnte, das war mir nicht klar.«
»Was genau hat das Forum Romanum mit dem Janus-Projekt Ihres Mannes zu tun?« fragte Aldo.

»Im Detail kann ich Ihnen das nicht beantworten. Giuseppe hat einmal gesagt, durch die Kooperation würde er an wichtige Unterlagen herankommen.«

»Er war doch der Direktor der Vatikanischen Museen«, sagte Aldo verwundert. »Ich dachte immer, nirgendwo gibt es eine solche Fülle an alten Dokumenten wie im Vatikan.«

»Das mag schon sein, aber kein Archiv ist vollständig, auch nicht die vatikanischen. Und gerade in bezug auf Janus gibt es, wenn ich Giuseppe richtig verstanden habe, sehr wichtige Unterlagen, die sich im Besitz des Forum Romanum befinden.«

Claudia war ans Fenster getreten, das auf einen begrünten Innenhof hinausging, aber sie hatte genau zugehört und fragte: »Hat es zwischen Ihrem Mann und Arietta Calvi vielleicht Streit gegeben wegen dieser Dokumente oder ihrer Verwendung?«

»Nein.«

»Bestimmt nicht?«

»Bestimmt nicht. Das hätte Giuseppe mir nicht verschwiegen. Im Gegenteil, er hat sich mit seiner Kollegin sehr gut verstanden. Wie kommen Sie darauf, Signora Bianchi?«

Claudia drehte sich um und sah Gilda Vigezzi an. »Ich suche nach einem Grund für das, was Ihr Mann vor vier Nächten im Forum Romanum getan hat.«

Die Witwe schlug die Hände vor ihr Gesicht und sagte mit erstickter Stimme: »Es war nicht seine Schuld!«

»Aber Sie waren doch auch da, wenn ich richtig informiert bin«, erwiderte Claudia. »Haben Sie nicht gesehen, wie er Arietta Calvi und sich selbst in die Tiefe gestürzt hat?«

Als Gilda Vigezzi die Hände sinken ließ, standen Tränen in ihren Augen.

»Ich habe es gesehen, aber ich kann es mir nicht erklären. Fünf Minuten vorher hatte ich noch mit Giuseppe gesprochen. Er war guter Laune und freute sich auf die Veranstaltung. Es ... es war nicht er selbst, der das getan hat.«
»Wer war es dann?«
Die Frau im Krankenbett bekreuzigte sich. »Es war der Teufel! Der Teufel ist in ihn gefahren und hat ihn dazu getrieben. Giuseppe hätte das nicht getan, niemals, glauben Sie mir!«

Claudia und Aldo verabschiedeten sich von Gilda Vigezzi, die offenkundig erschöpft war, und auf dem Weg zum Wagen fragte Aldo: »Was hältst du von der Geschichte mit dem Teufel?«
»Man darf so etwas nicht laut sagen, aber es klingt beinahe logisch.«
»Der Teufel als Täter? Logisch? Na, schreib das mal in deinen Abschlußbericht, dann wird dir Compagni aber was erzählen!«
»Niemand traut Pignato diese Tat zu, und wir haben auch nicht den Hauch eines Motivs.«
»Denk an die Typen mit dem Janus-Ring, Claudia. Pignato muß in irgend etwas Großes verstrickt gewesen sein.«
»Schon klar, aber auch da fehlt uns noch jeder weiterführende Hinweis, jedenfalls solange Cipriani und Ferroni sich in Schweigen hüllen.«
Claudias Handy summte. Es war Cilia De Luna: »Commissario Bianchi, der Polizeipräsident will Sie und Aldo so schnell wie möglich sehen.«
»Was ist jetzt schon wieder los?« seufzte Claudia, während sie das Handy in die Jackentasche schob.

»Vielleicht haben die großen Schweiger ihr Schweigen gebrochen.«
»Optimist!«

32

»Ich werde noch wahnsinnig!« Mit diesen Worten empfing ein sichtlich erregter Cesare Compagni Claudia und Aldo in seinem Büro. »Kaum haben wir mit der Befreiung von Signora Vigezzi etwas Ruhe in die Geschichte gebracht, passiert das!«
»Was ist denn passiert?« fragte Claudia, die es noch nicht oft erlebt hatte, daß ihr Vorgesetzter derart die Fassung verlor.
»Lesen Sie selbst!« Compagni fischte mit einer wütenden Bewegung ein Blatt von seinem Schreibtisch und hielt es ihr hin. »Diese E-Mail ist vor einer halben Stunde eingegangen.«
Die Trauerfeier auf dem Petersplatz wird einen neuen Tod bringen. Oder ist Commissario Bianchi diesmal schneller?
Claudia las sich den kurzen Text mehrmals durch, und Aldo blickte ihr über die Schulter. Jetzt verstand sie Compagnis Aufregung. Auch sie fühlte sich wie vor den Kopf geschlagen. Verzweifelt suchte sie nach einem Anhaltspunkt dafür, daß es sich bei dieser Mail um einen bösen Scherz handelte. Aber alles sprach dafür, daß sie genauso ernst genommen werden mußte wie die erste Nachricht vier Tage zuvor.
»Vielleicht ein Trittbrettfahrer«, meinte Aldo, der sich nicht so schnell geschlagen geben wollte.

»Unwahrscheinlich, wenn nicht so gut wie unmöglich«, schnarrte der Polizeipräsident. »Wir haben über die erste Mail nichts verlauten lassen. Niemand kann davon wissen, daß Claudia schon einmal in so einem Ankündigungsschreiben angesprochen wurde.«
Claudia, die noch immer fieberhaft überlegte, korrigierte ihn: »Fast niemand, um genau zu sein. Wenn der Absender hier im Präsidium sitzt, hat er sehr wohl davon wissen können.«
Einige Sekunden lang sah Compagni sie mit offenem Mund an. »Das ist doch nicht Ihr Ernst, Claudia!«
»Ich versuche nur, alle Möglichkeiten in Erwägung zu ziehen. Wissen wir schon, von wo die E-Mail gesendet worden ist?«
»Wieder aus einem Internetcafé, diesmal in Trastevere. Ich habe bereits ein Team hingeschickt, aber ich habe wenig Hoffnung, daß wir dort auf Spuren stoßen.«
Ein absurder Gedanke schoß Claudia durch den Kopf. Paul wohnte in einem Hotel in Trastevere, und sie hatte ihm von der ersten E-Mail erzählt. Aber was für einen Grund sollte er haben, sich als Trittbrettfahrer aufzuführen und die Polizei zu narren?
Oder narrte er sie gar nicht, und die erste E-Mail stammte auch schon von ihm?
So ein Unsinn! Sie mußte in vernünftigen Bahnen denken. Die erste Nachricht war in einem Internetcafé am Corso Vittorio Emanuele geschrieben worden, mitten in Rom, und Paul war zu dem Zeitpunkt noch in San Vito gewesen. Außerdem hatte er gar kein Motiv.
»Was haben Sie, Claudia?« erkundigte Compagni sich. »Sie sehen so nachdenklich aus.«

»Ist das ein Wunder? Diese ganze Geschichte – die seltsamen E-Mails, Pignatos Wahnsinnstat im Forum Romanum, die Entführung von Signora Vigezzi – ist schon vertrackt genug, und dann scheine ich darin auch noch auf eine Weise involviert zu sein, die mir selbst absolut rätselhaft ist.«

Sie hatte beschlossen, von ihrem absurden Verdacht gegen Paul nichts verlauten zu lassen. Er war absolut unhaltbar, und sie wäre sich – trotz allem, was zwischen Paul und ihr stand – wie eine Verräterin vorgekommen.

»Vielleicht ist es nur ein Ablenkungsmanöver, daß du in den Mails erwähnt wirst«, sagte Aldo.

»Warum hat dann jemand versucht, mich zu entführen? Und warum sollte der Absender der E-Mails einerseits versuchen, uns abzulenken, wenn er uns andererseits durch diese E-Mails erst auf das Bevorstehende aufmerksam macht?«

»Diese Spekulationen bringen uns nicht weiter«, sagte Compagni resigniert. »Das Bevorstehende ist das richtige Stichwort, Claudia. Die Trauerfeier auf dem Petersplatz soll morgen vormittag um zehn beginnen. Bis dahin haben wir nicht mehr viel Zeit. Sie beide sollten sofort zum Vatikan fahren und mit dem Sicherheitschef sprechen. Vielleicht können Sie ihn erweichen, mir ist es nicht gelungen.«

»Erweichen – wozu?« fragte Claudia.

»Darauf hinzuwirken, daß die Veranstaltung abgeblasen wird. Wenn er schwere Sicherheitsbedenken geltend macht, wird man auf ihn hören.«

»Ich entnehme Ihren Worten, daß Sie bereits mit Tarabella gesprochen haben.«

»Vor einer Viertelstunde. Es war ein sehr kurzes und sehr unerfreuliches Telefonat, in dessen Verlauf er mir klargemacht hat, daß er gar nicht daran denkt, die Veranstaltung

wegen einer dubiosen Drohung abzusagen. Und er hat mich darüber belehrt, daß die Sache nicht in meinen Kompetenzbereich fällt, sondern in seinen.«
»Typisch Tarabella«, knurrte Aldo. »Da ist er sehr empfindlich. Ich glaube kaum, daß wir ihn umstimmen können.«
»Sie müssen es versuchen, ich habe Sie beide schon bei ihm angemeldet.« Der Polizeipräsident blickte Claudia und Aldo ratlos an. »Was bleibt uns sonst übrig?«

33

Olindo Tarabella empfing sie in seinem Büro nahe der Porta Sant'Anna und gab sich unerwartet freundlich, beinahe gut gelaunt. Er bot ihnen Kaffee und Kuchen an, doch sie lehnten beide dankend ab. Aldo schien dasselbe zu denken wie Claudia: Traue keinem Griechen, wenn er Geschenke bringt.
Der Sicherheitschef des Vatikans sah sich die beiden E-Mails, die sie ihm ausgedruckt mitgebracht hatten, an und schmunzelte dann.
»Da scheinen Sie ja einen etwas sonderbaren Verehrer zu haben, Commissario Bianchi. Kennen Sie die Geschichte von dem Feuerwehrmann, der selbst Brände legt, um sie dann löschen zu können? Mindestens einmal im Jahr kann man von einem solchen Fall in der Zeitung lesen. So ähnlich kommt mir die Sache hier auch vor. Da hat es jemand aus irgendeinem obskuren Grund auf Sie abgesehen, also lockt

er Sie zu irgendwelchen Massenveranstaltungen, wo er Sie beobachten und sich dabei ins Fäustchen lachen kann.«

»Das allein ist es wohl kaum«, erwiderte Claudia, die sich alle Mühe gab, ruhig zu bleiben, obwohl Tarabella sie mit seiner ignoranten Art gehörig auf die Palme brachte. »Denken Sie nur an das, was im Forum Romanum geschehen ist!«

Tarabella nahm die Blätter noch einmal kurz zur Hand, betrachtete sie abschätzig und legte sie wieder vor sich auf den Tisch.

»Wissen Sie, was ich glaube? Wer immer auch für diesen Schwachsinn verantwortlich sein mag, er war vom Tod Pignatos und Calvis am meisten überrascht. Es war purer Zufall, daß tatsächlich etwas passiert ist, das seine Ankündigung zu bestätigen schien, und jetzt macht er sich einen Spaß daraus, die Polizei erneut zum Narren zu halten.«

Claudia erzählte ihm von all den anderen Vorkommnissen: ihrer Fast-Entführung, dem Überfall auf sie in San Vito und der Entführung von Gilda Vigezzi.

»Ich bestreite ja gar nicht, daß Pignato in irgend etwas verwickelt gewesen ist. Sonst wäre wohl auch sein Büro hier im Vatikan nicht durchwühlt worden, und die Entführung seiner Frau zeigt, daß es sich um eine ernste Angelegenheit handelt. Trotzdem bin ich der Meinung, daß die E-Mails und ihr Verfasser eine ganze andere Geschichte sind. Wer ein Verbrechen begehen will, ist doch nicht so dumm und kündigt es vorher an! Außerdem ist Pignato nicht ermordet worden. Er ist nicht das Opfer, sondern der Täter, das sollten Sie nicht vergessen. Nur er konnte wissen, was im Forum Romanum geschehen würde, falls es keine spontane Tat war, die – wie gesagt – nur zufällig das bestätigt hat, was in der ersten E-Mail stand. Wenn er es aber tatsächlich geplant hatte, dann hat er die zweite E-Mail wohl kaum geschrieben. Oder gibt es inzwischen auch im Jenseits einen Internetzugang?«

Claudia und Aldo wechselten einen raschen Blick und waren sich einig: Tarabella nahm sie auch nicht ansatzweise ernst. Aber Claudia zwang sich, ruhig zu bleiben. Immerhin hatten sie Compagni versprochen, alles Menschenmögliche zu tun, um den Sicherheitschef umzustimmen.

»Natürlich haben wir all diese Überlegungen auch schon angestellt, Herr Generalinspektor, aber im Gegensatz zu Ihnen nehmen wir diese E-Mails sehr ernst. Die von heute ist unserer Meinung nach ein Hinweis auf eine konkrete Bedrohung, auf etwas Gefährliches, das sich morgen ereignen wird.«

»Aber Ihre Meinung ist nicht meine Meinung, und ich kann doch nicht aufgrund einer fremden Meinung, die ich nicht teile, den Papst ersuchen, die Feier morgen abzusagen. Was glauben Sie, was für ein logistischer Aufwand erforderlich war, um das Ganze innerhalb so kurzer Zeit aus dem Boden zu stampfen! Jesuiten aus aller Herren Länder haben kurzfristig teure Flugtickets und Hotels gebucht, um morgen auf dem Petersplatz ihres verstorbenen Generaloberen zu gedenken. Die wären sicher wenig erfreut, wenn sie nach beschwerlicher Anreise morgen früh auf dem Petersplatz nichts als ein Schild vorfänden, auf dem steht: Wegen einer obskuren E-Mail geschlossen.«

Jetzt ergriff Aldo das Wort, und Claudia merkte ihm an, daß er sich ziemlich zusammenreißen mußte: »Wenn Sie die Trauerfeier schon nicht absagen wollen, Signor Tarabella, denken Sie vielleicht wenigstens daran, die Sicherheitskräfte zu verstärken. Die römische Polizei ist bereit, Ihnen so viele Leute zur Verfügung zu stellen, wie Sie brauchen.«

Das war wohl der falsche Ansatz, dachte Claudia, als sie sah, wie ein Schatten über Tarabellas Gesicht huschte. Aldo hatte die Achillesferse des Sicherheitschefs getroffen, die Frage des Zuständigkeitsbereichs.

»Haben Sie vielen Dank für das freundliche Angebot, Signor Rossi, aber Sie können versichert sein, daß ich mit meinen Gendarmen und den Schweizern genügend Leute zur Verfügung habe, um den sicheren und reibungslosen Ablauf der morgigen Veranstaltung zu gewährleisten.«

Aldo machte unermüdlich weiter: »Aber zwischen dem Vatikan und der römischen Polizei besteht doch ein Abkommen, das die Zusammenarbeit zwischen vatikanischen und römischen Sicherheitskräften auf dem Petersplatz regelt.«

»Für die Zeit, in der dort der normale Touristenverkehr herrscht, ja. Dann ist es ja auch sinnvoll, denn die Leute wechseln schneller zwischen dem Hoheitsbereich des vatikanischen und dem des italienischen Staates hin und her, als man hingucken kann. Aber morgen haben wir sozusagen eine geschlossene Veranstaltung, und es kommt keiner auf den Petersplatz, der nicht angemeldet ist. Sie wissen so gut wie ich, daß solche Veranstaltungen allein in meine Zuständigkeit fallen.«

Seine Zuständigkeit! Jetzt hatte er es ausgesprochen, und Claudia mußte sich auf die Unterlippe beißen, um nicht loszulachen. Nichts schien Tarabella so wichtig zu sein wie sein Kompetenzbereich.

Er stemmte sich aus seinem Schreibtischstuhl, ging ein paar Schritte und blieb vor einer Wand stehen, die ein wenig zu reichlich geschmückt war mit Fotos und Gemälden vatikanischer Wachtruppen, von denen einige längst aufgelöst waren.

»Hier sehen Sie, wie gut der Vatikan für seine Sicherheit sorgen kann. Schweizergarde, Nobelgarde, Palatingarde und natürlich die Gendarmen, sie alle haben im Laufe der Jahrhunderte immer wieder ihr Leben eingesetzt, um den Vatikan wie auch den Papst zu schützen. Und wir sind heute nicht schlechter gerüstet als in früheren Zeiten. Kommen Sie mit, ich zeige Ihnen etwas!«

Sie verließen das Büro und begaben sich in einen großen, abgedunkelten Raum, in dem mehrere Dutzend Monitore die Straßen und Plätze des Vatikans aus allen möglichen und unmöglichen Winkeln zeigten. Eine Handvoll Männer in der dunkelblauen Uniform der Gendarmen bevölkerte die Überwachungszentrale. Sie ließen sich durch das Eintreten ihres obersten Chefs und seiner Begleiter kaum ablenken.

»Hier sehen wir so gut wie alles, was im Vatikan vor sich geht«, erläuterte Tarabella stolz und fügte mit einem Lächeln hinzu: »Es sei denn, es geschieht hinter verschlossenen Türen. Jeder Eingang zum Vatikan wird zu jeder Tages- und Nachtzeit überwacht, und wir sehen hier jede Person, die den Vatikan betritt oder verläßt. Verdächtige werden in Echtzeit gescannt, und diese Aufnahmen werden automatisch mit der Datenbank unseres Sicherheitssystems abgeglichen. Das wiederum ist in die Datenbänke externer Sicherheitsorganisationen eingebunden, darunter die römische Polizei und Interpol. Wir können also innerhalb von Sekunden Personen herausfiltern, die irgendwo auf der Welt als Straftäter oder potentielle Terroristen erfaßt sind.«

Aldo konnte sich ein Grinsen nicht verkneifen. »Der gläserne Gläubige sozusagen.«

»Was wollen Sie eigentlich?« fuhr Tarabella ihn an. »Sie sind es doch, der sich Sorgen um die Sicherheit morgen macht.«

Claudia versuchte, die Wogen zu glätten. »Das ist wirklich sehr beeindruckend, Herr Generalinspektor. Der Vatikan scheint besser bewacht zu sein als Fort Knox. Aber etwas, das Sie eben in Ihrem Büro gesagt haben, beunruhigt mich doch ein wenig.«

»So? Was?«

»Sie haben erwähnt, daß die vatikanischen Sicherheitskräfte immer wieder ihr Leben eingesetzt haben, um den Vatikan und den Papst zu schützen. Was ist, wenn es tatsächlich um ihn geht, um den Papst? Vorausgesetzt natürlich, die E-Mail von heute ist kein dummer Scherz.«

»Sie meinen, Commissario Bianchi, morgen soll ein Attentat auf den Papst verübt werden?«

»Nehmen wir das mal als Hypothese.«

»Eine etwas weit hergeholte Hypothese.«

»Nicht unbedingt. Denken Sie an die Sache im Forum Romanum, Signor Tarabella. Signor Pignato und Signora Calvi sind vor den Augen der Öffentlichkeit, vor laufenden Kameras in die Tiefe gestürzt. Und wer wird bei der morgigen Trauerfeier auf dem Petersplatz im Mittelpunkt stehen?«

»Seine Heiligkeit«, antwortete der Sicherheitschef. »Selbst wenn Sie recht haben sollten – was ich weiterhin bezweifle –, ändert das nichts. Unser Sicherheitskonzept steht. Wie Sie wohl wissen, verfügt der Vatikan seit kurzem über eine hochmodern ausgerüstete Antiterroreinheit, die Unità Antisabotaggio, die unter meinem Kommando steht. Mit ihr verbunden ist eine schnelle Eingreiftruppe, die morgen bereitstehen wird, um bei einer eventuellen Gefahr jederzeit handeln zu können. Und ich selbst werde morgen an der Seite des Papstes stehen. Aber um Sie zu beruhigen und damit Sie mich nicht für unkooperativ halten, mache ich Ihnen folgenden Vorschlag: Sie beide stehen morgen mit auf der Tribüne, ganz dicht bei Seiner Heiligkeit, haben Ihre Waffen dabei und können eingreifen, sowie Sie etwas Verdächtiges bemerken. Einverstanden?«

»Einverstanden«, sagte Claudia wenig begeistert.

Auf dem Weg zu ihrem Dienstwagen, den sie in der Nähe der Porta Sant'Anna geparkt hatten, sagte Aldo: »Ich glaube, du hast Tarabella enttäuscht. Er hatte als Reaktion auf seinen Vorschlag, daß wir morgen dabeisein dürfen, etwas mehr Enthusiasmus erwartet.«

»Im Grunde haben wir gar nichts erreicht«, erwiderte Claudia unwillig. »Der Vatikan zieht die Veranstaltung genauso durch wie geplant. Ob wir daneben stehen oder nicht, wird kaum eine Rolle spielen. Vergiß nicht, auch im Forum Romanum waren wir vor Ort. Und was hat es gebracht? Nichts!«

»Vielleicht haben wir die Angelegenheit da noch nicht so ganz ernst genommen«, wandte Aldo ein. »Jetzt wissen wir, was uns erwartet.«

»Das wissen wir eben nicht.« Claudia blieb stehen und ließ ihren Blick über die Mauern und Dächer des Vatikans schweifen, die ihr trotz all der Monitore in Tarabellas Überwachungszentrale wie ein undurchdringliches Labyrinth erschienen, angefüllt mit den Geheimnissen zweier Jahrtausende Kirchengeschichte. »*Die Trauerfeier auf dem Petersplatz wird einen neuen Tod bringen.* Na und? Was hilft uns das? Tausende werden morgen auf dem Petersplatz stehen, viel mehr als im Forum Romanum. Was sollen wir da ausrichten? Wir wissen nicht, wann, wo und gegen wen der Unbekannte losschlagen wird.«

»Ich finde deine Theorie, daß der Papst das Ziel eines Attentats sein könnte, nicht abwegig. Die Ankündigung, das große Interesse der Öffentlichkeit und der Medien, alles scheint ähnlich abzulaufen wie vor vier Tagen.«

»In diesem Fall wünsche ich mir mal, daß ich nicht recht behalte. Wenn dem Papst etwas zustößt – nicht auszudenken, was dann los ist!«

»Dann würde Tarabella einiges zu erklären haben. Immerhin fällt die Trauerfeier in seinen Zuständigkeitsbereich, wie er es ausdrücken würde.«

»Wir würden auch etwas von der Schelte abbekommen. Es war ein sehr geschickter Schachzug von Tarabella, uns dazuzubitten. Wenn doch etwas passiert, kann er einen Teil der Verantwortung abwälzen und sagen: Seht her, die römische Polizei war vor Ort und konnte es auch nicht verhindern. Er mag bis in die Schuhspitzen arrogant sein, aber wir dürfen ihn nicht für dämlich halten!«

»Verdammt, so habe ich es noch gar nicht gesehen.« Aldo stutzte, wohl weil ihm bewußt geworden war, daß er im Vatikan einen lauten Fluch ausgestoßen hatte. Nach einem kurzen, zweifelnden Blick hinauf zur Kuppel des Petersdoms fuhr er fort: »Laß uns noch einmal umkehren und Tarabella sagen, daß wir auf sein Angebot verzichten.«

»Und mit welcher Begründung?«

»Mit der, daß wir zwei allein nichts ausrichten können.«

Claudia schüttelte den Kopf. »Dazu ist es zu spät. Dann wird er, falls morgen etwas passiert, sagen, er hätte die römische Polizei aufgefordert, mit ihm gemeinsam für die Sicherheit geradezustehen, und wir hätten das abgelehnt. Sieh es ein, Aldo, wir sitzen in der Zwickmühle. Uns bleibt nur eins: Was immer unser unbekannter Gegner für morgen plant, wir müssen es verhindern!«

34

Das Blau des Himmels über St. Peter verblaßte zusehends, war bereits von deutlichem Grau durchzogen und würde bald der nächtlichen Schwärze weichen. Die richtige Zeit, um dem Petersplatz einen Besuch abzustatten, dachte Paul und blieb an der dem Petersdom gegenüberliegenden Seite am Rand des Platzes stehen. Nur noch wenige Touristen hielten sich zu dieser Stunde hier auf. Für hübsche Erinnerungsfotos war das Licht schon zu schwach, und viele saßen jetzt in den Restaurants der Ewigen Stadt und gaben den leiblichen Genüssen den Vorzug vor den kulturellen oder religiösen.

Paul dachte an das Essen mit Claudia, das einen so unschönen Verlauf genommen hatte, und fragte sich zum wiederholten Mal, ob das allein seine Schuld gewesen war. Er hätte nicht fortgehen müssen wie ein beleidigtes Kind, das vom häuslichen Tisch aufspringt und sich schmollend in eine Ecke verzieht. Aber in der konkreten Situation hatte er einfach rotgesehen.

Im nachhinein hätte er nicht einmal genau sagen können, was er sich von dem Abend versprochen hatte. Vielleicht nicht mehr, als daß zwischen Claudia und ihm wieder mehr

Nähe entstand. Ihre Vorwürfe und geradezu inquisitorischen Fragen aber schienen das Gegenteil zu bewirken. War er deshalb sauer auf sie? Nein, denn in der Sache hatte sie ja recht. Vielleicht war er in Wahrheit deshalb davongelaufen: Jede Vorhaltung, die sie ihm machte, war gerechtfertigt, und das schmerzte ihn.

So viele Fragen, so vieles, das im unklaren lag!

Er ließ seinen Blick über den Platz schweifen, als erwarte ihn dort die Antwort auf alles. Ein paar Transportfahrzeuge rollten mit Schrittgeschwindigkeit aus der Tiefe des Vatikans auf den Platz und hielten vor der trapezförmigen Piazza Retta, die den stufenförmigen Aufgang zum Petersdom bildete. Männer in blaugrauen Arbeitsoveralls stiegen aus und luden Absperrgitter ab, um den Platz für die morgige Feier herzurichten. Die Statuen der Apostelfürsten Petrus und Paulus zu beiden Seiten der Piazza Retta schienen ihnen gleichmütig dabei zuzusehen, waren sie doch schon Zeugen so vieler kleiner und großer Ereignisse gewesen.

Paul schlenderte über den Platz und nahm die eigentümliche Atmosphäre, eine Mischung aus weltlicher Geschäftigkeit und spiritueller Inspiration, in sich auf. Am nächsten Tag, das wußte er, würde hier trotz des ernsten Anlasses ein großer Trubel herrschen, wie immer, wenn die Menschen herbeiströmten, um den Papst zu sehen. Auch er würde da sein, das hatte er sich vorgenommen, und er war es dem Pater General schuldig, aber hier und jetzt atmete der Ort eine geradezu friedvolle Gelassenheit, die ihm in all dem Gedränge fehlen würde.

Er genoß seinen abendlichen Spaziergang. Selten in den vergangenen Monaten hatte er sich Gott so nahe gefühlt. War es nicht seltsam, daß es einer so kunstvollen Anlage wie dieses

Platzes und eines so prächtigen Bauwerks wie des Petersdoms bedurfte, um eine solche Nähe zu Gott herzustellen, der doch in einem jeden sein sollte? Aber Menschen brauchten Äußerlichkeiten, die sie inspirierten und an das Wesentliche gemahnten.

Nicht zuletzt deshalb standen überall auf der Welt Kirchen, Moscheen, Pagoden, Schreine, Synagogen und Tempel. Und aus diesem Grund hatten die Menschen in Europa seit dem Mittelalter die oft übermenschlich anmutende Anstrengung unternommen, Gott durch gewaltige Kathedralen zu ehren. Die wenigsten hatten damals lesen und die Heilige Schrift studieren können. Nur durch die steinernen Monumente, die imposanten Kathedralen mit ihren vielen kunstreichen Ausschmückungen biblischer Ereignisse und christlicher Legenden, hatten sie einen Zugang zu Gott gefunden. Mit einiger Berechtigung hatte Victor Hugo einmal gesagt, bis zu Gutenbergs Auftreten sei die Baukunst die hauptsächliche schriftliche Kunst gewesen, die Allgemeinschrift, und den Petersdom hatte er als das letzte ursprüngliche Werk der Baukunst bezeichnet.

Vor Pauls Augen verschwammen die Jahrhunderte. Aus den Lastwagen mit den Absperrgittern wurden hölzerne Karren, und die Männer trugen keine Overalls mehr, sondern altertümliche Gewänder und Stricke als Gürtel. Trotz der aus moderner Sicht unzulänglichen Hilfsmittel wuchs unter den Händen dieser Männer, angespornt von visionären Baumeistern wie Bramante, Raffael, Michelangelo, Bernini und Borromini, das Zentrum der Christenheit aus dem geschichtsgetränkten Boden Roms, und es hatte bis in die Gegenwart Bestand. Zu solch einer Leistung bedurfte es einer überwältigenden Hingabe und wahren Glaubens, und des-

halb, so dachte Paul, verströmte dieser Ort die Nähe Gottes.
Als er unter einer der gewaltigen Kolonnaden stand, die mit nicht weniger als 140 Statuen von Heiligen geschmückt waren, fühlte er sich als kleiner Teil dieses großen Ganzen. Klein, aber nicht unbedeutend. Der Einzelne konnte viel bewirken, das hatte die Geschichte der katholischen Kirche immer wieder gezeigt. Auch Jean Christophe Gavalda war ein solcher Einzelner gewesen, einer, dessen Glaube und Visionen den in der ganzen Welt tätigen Jesuiten einen festen Halt geboten hatten. Deshalb war der Petersplatz mehr als angemessen für eine öffentliche Trauerfeier zum Gedenken an Gavalda.
Traurigkeit erfüllte Paul, als er daran dachte, was der Pater General in den letzten Monaten seines Lebens hatte durchstehen müssen. Die Krankheit, die für manch anderen schon eine kaum zu bewältigende Prüfung darstellte, war dabei noch nicht einmal das Schwerwiegendste. Der Kampf gegen die Söhne des Alten hatte gezeigt, daß es im innersten Kreis der Gesellschaft Jesu Verräter gab, und diese Erkenntnis mußte für Gavalda wie ein Schlag ins Gesicht gewesen sein. Aber dieser Schlag hatte den alten, kranken Mann, der über solche innere Größe und Stärke verfügte, nicht niederschmettern können.
»Bruder Kadrell? Paul?«
Jemand rief ihn, aber bis er das begriff, benötigte er einige Sekunden. Er mußte erst ins Hier und Jetzt zurückfinden und war ein wenig unglücklich darüber, aus seinen Gedanken gerissen zu werden. Eine dunkle Gestalt kam unter den Kolonnaden auf ihn zu, ein Mann im schwarzen Klerikeranzug.
»Pater Ackermann!«

Der Generalsekretär blieb vor Paul stehen und schüttelte ihm die Hand.
»Wie schön, Sie hier zu treffen, und was für ein Zufall! Was führt Sie her?«
»Der Gedanke an Pater General Gavalda und der Wunsch, seiner hier zu gedenken, bevor der Platz morgen unter dem Ansturm Tausender Füße erzittert.«
»Zwei Dumme, ein Gedanke, was?« lachte Ackermann. »Auch ich wollte mich hier ein wenig umschauen, bevor man morgen vor lauter Besuchern gar nichts mehr sieht. Und, ich gebe es zu, es war eine willkommene Gelegenheit, meinem Büro und dem ständigen Klingeln des Telefons für eine kurze Weile zu entkommen.« Er zog ein Handy aus der Tasche, hielt es kurz hoch und ließ es sogleich wieder verschwinden. »Und das hier habe ich abgeschaltet. Das Beste, was man mit diesen Dingern machen kann. Wenn es einen Satan gibt, dann hat er das Mobiltelefon erfunden.«
»Soviel haben Sie zu tun?«
»Mehr. Jeder Jesuit, der zur morgigen Trauerfeier anreist, aber noch keine Unterkunft hat, scheint mich mit einer Zimmervermittlung zu verwechseln. Und alle sind plötzlich meine besten Freunde, obwohl ich von den meisten nicht einmal den Namen kenne.«
Paul nickte verständnisvoll. »Solange die anderen etwas von einem wollen, hat man immer viele Freunde, aber wenn man selbst jemanden braucht, dann lichten sich die Reihen schnell.«
»Sie scheinen aus Erfahrung zu sprechen, Paul.«
»Ich habe ein Waisenhaus aufgebaut und geleitet. Fragen Sie die Kinder, die dort leben, einmal, wie viele Freunde sie außerhalb des Heims haben. Es ist erschreckend, daß in man-

chen Fällen selbst die engsten Verwandten nicht bereit sind, sich um diese Kinder zu kümmern.«
»Aber Sie sind dazu bereit.«
»Weil ich selbst in einem Waisenhaus groß geworden bin.«
Ackermann blickte versonnen zum Petersdom und seufzte.
»Ich bin vermutlich ein Narr, daß ich Ihnen hier etwas vorjammere. Was ist schon das Beschaffen von ein paar Zimmern gegen das, was Sie tagein, tagaus in Ihrem Waisenhaus leisten? Im Grunde sollte ich mich freuen, daß so viele Menschen nach Rom kommen, um Jean die letzte Ehre zu erweisen. Außerdem sollten wir uns auch über schwere Aufgaben nicht beklagen, sondern bedenken, welch schwere Aufgaben Er Seinem Sohn aufgebürdet hat.«
Der Generalsekretär blickte noch immer in Richtung Petersdom. Dann wandte er unvermittelt den Kopf um und sah Paul eindringlich an.
»Wir brauchen Männer wie Sie in unseren Reihen, Paul! In Waisenhäusern wie dem Ihren in Österreich werden Sie auch gebraucht, aber nicht nur dort. Die Spitze des Ordens braucht frisches Blut und frische Gedanken. Sie hätten das Zeug dazu, Paul, vielleicht könnten Sie eines Tages sogar Jeans Platz einnehmen!«
Diese Eröffnung machte Paul sprachlos. Er kannte Ackermann kaum und fragte sich, was den Mann zu einem solchen Vorstoß veranlaßt haben mochte. Der Generalsekretär seinerseits wußte mit Sicherheit mehr über ihn, hatte wohl seine Akte gelesen, aber daß er in ihm einen potentiellen Generaloberen sah, erschien doch ein ganzes Stück zu hoch gegriffen.
»Ich sehe Ihnen an, wie überrascht Sie sind, und das kann ich gut verstehen«, fuhr Ackermann fort. »Ihre Zweifel

sprechen für Sie, aber denken Sie einmal in Ruhe darüber nach, in aller Ruhe. Was Sie am Mondsee leisten, ist gewiß großartig, aber bedenken Sie doch, was Sie alles vollbringen könnten, würden Sie Ihre Fähigkeiten hier in Rom, in der Generalkurie, in den Dienst unserer Gemeinschaft stellen!«

»Ihr Ansinnen ehrt mich, Pater Ackermann, aber ich bin nicht zum Priester ausgebildet worden, nur zum Bruder.«

»Die Zukunft bringt viele Veränderungen, und ich denke, daß wir irgendwann auch einen *Bruder* General haben werden.«

»Wer weiß. Aber Sie haben vergessen, daß ich gar kein Mitglied der Gesellschaft Jesu mehr bin.«

»Darüber haben wir gestern bereits gesprochen, Paul, und Sie kennen meine Einstellung zu diesem Thema.«

»Ich weiß, und ich danke Ihnen für Ihre Großzügigkeit. Aber ich sollte doch gewiß nicht den zweiten Schritt vor dem ersten tun.«

»Dann denken Sie über den ersten Schritt nach, in Ruhe und gründlich. Aber bei allem, was Sie an Wichtigem abzuwägen haben, vergessen Sie bitte eines nicht: Wir brauchen Sie!«

»Ich werde es bedenken.«

»Gut, dann verlasse ich Sie jetzt und kehre in mein Büro zurück, um noch ein paar Unterkünfte zu vermitteln.«

Ackermann war schon ein paar Schritte in Richtung Borgo Santo Spirito gegangen, da machte er auf dem Absatz kehrt und kam noch einmal zurück.

»Da fällt mir etwas ein, das ich Ihnen noch sagen wollte, Paul. Ich hatte Sie schon anrufen wollen, aber bei all dem Trubel ist mir das durchgerutscht.«

»Worum geht es denn?«

»Um Janus.«

Sechster Tag

35

Der Petersplatz war ein Meer aus Menschen, zusammengehalten vom Petersdom, den Kolonnaden und den bewachten Absperrgittern. Nicht nur viele Jesuiten waren gekommen, da war Claudia sicher, sondern auch andere Gläubige und etliche Touristen, die sich um Eintrittskarten bemüht hatten, um ihren Besuch in Rom mit einem unmittelbaren Blick auf den Papst zu krönen. Aus Lautsprechern erklangen feierliche Chorgesänge, die nicht recht zur Geräuschkulisse der wartenden Menge passen wollten. Da wurde getuschelt, gerufen und für Fotos posiert, als handele es sich hier nicht um eine Trauerfeier, sondern um ein Gartenfest.

Claudia, die neben Aldo auf dem erhöhten Podium vor dem Petersdom stand, sah auf die Uhr. Zwölf Minuten vor zehn. Gleich würde die Veranstaltung beginnen. Ihre Nervosität wuchs ins Unerträgliche.

Aldo wirkte ruhiger, aber das lag vielleicht nur daran, daß er so erschöpft war. Er sah aus, als hätte er kaum geschlafen, und so war es wohl auch. Claudia nahm an, daß er am Vorabend nach Dienstschluß noch einige Stunden an Alessandras Krankenbett gesessen hatte. Dafür bewunderte sie ihn ebensosehr, wie sie ihn wegen des Unglücks, das Alessandra widerfahren war, bemitleidete.

Zum hundertsten Mal ließ sie ihren Blick über die Menge gleiten und fragte sich, wie man zwischen all den tausend Menschen einen potentiellen Attentäter erkennen sollte. Natürlich wurde an den schmalen Durchgängen, die zwischen den Absperrungen geblieben waren, jeder Besucher von Schweizergardisten und Gendarmen kontrolliert, aber besonders viel Zeit konnten sie sich für den einzelnen nicht nehmen. Claudia hielt es für durchaus machbar, eine Waffe einzuschmuggeln.

Am Anfang der Zeremonie sollte der Papst zwischen den Menschen, die in streng voneinander abgegrenzte Blöcke eingeteilt waren, hindurchgefahren werden. Wegen des guten Wetters auch noch in einem offenen Wagen, was Claudia für mehr als leichtsinnig hielt. Wer günstig zum Fahrweg des Papamobils stand, konnte aus unmittelbarer Nähe einen Schuß auf den Heiligen Vater abgeben oder sogar mit einem Messer zustoßen. Immer vorausgesetzt, der Papst war das auserkorene Opfer.

Dem Text der E-Mail zufolge kam jeder in Betracht, der sich an diesem Vormittag auf dem Petersplatz aufhielt. Aber man konnte unmöglich jeden bewachen, und Claudia hielt es für wahrscheinlich, daß der Papst derjenige war, der heute sterben sollte.

»Wer sonst?«

»Wie?« fragte Aldo.

»Ach nichts«, seufzte Claudia. »Ich habe nur laut gedacht.«

»Daran, wer noch als mögliches Opfer in Frage kommt?«

»Ja.«

Aldo warf ihr einen seltsamen, in erster Linie besorgten Blick zu. »Du hast deine kugelsichere Weste doch an, Claudia?«

»Natürlich, du doch auch. Compagni hat schließlich darauf bestan...« Sie unterbrach sich, weil ihr jetzt erst die volle Bedeutung von Aldos Frage aufging. »Willst du etwa andeuten, der Attentäter könnte es auf mich abgesehen haben?«

Er nickte grimmig. »Ich hätte eher darauf kommen sollen.

Du wirst in beiden E-Mails namentlich erwähnt. Das ist doch wie eine persönliche Einladung an dich.«

»Eine Einladung zu meiner Ermordung?«

»Warum nicht?«

»Weil im Forum Romanum niemand versucht hat, mir etwas zu tun.«

»Aber kurz darauf haben sie versucht, dich zu entführen. Vielleicht ist im Forum Romanum nur etwas schiefgelaufen.«

»Du phantasierst!«

»Ich mache mir ernsthaft Sorgen um dich. Vielleicht solltest du hier lieber nicht dabeisein.«

»Ich werde jetzt ganz bestimmt nicht kneifen. Aber trotzdem vielen Dank, Aldo.«

»Wofür?«

»Dafür, daß du dir solche Sorgen um mich machst. Ich dachte schon, dir würde gar nichts mehr an mir liegen.«

»Das ist doch Quatsch. Ich mache mir nur so viele Gedanken um Alessandra. Ich weiß ja, daß du nichts dafür kannst. Aber in einer solchen Situation ... Gestern habe ich ihre Familie im Krankenhaus getroffen. Einer ihrer Brüder meinte, sie sollten die Geräte doch so schnell wie möglich abschalten, damit Alessandra nicht länger leiden muß.« Er ballte die Hände zu Fäusten. »Ich war kurz davor, ihm an die Gurgel zu gehen.«

Claudia nahm seine Hände in ihre. »Du darfst die Hoffnung nicht aufgeben, Aldo!«

Sie mußte an Dario denken, daran, daß auch sie die Hoffnung nicht aufgegeben hatte, auch wenn sie nicht mehr aktiv nach ihm suchte. Für sie war Dario nicht tot. Irgend etwas in ihr sagte ihr, daß sie ihren Bruder eines Tages wiedersehen würde, und seltsamerweise war dieses Gefühl in letzter Zeit sogar intensiver geworden. Sie dachte häufiger an ihre Kindheit und die wenigen kostbaren Tage, an denen sie und Dario hatten zusammenkommen dürfen. Manchmal war ihr fast, als würde Dario sie rufen. Vielleicht ließ das Kind in ihrem Leib sie unterschwellig verstärkt an die Familie denken – an das wenige, was sie davon in ihrem Leben gehabt hatte.

»Ist die Welt nicht klein?« entfuhr es Aldo. »Schau mal, wer da vorn sitzt, da links auf den Bänken!«

Auf dem Podium standen links und rechts von dem großen Baldachin, unter dem der Papst die Trauerfeier zelebrieren sollte, weiße Bänke für besondere Gäste, die nicht nur den Vorzug genossen, dem Papst nahe sein zu dürfen, sondern auch den, sitzen zu können. Hier hatten sich viele hohe kirchliche Würdenträger niedergelassen, und zwischen all dem Schwarz ihrer Anzüge und Gewänder glänzte im Sonnenlicht das Purpur der Kardinäle. Aber auch prominente Persönlichkeiten aus Politik, Verwaltung und Wirtschaft waren hier versammelt, unter ihnen auch Cesare Compagni samt Gemahlin, die im Block rechts von ihnen Platz genommen hatten. Im linken Block ganz vorn saßen hochrangige Jesuiten, darunter auch Pater Ackermann und – neben ihm – Paul Kadrell!

Ihn hatte Aldo gemeint, und jetzt fügte er hinzu: »Für einen, der aus dem Orden ausgetreten ist, pflegt Kadrell aber einen erstaunlich engen Kontakt zu den Jesuiten.«

»In der Tat«, sagte Claudia nachdenklich. »Ich weiß auch nicht, was ich davon halten soll.«

In diesem Augenblick bemerkte Paul sie und nickte ihr zögernd zu. Sie tat, als hätte sie es nicht gesehen, und wandte sich wieder Aldo zu. Gleich darauf bereute sie ihr kindisches Benehmen, aber da war es zu spät.

»Also, wenn du wirklich recht hast, Claudia, dann ist es vielleicht einer von denen.«

»Jetzt kann ich dir gerade nicht folgen.«

»Du meinst doch, der Papst sei derjenige, von dessen Tod in der E-Mail die Rede ist.«

»Allerdings.«

»Wenn es so ist, halte ich es für eher unwahrscheinlich, daß der Attentäter sich dort unten beim gemeinen Volk aufhält. Der Papst fährt nur kurz da unten durch. Die weitaus meiste Zeit wird er sich hier oben aufhalten, und wer ist ihm da nahe?«

»Die hochrangigen Gäste«, sagte Claudia. »Schon klar. Aber glaubst du wirklich, ein Kardinal, ein Topmanager oder vielleicht der Bürgermeister da vorn plant, den Papst zu ermorden?«

»Gegenfrage: Hättest du es für möglich gehalten, daß der Direktor der Vatikanischen Museen sich vor den Augen der Öffentlichkeit in den Tod stürzt und bei der Gelegenheit seine Kollegin vom Forum Romanum mitnimmt?«

»Du hast mich überzeugt, aber ändern können wir nichts mehr. Tarabella würde uns nur auslachen, wenn wir ihm mit dieser Theorie kämen. Also können wir nichts tun als die Augen offen halten.«

»Für alles andere ist es eh zu spät«, sagte Aldo und zeigte hinaus auf den Platz. »Da kommt der Papst!«

Der feierliche Chorgesang verstummte, und schnellere, lebhaftere Musik klang aus den Lautsprechern, während das weiße Papamobil langsam die zwischen den großen Menschengruppen freigehaltenen Wege entlangrollte. Hochrufe wurden laut, und unzählige Kameras und Handys wurden über die Köpfe gereckt, um diesen besonderen Augenblick festzuhalten. Auch Schilder und Transparente erschienen über der Menge. Eine kleine Stadt in Bayern grüßte den Papst, ein christliches Internat in der Toskana, ein Priesterseminar in Rom, eine Jesuitenmission im Kongo und ein Nonnenkonvent in Idaho.

»Viva il Papa!« skandierte die Menge wieder und wieder, lauter und lauter, und wer immer für die musikalische Untermalung verantwortlich war, drehte, um mit seinem Programm nicht unterzugehen, die Marschmusik, die den Auftritt des Heiligen Vaters begleitete, voll auf. Für Claudia klang das alles weder heilig noch christlich oder feierlich, sie fühlte sich wie auf einem Rummelplatz.

Der Papst in seinem weißen Gewand stand stoisch in dem offenen weißen Wagen und grüßte zurückhaltend-freundlich in alle Richtungen, während das Papamobil allmählich näher kam. Ein Mann im dunklen Anzug lenkte den Fiat mit dem päpstlichen Autokennzeichen »SCV 1«, wobei das »SCV« für »Stato della Città del Vaticano« stand, Staat der Vatikanstadt. Ein zweiter Mann im dunklen Anzug saß auf dem Beifahrersitz, und sechs weitere flankierten den Wagen als Fußgänger. Die Leibwächter Seiner Heiligkeit. Der Mann auf dem Beifahrersitz war Olindo Tarabella.

Viele Schritte brauchte der Papst nicht zu gehen. Über eine Rampe gelangte sein Wagen bis kurz hinter den Baldachin, der ihn vor der Sonne am nur leicht bewölkten Himmel schützen sollte. Die Leibwächter blieben in seiner Nähe, besonders Tarabella, der auch unter dem Baldachin nur wenige Schritte hinter ihm stand. Er wurde wirklich sehr gut bewacht, und als sie das sah, konnte Claudia sich ein wenig entspannen.

Ihr Blick wanderte über die Reihen der Ehrengäste und blieb wie ferngesteuert bei Paul hängen. Er bemerkte es, schien fast darauf gewartet zu haben, und doch reagierte er diesmal nicht, zeigte keine Reaktion.

Sie verbannte alle Gedanken an private Dinge aus ihrem Kopf und widmete ihre Aufmerksamkeit wieder dem Geschehen unter dem Baldachin, wo ein Geistlicher gerade eine Ansprache hielt, in der er den Heiligen Vater begrüßte und sozusagen der Menge vorstellte. Eine absurde Idee, fand Claudia. Niemandem hier auf dem Petersplatz mußte der weißhaarige Mann in dem weißen Gewand vorgestellt werden.

Endlich ergriff der Papst selbst das Wort, und der letzte Rest an Unruhe unter den Zuschauern legte sich. Auch die Musik war glücklicherweise abgestellt worden, so daß die hohe, klare Stimme Seiner Heiligkeit über den ganzen Platz hallen konnte. Er sprach über Jean Christophe Gavalda und die Lücke, die sein Tod in seine Familie, die Gesellschaft Jesu und die geamte Christenheit gerissen hatte. Auch wenn sie keine Freundin des Vatikans und seiner Ideen war, mußte Claudia zugeben, daß der Papst über eine ungewöhnliche Ausstrahlung verfügte, die sie sofort in den Bann schlug. So wie ihr schien es allen hier zu gehen – oder zumindest fast allen. Sie durfte nicht vergessen, daß sie nach einem mutmaßlichen Mörder Ausschau hielt.

Unvermittelt, fast ruckartig bewegte sich Olindo Tarabella, der bis dahin still hinter dem Heiligen Vater gestanden hatte, und das erregte Claudias Aufmerksamkeit. Der Sicherheitschef griff unter sein dunkles Sakko und zog seine Waffe, eine

Glock-Automatik. Instinktiv riß auch Claudia ihre Beretta aus dem Holster und machte sich schußbereit.
Aber worauf sollte sie schießen? Was hatte Tarabella gesehen, das ihr entgangen war?
Angesichts der Waffen schrie die Menge auf. Aus den Augenwinkeln nahm Claudia wahr, daß auch Aldo nach seiner Dienstpistole griff. Aber noch immer hatte sie kein Ziel ausgemacht. Sie beobachtete Tarabella, um herauszufinden, auf wen er anlegen wollte.
Einen Augenblick lang stand der Sicherheitschef steif und starr unter dem Baldachin, und sein Blick kreuzte sich mit dem des erschrockenen Papstes. Dann fuhr Tarabellas Rechte mit der Automatik herum, und er zielte – auf den Papst!
Claudia überlegte nicht lange, sie handelte einfach und zog den Abzug ihrer Beretta durch, einmal, zweimal, dreimal. Alle drei Kugeln gingen ins Ziel und verhinderten, daß der Sicherheitschef abdrücken und den Mann töten konnte, den er seinem Amtseid zufolge eigentlich mit seinem Leben zu beschützen hatte.
Tarabella taumelte ein paar Schritte zur Seite, während ein paar der anderen Leibwächter sich auf den Papst warfen und ihn zu Boden drückten, wo sie einen lebendigen Schutzwall über ihm bildeten. Die Glock-Automatik fiel dem Sicherheitschef aus der Hand, und Claudia meinte, trotz des allgemeinen Lärms das Klirren des Aufpralls zu hören. Vielleicht bildete sie sich das nur ein, vielleicht lag es aber auch daran, daß ihre sämtlichen Sinne in diesem Augenblick höchster Gefahr extrem geschärft waren.
Nach wie vor hielt sie die Waffe mit beiden Händen auf Tarabella gerichtet, bereit, jederzeit erneut abzudrücken. Aber der verwundete Generalinspektor sackte zu Boden und wäre

dort wohl auch dann liegengeblieben, wenn sich nicht ein paar seiner Gendarmen auf ihn gestürzt hätten, um ihn an jeder weiteren Aktion zu hindern.
Gut gemacht, Claudia! Es war wie eine Stimme, die sie nicht mit den Ohren hörte; eine Stimme direkt in ihrem Kopf. *Diese Runde geht an dich!*

36

Draußen auf dem Petersplatz herrschte dreißig Minuten nach dem gescheiterten Attentat noch immer helle Aufregung. Die Sicherheitskräfte hatten alle Hände voll zu tun, die Menge im Zaum zu halten und dafür zu sorgen, daß beim Räumen des Platzes keine Massenpanik ausbrach. Unaufhörlich forderten Lautsprecherdurchsagen in allen möglichen Sprachen die Menschen auf, ruhig zu bleiben und den Anweisungen des Sicherheitspersonals zu folgen. Claudia und Aldo waren von ein paar Gendarmen in ein Büro nahe der Porta Sant'Anna gebracht worden, wo sich nach einigen Minuten des Wartens Vizeinspektor Bruno Roatta, Tarabellas Stellvertreter, zu ihnen gesellte, ein kleiner, blonder Mann, der überaus nervös wirkte, aber daran mochten die außergewöhnlichen Umstände schuld sein.
»Es ist eine verrückte Situation«, sagte er, »aber ich muß Ihnen dafür danken, daß Sie auf meinen Vorgesetzten geschossen haben. Nicht auszudenken, was sonst passiert wäre.«
»Der Papst wäre jetzt tot«, sagte Aldo schlicht.

»Ja, wohl wahr«, seufzte Roatta. »Olindo Tarabella – ein Attentäter! Wer hätte das gedacht? Haben Sie das geahnt, Commissario Bianchi? Niemand hat so schnell reagiert wie Sie.«

»Ich habe mit so ziemlich allem gerechnet, aber nicht damit«, sagte Claudia wahrheitsgemäß. »Vielleicht war es pures Glück, daß ich so schnell war. Vielleicht lag es auch daran, daß ich darauf gewartet habe, daß etwas geschah. Ich weiß es wirklich nicht. Aber sagen Sie, wie geht es Tarabella?«

»Er ist nicht so schlimm verletzt, wie es zunächst aussah. Diejenige der drei Kugeln, die ihm wirklich hätte gefährlich werden können, ist von der Schutzweste abgefangen worden. Die beiden anderen haben ihn am rechten Arm und in der Schulter getroffen.«

»Gut, dahin hatte ich auch gezielt.«

»Nicht schlecht, unter den gegebenen Umständen, wirklich.« Plötzlich schüttelte er heftig den Kopf. »Nur ... daß gerade Tarabella derjenige sein mußte!«

»Kein Wunder, daß er jeden Versuch, die Veranstaltung abzusagen, abgeschmettert hat«, sagte Aldo.

»Mir erscheint das alles nicht logisch«, seufzte Claudia. »Als Sicherheitschef des Vatikans hätte er bestimmt tausend bessere Möglichkeiten gehabt, den Papst zu töten.«

»Das ist richtig«, sagte der Vizeinspektor.

»Offenbar war er darauf aus, seine Tat in der Öffentlichkeit zu begehen, quasi vor den Augen der Welt«, meinte Aldo. »Wenn der Sicherheitschef des Vatikans den Heiligen Vater in aller Öffentlichkeit niederschießt – das wäre von enormer Wirkung.«

In dem Moment betrat ein weiterer Mann das Büro und sagte: »Die Wirkung dessen, was geschehen ist, ist auch so schon enorm. Tarabella dürfte in den heutigen Nachrichtensendungen der meistgezeigte Mann sein, neben Seiner Heiligkeit natürlich.« Es war Cesare Compagni, der in Begleitung eines Offiziers der Gendarmerie erschienen war und Roatta freundschaftlich die Hand reichte; offenbar kannten die beiden sich gut. »Sie haben Hervorragendes geleistet, Claudia! Ich bin sehr stolz auf Sie!«

Der uniformierte Offizier räusperte sich, und der Vizeinspektor fragte ihn, was los sei.

»Der Heilige Vater wünscht Commissario Bianchi zu sehen.«

»Jetzt?« fragte Roatta.

»Ja, jetzt.«

Der Polizeipräsident legte Claudia die Hand auf die Schulter. »Kommen Sie, meine Liebe, man wird nicht alle Tage von Seiner Heiligkeit eingeladen.«

Der Offizier räusperte sich erneut und richtete seinen Blick auf Compagni. »Es war nur von Commissario Bianchi die Rede.«

Als Claudia dem Offizier durch die vatikanischen Straßen zum Apostolischen Palast folgte, herrschte auf Schritt und Tritt hektische Betriebsamkeit. Gendarmen und Schweizer in den prachtvollen bunten Uniformen, die sie eigens für die heutige Feierlichkeit angelegt hatten, liefen ihnen über den Weg, Patres und Nonnen, Sanitäter und zivil gekleidete Personen. Jeder schien einem Notfallplan zu folgen, den es für solche Situationen offenbar gab.

Claudia fragte sich, warum sie überhaupt mit dem Gendarmen ging. Wahrscheinlich war sie eine der ganz wenigen Personen – vielleicht sogar die einzige – auf dem Gebiet des

Vatikans, die keinen gesteigerten Wert auf eine Begegnung mit dem Heiligen Vater legten. Aber sie hatte keine Zeit gehabt, sich das gründlich zu überlegen. Seit Tarabella auf dem Petersplatz seine Waffe gezogen hatte, hatten die Ereignisse eine Eigendynamik entwickelt, und sie fühlte sich wie in einem Traum.

Von dem, was um sie herum vorging, nahm sie nur am Rande Notiz. Ihre Gedanken kreisten um Tarabellas Tat, während sie den Apostolischen Palast, in dem die Privaträume des Papstes lagen, betraten und dort in einen Aufzug stiegen. Dann durchschritten sie auch schon einen langen Gang, der von einer Doppelwache der Schweizer gesichert wurde. Ein Mann im schwarzen Klerikeranzug trat ihnen entgegen, wechselte leise ein paar Worte mit dem Gendarmen und sagte dann: »Wir alle sind Ihnen zutiefst dankbar für das, was Sie getan haben, Commissario Bianchi. Ich werde Sie jetzt bei Seiner Heiligkeit anmelden.« Damit verschwand er hinter einer dicken Tür am Ende des Ganges und kehrte schon wenige Augenblicke später zurück. »Der Heilige Vater möchte Sie jetzt sehen, Commissario.«

Der Mann in Schwarz führte sie in das Zimmer und zog sich dann zurück. Außer Claudia hielt sich in dem Raum nur der Papst auf. Er kniete, von ihr abgewandt, mit gebeugtem Haupt und gefalteten Händen vor einer Wand, an der ein schlichtes Kruzifix und ein Bildnis der Jungfrau Maria hingen. Zwei weitere Wände waren kaum zu sehen, weil sie mit Bücherschränken zugestellt waren, die fast bis zur hohen Decke reichten.

Der Papst erhob sich mit einer Behendigkeit, die Claudia angesichts seines hohen Alters erstaunte, und trat ihr lächelnd entgegen. Hätte sie jetzt einen Knicks machen müssen, ihm die Hand oder seinen Fischerring küssen? Sie wußte es nicht, und so blieb sie einfach stehen und wartete ab. Sie glaubte nicht an die Heiligkeit des Mannes vor ihr oder daran, daß er von Gott in irgendeiner Weise auserwählt war. Sie wußte ja nicht einmal, ob sie überhaupt an einen Gott glauben sollte. Trotzdem konnte sie nicht leugnen, daß allein seine Gegenwart Eindruck auf sie machte.

»Commissario Claudia Bianchi, nicht wahr?« Er blieb vor ihr stehen und reichte ihr die Hand, die sie ergriff und schüttelte wie die Hand eines jeden anderen auch. »Ich danke Ihnen von Herzen für Ihr entschlossenes Eingreifen. Bevor Sie eintraten, habe ich für Sie und Olindo Tarabella gebetet.«

»Für uns beide?« entfuhr es ihr.

Der Heilige Vater lächelte schwach. »Ich habe Tarabella vergeben und unseren Herrn gebeten, ihm gleichfalls zu vergeben. Und für Sie habe ich gebetet, weil es bestimmt nicht einfach ist, auf einen Menschen zu schießen. Sie hätten ihn wohl leicht töten können.«

»Wenn es nötig gewesen wäre, hätte ich es getan. Aber in diesem Fall bin ich ganz besonders froh, daß ich es nicht tun mußte.«

»Wieso?«

»Das ist nicht so einfach zu erklären, Heiliger Vater.«

Sie mußte sich zu dieser Anrede überwinden, aber was hätte sie sonst sagen sollen. »Herr Papst« hätte sich noch seltsamer angehört.

»Versuchen Sie es, bitte, Claudia, ich höre Ihnen gern zu.«

Etwas erstaunt über die vertrauliche Anrede, nahm sie auf eine Geste des Papstes hin in einem weichen Sessel Platz. Er setzte sich in einen zweiten Sessel und goß aus einer bauchigen Karaffe Wasser in zwei Gläser. Claudia war dafür sehr dankbar, denn ihre Kehle war wie ausgetrocknet. Sie nahm einen großen Schluck und gleich noch einen. Das Wasser schmeckte sehr gut, nach einem Hauch von Zitrone, und es war leicht gekühlt.

»Erklären Sie mich für verrückt, Heiliger Vater, wenn ich Ihnen sage, daß ich Tarabella für unschuldig halte? Ohne Zweifel hat er versucht, auf Sie zu schießen, und doch glaube ich, daß das gegen seinen eigenen Willen geschehen ist.«

»Ich soll Sie für verrückt erklären? Ganz bestimmt nicht. Gerade ich, der ich jeden Tag von Gegnern unseres Glaubens für verrückt erklärt werde, bin mit einem solchen Urteil nicht so schnell bei der Hand. Ich weiß zwar nicht, wie Sie zu Ihrer Einschätzung kommen, aber ich freue mich über das, was Sie sagen. Ich selbst konnte mir Tarabellas Tat nämlich ebensowenig erklären, und deshalb habe ich eben auch gebetet, der Herr möge Licht auf diesen dunklen Fleck werfen. Und schon hat er mir Sie geschickt.«

Claudia wollte einwenden, daß doch eigentlich er selbst nach ihr geschickt habe, aber dann schluckte sie ihre Spitzfindigkeit herunter und sagte: »Sie sind sicher informiert über das, was vor fünf Tagen im Forum Romanum geschehen ist.«

»Ja, eine schreckliche Geschichte. Zwei Tage vorher hatte ich noch ein ausführliches Gespräch mit Giuseppe Pignato und dann das! Dabei kam er mir vollkommen normal vor.«

»Meiner Ansicht nach war er auch vollkommen normal, und er war ebenso unschuldig, wie Tarabella es ist. Und Sie können mir glauben, Heiliger Vater, daß ich das nicht sage, um Tarabella in irgendeiner Form in Schutz zu nehmen. Wir beide sind alles andere als Freunde.«

»Ihre Ausführungen werden immer interessanter, Claudia. Bitte fahren Sie fort!«

»Ich war im Forum Romanum, als Pignato mit Arietta Calvi in die Tiefe stürzte, ich habe alles aus nächster Nähe beobachtet. Für mich sah es so aus, als habe Pignato sich von einer Sekunde zur anderen zu seiner Tat entschlossen. Oder vielmehr so, als habe jemand ihn gegen seinen Willen dazu getrieben. Nicht durch eine Erpressung oder Drohung, sondern indem er in seinen Geist eindrang und ihm einen fremden Willen aufzwang. Mir kam es auch so vor, als habe Pignato sich dagegen gewehrt, sei aber zu schwach gewesen.«

»Weiter!« verlangte der Heilige Vater, als Claudia nach einem weiteren Schluck Wasser nicht gleich fortfuhr. Er saß, leicht zu ihr vorgebeugt, in seinem Sessel und lauschte gebannt.

»Vorhin auf dem Petersplatz hatte ich einen ganz ähnlichen Eindruck. Als Tarabella seine Waffe zog, geschah das sehr plötzlich. Und er erstarrte kurz, so als wehre er sich gegen das, was mit ihm geschah. Wäre diese Verzögerung nicht gewesen, hätten meine Schüsse Sie wohl schon nicht mehr retten können. In Wahrheit verdanken Sie Ihr Leben also doch Tarabella, so paradox das klingen mag.«

Unerwartet hob der Papst den rechten Arm, ballte die Hand zur Faust und schlug auf die Sessellehne. »Ich habe es geahnt. Ich habe es gespürt!«

»Was, Heiliger Vater?«

»Daß da etwas war, etwas Böses, eine Kraft jenseits alles Physischen. Etwas, das seine unheiligen Finger ausstreckte. Nach mir, wie ich zunächst dachte, dabei war gar nicht ich das Ziel, sondern Olindo Tarabella!« Jetzt war er es, der nach seinem Glas griff und es fast bis zur Hälfte leerte. »Was ich sage, mag Ihnen seltsam vorkommen, Claudia, aber ich verfüge über eine gewisse Empfänglichkeit für spirituelle Kräfte. Ich hoffe, Sie erklären *mich* jetzt nicht für verrückt.«

»Aber nein, ich bin froh, daß Sie es auch gespürt haben.«

»Was sagen Sie da? Sie haben es ebenfalls gespürt?«

»Erst hinterher, da war eine Stimme in meinem Kopf.«

»Eine deutliche Stimme?«

»Ich habe jedes Wort verstanden.«

»Und was hat sie gesagt?«

»Gut gemacht, Claudia! Diese Runde geht an dich!« Sie schloß die Augen, als sie sich an diesen Moment erinnerte und die Worte wiederholte. »Eine seltsame Botschaft von einer Geisterstimme, nicht wahr?«

»Das finde ich gar nicht einmal, aber ich verstehe den Sinn nicht so ganz.«

»Ich schon«, sagte Claudia und berichtete dem Papst von den E-Mails und den diversen Begegnungen mit den Trägern des Janus-Rings. »Ich begreife nur nicht, warum diese Stimme, dieser Unbekannte, sich für sein perfides Spiel ausgerechnet mich ausgesucht hat.«

»Dämonen sind nicht immer leicht zu durchschauen.«

»Dämonen?« Claudia konnte sich ein kurzes Lachen nicht verkneifen, doch es blieb ihr im Hals stecken. »Dämonen verschicken keine E-Mails.«

»Dämonen vielleicht nicht, Menschen dagegen schon. Und Dämonen benutzen gern Menschen für ihre Untaten. Vorhin auf dem Petersplatz haben Sie es selbst erlebt.«

»Wenn Sie an Dämonen glauben, Heiliger Vater – halten Sie Janus auch für einen?«

»Früher, bevor unser Herr seinen fleischgewordenen Sohn

zu uns sandte und unsere heilige Kirche entstand und auch bevor die Römer sich aus vielen fremden Ländern viele fremde Götter zur Anbetung suchten und sie zu ihren eigenen machten, wurde Janus in dieser Gegend verehrt. Es heißt aber auch, diese Verehrung habe auf großer Furcht basiert, denn Janus sei böse gewesen, ein Dämon, und deshalb seien die Menschen froh gewesen, ihn durch andere Gottheiten ersetzen, seine vielen Tempel schleifen und ihm seine Macht nehmen zu können.«

»Ist er in Ihren Augen ein Gott oder ein Dämon?«

Der Papst blickte zu dem Kruzifix, vor dem er bei ihrem Eintreten gebetet hatte.

»Für mich gibt es nur einen Gott. Aber es gibt viele mächtige Wesen, die ihn nur zu gern von seinem Himmelsthron stürzen würden. Janus wird einer von ihnen sein, aber ich weiß zu wenig von ihm. Wäre Giuseppe Pignato noch unter uns, er könnte Ihnen Genaueres sagen. Aber ich erkenne jetzt, daß seine Sorge berechtigt war. Ich werde mich um Janus kümmern müssen.«

»Von welcher Sorge sprechen Sie, Heiliger Vater?«

»Pignato sprach davon, daß es Jünger des Janus geben soll, die danach streben, diesen Dämon zum neuen Gott der Menschheit zu erheben. Ich muß zu meiner Schande gestehen, daß ich dem nicht sehr viel Bedeutung beigemessen habe. Immer mal wieder gibt es Gruppierungen, die einen Götzen anbeten. Meist handelt es sich um bedauernswerte, schwache, in die Irre geleitete Menschen, die niemandem schaden als sich selbst, ihrer eigenen Seele. Aber nach allem, was Sie mir berichtet haben, Claudia, gelange ich zu der Einsicht, daß der arme Pignato etwas Größerem auf der Spur gewesen ist.«

»Und daß er deshalb sterben mußte«, ergänzte Claudia. »Aber warum sind heute Sie angegriffen worden?«

»Vielleicht sollte ein Zeichen gesetzt werden.«

»Ein Zeichen für die Welt?«

»Vielleicht. Vielleicht aber auch für die Anhänger dieses Dämons Ein Zeichen, das ihnen seine Macht demonstrieren sollte. Wenn Gott es zugelassen hätte, daß Janus den obersten Hirten der Christenheit tötet, hätte sie das in dem Glauben bestärkt, daß Janus den Platz Gottes einnehmen kann.«

»Das klingt plausibel.«

»Trotzdem scheinen Sie mir nicht ganz damit zufrieden zu sein.«

»Für mich ist noch immer die Frage von großer Bedeutung, welche Rolle ich bei alldem spiele. Weshalb versuchen die Anhänger von Janus, mich in die Sache hineinzuziehen?«

»Es könnte mit Ihrer ungewöhnlichen Gabe zusammenhängen.«

»Sie meinen, daß ich diese Stimme gehört habe?«

»Ja. Haben Sie so etwas schon einmal erlebt?«

»Ehrlich gesagt, nein.«

»Oder gab es das in Ihrer Familie?«

»Ich habe keine Familie«, antwortete Claudia und erzählte von ihrer Kindheit im Waisenhaus.

»Was ist mit Ihrem Bruder?« fragte der Papst. »Hatte er je so etwas wie ein übersinnliches Erlebnis?«

Claudia senkte den Blick. »Mein Bruder ist spurlos verschwunden, schon seit sechzehn Jahren.«

»Wie ist es dazu gekommen?«

»Ich glaube nicht, daß Sie das hören möchten, Heiliger Vater.«

»Doch, das möchte ich, falls Sie darüber zu sprechen bereit sind.«

Stockend begann Claudia zu erzählen, wie Dario eines Tages den Vatikan nicht mehr verlassen hatte und seitdem unauffindbar gewesen war. Sie erzählte von ihrer langen, schwierigen, vergeblichen Suche, davon, wie sie mehrmals den Amtsvorgänger des Heiligen Vaters angeschrieben und als einzige Antwort ein Heiligenbildchen erhalten hatte.

»Was haben Sie mit dem Bild gemacht?«

Claudia sagte es ihm.

»In die Toilette?« Der Heilige Vater stützte das Kinn in die Hand und überlegte. Schließlich sagte er: »Behalten Sie das bitte für sich, aber ich glaube, an Ihrer Stelle hätte ich das gleiche getan. Die Sache mit Ihrem Bruder tut mir sehr leid. Ich höre zum ersten Mal davon und weiß nicht, wie hier im Vatikan die Aktenlage zu dem Fall ist. Aber ich verspreche Ihnen, daß ich mich erkundigen werde. Und sowie ich etwas herausfinde, lasse ich es Sie wissen.«

»Ich danke Ihnen.«

»Es ist das mindeste, was ich für die Frau tun kann, die mir das Leben gerettet hat.«

37

Es klopfte vorsichtig an der Tür, und der Mann, der Claudia hereingeführt hatte, offenkundig ein Sekretär des Papstes, trat ein.

»Eure Heiligkeit, entschuldigen Sie die Störung, aber Sie wollten unterrichtet werden, sobald Olindo Tarabella ansprechbar ist. Soeben hat Dottore Gastaldi angerufen. Tarabella ist nicht nur ansprechbar, er hat sogar den Wunsch nach einer Unterredung mit Ihnen geäußert.«

»Danke, Domenico. Laß einen Wagen vorfahren.«

»Das ist bereits geschehen, Heiliger Vater.«

Der Papst wandte sich wieder Claudia zu. »Möchten Sie mich begleiten?«

»Unbedingt! Ich muß gestehen, daß ich mehr als neugierig bin auf das, was Tarabella zu sagen hat.«

Der Sekretär begleitete Claudia und den Papst bis vor den Apostolischen Palast, wo sie von mehreren Leibwächtern erwartet wurden, darunter Vizeinspektor Bruno Roatta. Bis zu dem Wagen, einem gepanzerten Mercedes, waren es nur wenige Schritte. Claudia stieg neben dem Papst in den Fond, Roatta nahm auf dem Beifahrersitz Platz. Dann setzte die große, schwarze Limousine sich in Bewegung und rollte mit Schrittgeschwindigkeit durch die vatikanischen Straßen, wobei sie zu beiden Seiten von je zwei zu Fuß gehenden Leibwächtern flankiert wurde, die sich aufmerksam in alle Richtungen umblickten.

»Ich dachte, die medizinische Notfallstation des Vatikans befindet sich im Apostolischen Palast«, sagte Claudia, die sich fragte, wohin die Fahrt ging.

Der Vizeinspektor drehte sich nach hinten um, und der Papst nickte ihm ermunternd zu.

»Wir haben aufgerüstet«, erklärte Roatta. »Die Notfallstation im Apostolischen Palast ist nicht sonderlich groß und in Zeiten des internationalen Terrorismus nicht mehr ausreichend. Deshalb gibt es eine neue, unterirdisch angelegte

Notfallstation ganz in der Nähe unserer Poliklinik. Was den Vorteil hat, daß es die im Vatikan tätigen Ärzte im Ernstfall nicht weit haben.«

Über eine gewundene Rampe ging es in eine Tiefgarage, wo die Fahrt endete. Die meisten Leibwächter blieben beim Wagen, nur Roatta begleitete Claudia und den Papst. Dr. Gastaldi, ein Mittfünfziger mit grauem Bart, kam ihnen entgegen und begrüßte erst den Papst, dann seine Begleiter.

»Wie geht es Tarabella?« fragte der Heilige Vater.

»In Anbetracht der Tatsache, daß Commissario Bianchi dreimal auf ihn geschossen hat, recht gut. Wir konnten die beiden Kugeln aus Schulter und Arm holen. Die Schockwirkung der Treffer aus so geringer Entfernung war natürlich enorm, aber davon hat er sich einigermaßen erholt. Sein dringendster Wunsch scheint es zu sein, mit Ihnen zu sprechen, Heiliger Vater.«

»Danke«, sagte der Papst. »Ich werde zunächst allein zu ihm gehen.«

»Das halte ich für keine gute Idee, Eure Heiligkeit«, entgegnete Roatta. »Tarabella hat jetzt zwar keine Waffe, aber er könnte trotzdem noch gefährlich sein. Vergessen Sie nicht, daß er im Nahkampf ausgebildet ist.«

»Ich glaube nicht, daß er noch einmal versuchen wird, mir etwas anzutun. Nach allem, was Commissario Bianchi mir erzählt hat, bin ich dessen so gut wie gewiß.«

»Und falls doch?« fragte Roatta.

»Dann rufe ich laut.«

Damit beendete der Papst das Gespräch und trat kurzerhand ins Krankenzimmer.

Roatta sah Claudia erwartungsvoll an, und sie ahnte den Grund. Der Vizeinspektor hätte zu gern gewußt, was sie dem Heiligen Vater erzählt hatte. Aber ohne dessen Einwilligung würde sie Roattas Neugier nicht befriedigen. Damit er sie gar nicht erst direkt fragte, erkundigte sie sich nach der Lage auf dem Petersplatz.

»Die Besucher haben den Platz verlassen. In Anbetracht der Umstände ist alles sehr ruhig und geordnet abgelaufen. Derzeit halten sich nur noch einige Kamerateams und Journalisten auf dem Platz auf, die über den Vorfall berichten. Von unserer ursprünglichen Absicht, auch sie fortzuschicken, haben wir Abstand genommen. Es hätte keinen guten Eindruck gemacht.«

»Für die Medien ist das zweifellos eine Riesensache, auch wenn niemand gestorben ist oder ernsthaft verletzt wurde«, sagte Claudia. »Ich sehe die Schlagzeilen schon vor mir: Schüsse auf dem Petersplatz!«

»Die werden sich da schon etwas zurechttricksen«, sagte der Vizeinspektor in einem Ton, der eine gewisse Geringschätzung gegenüber den Journalisten erkennen ließ.

»Wenn der Sicherheitschef des Vatikans versucht, auf den Papst zu schießen, ist das auf jeden Fall eine Sensation«, meinte der Arzt. »Ganz egal, ob dabei viel Blut fließt oder wenig.«

»Vielleicht hatte Tarabella es ja auch gar nicht auf Seine Heiligkeit abgesehen«, sagte Roatta zu Claudias und Gastaldis Überraschung. »Vielleicht hatte er einen Verdächtigen bemerkt und wollte auf ihn schießen.«

»Dann hätte er nicht auf den Papst gezielt«, entgegnete Claudia.

»Vielleicht hat es sich nur aus Ihrem Blickwinkel so dargestellt, Commissario. Überlegen Sie doch, wenn wir diese Version an die Medien geben, hält der Skandal sich in Grenzen.«

»Soweit er den Vatikan betrifft, vielleicht«, erwiderte Claudia mit kaum unterdrücktem Zorn. »Ich dagegen stünde als schießwütige Idiotin da und dürfte mit einer Anklage wegen Körperverletzung rechnen.«
»Da ließe sich bestimmt eine Regelung finden.«
»Da gibt es nichts zu regeln, Signor Roatta!« gab sie zurück. »Ich verstehe, daß Sie bemüht sind, jeden Schandfleck von Ihren Gendarmen fernzuhalten, aber auf meine Kosten tun Sie das ganz sicher nicht. Sollten Sie auch nur versuchen, die Verantwortung auf mich abzuwälzen, werde ich den Journalisten erzählen, wie standhaft Tarabella sich geweigert hat, die Trauerfeier abzusagen, obwohl eine E-Mail mit der Ankündigung eines Attentats vorlag. Ich werde Ihnen mehr Medienaufmerksamkeit verschaffen, als Sie jetzt auch nur ahnen können!«
»Es war ja nicht so gemeint«, ruderte Roatta zurück. »Sie müssen verstehen, daß wir alle uns in einer unangenehmen Situation befinden.«
»Ich befinde mich in keiner unangenehmen Situation«, sagte Claudia. »Im übrigen betrachte ich dieses Gespräch als beendet.«
Glücklicherweise dauerte es nicht lange, bis der Papst die Tür öffnete und Claudia hereinbat. Olindo Tarabella lag in dem einzigen Bett, den linken Arm und die linke Schulter komplett verbunden und im rechten Unterarm eine Kanüle, den Zugang für den Tropf. Er sah erschöpft aus, war aber bei vollem Bewußtsein und blickte Claudia zerknirscht an.
»Ich muß mich bei Ihnen entschuldigen und gleichzeitig bedanken, Commissario Bianchi.«
»Bedanken? Dafür, daß ich Sie angeschossen habe?«
Tarabella nickte schwach. »Dafür, daß Sie mich davon abge-

halten haben, etwas Schreckliches zu tun, das ich überhaupt nicht tun wollte. Ich kann mir das Ganze beim besten Willen nicht erklären.«
Hilfesuchend blickte er den Heiligen Vater an.
»Ich habe dir bereits vergeben, mein Sohn, und mit dir gemeinsam um Gottes Gnade gebetet, wie du es gewünscht hast. Obwohl du weißt, daß ich dir nichts vorwerfe. Claudia und ich, wir beide wissen, daß du deine Tat nicht zu verantworten hast.«
»Ich bin so froh, daß Sie diese Stimme gehört haben, Commissario«, sagte Tarabella. »Seine Heiligkeit hat mir davon erzählt. Dann werden Sie mir glauben. Auch ich habe eine Stimme gehört, direkt in meinem Kopf, und sie ... sie befahl mir, auf den Heiligen Vater zu schießen. Dieser Befehl war so übermächtig, daß ich mich ihm nicht entziehen konnte. Jeder Versuch, mich zu sträuben, hat mir Schmerzen verursacht, wie ich sie zuvor nie verspürt habe. Es war, als würde mein Kopf von innen verbrennen.«
»Dann erinnern Sie sich an alles?« fragte Claudia.
»Ja. Mir ist, als hätte ich neben mir gestanden und mir dabei zugesehen, wie ich versuchte, Seine Heiligkeit zu erschießen.«
»Hat die Stimme sonst noch etwas gesagt?«
»Nein, da war nur dieser lautlose Befehl, der Zwang, die Waffe zu ziehen und ...«
Er sprach nicht weiter, was auch nicht nötig war. Sowohl Claudia als auch der Papst wußten, was er sagen wollte.
»Haben Sie die Stimme erkannt?« fragte Claudia weiter. »Oder wissen Sie, woher sie kam?«
»Leider kann ich Ihnen da nicht weiterhelfen. Die Stimme hatte keinen bestimmten Klang, und ich könnte nicht einmal

beschwören, daß es die eines Menschen war.« Tarabella atmete schwer, und Schweißperlen traten auf seine Stirn. »Vielleicht bin ich auch einfach nur ... verrückt?«
»Das sind Sie ganz sicher nicht«, erwiderte Claudia, und der Heilige Vater nickte.

Der Papst fragte Claudia, ob sie noch etwas Zeit für ihn erübrigen könne, und sie kehrte mit ihm in den Apostolischen Palast zurück. Noch immer lag der Schleier dunkler Geheimnisse über den Ereignissen der vergangenen Tage, aber Claudia hatte das unbestimmte Gefühl, ihn mit Hilfe des Heiligen Vaters wenigstens ansatzweise lüften zu können. Sie begaben sich wieder in das Zimmer, das sie bereits kannte. Kaum hatten sie Platz genommen, schob eine Nonne einen Servierwagen herein, auf dem Warmhaltekannen mit Tee und Kaffee und ein Teller mit belegten Broten standen. Ihr Gastgeber verlangte nach Tee, und Claudia ließ sich Kaffee einschenken.
Als sie wieder allein waren, fragte der Heilige Vater: »Welchen Eindruck haben Sie von Tarabella?«
»Er scheint ein aufrichtiger Mann zu sein. Um ehrlich zu sein, so aufrichtig wie heute ist er mir noch nie vorgekommen.«
»Er hat das wahrhaft Böse auch noch nie so unmittelbar gespürt. Das geht an niemandem spurlos vorüber.«
Daraus hätte man schließen können, daß der Heilige Vater eine ähnliche Erfahrung gemacht hatte, aber da er das Thema nicht vertiefte, wagte Claudia nicht, sich danach zu erkundigen.
Statt dessen fragte sie: »Können Sie sich erklären, wo diese Stimme herkam? Von einem Menschen? Ich kenne mich in

diesen Dingen nicht aus, aber ich stelle es mir so ähnlich wie einen Funkspruch vor, und dazu braucht es nicht nur einen Empfänger, sondern auch einen Sender.«

»Das ist kein schlechter Vergleich. Um Ihre Frage zu beantworten: Ja, ich denke, daß unter den vielen Menschen auf dem Petersplatz auch derjenige war, der Tarabella den Befehl gegeben hat, mich zu töten. Ein Mensch, der dem Bösen als Sender dient, wie Sie es so treffend ausgedrückt haben.«

»Das Böse, Janus«, seufzte Claudia. »Ich habe eine Frage, Heiliger Vater.«

Er lächelte. »Wir beide haben lauter Fragen.«

»Meine betrifft eines Ihrer Geheimnisse, das Wahre Grab Petri.«

Schlagartig wurde der Papst wieder ernst. »Was wissen Sie davon?«

»Ich war beteiligt, als es gegen die Söhne des Alten verteidigt wurde.«

»Ah, Sie waren die Polizistin, die in die Angelegenheit verwickelt war! Jetzt wird mir einiges klar, und ich ahne Ihre Frage. Sie wollen wissen, ob der alte Dämon – einen Gott möchte ich ihn nicht nennen –, der dort gefangen ist, für dies alles verantwortlich sein kann.«

»Ja. Ist dieser Dämon Janus?«

»Auf diese Frage kann ich Ihnen leider keine absolut gültige Antwort geben. Die alten Berichte, die mit dem Wahren Grab Petri in Zusammenhang stehen, sind nur sehr bruchstückhaft erhalten. Das, was wir davon noch lesen können, weist innere Widersprüche auf. Der Dämon wird mit mehreren Namen bezeichnet. ›Janus‹ ist meines Wissens nicht darunter, aber er könnte es trotzdem sein.« Der Papst nahm einen Schluck von seinem Tee und starrte dann, die Tasse mit beiden Händen umklammernd, an Claudia vorbei ins Leere. »Ich hätte mich ausgiebiger mit Giuseppe Pignato unterhalten sollen. Er hat so vieles gewußt, Dinge, die jetzt sehr wichtig zu sein scheinen.«

»Woher hatte er sein Wissen?«

»Kaum einer hat sich so intensiv mit dieser heidnischen Gottheit beschäftigt wie er. Pignato ist im ganzen Land herumgereist, um in den entlegensten Archiven nach vergessenen Dokumenten zu suchen. Fast kann man sagen, er war von dem Thema besessen. Und seit er mit diesem alten Mann gesprochen hatte, schien er eine gewisse Furcht vor Janus zu hegen.«

»Mit welchem alten Mann?«

Claudia war alarmiert. Sie spürte, daß sie endlich etwas Greifbares gefunden hatte, einen Hinweis, dem sie folgen konnte.

»Einem Einsiedler, der in den Bergen lebt, in einer Art Höhle, wenn ich mich recht erinnere. Leider weiß ich seinen Namen nicht, aber das Gespräch mit ihm scheint Pignato nachhaltig verstört zu haben.«

»Hat er Ihnen gesagt, wo in den Bergen dieser Einsiedler zu finden ist?«

»In den Apenninen, irgendwo am Monte Cimone. Der nächste Ort, ein kleines Bergdorf, heißt Pellicano, das weiß ich genau. Pignato hat noch darüber gescherzt, daß ein Dorf mitten in den Bergen nach einem Wasservogel benannt ist.«

Der Papst stutzte. »Was haben Sie, Claudia? Sie wirken plötzlich so verändert.«

»Die Polizistin in mir ist erwacht. Wären Sie ein normaler Zeuge in einer Vernehmung, würde ich jetzt sagen, Sie haben mich vielleicht auf eine heiße Spur gebracht, Heiliger Vater.«

38

Claudia begann sich zu fragen, ob es wirklich eine gute Idee gewesen war, am Abend dieses ereignisreichen Tages noch in die Apenninen zu fahren. Draußen war es seit langem dunkel, sie kannte die Gegend nicht, und sie war hundemüde. Aber ihr drängender Wunsch, endlich mehr über den alten Gott Janus und das, was Giuseppe Pignato mit ihm verbunden hatte, zu erfahren, hätte es ihr wohl schwergemacht, den Abend in Rom zu verbringen und Däumchen zu drehen.
Außerdem fürchtete sie, die Männer mit den Janus-Ringen könnten ihr zuvorkommen. Eigentlich war das Unsinn, denn niemand war Zeuge ihres Gespräches mit dem Papst gewesen. Auf der anderen Seite hatten die Janus-Verschwörer mehr als einmal gezeigt, daß sie von der schnellen Truppe waren. Vielleicht entwickelte sie allmählich eine Paranoia, aber das genaue Ziel ihrer Fahrt hatte sie nicht einmal Cesare Compagni und Aldo Rossi verraten.
Immerhin hatte sie die beiden darüber informiert, daß sie in die Berge fahren wollte, und diesmal hatte sie auch ihr Handy dabei. Aldo hatte auf ihre Frage, ob er sie begleiten wolle, ein langes Gesicht gemacht und sich sehr geziert, bis Claudia begriff, daß es ihn ins Krankenhaus zog, zu Alessandra. Nach einigem Überlegen hatte sie in Pauls Hotel angerufen, um ihn zu fragen, ob er vielleicht mitkommen wolle. Wenn Janus tatsächlich mit jenem alten Gott – oder Dämon – gleichzusetzen war, der unter dem Wahren Grab Petri gefangen war, steckte Paul genauso tief in der Sache drin wie sie selbst, mindestens. Aber er war nicht zu erreichen gewe-

sen, und im Hotel hatte niemand gewußt, wo er sich aufhielt. Da er derzeit auch nicht über ein Handy verfügte, war sie schließlich allein losgefahren. Eine Nachricht hatte sie ihm nicht hinterlassen, das war ihr sicherer erschienen.
Je höher sie kam und je schmaler und schlechter die Straßen wurden, desto mehr gratulierte sie sich zu der Wahl ihres Mietwagens. In ihrem Fiat Uno, der noch immer zur Reparatur in San Vito stand, wäre ihr bei der Unzahl großer Schlaglöcher angst und bange geworden, aber in dem Geländewagen, für den sie sich entschieden hatte, einem Toyota Land Cruiser, fühlte sie sich sicher.
Wichtig war auch das Navigationsgerät an Bord, denn dieses Pellicano schien einer der kleinsten und abgelegensten Orte in ganz Italien und auf kaum einer Landkarte verzeichnet zu sein. Zudem war die Berggegend, durch die sie fuhr, nicht gerade mit Straßenschildern gesegnet, und selbst mit einer guten Straßenkarte hätte sie sich wohl mehrmals verfahren. Bislang hatte die ruhige Stimme des Navigationssystems sie fehlerfrei geleitet, wenn auch manche »Straße«, die sie weisungsgemäß entlangfuhr, mit »Geröllpiste« treffender bezeichnet gewesen wäre.
Falls auch die Zeitangabe auf dem Bildschirm des Geräts zuverlässig war, konnte sie sich schon auf ein Bett freuen: noch dreiundzwanzig Minuten bis zum Ziel. Es wurde aber auch Zeit. Mitternacht rückte immer näher, und sie spürte den anstrengenden Tag, der hinter ihr lag. Alle zwei, drei Minuten mußte sie gähnen, und alle Knochen taten ihr weh vom langen Sitzen im Auto.
Schon seit einer Stunde ließ sie das Radio dudeln und sang, um munter zu bleiben, jedes Lied, das sie halbwegs kannte, mit. Aber je höher sie kam, desto schlechter wurde der Emp-

fang; sie hatte schon zweimal einen neuen Sender suchen müssen. Derzeit wurde sie von einem ihr unbekannten Sender mit seichten Country-Songs beschallt.
Mitten in John Denvers *Take Me Home, Country Roads* stockte sie, als sie im Rückspiegel etwas aufblitzen sah. Wahrscheinlich eine Sinnestäuschung, versuchte sie sich einzureden, aber dann war es wieder zu sehen. Zwei Lichter, konstant hinter ihr.
»Nicht schon wieder!« stöhnte sie, eher genervt als erschrokken.
Sie hatte nicht geglaubt, daß die Janus-Brüder sie auch auf dieser Fahrt verfolgen würden. Außerdem hatte sie sich immer wieder vergewissert, daß kein anderes Fahrzeug an ihrem Land Cruiser klebte.
Und jetzt das!
Ihr war unbegreiflich, wo der Wagen in dieser Einöde plötzlich herkam. Aber er war unbestreitbar da, und an einen Zufall mochte sie nicht glauben. Wer war um diese Uhrzeit auf diesen schlechten Straßen schon unterwegs, wenn er nicht etwas ungewöhnlich Dringendes zu erledigen hatte? Noch mehr als zwanzig Minuten bis Pellicano, und der nächste größere Ort war noch weiter entfernt. Nein, das war ganz sicher kein Zufall.
Diesmal würde sie sich nicht von der Straße drängen lassen. Im Gegenteil, sie nahm sich vor, die Initiative zu ergreifen. Sie konzentrierte sich auf den Straßenverlauf, und zugleich begann sie fieberhaft an einem Schlachtplan zu arbeiten.
Eine vor ihr liegende enge Linkskurve brachte sie auf eine Idee. Links der Fahrbahn erhob sich ein buschbestandener Hügel, rechts gähnte ein tiefer Abgrund. Von Leitplanken schienen sie hier oben noch nie gehört zu haben. Auf der

unasphaltierten Straße konnten zwei Pkw gerade so aneinander vorbeikommen, wenn beide Fahrer gut aufpaßten. Eine bessere Gelegenheit würde sich ihr nicht so leicht bieten. Sie stellte das Radio aus, löste den Sicherheitsgurt und konzentrierte sich.

Hinter der Kurve trat sie auf die Bremse und brachte den Geländewagen mitten auf der Fahrbahn zum Stehen, so daß kein Auto an ihm vorbeikonnte. Dann stieß sie die Fahrertür auf, griff nach der Stabtaschenlampe, die sie schon bei Antritt der Fahrt auf den Beifahrersitz gelegt hatte, sprang nach draußen und hastete ein paar Meter den Hügel hinauf, wo sie hinter einem Kapernstrauch Deckung fand. In der Dunkelheit würde keiner sie hier bemerken, außerdem brauchte sie die Deckung nur für kurze Zeit.

Sie sah den anderen Wagen kommen und um die Kurve biegen. Der Fahrer mußte beim Anblick des Toyotas mitten auf der Straße einen Heidenschreck kriegen. Er trat das Bremspedal durch, der Wagen quietschte erschrocken und kam schlingernd zum Stehen, wobei sich das rechte Vorderrad gefährlich nahe am Abgrund befand.

Claudia sprang auf und lief zur Straße, in einer Hand ihre Beretta, in der anderen die Taschenlampe, deren Strahl sie auf den Fahrer des Verfolgerfahrzeugs richtete.

»Polizei! Aussteigen und die Hände über den Kopf, oder ich schieße!«

Die Fahrertür wurde geöffnet. Ein Mann stieg langsam aus und streckte beide Hände in die Höhe.

»Der andere auch, sofort!«

Sie konnte nicht erkennen, ob da jemand auf dem Beifahrersitz saß, aber bislang waren die Janus-Brüder immer zu zweit aufgetreten.

»Es gibt keinen anderen, Claudia«, sagte eine vertraute Stimme. »Ich bin allein.«

»Du?«

Sie stand nur noch wenige Schritte von dem Mann entfernt, und der Strahl der Taschenlampe fiel grell auf sein schmales Gesicht. Pauls Gesicht. Er hatte die Augen zu Schlitzen zusammengezogen.

»Könntest du bitte woandershin leuchten? Und wenn du aufhören würdest, auf mich zu zielen, wäre ich dir sehr dankbar.«

Sie schaltete die Taschenlampe aus. Die Scheinwerfer von Pauls Wagen waren hell genug, um den Ort zu beleuchten. Dann senkte sie den Lauf der Beretta, behielt die Waffe aber in der Hand. Sie spähte ins Innere seines Opel Zafira. Er war wirklich allein.

»Was tust du hier, Paul?«

»Ich vermute mal, ich habe dasselbe Ziel wie du, ein kleines Bergdorf mit dem seltsamen Namen Pellicano.«

»Woher wußtest du, wo ich hinwill?«

»Bis eben habe ich es nicht gewußt.«

»Aber du hast mich verfolgt.«

»Keineswegs. Ich wußte nicht, wer da vor mir fährt – bis ich deinetwegen fast abgestürzt wäre.«

»Erzähl mir nichts, Paul! Mitten in der Nacht tauchst du in dieser Ödnis hinter mir auf, so ganz zufällig?«

»Ich bin froh, daß ich überhaupt hinter jemandem aufgetaucht bin. Den halben Tag bin ich schon unterwegs und habe hundertmal die Tatsache verflucht, daß ich kein Navigationsgerät im Wagen habe. Wenn ich mich in diesen dunklen Bergen nicht dauernd verfahren hätte, wäre ich schon seit Stunden am Ziel. Als ich dann deine Rücklichter sah, habe ich ein Dankgebet gen Himmel gesandt. Ich dachte, wer auch immer da vor dir ist, er wird irgendein Ziel haben und dich aus den Bergen herausbringen.«

»Wann bist du denn aus Rom weg?«

»Schon am frühen Nachmittag. Nach der Sache auf dem Petersplatz hatte ich daran gedacht, dich anzurufen, aber dann habe ich mir gesagt, daß du wohl genug um die Ohren hast. Wie geht es Tarabella?«

»Er ist nur leicht verletzt, aber sehr bestürzt. Laß uns später darüber sprechen. Jetzt sag mir lieber, woher du von Pellicano weißt!«

»Von Pater Ackermann. Ich habe ihn gestern abend zufällig auf dem Petersplatz getroffen, und er hat mir von dem Einsiedler in der Gegend von Pellicano erzählt, der sich wie keiner sonst mit den alten Janus-Legenden auskennen soll. Ackermann hatte sich diesbezüglich ein wenig umgehört. Hast du die Information auch von ihm?«

»Nein, ich verfüge nicht über so gute Verbindungen zur Gesellschaft Jesu wie du«, sagte Claudia mit einer Schärfe, die sie sofort bereute. »Ich schlage vor, wir setzen die Fahrt fort und unterhalten uns dann in Pellicano, sonst wird es zu spät, um ein Hotel zu finden.«

»Hotel? Du glaubst doch nicht wirklich, daß es in einem Nest, das für die meisten Landkarten zu winzig ist, ein Hotel gibt?«

Als ihr kleiner Konvoi – Claudia mit ihrem Navigationsgerät fuhr voraus – zwanzig Minuten später Pellicano erreichte, schien es ganz so, als sollte Paul mit seiner Unkerei recht behalten. Schon die Bezeichnung »Dorf« war wahrscheinlich zu wohlwollend für die paar versprengten Häuser, die sich mehr

oder weniger dicht an einen Berghang drückten. Es gab kein Ortsschild, aber die gleichbleibend freundliche Stimme aus dem Gerät teilte Claudia mit: »Sie haben Ihr Ziel erreicht«.
Claudia hielt an und stieg aus, Paul tat es ihr gleich. Verwundert blickten sie in alle Richtungen, und dann sprach Paul das aus, was auch Claudia durch den Kopf ging: »Ich glaube, der Flecken ist schon lange ausgestorben.«
Nirgends brannte ein Licht, hinter keinem einzigen Fenster. Nicht einmal das matte Flimmern eines Fernsehers war zu erkennen. Kein Mensch war auf der Straße. Sie sahen noch nicht einmal ein Auto am Straßenrand oder bei einem der Häuser stehen. Wären die Häuser selbst nicht gewesen, hätte man meinen können, es habe noch nie ein Mensch einen Fuß auf dieses Stückchen Erde gesetzt.
»Tja, dumm gelaufen«, meinte Paul. »Ich kann keinen Menschen entdecken, noch nicht einmal einen Pelikan.«
»Haha, sehr lustig.«
Claudia marschierte auf das nächste Haus los, und Paul rief ihr nach: »Ich wette um ein Polizistenmonatsgehalt, daß da keiner ist.«
Hätte sie die Wette angenommen, Paul hätte sie gewonnen. Das Haus stand leer, und das nicht erst seit kurzem, wie die zahlreichen Spinnweben vor dem Hauseingang und den Fenstern bewiesen. Die meisten der hölzernen Fensterläden waren inzwischen morsch und hingen wacklig in ihren maroden Verankerungen. Einige Scheiben waren kaputt. Claudia leuchtete ins Innere und stellte fest, daß es drinnen ebenso trostlos aussah.
Als sie zu Paul zurückkehrte, sagte sie: »Nun ja, zumindest werden wir ein Dach über dem Kopf haben. Sogar so viele, wie wir wollen.«

Paul lachte laut auf. »Wenn wir wieder in Rom sind, werde ich Pater Ackermann einen Vers erzählen. Und wem hast du diesen Trip zu verdanken?«

»Dem Papst.«

»Dem Papst?« Ungläubig starrte er sie an. »Du meinst den Papst im Vatikan, ja?«

»Gibt es noch einen?«

Paul stieß einen schrillen Pfiff aus. »Sieh an, sieh an, deine Kontakte sind auch nicht zu verachten! Hat Seine Heiligkeit dir auch einen Übernachtungstip mit auf den Weg gegeben?«

Auch Claudia mußte lachen. »Leider nein.«

»Tja, dann schlage ich vor, wir versuchen es zuerst im *Grand Hotel Plaza,* das soll das erste Haus am Platz sein. Wenn das ausgebucht ist, nehmen wir entweder das *Comfort Hotel De Luxe* oder das *Excelsior*. Was sagen Gnädigste dazu?«

»Einverstanden, mein Herr, aber nur, wenn entweder die Präsidentensuite oder das Appartement Royale zur Verfügung steht.«

»Aber, Gnädigste, das versteht sich doch von selbst.«

Jetzt brachen beide in schallendes Gelächter aus, das so lange durch die Nacht hallte, bis eine tiefe Stimme hinter ihnen sagte: »Ihr weckt ja Tote auf! Was immer ihr für Komiker seid, ihr dreht euch jetzt ganz langsam um, sonst puste ich euch mit einer Ladung Schrot die Rübe von den Schultern!«

39

Ihr Gelächter brach schlagartig ab, und sie drehten sich synchron im Zeitlupentempo um einhundertachtzig Grad. Mond und Sterne warfen ihr Licht auf einen großen, hageren Mann mit langem Haar und einem wild wuchernden Bart. In den Händen hielt er eine doppelläufige Jagdflinte, die die Ernsthaftigkeit seiner Drohung eindrucksvoll untermauerte. Er stand keine zehn Meter von ihnen entfernt; auf diese kurze Distanz würde eine Ladung Schrot verheerende Folgen haben.

»Guten Abend«, sagte Paul. »Wir wollen Ihnen nichts Böses und würden es begrüßen, wenn Sie Ihre Waffe nicht länger auf uns richteten.«

»Begrüß meinetwegen, wen oder was du willst, aber ich ziele auf euch, solange es mir Spaß macht. Wer seid ihr? Was wollt ihr hier?«

»Wir kommen aus Rom«, sagte Claudia. »Wir suchen ...« Ihr fiel ein, daß sie nicht einmal wußte, wie der Einsiedler, von dem der Papst gesprochen hatte, hieß.

»Wir suchen Lorenzo«, sagte Paul zu ihrer Überraschung.

»Lorenzo? Was für einen Lorenzo?«

»Den Lorenzo, der bei den alten Höhlen lebt, den Götterhöhlen.«

»So? Den sucht ihr also? Und was macht ihr dann hier im Ort? Warum seid ihr nicht oben bei den Höhlen, wenn ihr den sucht?«

»Wir sind gerade erst angekommen, Signor ...« Paul räusperte sich. »Wie dürfen wir Sie ansprechen?«

»Mattia. Nennt mich einfach Mattia, das reicht.«
»Können Sie uns vielleicht eine Unterkunft empfehlen, Mattia?«
Der Bärtige senkte den Doppellauf seiner Flinte und begann herzhaft zu lachen. »Ihr seid wirklich Komiker! Meint ihr etwa, hier gibt es ein Hotel oder eine Pension oder so was?«
Paul seufzte schwer. »Wir hatten es zumindest gehofft. Bis zu unserer Ankunft hatten wir keine Ahnung, wie …«
»Wie tot Pellicano ist?«
»Sie nehmen mir das Wort aus dem Mund, Mattia. Wie viele Menschen leben hier noch außer Ihnen?«
»Außer mir? Niemand. Das heißt, der alte Lorenzo ist noch da, aber der hockt fast die ganze Zeit in seiner windschiefen Hütte, die er sich da oben bei seinen Höhlen gebaut hat. Sie sprechen hier also mit dem Bürgermeister, dem Polizeichef, dem Feuerwehrhauptmann und dem Vorsitzenden der Vereinigung handelstreibender Bürger von Pellicano in einer Person.«
Paul verneigte sich in altertümlicher Art. »Es würde uns sehr helfen, wenn wir auch mit dem Vorstand des Hotel- und Gaststättenverbands von Pellicano sprechen könnten.«
»Das tut ihr. Außerdem betreibe ich die örtliche Zimmervermittlung.«
»Wie praktisch. Dann hätten wir gern die beste Unterkunft, die Sie zu vergeben haben.«
Mattia zeigte mit dem Daumen hinter sich. »Zwanzig Meter in die Richtung und dann den kleinen Weg links rein. Ich wohne ein wenig abseits, damit der Durchgangsverkehr mich nicht so stört.«
Damit machte er kehrt und schlenderte, die Jagdflinte lässig über die Schulter gelegt, in die Dunkelheit hinein.

Paul grinste breit, als er sich Claudia zuwandte. »Also auf, Gnädigste, zum besten Haus am Platz!«

Es war ein großes Haus, und drinnen brannte sogar Licht. Sie stellten ihre Wagen ab und gingen mitsamt ihrem Gepäck, das jeweils nur aus einer kleinen Reisetasche bestand, hinein. Mattia hatte sich eine fleckige Schürze umgebunden und war dabei, den Tisch zu decken.
»Ihr habt nach der langen Anfahrt von Rom her sicher Hunger. Leider haben wir um diese Uhrzeit keine warme Küche mehr, aber etwas Brot und Ziegenkäse und ein guter Rotwein tun es hoffentlich auch.«
»Perfekt«, sagte Paul und stellte seine Tasche ab.
»Für mich keinen Wein, nur Wasser bitte«, fügte Claudia hinzu.
»Wie die Herrschaften wünschen«, rief Mattia aus der Küche.
Sie aßen mit großem Appetit, während ihr Gastgeber sie neugierig ansah. Er war nicht mehr jung, aber sein genaues Alter war hinter dem dichten Bart schwer zu bestimmen. Da sich in den einst dunklen Bart schon deutliche Spuren von Grau mischten, schätzte Claudia ihn auf ungefähr Fünfzig, er konnte aber auch zehn Jahre älter oder jünger sein.
»Ihr müßt entschuldigen, wenn ich euch so anstarre«, sagte er endlich. »Aber ich bekomme selten andere Menschen zu Gesicht, und einen Fernseher habe ich nicht.«
»Was ist mit Lorenzo?« fragte Claudia.
»Der hat auch keinen Fernseher.«
»Nein, ich meinte, daß Sie ihn doch wohl hin und wieder sehen.«
»Schon, wenn er aus seinem Höhlenreich ins Dorf kommt,

um ein paar Lebensmittel einzutauschen. Aber er gehört irgendwie zu den Bergen hier, ich nehme ihn gar nicht mehr als einen anderen Menschen wahr.«

»Und wovon leben Sie, Mattia?«

»Ich habe ein paar Ziegen, die mir Milch und Käse liefern, Hühner, die fast jeden Morgen Eier legen, und eine Jagdflinte, mit der ich mir frisches Fleisch beschaffe. Und wenn ich Lust auf Brot habe, backe ich welches.«

»Also gehen Sie keiner Arbeit nach?«

»Ich bewache das Dorf.«

»Zu welchem Zweck?«

»Zweck? Ich lebe hier.«

Claudia gab es auf. Entweder war er wirklich so naiv, oder er wollte nicht darüber sprechen. Also erkundigte sie sich nach Lorenzo.

»Der lebt auch hier, aber oben bei den Höhlen.«

Paul ergriff das Wort: »Er kennt sich da oben gut aus, oder?«

»Sehr gut. Schon seit vielen Jahren durchstreift er die Höhlen. Niemand kennt sie so gut wie er, und das ist vielleicht auch besser so.«

Bei diesen letzten Worten verdüsterte sich seine Miene.

»Wie meinen Sie das?« fragte Claudia.

»Die alten Götter haben sich, als die Menschen nichts mehr von ihnen wissen wollten, in die Höhlen dort oben zurückgezogen. Aber sie sind nicht tot. In den Höhlen, da gehen sie um. Man sollte ihnen nicht zu nahe kommen, sonst rächen sie sich für die Mißachtung, die ihnen schon seit Jahrtausenden entgegengebracht wird. Die Menschen, die sich einst in Pellicano niederließen, haben das nicht bedacht. Der Fluch der Götter hat sie mit voller Wucht getroffen; kaum eine

Familie wurde von Krankheit und Unglück verschont, bis auch die letzten das Dorf verlassen hatten.«
»Und warum sind Sie geblieben?«
Er zuckte mit den Schultern. »Wo soll ich denn hin? Nach Bologna oder Florenz, nach Rimini oder nach Rom? Da gibt es schon genug Menschen, die anderen unnütze Dinge verkaufen oder sich als Touristenführer verdingen.«
»Können Sie uns morgen zu Lorenzo bringen?« fragte Paul. »Natürlich bezahlen wir Sie, für alles.«
»Selbstverständlich bringe ich euch zu Lorenzo. Geld müßt ihr mir nicht geben.« Er grinste plötzlich. »Aber ich nehme es gern an.«
»Dann brauchen wir noch ein Lager für die Nacht.«
Mattia streckte den Zeigefinger aus und deutete nach oben. »Ein Zimmer oder zwei?«
Nach einem zweifelnden Blick auf Claudia meinte Paul: »Zwei sind besser, denke ich.«
»Aber eins ist noch besser«, sagte Claudia.
Mattia lachte. »Ihr seid echt lustig!«

Siebter Tag

40

Zwischen Claudia und Paul war es, als hätte er sie nie verlassen. Hier oben, in diesem seltsamen Dorf in den Bergen, war alles, was zwischen ihnen gestanden hatte, wie ausgelöscht. Sie liebten sich in dem großen Bett mit der alten, durchgelegenen Matratze bis zur Erschöpfung, und der Rest der Nacht war kurz.

Am Morgen wurde sie mit zärtlichen Küssen geweckt und mit der Bemerkung: »Ich habe dich heute nacht hoffentlich nicht zu sehr beansprucht.«

»Beansprucht? Hör mal, ich bin doch kein Gebrauchtwagen.«

»Ich meine nur, wegen deines Zustands.«

»Tut mir leid, das klingt immer noch nach Gebrauchtwagen.«

Er legte sanft eine Hand auf ihren Bauch. »Du weißt genau, wovon ich spreche. Bin ich der Vater?«

»Der Vater von was?«

»Von dem, was hier drin heranwächst.«

»So, du glaubst also, ich sei schwanger? Wieso?«

Er grinste. »Daß du selbst den kleinsten Tropfen Wein ablehnst, hat dich verraten. Das tut eine Römerin nicht, es sei denn … Das kam mir schon im Restaurant neulich seltsam vor, aber jetzt bin ich mir sicher, daß nicht eine plötzliche Veränderung deiner Geschmacksnerven daran schuld ist.«

»Was macht dich da so sicher?«

»Mein Gefühl.«

»Aber ob du der Vater bist, sagt dir dein Gefühl nicht?«

»Mein Gefühl sagt ja. Und was sagst du?«
»Ich sage, ein Vater sollte für sein Kind da sein und nicht für einen Orden, so ehrenhaft das auch erscheinen mag.«
»Das sage ich auch.«
Er schloß sie in die Arme und küßte sie erneut. So glücklich und unbeschwert wie in diesem Augenblick hatte sie sich ewig nicht gefühlt, seit zwei Monaten nicht.

Das Frühstück, das Mattia ihnen servierte, war reichlich, aber nicht besonders vielfältig. Es bestand aus Ziegenmilch, Ziegenkäse und Weißbrot. Anschließend brachen sie in die Berge auf, zu Lorenzos Hütte, und Mattia nahm seine Flinte mit.
»Nein, für Lorenzo brauche ich die nicht«, beantwortete er Claudias Frage. »Der mag ziemlich durchgeknallt sein, aber er ist harmlos, meistens jedenfalls. Aber vielleicht finde ich auf dem Rückweg ein Wildschwein. Dann gibt es heute lecker Braten.«
»Hier oben gibt es Wildschweine?«
»Warum nicht? Vielleicht auch was anderes. Irgendwas kommt mir bestimmt vor die Flinte.«
Der Weg führte steil bergauf, was Mattia nichts auszumachen schien, während Claudia und Paul gehörig ins Schwitzen gerieten.
»Schon aus der Puste?« fragte ihr Führer grienend. »Heute nacht wohl schlecht geschlafen, was?« Er blieb stehen und zeigte mit dem Lauf seiner Waffe den Berg hinauf. »Ab hier findet ihr allein weiter. Ihr müßt immer dem Pfad folgen, einen anderen gibt es nicht. Wenn ihr von dem abkommt, könnt ihr nur in die Tiefe stürzen. Ich werde uns derweil was schießen. Grüßt Lorenzo von mir!«

Damit ging er ein Stück des Weges zurück und verschwand hinter der nächsten Biegung.
»Ein komischer Kauz«, sagte Claudia.
Paul grinste. »Was erwartest du in einem Bergdorf, das Pellicano heißt?«
»Da hast du auch wieder recht. Wir können froh sein, daß wir ihn getroffen haben. Sonst wäre die Nacht weniger angenehm verlaufen.«
Pauls Grinsen wurde breiter. »Das würde ich wahrlich bedauern.«
Claudia deutete eine Ohrfeige an und küßte ihn dann zärtlich. Sie fühlte sich frei und glücklich, allein mit Paul, weit weg von Rom und ihrer Arbeit bei der Polizei, und während sie ihren Weg fortsetzten, versuchte sie sich vorzustellen, wie ein Leben an seiner Seite wäre.
»Das muß Lorenzos Hütte sein«, holte Pauls Stimme sie ins Hier und Jetzt zurück.
Sie standen am Rande eines kleinen Plateaus, auf dem ein kleines Blockhaus stand. Man hätte es für unbewohnt halten können, wären da nicht die Kleidungsstücke gewesen, die an einer Wäscheleine lustig im Höhenwind flatterten.
Paul rief Lorenzos Namen und fragte: »Ist jemand zu Hause?«
»Offenbar nicht«, sagte Claudia, als niemand antwortete.
Sie gingen zu der Hütte und stellten fest, daß die Tür nicht verschlossen war. Es war nur ein Raum mit einem kleinen Tisch, einem Stuhl, einer großen Holztruhe, einer schmalen Schlafstatt und einem primitiven gemauerten Herd. Von Lorenzo aber war nichts zu sehen.
»Sieht ganz so aus, als wäre er mal kurz weggegangen, Zigaretten holen«, scherzte Paul.

»Hier müssen irgendwo die Höhlen sein, laß es uns dort versuchen.«
Sie gingen auf die zerklüftete Felswand zu, die das Plateau nach einer Seite hin begrenzte. Nach weniger als fünf Minuten fanden sie einen schmalen Spalt, der in den Berg hineinführte.
»Ob es hier ist?« fragte Claudia zweifelnd. »Wie hast du es genannt, Paul? Die Götterhöhlen?«
»Pater Ackermann hat diesen Ausdruck benutzt. Versuchen wir unser Glück.«
Er schaltete die Kurbellampe ein, die er wohlweislich mitgebracht hatte, und sie zwängten sich in den Spalt, der sich bald erweiterte und, wie es aussah, tatsächlich der Eingang zu einer größeren Höhle war.
»Das scheint sich dahinten noch zu verzweigen«, stellte Paul staunend fest. »Zu einem richtigen Höhlensystem. Phantastisch!«
»Dann laufen wir, wenn wir Pech haben, an Lorenzo vorbei. Wir sollten ihn noch einmal rufen.«
Abwechselnd riefen sie Lorenzos Namen, doch sie erhielten wieder keine Antwort.
»Dann einfach hinein ins Vergnügen«, seufzte Paul und ging voran.
Sie waren noch nicht weit gekommen, als irgendwo aus der Finsternis eine dumpfe Stimme erscholl – und diese Stimme rief ihre Namen!
»Paul! Claudia! Kommt zu mir! Kommt, ich erwarte euch!«
Claudia zog die Automatik. »Jetzt wird mir richtig gruselig.«
»Blaue Bohnen gegen Dämonen?« zweifelte Paul.
»Wenn ich dem Heiligen Vater glauben darf, treten Dämo-

nen durchaus in Menschengestalt auf. Und gegen alles, was aus Fleisch und Blut ist, hilft meine Beretta!«

Die seltsam unwirklich hallende Stimme rief: »Paul! Claudia! Wo bleibt ihr? Ich warte!«

Paul steckte die Lampe für einen Augenblick zwischen die Beine, formte mit den Händen einen Trichter vor seinem Mund und rief: »Wir sollen kommen? Wo bist du, Geist der Höhle? Gib uns ein Zeichen!«

Claudia tippte sich mit dem Zeigefinger gegen die Stirn. »Geist der Höhle? Was soll das denn?«

»So etwas habe ich mal gelesen, ich glaube, bei Karl May.«

Die dumpfe Stimme rief: »Hier ist das Zeichen! Folgt dem Licht!«

Tatsächlich blitzte im hinteren Teil der Höhle ein Licht mehrmals auf, und sie gingen langsam darauf zu. Bald fiel das LED-Licht der Kurbellampe auf eine Gestalt mit menschlichen Umrissen. Ein Mann, groß und hager, mit einem eindrucksvollen Bart. Er hatte eine Jagdflinte umgehängt und hielt eine Stablampe in der Hand, die er jetzt einschaltete. Der Strahl glitt zwischen Claudia und Paul hin und her. In dem Bart zeichnete sich ein breites Grinsen ab.

»Da habe ich euch ganz schön reingelegt, was? Ihr habt richtig Schiß gehabt! Sogar eine Waffe habt ihr, hui!«

Er freute sich wie ein Schneekönig.

»Mattia!« entfuhr es Claudia und Paul fast gleichzeitig.

»Ich heiße Lorenzo«, behauptete der Mann.

»Seltsam, vor ein paar Minuten hast du noch Mattia geheißen.« Claudia hatte beschlossen, ihn ab sofort zu duzen, wie er es umgekehrt schon die ganze Zeit tat. »Und du hast behauptet, es führe kein anderer Weg hierher.«

Der Bärtige zwinkerte ihr zu. »Da habe ich wohl ein wenig

geflunkert, sonst hätte ich euch die Überraschung verdorben.«
»Womit du zugegeben hast, daß du Mattia bist.«
»Hier oben heiße ich Lorenzo.«
»Und unten im Dorf heißt du Mattia?« fragte Paul.
»Genau.«
»Warum?«
»Weil ich dann nicht so einsam bin hier in den Bergen.«
Claudia schob ihre Beretta zurück ins Holster. »Darf man auch erfahren, wie dein richtiger Name lautet?«
»Ich heiße Lorenzo – derzeit jedenfalls.«
»Okay, Lorenzo, die Überraschung ist dir geglückt. Gibt es denn hier oben noch etwas anderes zu bewundern als deinen Sinn für Humor?«
»Aber ja! Die Zeichen der alten Götter. Deshalb seid ihr doch hier, oder?«
»Ja«, sagte Claudia. »Deshalb sind wir hier. So wie Giuseppe Pignato. Ihm hast du die Zeichen der alten Götter doch auch gezeigt. Erinnerst du dich an ihn?«
»Giuseppe? Der dicke Mann, der kaum durch den Felsspalt gekommen ist?«
»Die Beschreibung paßt.«
Lorenzo nickte kräftig. »Der war hier, ja. Er hat sich sehr genau umgesehen, und er hat mich für die Führung durch die Höhlen sehr gut bezahlt.«
»Wir werden dich auch gut bezahlen, versprochen.«
»Fein. Dann kommt!«
Lorenzo wandte sich um und ging einfach los, so daß Claudia und Paul gar nichts anderes übrigblieb, als ihm zu folgen. Seine Gewandtheit war erstaunlich und belegte, daß er sich schon sehr lange in diesem Höhlensystem bewegte. Bald

konnten sie den Felsspalt hinter sich nicht mehr sehen, und es ging weiter und weiter. Die Luft roch abgestanden, und mit jedem Schritt wurde es kälter.
Von einer Sekunde zur anderen fror Claudia wie im tiefsten Winter. Aber das war nicht nur der Kälte geschuldet. Hier in den Götterhöhlen, das spürte sie, erwartete sie etwas Unheimliches, etwas Uraltes und Mächtiges. Und die Idee, diese Höhlen zu erkunden, kam ihr plötzlich sehr töricht vor – töricht und gefährlich.

41

Obwohl sie vielleicht kurz davorstand, endlich einen Blick hinter die Kulissen der ominösen Ereignisse zu werfen, die sie während der vergangenen Tage in Atem gehalten hatten, verschlechterte Claudias Stimmung sich mit jedem Schritt, der sie tiefer ins Innere des Bergs führte.
Die Kletterei herauf zum Plateau hatte ihr nicht gutgetan; ihr rechter Fuß schmerzte bei jedem Schritt. Wie gern hätte sie jetzt etwas von Ludovico Anfusos Salbe gehabt, die ihre Schmerzen in San Vito in so erstaunlicher Weise gelindert hatte. Seitdem hatte sie kaum noch an ihren Fuß gedacht, hatte allenfalls mal beim Gehen ein leichtes Pochen im Fußgelenk verspürt. Doch an diesem Morgen war die Belastung wohl zu groß gewesen. Noch ließ es sich aushalten, und sie drückte sich selbst die Daumen, daß es nicht schlimmer werden möge.

Bedrückender als der schmerzende Fuß war allerdings die düstere, kalte Atmosphäre, von der sie sich umfangen fühlte wie von den Tentakeln eines Ungeheuers. Sie versuchte, sich von diesem Gefühl freizumachen, sich zu sagen, daß das alles nur Einbildung sei, eine Reaktion auf die stille, finstere Welt aus Stein, in die sie hier eindrangen. So recht gelingen wollte es ihr nicht, das Gefühl schien stärker zu sein als der Verstand. Sie wurde den Eindruck nicht los, daß in diesen Höhlen tatsächlich etwas Lebendiges ihrer harrte, ein uraltes Wesen, das seine gierigen Arme nach ihr ausstreckte.

Nach einer Weile blieb Lorenzo stehen, drehte sich zu ihnen um und sagte: »Janus galt einst als der erste Gott, der Uralte, der immer schon da war, der Erschaffer von allem. So erschuf er andere mächtige Wesen, die ihm untergeordnet waren, und zeugte mit ihnen Kinder. Auf diese Weise hat er – durch sich und mit sich selbst – eine Dynastie der Macht hervorgebracht. Er und die Seinen herrschten über die Welt, und die schwachen Menschen beteten die Götter an, brachten ihnen jedes Opfer, das sie verlangten. Die Menschen lebten in Frieden, da ihre Götter sie beschützten, und konnten sich vermehren. Nach und nach wurden sie so zahlreich, daß sie selbst, trotz ihrer eigentlichen Schwäche, Macht gewannen. Es gab Unzufriedene unter ihnen, denen die Opfer für Janus und die Seinen zu groß waren und die nach anderen, genügsameren Göttern Ausschau hielten. Die Menschheit spaltete sich in die Anhänger des Janus und die der neuen Götter, und es kam zu einem grausamen Krieg, wie ihr hier an den Wänden sehen könnt.«

Er ließ das Licht seiner Lampe über die Felswände gleiten und enthüllte Bilder, die Claudia und Paul bis dahin nicht bemerkt hatten. Paul richtete sein Licht ebenfalls auf die

Wände, und Szenen voller Gewalt und Tod wurden sichtbar. Menschen hieben und stachen aufeinander ein, rissen sich gegenseitig die Gedärme aus dem Leib, vergewaltigten und töteten Frauen und Kinder. Es war ein einziges Gemetzel, wohin man auch sah, und über allem thronten große, nur schemenhaft erkennbare Wesen, die dem unbeteiligt und mitleidslos zuschauten.

»Sind das da oben die Götter?« fragte Claudia.

»Ja.«

»Haben sie denn nicht in den Krieg eingegriffen?«

»Nein, unter ihnen gab es keinen Streit; es war der Krieg der Menschen.«

»Dann kann es mit dem Schutz, den sie den Menschen gewährten, nicht weit hergewesen sein.«

»Wart's ab«, sagte Lorenzo vieldeutig und ging weiter voran auf dem Weg, der durch einen engen Durchlaß in die nächste Höhle führte.

Claudia war froh, die Höhle mit den grausamen Bildern von Menschen, die nichts Menschliches mehr an sich hatten, verlassen zu können. Vielleicht waren das alles nur Legenden, und wenn nicht, so war es vor Tausenden von Jahren geschehen, ihr aber erschien es seltsam gegenwärtig, so als führten die Menschen ihren vernichtenden Krieg in dieser Sekunde. Haßerfüllte Rufe und qualvolle Schreie hallten von den Felsen wider, und Ströme von Blut flossen von den Wänden auf den Boden der Höhle.

In Pauls Gesicht las Claudia die Frage, die auch sie umtrieb: Wie viele solcher Höhlen gab es noch, und welch schreckliche Dinge erwarteten sie dort?

Einige Zeit später blieb Lorenzo erneut stehen und sah Claudia an. »Du hast nach den Göttern gefragt, danach, ob sie in den Krieg eingegriffen haben. Das wollten sie nicht, denn sie wußten, daß ihre Macht größer und verheerender ist als die der Menschen. Aber die Menschen haben nicht erkannt, daß sie selbst die Leidtragenden waren. Sie sahen nur das Leid ihrer Feinde und den eigenen Sieg, der damit einherging. Um Janus von der Ernsthaftigkeit ihrer Absichten zu überzeugen, brachten sie ihm die größten nur denkbaren Opfer. Sie opferten ihm ihre Mütter, Schwestern, Frauen und Kinder, und manche opferten sogar sich selbst.«

Die Bilder in dieser Höhle waren nicht weniger grausam als die in der vorherigen. Immer wieder sah man den doppelköpfigen Gott, dem die Menschen ihre Liebsten darbrachten. Einige der als Opfer Auserwählten nahmen ihr Schicksal widerstandslos an, andere weinten, schrien und flehten ihre Männer, Brüder, Väter und Söhne um Gnade an. Die Bilder waren so lebendig und eindringlich gemalt, daß Claudia meinte, die Schreie würden ihr Trommelfell zerreißen. Wer diese Bilder gesehen hatte, für den war jede Geisterbahn ein Witz.

Das Flehen um Gnade blieb erfolglos. Scharfe Klingen durchbohrten die Opfer, oder sie wurden lebendig in hoch auflodernde Flammen gestoßen. Diejenigen aber, die sich selbst als Opfer darbrachten, schnitten sich vor den Augen ihres Gottes die Gliedmaßen ab oder stachen sich die Augen aus.

»Ein Gott, der so etwas zuläßt, kann kein guter Gott sein«, sagte Claudia und war erstaunt über die Erregung, die in ihrer Stimme mitschwang.

»Es war die freie Entscheidung der Menschen«, entgegnete Lorenzo.

»So frei scheint mir die Entscheidung nicht zu sein, sonst würden diese Frauen und Mädchen da nicht um ihr Leben betteln.«
»Sie unterstanden der Herrschaft ihrer Männer, Brüder, Väter und Söhne, und die hatten sich frei entschieden.«
»Soweit man eine Entscheidung frei nennen kann, wenn ein Gott seine Hilfe von solchen Opfern abhängig macht«, warf Paul ein. »Woher weißt du das alles, Lorenzo? Gibt es schriftliche Aufzeichnungen zu diesen Bildern?«
»Die schriftlichen Quellen über den Janus der alten Zeit und seinen Rückzug von den Menschen sind sehr spärlich und weit verstreut. Und das wenige, was davon überliefert ist, ist nur bruchstückhaft erhalten. So läßt sich daraus auch nur fragmentarisches Wissen gewinnen. Aber wenn man hier ist, in den Götterhöhlen, nicht nur für kurze Zeit, sondern jahrelang, dann beginnen die Bilder zu sprechen und erzählen einem Dinge, so eindringlich, wie Geschriebenes es niemals vermag.«
Auch wenn sie sich erst kurze Zeit hier aufhielt, verstand Claudia nur zu gut, was Lorenzo meinte, aber seine offenkundige Begeisterung für die Höhlenmalereien konnte sie nicht teilen. Die Eindringlichkeit der Bilder stand außer Frage, ebenso die Begabung ihrer seit Jahrtausenden toten Schöpfer, und für die Wissenschaft waren sie wahrscheinlich von unschätzbarem Wert, aber die Geschichte, die diese Bilder erzählten, war zutiefst abstoßend.
Die Blutrünstigkeit der Menschen wie auch ihrer Götter war erschreckend und verachtenswert, aber leider ließ sich, wenn man an die aktuelle Weltlage dachte, noch nicht einmal feststellen, daß die Menschheit sich in den Jahrtausenden, die inzwischen vergangen waren, gebessert hatte. Auch

im 21. Jahrhundert wurden an vielen Orten der Welt Menschen verfolgt, gefoltert und getötet, weil sie anderer Nationalität, anderer Hautfarbe, anderen Glaubens oder einfach nur anderer Meinung waren.
»Wo hast du die schriftlichen Quellen studiert, Lorenzo?« fragte Paul weiter.
»Wo immer ich ihrer habhaft werden konnte – damals, als ich noch an der Universität war.«
»Als was warst du da?«
Lorenzo schien kurz zu überlegen. »Damals haben sie mich Professore genannt, aber seit ich hier in Pellicano bin, nennt mich niemand mehr so. Hier bin ich Lorenzo. Oder Mattia.« Er kicherte leise. »Ob Mattia wohl ein Wildschwein vor die Flinte gelaufen ist? Wir sollten weitergehen, sonst muß er mit dem Essen zu lange auf uns warten und wird böse.«
Nachdem Lorenzo sich umgedreht hatte, um seinen Weg durch das Höhlensystem fortzusetzen, blickte Claudia zu Paul hinüber und deutete in Zeichensprache an, daß sie ihren Führer für nicht ganz richtig im Kopf hielt. Paul nickte, zuckte dann aber mit den Schultern und stiefelte Lorenzo hinterher.
Während sie den beiden folgte, fragte Claudia sich, was Lorenzo um den Verstand gebracht haben mochte. Konnten es die Götterhöhlen gewesen sein? Hatte er das, was er beim eingehenden Betrachten der Bilder erfahren hatte, nicht verkraftet? Vielleicht war ihm aber auch nur die seltsame Luft in den Höhlen nicht bekommen, die einem das Atmen schwermachte.
Wieder eine Höhle, wieder neue Bilder, und wieder war das, was sie erzählten, alles andere als eine erfreuliche Geschich-

te. Irgend etwas hatte Janus in Wut versetzt, und seine beiden Gesicher verwandelten sich in schreckenerregende Fratzen, aus denen Feuer und Rauch quollen. Wie Lava aus einem Vulkan ergoß das Feuer sich über die Menschen und ihr Vieh, über Höfe und Städte. Ganze Landstriche verschlang es.

»Der Zorn des Janus, nachdem die Menschen von ihm abgefallen waren«, sagte Lorenzo seltsam leise, fast andächtig. »Die Raserei des alten Gottes hat großes Unheil über die Menschen gebracht, Tausende und Abertausende fanden den Tod, und es war erst vorbei, als Janus sich von ihnen zurückzog. In späteren Zeiten gab es eine verklärte Erinnerung an ihn, und die Menschen verehrten erneut einen Gott namens Janus, der aber kaum etwas mit dem wahren Janus, dem Alten, dem Schöpfer, zu tun hatte. Janus, der Gott des Werdens und Vergehens gewesen war, wurde zum Gott der Ein- und Ausgänge ernannt. Zum Hüter des Tores, das Krieg oder Frieden verkündete, wurde er, der einst selbst Krieg und Frieden für die Menschen gewesen war. Seinen Sohn Fontus machten sie zum Gott der Quellen, dabei ist Janus der Quell selbst.«

Lorenzo sprach mit einer Inbrunst, als seien das alles nicht nur alte Legenden, sondern als sei vielmehr er ein Priester des Janus, dessen Aufgabe es sei, die Botschaft von der Herrlichkeit seines Gottes zu verkünden.

»Du bringst das vor, als würdest du selbst daran glauben«, sagte Paul denn auch. »Die Anhänger vieler Religionen betrachten ihren Gott oder ihre Götter als Schöpfer, auch wir Christen.«

»Christen?« Fassungslos starrte Lorenzo ihn an. »Du bezeichnest dich als Christ?«

»Aber ja. Du dich nicht?«

»Hast du denn nicht zugehört, Paul? Haben die Bilder nicht zu dir gesprochen? Sie müssen doch zu dir gesprochen haben. Zu euch beiden. Bist du nicht von der Allmacht des Janus überzeugt? Wie kann man sich nach alldem noch als Christ bezeichnen?«

Claudia begann sich Sorgen zu machen. Dieser Lorenzo hatte nicht nur einen leichten Hau, sondern litt offenbar an einer schweren geistigen Störung, und sie fragte sich, ob er gefährlich werden konnte.

»Diese Bilder sind sehr beeindruckend«, sagte sie vorsichtig. »Aber zu Paul und mir sprechen sie erst seit kurzem, zu dir dagegen schon seit langer Zeit. Du mußt verstehen, daß wir erst alles in uns aufnehmen müssen.«

Das schien ihn zu entspannen, und er lächelte schwach. »Das stimmt, das hätte ich bedenken sollen. Verzeiht, meine Freunde. Die Höhlen haben viel zu erzählen, viel zu viel für einen einzigen Vormittag. Wir wollen die Besichtigung später fortsetzen und jetzt hinunter ins Dorf gehen. Gewiß hat Mattia schon einen Topf mit was Leckerem auf dem Herd stehen.«

»Eine gute Idee«, sagte Claudia.

Als sie Lorenzo in Richtung Höhlenausgang folgten, flüsterte Paul ihr ins Ohr: »Gut gemacht. Du hättest Psychologin werden sollen.«

»Als Polizistin bin ich das in gewisser Weise. Wir müssen lernen, wie man mit psychisch Gestörten umgeht, besonders in Gefahrensituationen. Und psychisch gestört ist Lorenzo ohne Zweifel.«

Paul grinste. »Vielleicht hat Mattia einen mäßigenden Einfluß auf ihn.«

Endlich erreichten sie den Felsspalt, durch den frische Luft und Tageslicht hereinströmten. Beides erschien Claudia überaus verlockend, und sobald sie im Freien stand, atmete sie tief durch. Sie legte den Kopf in den Nacken und schloß die Augen, die sich an das Licht der Sonne erst gewöhnen mußten.

Als sie die Augen wieder aufschlug, sah sie vom Rand des Plateaus her, wo der Bergpfad nach oben führte, mehrere Männer näher kommen. Sie trugen Schußwaffen in den Händen und hatten es sehr eilig.

»Eine Falle, Paul!« Sie zeigte in die Richtung, aus der die Fremden kamen. »Wir stecken in der Falle!«

42

Paul blickte zu den Männern hinüber, deren Zahl nicht abzuschätzen war, denn es tauchten immer neue auf dem Bergpfad auf.

»Polizisten sind das nicht, oder?«

Claudia schüttelte den Kopf. »Ich habe niemanden herbestellt. Wir sollten von hier verschwinden, solange es noch möglich ist!«

Paul nickte knapp und wandte sich an Lorenzo. »Gibt es einen anderen Weg vom Plateau nach unten?«

»Für euch nicht«, gab Lorenzo zurück und richtete seine Jagdflinte auf sie. »Beide Läufe sind geladen, also bleibt besser, wo ihr seid!«

Paul tat, als wollte er die Hände heben, aber aus der Bewegung heraus warf er seine Kurbellampe nach Lorenzo. Gleichzeitig rief er: »Deckung, Claudia!«
Claudia ließ sich fallen und sah, daß Paul dasselbe tat. Die schwere Lampe traf Lorenzo an der rechten Seite des Kopfes. Er taumelte ein paar Schritte nach hinten und riß dabei, vielleicht unabsichtlich, beide Abzüge seiner Waffe durch. Aus dieser Nähe war die doppelte Detonation ohrenbetäubend. Zum Glück flogen die Schrotladungen über sie hinweg.
Lorenzo tastete nach der Stelle, wo ihn die Lampe getroffen hatte, und Blut bedeckte seine Finger. Mit einem wütenden Aufschrei stürzte er sich auf Paul, der aber flink genug war, um ihm auszuweichen und ihm zugleich noch ein Bein zu stellen. Lorenzo stolperte und stürzte zu Boden.
Claudia hatte inzwischen ihre Beretta gezogen und ließ die im geladenen Zustand mehr als ein Kilogramm wiegende Waffe auf seinen Hinterkopf krachen. Mit einem Stöhnen sank er in sich zusammen und blieb reglos liegen. Wenn er wieder aufwachte, würde er gehörige Kopfschmerzen haben, aber das war jetzt nicht ihr Problem.
»Wohin?« fragte sie Paul, der neben ihr stand und sich hastig umsah. »Zurück in die Höhlen?«
»Das halte ich für keine gute Idee. Es muß da zwar einen weiteren Ein- und Ausgang geben, sonst hätte Lorenzo uns vorhin nicht überraschen können, aber wir kennen ihn nicht und würden uns vielleicht hoffnungslos verirren. Laß uns lieber hier draußen nach einem Fluchtweg suchen!«
Von dem Krachen der Flinte alarmiert, beschleunigten die Unbekannten ihre Schritte, aber wenigstens schossen sie bislang nicht.

»Einfach nur weg!« sagte Claudia und zog Paul mit sich in die den Fremden entgegengesetzte Richtung.
Sie fanden keinen anderen ausgetretenen Weg, der vom Plateau heruntergeführt hätte, aber es gab eine Stelle, an der die Steillage weniger ausgeprägt war und wo viele Büsche und Sträucher wuchsen, an denen sie sich auf dem Weg nach unten würden festhalten können. Es ging eher langsam voran, oft auch auf allen vieren, und oben am Rand des Plateaus erschienen bereits ihre Verfolger.
»Wenn die jetzt schießen, gibt es keine Hoffnung für uns«, keuchte Claudia erschrocken.
Sie hatte die Beretta zurück ins Holster geschoben, und bis sie die Waffe erneut gezogen hätte, wäre sie längst tot gewesen.
Auch Paul warf einen skeptischen Blick nach oben. »Stimmt, aber sie schießen nicht. Sieht ganz so aus, als wollten sie uns lebend haben.«
Schon machten die ersten Verfolger sich ebenfalls an den Abstieg.
»Sie werden hier nicht schneller vorankommen als wir«, fuhr Paul fort. »Das ist unsere Chance, Claudia, weiter!«
Sie setzten den Weg nach unten fort, während über ihnen die Stimmen der Verfolger ertönten, die sich durch kurze Zurufe miteinander verständigten. Claudia achtete nicht auf das, was sie sagten. In der jetzigen Situation war es belanglos, und sie wollte sich durch nichts ablenken lassen. Jede Sekunde zählte.
Nach ungefähr zehn Minuten erreichten sie ein schmales Plateau, nur knapp halb so groß wie das, von dem sie gekommen waren. Aber nach kurzer Sondierung des Geländes entdeckte Claudia einen buschbewachsenen Weg, der ein Stück um den Berg herumzuführen schien.

»Nehmen wir den?« fragte sie.
»Ja. Alles ist besser, als hier zu stehen und nichts zu tun.«
Also zwängten sie sich, so schnell sie konnten, zwischen den engen Büschen hindurch, aber schon nach wenigen Schritten fuhr ein heftiger Schmerz durch Claudias rechtes Fußgelenk. Sie stöhnte auf und lehnte sich, um den Fuß zu entlasten, gegen die Felswand, an der sie entlanggingen.
Paul drehte sich um und sah sie besorgt an.
»Was ist?«
»Der Fuß. Seitdem Anfuso ihn eingerieben hatte, hat er recht gut mitgespielt, aber jetzt will er nicht mehr.«
»Ich stütze dich.«
Sie schüttelte den Kopf und drückte ihm ihr Mobiltelefon in die Hand.
»Geh du weiter und versuch, Hilfe zu holen. Ich gebe dir mein Handy mit.«
Unschlüssig ließ er das Handy in seine Jackentasche gleiten.
»Und du?«
Claudia klopfte auf ihr Lederholster.
»Ich halte die Kerle hinter uns auf, solange es geht.«
»Hast du zu viele Western gesehen?« schnaubte Paul. »Ich werde dich auf keinen Fall hier zurücklassen!«
»Verletzt es dein männliches Ego, wenn eine Frau dir Feuerschutz gibt?«
»Eheberatung können wir später machen. Komm jetzt endlich!«
Er wollte es nicht anders, und im Grunde ihres Herzens war Claudia froh darüber. Von Paul gestützt, schleppte sie sich weiter. Aber auf diese Art kamen sie nur langsam voran, und über kurz oder lang würden die Männer sie einholen. Schon hörten sie Schritte und Stimmen näher kommen.

Nach zwei oder drei weiteren Minuten weitete sich das Gelände vor ihnen zu einem flachen Hang, auf dem zwischen vereinzelten Sträuchern eine Menge Geröll herumlag. Es sah ganz so aus, als hätten sie ihren Weg nach unten gefunden.
»Bleibt stehen!« erscholl da eine Männerstimme. »Das hat doch alles keinen Sinn!«
»Das kommt nicht von hinten!« flüsterte Claudia. »Ein paar von denen haben uns den Weg abgeschnitten. Wir brauchen eine Deckung, die beiden Felsblöcke da vorn!«
Sie eilten zu zwei großen, langgestreckten Felsen, die fast im rechten Winkel aneinanderstießen und dadurch eine gute Deckung nach beiden Richtungen boten. Claudia war froh, als sie sich hinter den Felsen niederlassen und ihren Fuß schonen konnte. Obwohl Paul sie gestützt hatte, war das Gehen zum Schluß höllisch schmerzhaft gewesen. Sie brachte die Beretta in Anschlag und beobachtete das Gelände.
Als auch Paul den Kopf heben wollte, zischte sie: »Bleib lieber unten! Du bringst dich nur in Gefahr, und ohne Waffe kannst du ohnehin nichts ausrichten.«
Die Männer, die sie seit ihrem Abstieg verfolgt hatten, ließen noch auf sich warten, aber die anderen, die sie eben angesprochen hatten, bogen gerade um eine Felsgruppe. Claudia zählte ungefähr ein halbes Dutzend.
Sie gab einen Warnschuß ab, und dicht neben einem der Männer riß ihre Kugel Splitter aus dem Gestein.
Ein paar der Männer ließen sich flach auf den Boden fallen, andere sprangen hinter die Felsen in Deckung. Aber noch schoß keiner von ihnen zurück.
Im Gegenteil, einer trat ganz offen und langsamen Schrittes, die Hände wie zur Aufgabe erhoben, auf die Felsen zu, die Claudia und Paul Schutz boten. Ein athletischer Mann, etwas

mehr als mittelgroß, mit hellem Haar und einem etwas dunkleren Vollbart. Eine Sonnenbrille schirmte seine Augen ab. Er trug ein Jeanshemd und darüber eine Outdoorweste, und Claudias Augen suchten ihn vergebens nach Waffen ab. Was nicht hieß, daß er tatsächlich unbewaffnet war. Vielleicht trug er eine Waffe unter der Kleidung versteckt.

»Stehenbleiben, das ist nahe genug!« rief Claudia.

Der Mann hielt nur kurz inne, dann kam er weiter auf sie zu. Er lächelte sogar, als er sagte: »Wir sollten nicht aufeinander schießen, sondern miteinander reden, Claudia.«

»Bleib stehen!«

Er ignorierte ihren Befehl und sagte: »Ich habe gar keine Waffe.«

Schritt für Schritt, ohne Hast, ohne das leiseste Anzeichen von Nervosität, kam er näher, war jetzt nur noch etwa zehn Meter entfernt.

Paul hatte seinen Kopf aus der Deckung gereckt, um zu sehen, was da los war. Jetzt blickte er Claudia an und fragte: »Das kann ein Trick sein. Warum schießt du nicht?«

»Ich kann nicht«, sagte Claudia leise. »Ich kann nicht auf meinen Bruder schießen.«

»Dein Bruder?« fragte Paul fassungslos und starrte den Mann an. »Das da ist Dario?«

»Er ist es«, sagte Claudia, die sich vorkam wie in einem Traum. »Ich erkenne ihn trotz Sonnenbrille und Bart, auch nach sechzehn Jahren.«

Die Gefühle, die Claudia in diesen Sekunden bestürmten, hätten für ein ganzes Leben gereicht, und sie hätte sie nicht auf einen Nenner bringen können. Überraschung, Freude, Schock, Verwirrung, Zweifel, Panik. Das alles und noch viel mehr beherrschte sie in diesem Augenblick und hinderte sie daran, auch nur einen klaren Gedanken zu fassen. Vor ihr stand ein erwachsener Mann und zugleich der junge Dario, an den sie sich die ganze Zeit über erinnert hatte. Und auch der kleine Junge, der er einst gewesen war.

Aber wie war der Dario von heute?

Wo kam er her?

Was tat er hier?

Diese Fragen schwirrten ihr durch den Kopf und verlangten nach Antworten, und doch – sie war sich nicht sicher, ob sie die Antworten wirklich hören wollte. Ob sie ihr gefallen würden.

Du mußt mir vertrauen, Claudia. Endlich sind wir wieder vereint. Nach so vielen Jahren. So, wie es sein muß. Das ist alles, was zählt. Hab Vertrauen, Claudia!

Die Stimme war in ihrem Kopf, ganz ähnlich der, die sie nach dem mißglückten Attentat auf den Papst vernommen hatte. Sie hätte nicht einmal sagen können, ob es wirklich ausformulierte Worte waren oder nur ein Gefühl. Ein gutes Gefühl, verbunden mit einer merkwürdigen Wärme, die sich in ihrem ganzen Körper ausbreitete. Sie entspannte sich, und alle Fragen, alle Zweifel, alle Sorgen fielen von ihr ab.

Inzwischen stand Dario unmittelbar vor ihr. Sie brauchte nur die Hand auszustrecken, um ihn zu berühren. Wie oft hatte sie sich das gewünscht, hatte sie davon geträumt!

Ich bin bei dir, Claudia. Nichts kann uns je wieder trennen. Komm zu mir, Claudia!

Vorsichtig streckte sie die linke Hand aus, und ihre Fingerspitzen berührten seine Wange. Er war Wirklichkeit, kein Traum. Ein Mensch. Fleisch und Blut. Tränen rannen ihr übers Gesicht, während das Gefühl von Wärme und Geborgenheit sie überwältigte.

»Gib das mir, du brauchst es nicht mehr«, sagte Dario und streckte eine Hand nach der Beretta aus, die Claudia noch in der Rechten hielt.
Bereitwillig gab sie ihm die Waffe. Warum auch nicht? In ihr war etwas, das ihr sagte, sie müsse sich nie wieder Sorgen machen, müsse nie mehr eine Waffe benutzen. Von nun an würde Dario bei ihr sein und sie beschützen.
Er gab die Beretta einem seiner Begleiter, die inzwischen ebenfalls zu den beiden Felsen getreten waren, und schloß Claudia in die Arme. Sie weinte noch immer, während sie ihren Bruder umschlang und an sich drückte. Nach so vielen Jahren war sie zu Hause, bei ihrer Familie, bei Dario.
Endlich!

43

Machtlos sah Paul zu, wie Darios Begleiter die beiden Felsen, hinter denen Claudia und er Deckung gesucht hatten, umringten. Verstärkung erhielten sie von den Männern, die Paul und Claudia schon die ganze Zeit über verfolgt hatten. An die zwanzig waren es schließlich, bewaffnet und, wie Paul in ihren mitleidslosen Gesichtern las, zu allem entschlossen. Er achtete auf ihre Hände – alle trugen sie den Janus-Ring. Auch Dario.
Claudia schien von dem unerwarteten Wiedersehen mehr als überwältigt zu sein. Es war, als stünde sie ganz und gar unter einem Bann und habe keinen eigenen Willen mehr. Er muß-

te an jene Augenblicke denken, wenn eins der Waisenkinder am Mondsee Zutrauen zu ihm faßte und seine Hand ergriff, wie um sie nie mehr loszulassen. Auch für ihn selbst waren das immer Glücksmomente gewesen, und er sehnte sich danach, sie wieder zu erleben.

Hier, bei Claudia und Dario, sah es allerdings anders aus, nicht wie eine Entscheidung aus freien Stücken. Claudia kam ihm vor wie eine Marionette, die an unsichtbaren Fäden hing.

Er hatte kurz daran gedacht, Claudia die Waffe zu entreißen, den Gedanken aber schnell wieder verworfen. Angesichts so vieler Feinde war ihre Lage aussichtslos. Hätten ihre Verfolger das Feuer auf sie eröffnet, hätte das für alle tödlich enden können, auch für Claudia und ihr gemeinsames Kind.

Auch gegen die Möglichkeit, allein die Flucht zu wagen, entschied er sich. Er wollte – und konnte – Claudia nicht im Stich lassen.

Diese Entscheidungen hatte er innerhalb weniger Sekunden gefällt, und nun konnte er nichts mehr tun. Er starrte in die Mündungen so vieler Pistolen und Revolver, daß er gar nicht erst anfing, sie zu zählen.

Der Bewaffnete, der direkt vor Paul stand und seine schwarz glänzende Automatik lässig, aber nicht unaufmerksam auf Pauls Kopf gerichtet hielt, wandte sich an Dario.

»Was machen wir mit dem hier? Umnieten?«

Hatte Claudia das gehört, oder war es Zufall, daß sie sich in diesem Augenblick umdrehte und Paul ansah. Irritiert wanderte ihr Blick weiter zu den Männern, die ihn bedrohten. Sie wischte sich mit dem Ärmel die Tränen aus dem Gesicht und sah ihren Bruder an.

»Was soll das, Dario? Wollt ihr Paul etwas antun?«

Dario lächelte und strich ihr sanft übers Haar.
»Natürlich nicht. Es ist nur zur Sicherheit. Wir werden ihm die Hände fesseln müssen, damit er uns nicht in die Quere kommt. Das verstehst du doch?«
»J-ja«, antwortete sie zögernd.
Zwei Männer packten Paul unsanft und hielten ihn fest. Ein weiterer riß seine Arme nach hinten und band sie mit einem Strick zusammen.
Paul fing einen mitleidigen Blick von Claudia auf. Aber was nützte das? Sie stand offensichtlich vollkommen unter Darios Einfluß. Letztlich war das ohne Belang, denn Dario und seine Begleiter hatten sie beide in ihrer Gewalt.
»Seht nach, ob er eine Waffe oder ein Handy bei sich hat!« befahl Dario.
Einer der Männer tastete Paul sorgfältig ab. »Nein, nichts.«
»Gut.« Dario legte einen Arm um Claudia. »Gehen wir ins Dorf. Das war ein anstrengender Vormittag, und mir knurrt der Magen.«
Als Claudia nach ein paar Schritten aufstöhnte, sah Dario sich ihren Fuß an.
»Das sieht nicht gut aus«, befand er und winkte zwei Männer herbei, die Claudia auf dem weiteren Weg stützen sollten. »Im Dorf wird Dottore Carducci sich das ansehen.«
»Sie haben sogar einen Arzt dabei?« fragte Paul erstaunt.
Dario sah ihn kurz an und lächelte dann. »Wir sind gut organisiert.«
»Daran habe ich keinen Zweifel.«

Nach einer halben Stunde tauchte Pellicano vor ihnen auf, und jetzt wirkte der Ort gar nicht mehr so unbelebt wie noch am Abend zuvor. Eine ganze Autoflotte parkte in den engen Straßen, darunter mehrere Transporter, und zwischen den Häusern waren ein paar Zelte aufgestellt worden. War Pellicano ihm bei ihrer nächtlichen Ankunft wie eine Geisterstadt im Wilden Westen vorgekommen, dachte er jetzt unwillkürlich an eine Boomtown, wo sich Glücksritter zusammenfanden und provisorische Unterkünfte errichteten, um nach Silber oder Gold zu suchen.

Nein, nicht Silber oder Gold, sagte er sich, hier ging es um mehr.

Vor einem Zelt saß Lorenzo unter einer zum Schutz gegen die Sonne aufgespannten Plane und ließ seine Kopfwunden behandeln. Der kleine, kahlköpfige Mann, der ihm gerade ein Pflaster auf den Hinterkopf klebte, mußte Dr. Carducci sein.

»Hier kommt eine weitere Patientin, Dottore«, rief Dario. »Ein verstauchter Fuß.«

Claudia wurde unter den Sonnenschutz geführt und setzte sich vorsichtig auf einen Klappstuhl.

»Einen netten Campingplatz haben Sie hier«, sagte Paul, an Dario gewandt. »Aber ich nehme an, Sie sind nicht hier, um sich zu erholen.«

»Sie sind ein kluger Mann, Paul. Schade nur, daß Sie auf der falschen Seite stehen. Aber vielleicht besteht noch Hoffnung, daß Sie zu uns überwechseln?«

»Auf Ihre Seite, Dario? Welche ist das? Die des Gottes Janus? Die der Söhne des Alten?«

Eine Stimme, die er seit zwei Monaten nicht mehr gehört hatte und doch sofort erkannte, sagte plötzlich hinter ihm: »Dario hat recht, Sie sind wirklich ein kluger Mann.«

»Martín!« stieß Paul hervor und wirbelte herum. »Ich wußte es!«

Vor ihm stand, in einem schlichten schwarzen Anzug, Juan Felipe Martín, bis vor zwei Monaten Mitglied der Gesellschaft Jesu und als Admonitor des Generaloberen Gavalda zugleich dessen Gewissen und wichtigster Ratgeber. Aber der Spanier hatte sich als Verräter entpuppt, als Anführer der Söhne des Alten, bei denen er den Titel »Domitor« führte, was auf Latein soviel hieß wie »Bezwinger« oder »Überwinder«.

Mit einem Mal stand Paul wieder der Kampf um das Wahre Grab Petri vor Augen, ein wildes Gefecht in den Katakomben unterhalb des Vatikans. Martín war in dem Getümmel untergetaucht, und seitdem hatte Paul darauf gewartet, ihm wieder gegenüberzustehen.

Martín war ein alter Mann, und in der Zeit seit ihrem letzten Zusammentreffen schien er noch dünner geworden zu sein. Das Gesicht unter dem kahlen Schädel war schmaler geworden und die Stirn faltiger. Er wirkte mehr tot als lebendig, wie jemand, der eigentlich längst gestorben war, sich aber weigerte, das anzuerkennen. Er war ungefähr im selben Alter wie Gavalda, und Paul dachte, daß Gott den falschen Mann zu sich geholt hatte.

Martín verzog seine dünnen Lippen zu der Parodie eines Lächelns. »Sie wußten es also, Paul? Was genau wußten Sie?«

»Daß die Söhne des Alten hinter alldem stecken.« Er blickte auf Martíns linke Hand, wo der alte Mann einen Janus-Ring trug. »Auch wenn Sie sich vor zwei Monaten nicht mit diesen lächerlichen Ringen geschmückt haben. Was soll das sein, ein Ablenkungsmanöver, damit alle glauben, eine andere Gruppe sei für Ihre Verbrechen verantwortlich?«

»Ganz im Gegenteil. Diese Ringe sind Teil unserer, wie sagt

man heutzutage, Corporate Identity. Dario hatte die Idee, und sie ist gut. Nach dem Kampf um das Wahre Grab Petri, der leider nicht wie erhofft endete, waren wir doch ein wenig geschwächt und mußten überlegen, wie wir unsere Reihen wieder schließen und unsere Anhänger neu motivieren konnten. Dieser Ring ist ein Teil des Konzepts, das Dario entwickelt hat. Auch die großen Führer vergangener Jahrhunderte haben gewußt, daß eine Truppe dann am besten kämpft, wenn sie stolz auf sich sein kann. Dazu muß eine Identität geschaffen werden. Früher dienten dazu Uniformen, Banner, Orden und Abzeichen, bei uns ist es der Ring.«

»Tja, was große Führer so tun«, sagte Paul verächtlich. »Dann sind diese Männer hier so etwas wie Ihre Waffen-SS, und der Januskopf auf dem Ring ist der Ersatz für die doppelte Siegrune.«

Martín blieb vollkommen ruhig. »Spotten Sie nur. Ich kann verstehen, daß Sie Ihrer Enttäuschung Luft machen müssen. Wahrscheinlich haben Sie längst eingesehen, daß wir diesmal den Sieg davontragen werden. Nichts kann uns mehr von der Erfüllung unserer Pläne abhalten!«

»Ihrer Pläne? Meinen Sie die wahnsinnige Idee, Ihren vermeintlichen Gott Janus wieder auf den Thron zu setzen?«

»Was sonst?«

»Ich habe die Bilder in den Höhlen gesehen. Ich weiß, daß Ihr Janus ein grausamer Dämon ist, der sich am Leid der Menschen ergötzt, ihnen furchtbare Opfer abverlangt und ruhig mit ansieht, wie die Menschen, die ihn anbeten, sterben.«

»Dasselbe kann man auch von Ihrem Gott sagen, vom Gott der Christen. Man muß hinter die Dinge blicken, Paul, um das Eigentliche zu sehen. Ihnen fehlt die wahre Erkenntnis.

Sie waren in den Höhlen, ja, aber Sie haben längst nicht alles gesehen.«
Der Arzt kümmerte sich inzwischen um Claudia, und Lorenzo kam an Paul und Martín vorbei. Bei Paul blieb er kurz stehen und tastete vorsichtig nach einem der Pflaster, die Dr. Carducci ihm aufgeklebt hatte.
»Das war nicht nett, Paul, wirklich nicht. Ich werde es Mattia sagen, und er wird dir nichts zu essen geben!«
Zur Bekräftigung seiner Worte stampfte er mit dem rechten Fuß auf und marschierte dann mit strammen Schritten auf sein Haus – oder das von Mattia – zu.
Paul wandte sich wieder dem greisen Domitor zu. »Ist das auch ein Angehöriger Ihrer glorreichen Armee?«
»Er ist ein wichtiger Helfer. Niemand kennt sich in den Höhlen so gut aus wie er; daß wir uns da oben inzwischen so gut zurechtfinden, verdanken wir allein ihm.«
»Ich habe eher den Eindruck, daß die Höhlen ihn um den Verstand gebracht haben.«
»Für unsere Zwecke reicht sein Verstand völlig aus.«
»Ein nützlicher Idiot also.«
Martín schüttelte den Kopf. »Ich verstehe Sie beim besten Willen nicht, Paul. Sie scheinen auf einem Auge blind zu sein. Behandelt Ihre Kirche ihre Mitglieder denn nicht wie nützliche Idioten?«
»Ich sage nicht, daß in der Hierarchie der katholischen Kirche und mit der Einstellung ihrer Führung gegenüber der Masse der Gläubigen alles in Ordnung ist, aber einen wesentlichen Unterschied zu Ihrer Bruderschaft gibt es doch.«
»Und der wäre?«
»Die katholische Kirche versucht nicht, einen rasenden Dämon auf die Menschheit loszulassen.«

44

Die Söhne des Alten waren tatsächlich organisiert wie eine kleine Armee. Sie hatten einen Arzt in ihrem Lager, und dank seiner Kunst konnte Claudia wieder einigermaßen gehen, wenn sie dabei auch deutlich humpelte.
Aus einer Gulaschkanone wurde Eintopf verteilt, und anders, als Lorenzo gedroht hatte, sollte auch Paul etwas abbekommen. Dario selbst brachte ihm einen Plastikteller mit Essen.
»Versprechen Sie, nicht zu fliehen, wenn wir Ihnen die Fesseln abnehmen?«
»Wenn ich das nicht verspreche, bekomme ich vermutlich nichts zu essen.«
»Erraten.«
»Dann verspreche ich es, allerdings nur für die Zeit des Essens.«
»Das bedeutet, daß wir Ihnen danach die Hände wieder binden werden.«
Paul zuckte die Achseln.
Dario nickte. »Okay, ich schätze Ihre Ehrlichkeit.«
Er winkte einen seiner Männer herbei und befahl ihm, Paul von den Fesseln zu befreien. Paul massierte einen Augenblick lang seine schmerzenden Handgelenke, bevor er Dario den Teller abnahm.
»Kommen Sie mit, hier draußen ist es nicht so richtig gemütlich.«
Paul folgte ihm in eins der leerstehenden Häuser, wo schon Claudia, Dr. Carducci, Martín und ein weiterer Mann, ein

Kerl von der Statur eines Bären, den sie Stefano nannten, am Tisch saßen.

Als er sich setzte, suchte Paul den Blickkontakt mit Claudia, aber er konnte nicht erkennen, was in ihr vorging. Der Eindruck, daß das Wiedersehen mit ihrem Zwillingsbruder bei ihr eine Art Gehirnwäsche ausgelöst hatte, verfestigte sich. Sie schien nicht mehr dieselbe zu sein wie noch eine Stunde zuvor.

Dario setzte sich neben Claudia und streichelte ihre Hand, und sie lächelte ihn dankbar an.

»Ihr werdet euch viel zu erzählen haben«, sagte Paul. »Nach sechzehn Jahren.«

»Das ist wahr«, erwiderte Dario.

»Wahrscheinlich haben Sie mehr zu erzählen als Claudia. Ich nehme an, Sie sind über Claudia recht gut informiert. Dagegen haben Sie, seit Sie damals im Vatikan untergetaucht sind, nichts mehr von sich hören lassen, haben noch nicht einmal eine Weihnachtskarte geschickt.«

Claudias fragender Blick pendelte zwischen Paul und Dario.

»Untergetaucht?«

»Ich glaube nicht, daß dein Bruder damals unfreiwillig so spurlos verschwunden ist. Nein, ich denke, das Ganze war ein überaus geschickt inszenierter Schwindel.«

»Wieso Schwindel?« rief Dario.

»Verschwunden im Vatikan! Das ist doch eine Schlagzeile, allerdings keine, die man im Vatikan gern liest. Deshalb wurde dort alles versucht, um die Wogen zu glätten und die Sache möglichst unter den Teppich zu kehren. Das aber war genau das, was Sie und Ihre Mitverschwörer beabsichtigt hatten. Es waren gewiß hochrangige Leute aus dem Vatikan in die Sache verstrickt, so wie die Söhne des Alten auch die Gesellschaft Jesu unterwandert hatten und bis in ihre höchsten Kreise vorgedrungen waren.« Bei diesen Worten warf Paul einen Seitenblick auf Juan Felipe Martín, der interessiert zuhörte. »Aber der Heilige Stuhl war nicht beteiligt. Er war das Opfer, nicht der Täter, denn Ihr geschickter Plan hat ihn zum Hauptverdächtigen und Prügelknaben für all jene gemacht, die nach dem verschwundenen Dario suchten. Besonders für Claudia.«

»Ist das wahr, Dario?« fragte Claudia.

»So ähnlich hat es sich abgespielt, ja. Es tut mir leid, wenn du dir meinetwegen Sorgen gemacht hast, aber wir hatten keine Wahl. Es gab Anzeichen dafür, daß sie im Vatikan im Begriff waren, mein wahres Selbst und meine Bestimmung zu entdecken.«

»Dafür aber war es noch viel zu früh«, erklärte Martín. »Dario war noch nicht bereit für die große Aufgabe. Deshalb haben wir beschlossen, ihn untertauchen zu lassen. So hatte er die nötige Ruhe, um sein Wissen zu erweitern und seine Fähigkeiten auszubilden.«

Claudia sah erst Martín an, dann ihren Bruder. »Was für Fähigkeiten?«

Jetzt ergriff Paul wieder das Wort. »Martín spricht von der Fähigkeit, andere Menschen geistig zu beeinflussen, nehme ich an. So wie Dario es erst mit Pignato und dann mit Tarabella gemacht hat. Es ist dasselbe Prinzip wie bei seinem Verschwinden. Man macht andere für die eigenen Taten verantwortlich, läßt Unschuldige als Täter dastehen, um von sich selbst abzulenken. Habe ich das im großen und ganzen richtig dargestellt?«

»Im großen und ganzen schon«, sagte Martín.

»Aber warum, Dario?« fragte Claudia. »Warum hast du Pignato und Calvi getötet? Und warum wolltest du den Papst ermorden?«

»Ach, Pignato und Calvi mit ihrer dummen Janus-Ausstellung«, seufzte Dario. »Sie kamen ein wenig zu früh mit der Geschichte, und wir mußten damit rechnen, daß unsere Pläne vorzeitig ans Licht kommen. Pignato hatte einfach zuviel herumgeschnüffelt, seine Nase zu tief hineingesteckt. Sogar hier in Pellicano ist er gewesen und hat sich von Lorenzo die Höhlen zeigen lassen. Da wir nicht wußten, inwieweit er diese Calvi eingeweiht hatte, war ihr gemeinsamer Auftritt im Forum Romanum eine gute Gelegenheit, beide zum Schweigen zu bringen.«

»Dann haben Sie Signora Vigezzi entführen lassen, um aus ihr herauszubekommen – herauszuprügeln, wäre wohl der passendere Ausdruck –, inwieweit ihr Mann sie oder Dritte eingeweiht hatte.«

»Ja«, bestätigte Dario.

»Und der Papst?« fragte Claudia. »Was weiß er, das dir und deinen Freunden schaden kann?«

»Der Anschlag auf den Papst hatte andere Motive. Er sollte unsere Macht demonstrieren. Wenn es Janus gelingt, Gottes Stellvertreter auf Erden zu töten, dann ist die Zeit reif für die Rückkehr des verbannten Gottes, des Alten, die Rückkehr von Janus. Wir wollten diese Zeichen setzen, weil wir intern – nun, ja – ein paar Schwierigkeiten hatten.«

»Dann habe ich euch mit meinem Eingreifen einen Strich durch die Rechnung gemacht?«

»Schon, Claudia, aber es ist nicht weiter schlimm. Du hast gezeigt, daß du aus dem richtigen Holz geschnitzt bist. Wer sonst außer meiner Schwester hätte mich aufhalten können?

Hätte ich das nicht einkalkuliert, hätte ich dir nicht die E-Mails zukommen lassen.«

»Warum dieses Katz-und-Maus-Spiel, Dario? So lange höre ich nichts von dir, läßt du mich glauben, du seist möglicherweise tot, und dann meldest du dich auf diese Weise!«

»Es war ein Test«, sagte Martín. »Wir wollten sehen, wie Sie sich in besonderen Situationen verhalten. Dario war immer, über all die Jahre, der Meinung, Sie verfügten über dieselben Fähigkeiten wie er. Wir wollten Sie langsam an alles heranführen und Ihnen zeigen, wozu Menschen mit Ihren besonderen Fähigkeiten in der Lage sind.«

»Sie haben mich also über Jahre hinweg beobachtet?«

»Gewiß«, sagte der Spanier. »Seit frühester Kindheit, Sie und Dario. Wir hatten den Eindruck, daß Dario der Stärkere von Ihnen beiden ist, was die geistigen Fähigkeiten betrifft, und zugleich schien er empfänglicher zu sein, was die Wahrheit angeht. Deshalb haben wir schon in seiner Kindheit einen gewissen Einfluß auf ihn ausgeübt. Ich muß zugeben, daß wir einfach auch bessere Möglichkeiten hatten bei ihm, weil ein Großteil der Mönche von San Benedetto mit unserer Sache sympathisiert. Bei den Schwestern von Santa Apollonia ist das leider nicht der Fall. Auch ein Grund, weshalb wir uns entschieden haben, Dario den Vorrang zu geben. Schon, daß er nach San Benedetto kam, ist unserer Einflußnahme zu verdanken.«

Claudia sah traurig aus, als sie jetzt ihren Bruder anblickte.

»Stimmt das, Dario? Hast du mir seit unserer Kindheit etwas vorgemacht? An unseren gemeinsamen Tagen? Jedesmal, wenn wir uns getroffen haben?«

»Es mußte sein, Claudia. Was sollte ich tun? Die Söhne des Alten haben mir nicht erlaubt, dich einzuweihen. So oft habe ich versucht, sie umzustimmen, aber immer hieß es, du seist noch nicht bereit.«

»Und jetzt plötzlich taucht ihr auf!« sagte sie vorwurfsvoll. »Warum? Um mich auf eure Seite zu ziehen?«

»Ja!« sagte Dario.

»Warum haben eure Leute versucht, mich zu ermorden?«

»Ich habe ja schon angedeutet, daß die Dinge ein wenig aus dem Ruder gelaufen sind. Nicht alle waren meiner Meinung, und einige hielten es nach wie vor für falsch, daß ich den Kontakt zu dir gesucht habe. Sie hielten dich nicht für vertrauenswürdig und meinten, du könntest unsere Sache verraten. Deshalb haben sie nach dem Vorfall im Forum Romanum versucht, dich zu entführen.«

»Und was war in San Vito? Da hätten sie mich fast umgebracht!«

»Eine Verkettung unglücklicher Umstände, Claudia. Niemand durfte dir etwas tun, das war meine strikte Anweisung. Ich bedaure nicht, daß die beiden, die dir nach San Vito gefolgt sind, sterben mußten. Sie hatten es nicht anders verdient, wenn ich bedenke, in welche Gefahr sie dich gebracht haben. Du bist viel zu wertvoll!«

Für Paul hörte Dario sich nicht an wie ein Bruder, der über die Liebe zu seiner Schwester spricht. Er klang eher nach einem Juwelier, der ein Schmuckstück beurteilt, oder einem Anlageberater, der einen Aktienfonds vorstellt.

»Inwiefern wertvoll?« fragte er denn auch. »Warum ist Claudia gerade jetzt so wertvoll für euch?«

Ein erschreckender Gedanke hatte sich seiner bemächtigt, und er hoffte inständig, daß er sich irrte.

»Sie stellen kluge Fragen, Paul«, sagte Martín. »Die Antwort auf die eben gestellte finden Sie oben in den Höhlen des Janus.«

45

Nach dem Essen stiegen sie erneut auf zu den Götterhöhlen, diesmal in einer größeren Gruppe von zwölf Personen, der auch Martín, Dario, Dr. Carducci, Stefano, Lorenzo, Paul und Claudia angehörten. Die Aufforderung dazu war keine freundliche Einladung gewesen, sondern ein Befehl, der angesichts der Umstände keinen Widerspruch zuließ.

Sie hatten Paul wieder die Hände auf den Rücken gefesselt, was ihm das Gehen, das zuweilen an Kletterei grenzte, nicht gerade erleichterte. Zum Glück ging die ganze Gruppe nicht sehr schnell, und zwei-, dreimal wurde eine kurze Pause eingelegt, was wohl dem fortgeschrittenen Alter des Spaniers geschuldet war.

Claudia hielt sich, so Pauls Eindruck, recht wacker. Offenbar hatte Carducci ihren Fuß ganz erfolgreich behandelt. Er sah, daß sie sich bemühte, mit dem rechten Fuß nicht zu fest aufzutreten, und hin und wieder stöhnte sie leicht, aber insgesamt schien es besser zu sein als auf ihrer Flucht wenige Stunden zuvor.

Die Flucht. Sie ging ihm im Kopf herum. Sie und das plötzliche Auftauchen der Söhne des Alten – und Darios.

Er beschleunigte seinen Schritt und arbeitete sich zur Spitze der Gruppe vor, immer argwöhnisch beobachtet von Stefano, der ihm offenbar als Aufpasser zugeteilt war.

Als Paul vorn angelangt war, schob er sich zwischen Dario und Martín und fragte: »Wie kommt es eigentlich, daß Sie so plötzlich und in so großer Zahl hier auftauchen? Noch in der Nacht war es hier wie ausgestorben, abgesehen von Lorenzo.«

»Machen Sie sich darüber wirklich ernsthaft Gedanken?« fragte Dario. »Inzwischen sollten Sie wissen, daß wir über alles, was uns betrifft, gut informiert sind. Wir haben Informanten bei den Jesuiten ebenso wie bei der Polizei. Wir haben gewußt, daß Sie und Claudia Rom verlassen hatten. Zugegeben, wir waren in der Nacht nicht an Ihnen dran, aber auch außerhalb Roms haben wir an allen wichtigen Punkten Verbündete, Späher.«

»So wie Lorenzo?« Paul warf dem Einsiedler, der die Gruppe anführte und wieder seine Flinte geschultert hatte, einen kurzen Blick zu.

»So wie Lorenzo, richtig. Er mag ein bißchen merkwürdig wirken, und offen gesagt ist er das auch, aber er hat sich als zuverlässig erwiesen, auch letzte Nacht, als er uns anrief und über Ihre Ankunft in Pellicano informierte. Ich hatte übrigens bereits damit gerechnet, daß Sie und Claudia sich hier blicken lassen würden. Bei all Ihrer Schnüffelei mußten Sie irgendwann etwas herausfinden, das Sie herführte. Aber das ist nicht schlimm. Sehen Sie den Berg vor uns? Die Höhlen dort sind der Ort der Katharsis für uns Söhne des Alten. Ich hoffe, das werden sie auch für Sie sein, Paul!«

»Glauben Sie wirklich, ich könnte mich auf Ihre Seite stellen – auf die Seite von Mördern?«

»Ihr Vater, Renato Sorelli, stand auf unserer Seite. War er in Ihren Augen kein guter Mensch?«

Damit berührte Dario einen wunden Punkt, eine Frage, über die Paul in den vergangenen Wochen wieder und wieder nachgedacht hatte. Zeit seines Lebens hatte er Sorelli verehrt als den Mann, der ihm Lehrer, Vertrauter, Ersatzvater gewesen war. Aber seit er wußte, daß Sorelli nicht nur zu den Söhnen des Alten gehört hatte, sondern auch sein leiblicher

Vater gewesen war und ihm immer etwas vorgemacht hatte, waren Pauls Gefühle für ihn äußerst zwiespältig.
Mal überwog die Enttäuschung über das, was er als Verrat empfand, und schlug in Wut um, in regelrechten Haß. Besonders wenn Paul daran dachte, wie gefühllos Sorelli die Frau behandelt hatte, die seine, Pauls, Mutter war und die er nur in der Stunde ihres Todes kennengelernt hatte: Maria.
Kaum eine Nacht verging, in der er nicht von seiner Begegnung mit ihr träumte. Von der schmalen, kargen Klosterzelle, in der sie, geduldig die Schmerzen ihrer tödlichen Krankheit ertragend, auf das Ende gewartet hatte, auf die Erlösung durch und in Gott. Bis zuletzt hatte sie sich der Hoffnung hingegeben, ihren Sohn wiederzusehen. Vielleicht war es für sie die Erlösung von allem gewesen, als er an ihr Sterbebett trat.
Er sah sie unter der groben Wolldecke liegen, das weiße Haar, das ausgezehrte und von Schmerz gezeichnete Gesicht, die fiebrigen, geröteten Augen, die tief in den Höhlen lagen und aus denen trotz aller Pein und Erschöpfung eine unbändige Freude sprach, als er vor ihr stand. Er erinnerte sich daran, wie er ihre alte Hand gehalten hatte und wie sie mit einem letzten glücklichen Lächeln auf dem Gesicht gestorben war.
Konnte ein kurzer Besuch, kaum länger als ein Augenblick, ein gemeinsames Leben ersetzen? Das hatte er sich immer wieder gefragt, und er hatte es verneint. Sorelli immerhin war bei seinem Sohn gewesen, wenn Paul auch erst im nachhinein die Wahrheit über ihre Blutsverwandtschaft erfahren hatte. Maria aber hatte gar nicht die Chance bekommen, bei ihrem Sohn zu sein. Und Paul nicht die Chance, bei ihr zu sein.
Das verbitterte ihn, und zugleich lehrte es ihn, daß Mitge-

fühl und Menschlichkeit für die Söhne des Alten so wenig eine Rolle spielten wie für den perversen Götzen, den sie anbeteten. Die Bilder da oben in den Höhlen zeigten deutlich, daß er kein gütiger Gott war, sondern eine blutrünstige, menschenverachtende und menschenverschlingende Bestie.

»Ich bin überzeugt davon, daß Sorelli für das eingetreten ist, woran er geglaubt hat.« Paul zog es vor, ihn nicht als seinen Vater zu bezeichnen. »Aber das ist auch schon alles, was ich an Positivem über ihn sagen kann. Falls man es überhaupt als etwas Postives sehen kann, wenn jemand an die Sache des Teufels glaubt und alles dafür tut, dem Bösen bei den Menschen Einlaß zu verschaffen.«

»Sie wollen es nicht verstehen«, sagte Dario kopfschüttelnd. »Janus ist der Alte, der wahre Gott, der Schöpfer von uns allen. Er kann gar nicht böse sein, weil er der Maßstab ist für alles Sein und Denken und Fühlen und Handeln!«

»Nein, Sie wollen es nicht verstehen, Dario – daß Sie einem Irrglauben folgen, einem Dämon, der Sie verführt, wie er schon so viele andere vor Ihnen verführt hat. Es gibt nur einen wahren Gott und Weltenschöpfer, und der hat nichts mit jenem Monstrum zu tun, das Sie anbeten.«

»Es ist traurig, daß Sie so denken, Paul. Sie, ein Abkömmling des Alten, ein Sohn des Janus. Sie könnten so viel bewirken für unsere Sache, aber es soll wohl nicht sein. Zum Glück sind wir nicht auf Sie angewiesen, um Janus zur Rückkehr auf seinen Thron zu verhelfen!«

Paul fand Darios Hingabe und Zuversicht beunruhigend. Der Mann war gefährlich wie alle Fanatiker. Aber da war noch mehr, da war diese absolute Unerschütterlichkeit. Paul fragte sich, worauf sie beruhte, was Dario dieses unbedingte Vertrauen in seinen Dämon Janus gab.

Inzwischen hatten sie das Plateau erreicht, auf dem Lorenzos Hütte stand, und legten eine Pause ein, weil Martín völlig außer Atem war. Er war nicht der einzige, der sich auf einen der niedrigeren Felsen setzte, um sich auszuruhen. Lorenzo verschwand wortlos in seiner Hütte.

Auch Claudia hatte sich hingesetzt, und Paul nahm neben ihr Platz. Er ließ seinen Blick über die Berglandschaft wandern, die einen weitgehend ursprünglichen Eindruck machte. Die einzige Ausnahme bildete Pellicano, aber das kleine Dorf hatte den Kampf gegen die Natur längst aufgegeben und würde bald wieder mit ihr verschmelzen.

Oder war es so, wie Lorenzo erzählt hatte? Waren die Bewohner nicht vor dem harten Leben in dieser kargen Landschaft geflohen, sondern vor einem Fluch, dem Fluch des Janus?

Eins mußte Paul zugeben: Dies war die passende Gegend für einen Dämon, der sich von den Menschen zurückgezogen hatte und über Jahrtausende hinweg darauf wartete, seine alte Macht wiederzuerlangen.

Wäre all das nicht so erschreckend real gewesen, hätte er sich kräftig gezwickt, um zu prüfen, ob er sich in einem wüsten Fiebertraum befand. Die Männer, die Martín und Dario begleiteten, waren harte Burschen, Schläger, Erpresser, wohl auch Mörder, wie sie in den Straßen Neapels und Palermos anzutreffen waren. Marschierten sie hier wirklich mit, um einem mythischen Gott zu dienen, einem Götzen, einem widernatürlichen Geschöpf? Brauchte Janus ihre Fäuste und Pistolen?

Er erinnerte sich an die Bilder in den Höhlen, an den schrecklichen Krieg, den die Menschen darum geführt hatten, wessen Götter die richtigen seien. Es schien tatsächlich auf der

Hand zu liegen: Janus schätzte es, wenn die Menschen um ihn und für ihn kämpften, mordeten und starben.
Gern hätte er einen Arm um Claudia gelegt, aber die Fesseln hinderten ihn daran. Also sah er sie einfach nur an und fragte: »Wie geht es dir?«
Sie versuchte zu lächeln, aber es blieb bei dem tapferen Versuch.
»Ehrlich gesagt, ich bin ziemlich durch den Wind. Darios plötzliches Auftauchen hat mich sehr mitgenommen, das merke ich jetzt. In meinem Kopf dreht sich alles, und ich bin kaum in der Lage, einen klaren Gedanken zu fassen.«
»Das kann ich dir nachfühlen. Ähnlich ging es mir, als ich erfuhr, wer mein leiblicher Vater und meine leibliche Mutter waren. In meinem Kopf dreht sich heute noch alles, wenn ich darüber nachdenke, obwohl seither schon zwei Monate vergangen sind.«
»Dario ist immer meine ganze Familie gewesen.« Sie sah zu ihrem Bruder hinüber, und Paul las Zweifel in ihrem Blick. »Und jetzt …«
»Ich weiß das, Claudia, und trotzdem wäre ich froh, wenn er eine bloße Erinnerung geblieben wäre. Er macht mir angst. Und ich wäre froh, wenn wir jetzt nicht hier oben wären, sondern möglichst weit weg von diesem Ort.«
»Das wäre ich auch.«
Offenbar stand Claudia nicht mehr so massiv unter dem Einfluß ihres Bruders, worüber Paul sehr froh war. Er hätte gern noch weiter mit ihr gesprochen, um herauszufinden, wie sie die Lage einschätzte, aber Dr. Carducci gesellte sich zu ihnen, um sich Claudias Fuß anzusehen, wie er sagte. Vielleicht wollte er aber auch nur verhindern, daß Paul und Claudia sich längere Zeit ungestört unterhielten.

Carducci befaßte sich mit Claudias Fuß, bis Lorenzo aus seiner Hütte wieder zum Vorschein kam. Sogleich gab Dario, der nur auf diesen Moment gewartet zu haben schien, das Zeichen zum Aufbruch. Mit gemischten Gefühlen gingen Paul – und auch Claudia, das sah er ihr an – auf die Götterhöhlen zu.

Als sie sich durch den engen Spalt gezwängt hatten und die abgestandene kalte Luft der Höhlenwelt einatmeten, war Paul, als hätten sie diesen Ort nie verlassen. Die Sonne und die frische Luft da draußen schienen nur eine Einbildung gewesen zu sein, ein Wunschtraum, den Janus ihnen gegönnt hatte, während er sie in Wahrheit mit unsichtbaren, aber starken Armen festhielt.
Mehrere Handscheinwerfer flammten auf, und in diesem Licht waren die Höhlenwände viel deutlicher zu sehen als bei ihrem ersten Besuch. Auch wenn diese Bilder vom Kämpfen und Morden, von Opfern und Qualen eine abstoßende Geschichte erzählten, konnte Paul sich ihrer Wirkung nicht entziehen; fast fühlte er sich gegen seinen Willen gezwungen, sie anzusehen. Mochten es wahre Ereignsse sein oder Legenden, die hier dargestellt waren, sie zeugten davon, zu was alles Menschen imstande waren, sei es in Gedanken oder in Taten. Sie brauchten gar keine Götzen und Dämonen, um einander ein Leid anzutun.
Dario bemerkte seine Blicke und sagte: »Hier sehen Sie, welche Opfer die Menschen ihrem Gott Janus zu bringen bereit waren. Wollen Sie angesichts dessen wirklich bestreiten, daß er mächtig ist?«
»So mächtig kann er nicht sein, sonst hätten seine Anhänger sich nicht von ihm abgewendet und ihn verraten.«

»Menschen sind schwach, und diese hier ergaben sich in der Stunde der Not ihrer Schwäche und verleugneten ihren wahren Glauben, anstatt in ihm Trost und Stärke zu suchen. Das spricht nicht gegen Janus, sondern gegen die Menschen. Sind nicht auch die Christen, selbst die vornehmsten unter ihnen, oft schwankend geworden in ihrem Glauben? Hat der Jünger Judas Ischariot nicht seinen Herrn Jesus verraten? Hat Petrus, das Fundament der katholischen Kirche, nicht seinen Herrn Jesus in der Nacht, als dieser verhaftet wurde, dreimal verleugnet? Hat Jesus, der doch angeblich Gottes Sohn ist, nicht an ebendiesem Gott gezweifelt, als er am Kreuz hing?«

»Wie Sie schon sagten, Dario, Menschen sind schwach. Und deshalb zweifeln sie an dem, woran sie eigentlich festhalten sollten. Aber die Menschen haben sich nie in ihrer Gesamtheit von Gott abgewendet, und letztlich sind die Gläubigen an all ihren Zweifeln nur gewachsen.«

»Leere Worte, wie man sie jeden Sonntag in der Predigt hört!«

»Leere Worte? Schauen Sie sich doch an, wo Sie hier sind! In einer dunklen Höhle, in einer öden Gegend. Mehr ist von der Macht Ihres sogenannten alten Gottes nicht geblieben. Der Gott der Christen aber wird überall auf der Welt in Kirchen und Kathedralen verehrt!«

»Sie sind in der Tat ein Prediger, Paul, und wir könnten Sie mit Ihrer Begabung gut gebrauchen. Sind Sie wirklich so stolz auf all die Kirchen und Kathedralen, für deren Errichtung so mancher einfache Mensch geschuftet und gehungert hat? Mag sein, daß sie von der Bedeutung künden, die der Christengott für seine Anhänger hat, für die starken unter ihnen zumindest. Aber vergessen Sie nicht, daß es Ihre Kirche erst seit zweitausend Jahren gibt! Was sind zweitausend

Jahre vor dem Hintergrund der Weltgeschichte? Doch nur eine Episode, ein Augenzwinkern. All das wird schneller vorbei sein, als Sie sich vorstellen mögen!«
Wieder sprach Dario mit einer Selbstgewißheit, die Paul Angst einjagte. Das war reiner Fanatismus. Oder war es wahrhafter Glaube?

Nach den drei Höhlen, die Paul und Claudia bereits kannten, betraten sie nun eine weitere. Die Bilder hier zeigten Menschen auf der Flucht, bedrängt von Verfolgern und Naturgewalten.
Sie verteidigten ihr nacktes Leben mit Lanzen, Schwertern und Knüppeln. Sie rannten davon vor rasenden Flammen. Sie suchten verzweifelt Unterschlupf in einem Unwetter, das faustgroße Hagelkörner auf sie niederprasseln ließ. Sie wurden von wilden Tieren angefallen, aber sie siegten und schlachteten die Tiere, aßen sie und schöpften neue Kraft. Sie flohen weiter und erstiegen einen zerklüfteten Berg, in dessen Höhlen sie endlich einen Zufluchtsort fanden und Ruhe, um sich zu erholen.
Fasziniert betrachtete Paul die Bilder und vergaß dabei alles andere um sich herum. Er begann Lorenzo zu verstehen. Wenn man sich auf diese Bilder einließ, erzählten sie einem eindringlicher als jedes Buch eine Geschichte.
Nach einiger Zeit trat Dario neben ihn. »Hier sehen Sie das, was wir die große Flucht nennen. Nicht alle Menschen hatten sich nämlich von Janus abgewendet. Die Treuen, die Starken haben sich in der Stunde der Not nur um so fester um ihren Gott geschart und ihren Glauben mit Zähnen und Klauen verteidigt. Aus ihren Dörfern und Städten vertrieben, sind sie in die Wildnis geflohen, immer Feinde auf den Fersen, darun-

ter auch einstige Glaubensbrüder, die plötzlich alles taten, um ihren neuen Göttern zu gefallen. Auf der Flucht wurden sie gepeinigt von Feuern, Stürmen und Bestien, die ihnen von den neuen Göttern gesandt wurden, um sie zu zermürben. Aber sie haben nicht an Janus, ihrem Gott, gezweifelt, und er hat seine schützende Hand über sie gehalten und sie zu diesen Höhlen geführt, die ihr Refugium wurden und deren Wänden sie ihre Geschichte anvertrauten. Von hier aus sollte Janus einst zu neuer Macht erstarken, das war ihr fester Wille, und wir, ihre Nachkommen, sind nun angetreten, ihren Willen, der auch Janus' Wille ist, zu vollstrecken.«
»Nachkommen?« Ungläubig ließ Paul seinen Blick über die Gestalten der Männer gleiten, die Dario und Martín um sich versammelt hatten. »Die meisten der Kerle hier sind doch üble Halunken, die vermutlich mehr Zeit hinter Gittern als auf freiem Fuß zugebracht haben. Das sollen die Nachkommen der Gläubigen sein, die einst in diese Höhlen kamen? Das wollen Sie mir doch nicht wirklich weismachen, Dario!«
»Bei einem Teil unserer Leute handelt es sich um Söldner, die wir angeworben haben, damit sie für uns kämpfen. Aber warum nicht? Noch ist die Zahl der Gläubigen gering, und es ist besser, sie nicht unnötig der Gefahr auszusetzen. Den Kampf mit der Waffe in der Hand sollen jene führen, die das gelernt haben.«
»Und wo sind Ihre Gläubigen?«
»Überall im Land und auch über seine Grenzen hinaus verstreut. Darunter sind viele einflußreiche Menschen, die nur auf das Zeichen warten, daß Janus zurückgekehrt ist. Dann werden sie mit ihrem Glauben an die Öffentlichkeit treten, werden mit ihrem Einfluß dafür sorgen, daß die Medien darüber berichten, werden mit ihrem Geld Tempel bauen

lassen zu Ehren von Janus, und bald schon werden die Christen merken, daß ihnen eine starke Konkurrenz erwachsen ist. Aber dann wird es zu spät sein. Von Rom aus, der alten Stadt des Janus, wird sich der wahre Glaube ausbreiten, wie es einst der christliche Glaube getan hat, und wo heute überall auf der Welt Ihre vielgerühmten Kirchen und Kathedralen stehen, werden sich die Tempel des Janus erheben!«

»Sie sind ein Phantast!«

»Und wenn schon? War es nicht Albert Einstein, der gesagt hat, Phantasie sei wichtiger als Wissen? Alles, was bisher auf diesem Planeten verwirklicht worden ist, mußte von Menschen vorgedacht werden, die von der dummen, bequemen Masse als Phantasten abgetan wurden. Noch mag die Herrschaft des Janus Ihnen als ein Bild der Phantasie erscheinen, Paul, vielleicht als Hirngespinst, aber bald schon wird sie Realität sein. Dann, wenn der Sohn des Janus geboren ist!«

»Der Sohn des Janus? Noch einer? So wie Sorelli einer seiner Abkömmlinge sein sollte? Und ich auch?«

»Sie haben es erfaßt. Die Wiedergeburt des Fontus, in dem die Macht des Janus Fleisch wird, so wie die Macht des Christengottes sich in Jesus manifestiert haben soll. Es wird schon bald soweit sein, denn der Sohn des Lichts und die Tochter der Finsternis haben sich vereinigt. Ich zeige es Ihnen, kommen Sie nur!«

Dario wandte sich ab und ging auf einen weiteren Durchlaß zu, der unzweifelhaft in die nächste Höhle führte. Ein Stoß, den Stefano ihm zwischen die Schulterblätter gab, brachte Paul dazu, Dario zu folgen.

Dicht bei ihm ging Claudia. In ihr schien dasselbe vorzuge-

hen wie in ihm. Sie ahnten beide, daß das, was sie in der nächsten Höhle zu sehen bekamen, ihnen nicht gefallen würde.
»Nur Mut!« flüsterte er ihr zu, und Claudia schaffte es, ein kleines Lächeln auf ihr Gesicht zu zaubern.

46

Auch wenn sie Paul zuliebe lächelte, in Wahrheit war Claudia elend zumute. Je näher sie dem Durchlaß zur nächsten Höhle kamen, desto mehr mußte sie sich zwingen, einen Fuß vor den anderen zu setzen. Die Euphorie, die das Wiedersehen mit Dario bei ihr ausgelöst hatte, war längst verflogen, die Freude war Zweifel und Angst gewichen.
Das Wissen, daß Dario sie all die Jahre über sein Schicksal im unklaren gelassen hatte, nagte an ihr. Mehr noch, schon vor seinem Untertauchen hatte er sie getäuscht, hatte er ihr Theater vorgespielt. Sie fühlte sich betrogen und verraten, von dem einzigen Menschen, der ihr jemals nahegestanden hatte – jedenfalls für lange Zeit.
Zum Glück gab es Paul. Ohne ihn, seine Nähe, hätte sie sich rettungslos verloren gefühlt.
All das beschäftigte sie, und es fiel ihr schwer, ihre Gedanken zu ordnen. Zu vieles war in den vergangenen Stunden auf sie eingeströmt – und strömte noch immer auf sie ein. Worte, Gedanken, Gefühle.
Da war etwas in diesen Höhlen, das sie erschauern ließ. Etwas Starkes, Unfaßbares, Übernatürliches.

Oder eher Unnatürliches?
Sie spürte, wie dieses Etwas lautlos und mit unsichtbaren Händen nach ihr griff, um sie an sich zu ziehen, als hätte es schon lange, viel zu lange, auf sie gewartet.
Je weiter sie in die Höhlen vordrangen, desto stärker wurde dieses Gefühl und desto größer wurde ihre Furcht vor dem, was sie erwartete. Am liebsten hätte sie kehrtgemacht und wäre, so schnell es nur ging, hinausgelaufen in die wirkliche Welt, wo es einen Himmel gab, eine Sonne und Luft, die nicht nach vielen tausend Jahren Gefangenschaft, Haß und Rachsucht schmeckte.
Denn das war es, was sie abstieß. Sosehr die unhörbare Stimme sie auch umschmeicheln und locken mochte, unterschwellig spürte sie, daß dieses Etwas – Janus nannte es sich wohl – Böses im Schilde führte.
Du täuschst dich, meine Tochter. Ich will dir nichts Böses. Du bist ein Teil von mir, und ich bin ein Teil von dir. Wir gehören zusammen, und darum bist du hier. Laß deinen Widerstand fallen, gib dich mir hin, öffne dich, und alle Zweifel werden verwehen!
Die Stimme in ihr war so intensiv wie nie zuvor. War das wieder Dario gewesen? Es hatte sich anders angehört, angefühlt. Zweifelnd blickte sie ihren Bruder an, aber im flackernden Licht der Scheinwerfer konnte sie nicht erkennen, was in ihm vorging. Er schien jedenfalls nicht besonders auf sie zu achten, sondern sich auf die Höhle zu konzentrieren, die sich vor ihnen öffnete. Die Männer stellten ihre Scheinwerfer auf niedrige Felsen, so daß sie damit einen guten Teil der Höhle beleuchten konnten.
In alle Winkel reichte das Licht nicht. Es war eine große Höhle, die größte von allen, die sie bis dahin gesehen hatte,

und Claudia spürte, daß es damit etwas Besonderes auf sich hatte.

Sie ist etwas Besonderes, weil ich hier bin. Dies ist der Ort der Erkenntnis und der Wahrheit. Wer sich mir hier verschließt, dem kann ich nicht helfen. Wer sich mir aber öffnet, für den und in dem bin ich, und er ist für mich und in mir.

Vielleicht war es nur ein Echo, das sie hörte, ein jahrtausendealtes Echo. Die ferne und doch so nahe Stimme längst vergangener Rituale, in denen die Anhänger des Janus hier ihrem Gott gehuldigt hatten. Einem Gott, dem sie in der Mitte des Felsendoms eine Statue gewidmet hatten.

Sie war groß, bestimmt sieben oder acht Meter hoch, ein unbekleideter, muskulöser Mann, der beide Hände ausstreckte. Verlangend? Gebieterisch? Oder lockend? Sie vermochte es nicht zu sagen.

Das bärtige Gesicht war ernst, ließ aber keine Rückschlüsse darauf zu, was in dem Mann vorgehen mochte. Als sie langsam um die Statue herumging, entdeckte sie an der Stelle des Hinterkopfes ein zweites Gesicht, bartlos und viel jünger. Lag es nur an der Jugendlichkeit, oder blickte dieses Antlitz tatsächlich freundlicher, fast heiter drein?

Ich bin heiter gestimmt, weil du endlich bei mir bist, meine Tochter. Teile meine Heiterkeit, indem du dich mir hingibst! Laß dich erlösen!

Etwas Fremdes wollte von ihr Besitz ergreifen, aber sie wehrte sich dagegen mit aller Kraft, die sie nur aufzubieten vermochte. Es war, als tobe eine Schlacht in ihr. Ein Kampf, der sie nicht nur geistig, sondern auch körperlich anstrengte. Sie geriet ins Wanken und wäre gestürzt, hätte Dario sie nicht gehalten.

Dicht bei ihr stand Paul, der mit seinen gefesselten Händen

zur Hilflosigkeit verdammt war. Aber seine gequälten Züge verrieten ihr, daß er mit ihr fühlte und sich Sorgen machte.
»Was hast du, Claudia? Was geschieht mit dir?« hörte sie ihn fragen.
Seine Stimme klang seltsam dumpf, wie von einer dicken Wand abgeschirmt. So als weilten er und sie nicht mehr in derselben Welt.

Paul beobachtete Claudia fassungslos, und seine auf dem Rücken gefesselten Hände ballten sich in hilfloser Wut. Es machte ihn rasend, daß er ihr nicht helfen konnte. Irgend etwas geschah mit ihr, ergriff von ihr Besitz.
Ein böser Geist.
Ein Dämon.
Janus!
Hatte man sie in diese Höhle geführt, um sie dem Einfluß des Dämons ganz und gar auszusetzen?
Sperr dich nicht dagegen, Paul. Laß es zu, und du wirst die Erlösung fühlen, die ich dir zuteil werden lasse!
Erschrocken fuhr Paul zusammen. Was war das gewesen? Jemand hatte zu ihm gesprochen, lautlos und doch deutlich, in ihm drin, in seinem Kopf.
»Janus!« keuchte er und starrte die überlebensgroße Statue an, die in ihrer Nacktheit nicht natürlich wirkte, sondern obszön. Vielleicht lag es an dem Penis, so groß und vom Körper abstehend, daß es wie eine Erektion aussah.
Die Lust ist etwas Natürliches, Paul. Spürst du das nicht? Sieh hin zu Claudia! Spürst du es nun?
Er sah Claudia an und spürte plötzlich den unwiderstehlichen Drang, sich mit ihr zu vereinigen. Trotz der gefesselten Hände wollte er sich auf sie stürzen, aber dann bezwang er sich.

»Das bin nicht ich«, sagte er leise und fügte lauter, die Statue anblickend, hinzu: »Das bist du! Du bist in meinem Kopf! Verschwinde, Janus! Weiche von mir, Janus, im Namen des Vaters, des Sohnes und des Heiligen Geistes!«

Laut und inbrünstig betete Paul das Vaterunser, bis er von Stefano einen heftigen Schlag auf den Hinterkopf bekam und benommen zu Boden sackte. Aber es hatte ausgereicht, um den Angriff abzuwehren, den Janus auf sein Ich unternommen hatte.

In diesem Augenblick war Paul mehr als dankbar für das, was Ludovico Anfuso ihm beigebracht hatte. Er hatte eine geistige Blockade errichtet und hoffte, daß sie Janus von einem erneuten Versuch, von ihm Besitz zu ergreifen, abhalten würde.

Während Stefano noch mit erhobener Faust neben ihm stand, bereit, jederzeit erneut zuzuschlagen, kam Paul auf die Knie. Den Schmerz in seinem Kopf ignorierte er. Er sah zu Claudia hinüber, die viel schlimmere Schmerzen litt als er. Innere Schmerzen, Seelenqualen, die sie im Kampf gegen den Dämon ertragen mußte. Sie hatte nicht gelernt, sich dagegen zu wehren.

»Warum tut ihr uns das an?« rief Paul. »Nehmt mich, aber laßt Claudia in Ruhe! Laßt sie gehen, dann, das verspreche ich, gebe ich jeden Widerstand gegen Janus auf!«

»Das werden Sie über kurz oder lang ohnehin tun«, erwiderte Juan Felipe Martín. »Sie sind stark, Paul, ohne Zweifel, aber Janus ist stärker als Sie. Denn Sie sind der Sohn – er aber ist der Vater!«

Bei diesen Worten blickte der alte Mann ehrfürchtig zum Antlitz der Statue auf.

»Dann überlaßt mich meinem Vater, aber gebt Claudia frei!

Dario, sie ist doch Ihre Schwester! Können Sie mit ansehen, wie sie leidet?«
»Claudia muß leiden, damit sie die Erlösung findet«, sagte Dario, der Claudia noch immer festhielt. »Gerade weil sie meine Schwester ist.«
»Das verstehe ich nicht«, seufzte Paul.
»Dann sind Sie vielleicht doch nicht so klug, wie ich dachte«, mischte Martín sich wieder ein. »Sehen Sie sich hier doch um, Paul, dann werden Sie verstehen!«
Mit einer ebenso einladenden wie übertriebenen Geste zeigte der Domitor in die Runde, auf die zahlreichen Bilder, die auch hier die Felswände schmückten. Paul nahm sie erst jetzt bewußt wahr, und sie gefielen ihm genausowenig wie die anderen Wandmalereien, die er an diesem Tag gesehen hatte. Hier wurde kein Blut vergossen, aber die Bilder waren deshalb nicht weniger abscheulich. Je länger er sie betrachtete, desto mehr ging ihm auf, daß es keine einzelnen Bilder waren. Sie zeigten alle zusammen eine Szene, eine große, wüste Orgie, an der unzählige Männer und Frauen teilnahmen.
Auch Janus.
In vielfacher Verkörperung erschien der Dämon unter seinen Anhängern, um mit ihnen zu kopulieren, mit Frauen wie mit Männern. Einige schienen dabei Lust zu empfinden, andere Schmerz. Janus schien beides recht zu sein.
»Haben Sie uns deshalb hierhergeschleppt?« fragte Paul zweifelnd. »Wegen einer Orgie?«
Martín schüttelte mit beinahe trauriger Miene den Kopf. »Sie verstehen es immer noch nicht, Paul. Das ist keine Orgie, es ist das Vermächtnis des Janus, die Aufgabe, die er uns hinterlassen hat.«

»Die Aufgabe zu kopulieren?«
»Es ist der Auftrag an seine Kinder, sich fruchtbar zu mehren, damit viele an seiner Seite stehen, wenn der Tag gekommen ist. Deshalb sind Sie und Claudia hier. Der Sohn des Lichts und die Tochter der Finsternis haben sich vereinigt, und die Geburt des Fontus, der Ihrer beider Sohn ist und zugleich der Sohn des Janus, wird das Zeichen an alle Gläubigen sein, daß Janus zurückgekehrt ist.«
Der Sohn des Lichts und die Tochter der Finsternis haben sich vereinigt!
Genau dieselben Worte hatte Dario zuvor benutzt. Wie ein nicht enden wollendes Echo hörte Paul sie immer wieder, und plötzlich verstand er sie, auch wenn sich alles in ihm dagegen sträubte.

»Der Sohn des Lichts? Soll ich das sein, der Sohn Sorellis, der von sich glaubte, ein Abkömmling des Alten zu sein, des Janus?«
»Er glaubte es nicht nur, er war es«, sagte Martín. »Und wir alle wären überglücklich gewesen, wenn Sie das Erbe angenommen und sich nicht dagegen gewehrt hätten. Aber es gibt andere Wege, Janus wieder auf den Thron zu verhelfen, und er selbst muß dabei mitgewirkt haben, daß wir sie beschreiten können. Anders ist es nicht zu erklären, daß ...«
»Daß sich der Sohn des Lichts mit der Tochter der Finsternis vereinigt hat?«
Martín nickte und verzog die Lippen zu dem, was bei ihm ein Lächeln war.
Zweifelnd und beinahe unwillig blickte Paul Claudia an.
»Wollen Sie andeuten, Martín, daß Claudia die Tochter der Finsternis ist?«

»Jetzt sollten Sie es eigentlich begriffen haben. Als Janus sich mit den Menschen vereinigte, mit Anhängern, die ihm geblieben waren, hat er zwei Blutlinien geschaffen, eine für die lichte Seite seiner selbst, die andere für die finstere. Und in einer alten Überlieferung, die wir Söhne des Alten hüten wie unseren Augapfel, steht geschrieben, daß der Sohn des Lichts und die Tochter der Finsternis sich vereinigen, um einen Sohn zu zeugen, der die Macht des Janus auf Erden verkörpern wird, Fontus.«
Während der Domitor sprach, sah auch er Claudia an, und die Verzückung, die dabei in seinem Blick lag, brachte Paul fast um den Verstand.
»Das ist doch lächerlich!« brüllte er. »Erst soll ich ein Sohn des Dämons sein, und jetzt ist Claudia auch noch seine Tochter! Erwarten Sie im Ernst, daß wir Ihnen das glauben, Martín?«
Der Spanier blieb ruhig. »Darauf kommt es doch überhaupt nicht an. Das einzige, was zählt, ist, daß wir es nicht nur glauben, sondern wissen.«
»Woher?«
»Weil wir die Abkömmlinge des Janus seit vielen Jahrhunderten beobachten. Was glauben Sie denn, wie Dario zu seinen ungewöhnlichen Fähigkeiten kommt? Es sind die Kräfte des Janus, die in ihm schlummern und die in Fontus noch um ein Vielfaches stärker sein werden.«
Verzweifelt suchte Paul nach einem schwachen Glied in der Kette von Martíns Argumenten, und während er noch überlegte, ergriff Claudia das Wort.

»Wieso glauben Sie, daß ich mich mit Paul … vereinigt habe?«

»Oh, wir wissen so einiges«, sagte der Domitor vieldeutig. »Sie leugnen doch wohl nicht, daß Sie von Paul schwanger sind?«
»Woher wollen Sie wissen, daß ich schwanger bin? Ist meine Gynäkologin vielleicht auch eine Anhängerin des Janus?«
»Das nicht, aber eine ihrer Sprechstundenhilfen war sehr gesprächig. Das ist sie jedesmal, wenn ein gewisser junger Mann bei ihr ist. Sie ist dann so glücklich, daß sie gar nicht fragt, warum dieser junge Mann sich so für eine Patientin namens Claudia Bianchi interessiert. Sie hat ihm sogar eine Kopie Ihrer Patientendatei angefertigt, ohne nach dem Grund zu fragen.«
»Sie sind abscheulich!« schrie Claudia. »Sie alle!«
Dabei sah sie Dario an und riß sich von ihm los. Der so lange gehegte innige Wunsch, ihrem Bruder nahe zu sein, war innerhalb weniger Stunden restlos verflogen. Dario war ihr so fremd, wie es ein Mensch nur sein konnte. Die Erkenntnis, über so viele Jahre einem Phantom nachgejagt zu sein, einen Menschen gesucht zu haben, den es vielleicht nie gegeben hatte, war bitter und schmerzhaft, aber Claudia verschloß sich ihr nicht länger. Dario war kein Bruder, jedenfalls nicht im Herzen, kein Freund. Im Gegenteil, er war ihr größter Feind. Er hatte sie benutzt, wie es seine Mitverschwörer auch getan hatten, aber er als ihr leiblicher Bruder hatte Schlimmeres getan, er hatte zudem ihr Vertrauen mißbraucht.
»Claudia!« rief er. »Du mußt dich auf unsere Seite stellen und mit uns zusammenarbeiten!«
»Was verstehst du darunter? Daß ich euch euren langerwarteten Göttersohn gebäre? Ihr seid ja alle krank! Ich bin schwanger, ja, aber niemand kann zu diesem Zeitpunkt wissen, ob es ein Sohn oder eine Tochter wird.«
»Wir wissen, daß es ein Sohn wird«, versicherte Dario. »Weil

wir Vertrauen haben in Janus und in die Erfüllung der Prophezeiung. Warum wehrst du dich so gegen die Erkenntnis, daß du auserwählt bist und daß dein Sohn derjenige sein wird, der die Menschen wieder zu Janus bringt? Ich dachte, ich hätte dir unsere Macht bewiesen, auf dem Forum Romanum und auf dem Petersplatz.«
Claudia sah ihren Bruder traurig an. »Du hast mir nur bewiesen, daß du ein Mörder bist, genauso wie dein angeblicher Gott einer ist.«
»Er ist kein angeblicher Gott, er ist ein Gott«, beharrte Dario. »Er ist der Divom Deus!«
»Der was?«
»Das ist eine sehr alte Form des Lateinischen«, erklärte Martín. »›Divom Deus‹ ist ein alter Beiname des Janus, der alles über seine Stellung aussagt. Es heißt nichts anderes als ›Gott der Götter‹.«
Dario packte Claudia bei den Schultern, so hart, daß es weh tat.
»Da hörst du es, der Gott der Götter! Und dein Sohn wird sein Sohn sein, der Sohn des höchsten Gottes. Du solltest stolz und glücklich sein, Claudia. Du bist auserwählt!«
Langsam hob Claudia die Hände, löste sich von ihm und trat ein paar Schritte zurück, weil die Nähe zu Dario ihr unerträglich wurde.
Sie dachte an das neue Leben, das in ihr heranwuchs. Sie hatte sich darauf gefreut, Mutter zu werden, aber im Augenblick wußte sie nicht, ob sie sich noch freuen oder ob sie sich fürchten sollte.
»Wenn ihr recht habt damit, daß wir von dem da abstammen«, sagte sie und wies auf die Statue, »dann ist mein Kind nicht der Sohn eines Gottes.«

»Was sonst?« fragte Dario.
»Dann ist es der Sohn des Teufels, denn dieser da ist ein Dämon, eine Verkörperung des Bösen, des Teufels. Und mein Kind ist – wenn es wirklich von ihm abstammt – der Teufelssohn!«

47

»Für heute ist es genug! Bringt sie hinaus! Sie brauchen Zeit, um alles zu verstehen und die Wahrheit zu akzeptieren.«
Martíns Worte klangen Paul noch im Ohr, als sie endlich die vorderste Höhle verließen und wieder auf das Plateau hinaustraten.
Der Domitor und Dario waren in der Höhle mit der Statue zurückgeblieben, zu welchem Zweck, wußte Paul nicht. Vielleicht wollten sie ihrem Dämonengott huldigen oder einfach nur ungestört miteinander reden. Ihm war das im Augenblick gleichgültig. Jeder Meter, den er zwischen sich und diese Wahnsinnigen brachte, tat ihm gut, nahm ihm etwas von der drückenden Last, die er im Innern des Berges gespürt hatte. Claudia schien es ähnlich zu gehen. Sie wirkte, als sei sie am Ende ihrer Kräfte.
Auf dem Plateau waren in der Zwischenzeit zwei große Zelte errichtet worden, und weitere Mitglieder der Verschwörergruppe hatten sich zwischen ihnen auf ausklappbaren Kunststoffstühlen niedergelassen. Das Ganze sah aus wie das Lager ehemaliger Pfadfinder, die sich hier zu einem

Revival-Camping getroffen hatten. Offenbar hatten die Söhne des Alten hier oben noch Größeres vor, und Paul bezweifelte, daß er sich darüber, was immer es sein mochte, freuen würde.

Dr. Carducci blieb neben ihm und Claudia stehen. »Sie sehen nicht gut aus, Claudia. Sie sollten sich schonen, auch um Ihres Kindes willen.«

Er hörte sich an wie ein besorgter Arzt in seiner Praxis oder im Krankenhaus, und gerade das machte Paul wütend. Kurz zuvor hatte Carducci noch tatenlos dabeigestanden, als Claudia unter dem Einfluß des Dämons gelitten hatte.

»Verschwinden Sie!« fuhr Paul ihn an. »Wer soll Ihnen Ihr besorgtes Getue abnehmen? Claudia ist Ihnen doch gleichgültig. Ihnen geht es nur um Ihren so sehnsuchtsvoll erwarteten Fontus.«

»Ich glaube fast, ich sollte nicht nur Claudia, sondern auch Ihnen ein Beruhigungsmittel geben«, erwiderte der Arzt ungerührt.

»Fassen Sie uns nicht an! Was sind Sie eigentlich für ein Quacksalber? Ein Arzt für Dämonen? Sind Sie überhaupt für Menschen zuständig?«

Carducci lächelte nachsichtig. »Für Menschen schon, allerdings nur für weibliche. Ich bin Gynäkologe in Florenz. Aber keine Angst, eine Spritze kann ich Ihnen schon geben, so weit kenne ich mich mit der männlichen Anatomie aus.«

Die Antwort verschlug Paul die Sprache. Ein Frauenarzt! Vermutlich hatten die Söhne des Alten ihn eigens wegen Claudia mitgebracht. Sie schienen wirklich an alles gedacht zu haben.

Auf keinen Fall wollte er sich eine Beruhigungsspritze geben lassen. Er fürchtete, daß Carducci ihm ein Betäubungsmittel

verabreichen könnte, und er wollte nicht die Kontrolle über sich verlieren. Es gab zu viele Feinde hier oben, solche aus Fleisch und Blut und einen noch mächtigeren, dessen geheimer Tempel sich in diesem Berg befand. Wenn er unter dem Einfluß unbekannter Medikamente stand, konnte Janus leicht die Kontrolle über ihn erlangen, von ihm Besitz ergreifen. Nichts ängstigte Paul so sehr wie die Vorstellung, unter fremde Kontrolle zu geraten, im Bann des Dämons zu sein.
Aber er konnte sich nicht wehren. Stefano und ein weiterer Mann hielten ihn fest, und er mußte hilflos zusehen, wie Carducci ihm die Injektion verabreichte.
Der Arzt wandte sich Claudia zu, aber das nahm Paul nur noch undeutlich wahr. Die Welt um ihn her versank in einem dichten Nebel. Die Konturen verflossen, und die Geräusche erreichten ihn wie durch dicke Watte gedämpft. Auf einmal hatte er gar nichts mehr dagegen. Im Gegenteil, er wünschte sich nichts so sehr, wie zu schlafen und sich auszuruhen.

Als Paul erwachte, war es dunkel, und er hatte nicht die geringste Ahnung, wo er sich befand.
Sein Hinterkopf schmerzte, und er erinnerte sich an den heftigen Schlag, den Stefano ihm verpaßt hatte. Vorsichtig tastete er nach der Stelle, wo es unaufhörlich pochte. Die Berührung verstärkte den Schmerz. Da schien sich eine veritable Beule zu bilden.
Die Berührung! Aber ja, seine Hände waren nicht mehr gefesselt!
Und noch etwas war anders. Er lag auf einer harten Matratze, und er war nicht allein. Dicht bei ihm lag eine zweite Person, die gleichmäßig atmete, wie im Schlaf. Es war so dunkel in dem Raum, daß er das Gesicht nicht erkennen

konnte. Trotzdem wußte er, daß es Claudia war. Er nahm ihren Duft wahr, einen überaus angenehmen Duft.
Angenehmer wahrscheinlich als die Lage, in der sie sich befanden, dachte er und stand auf. Vorsichtig, um Claudia nicht zu wecken. Sie sollte sich ausruhen, solange es ging.
Tastend erkundete er den Raum, der klein war und nichts weiter zu enthalten schien als ihre Schlafstelle am Boden, einen Tisch, einen Stuhl, eine große Truhe und einen Herd.
Jetzt wußte Paul, wo sie waren.
Er suchte bei dem Herd nach Küchengerät, nach etwas, das er als Waffe benutzen konnte, ein Messer zum Beispiel. Aber er fand nichts dergleichen. Anschließend machte er sich an der Truhe zu schaffen, aber auch hier wurde er enttäuscht: Sie war fest verschlossen.
Das einzige Fenster bot keine Sicht nach draußen; der Fensterladen auf der Außenseite war vor die Scheibe geschlagen.
Schließlich ging Paul zur Tür und war nicht im mindesten überrascht, als er sie ebenfalls verschlossen fand.
»Paul? Bist du das?« kam es zögernd von der Schlafstelle.
»Ja«, antwortete er im Flüsterton. »Aber sei leise, bitte! Falls wir nicht sowieso abgehört werden, sollten wir keine unnötige Aufmerksamkeit auf uns ziehen. Jede Minute ist kostbar.«
»Wieso?«
»Ich meine, um uns zu erholen. Von dem, was wir in den Janushöhlen erlebt haben.«
»Wo sind wir?«
»In Lorenzos Hütte. Wahrscheinlich hat er vorhin noch seine persönlichen Habseligkeiten herausgeholt, bevor er ein zweites Mal mit uns in die Höhlen gegangen ist. Leider findet sich hier absolut nichts, was man als Waffe oder Aus-

bruchswerkzeug benutzen könnte.« Er seufzte. »Ein Fluchtversuch wäre wohl ohnehin illusorisch gewesen. Draußen in den Zelten schlafen sicher ein paar schwerbewaffnete Burschen. Söldner der Söhne des Alten, wie Dario sie genannt hat. Man könnte auch Kanonenfutter sagen.«

»Warum haben sie uns hier oben gelassen und nicht wieder ins Dorf gebracht?«

»Ich weiß es nicht«, sagte er stockend.

»Du weißt es sehr wohl, oder?«

»Sagen wir, ich habe eine Vermutung, aber die ist nicht sonderlich angenehm.«

»Dann vermutest du wahrscheinlich dasselbe wie ich. Daß sie uns morgen wieder in die Höhlen bringen wollen zu ihrem sogenannten Gott, damit er Gelegenheit hat, von uns Besitz zu ergreifen.«

»So etwas in der Art, ja.«

Claudia schluchzte heftig. »Ich weiß nicht, ob ich das noch einmal aushalte!«

Er setzte sich neben sie und zog sie an sich. Ihre Tränen benetzten seine Hände, und ihr Körper erbebte. Paul hielt sie einfach nur fest und streichelte ihr sanft übers Haar.

Es hätte sich gut anfühlen können, so nahe bei Claudia zu sein, aber die bange Frage, was die Söhne des Alten mit ihnen – und besonders mit ihr – vorhatten, ließ sich nicht verdrängen. Martín und Dario hatten schon so viel in Bewegung gesetzt; jetzt, da sie sich so nahe an ihrem schrecklichen Ziel glaubten, würden sie gewiß nicht aufgeben.

»Danke«, sagte Claudia schließlich.

»Wofür?«

»Dafür, daß du da bist.«

»Ich wollte, es wäre mein Verdienst.«

»Du bist da, allein das zählt. Ich weiß, du läßt mich nicht im Stich.«

»Nie wieder!« versprach er.

Sie schwieg eine ganze Weile, bevor sie sagte: »In der Höhle, es war so erniedrigend. Ich habe mich ausgeliefert gefühlt. So stelle ich mir eine Vergewaltigung vor; vielleicht war es sogar noch schlimmer. Dieses Wesen, was immer es ist, es wollte nicht meinen Körper nehmen, sondern meinen Geist. Du hast es auch gespürt, oder?«

»Ja, aber du hattest stärker darunter zu leiden. Mir hat mein Glaube geholfen und das, was ich bei Vico gelernt habe.«

»Ich habe nichts davon, weder die Erfahrung eines Exorzisten noch den Glauben.«

»Das stimmt nicht, auch du glaubst an Gott.«

»Was? Ich würde jetzt lachen, Paul, wenn es nicht das letzte wäre, zu dem ich mich in der Lage fühle. Du weißt, daß ich meinen Glauben vor langer Zeit verloren habe.«

»Ich denke, du hast ihn nicht verloren. Du leugnest ihn nur, weil dein alter Zorn auf die ungerechte Welt und auf den ignoranten Vatikan, der dich bei der Suche nach deinem verschwundenen Bruder nicht unterstützt hat, schließlich zu einem Zorn auf Gott geworden ist. Aber tief in dir verborgen brennt noch der Funke, du mußt ihn nur wieder entfachen.«

»Seltsam, so etwas Ähnliches hat Gavalda auch zu mir gesagt.«

»Siehst du. Wenn du mir nicht glaubst, dann glaub ihm.«

»Wie kommst du überhaupt darauf, daß ich meinen Glauben nicht verloren habe?«

»Das habe ich dem entnommen, was du in der Höhle gesagt hast.« Es fiel ihm nicht leicht, es zu wiederholen, aber er kam nicht umhin. »Daß unser Kind eine Verkörperung des Bösen sei, des Teufels, der Teufelssohn. Wer an den Teufel glaubt, den Widersacher Gottes, muß auch an Gott glauben.«

»Das war so dahingesagt, ich hätte auch ein anderes Wort benutzen können.«

»Das hast du aber nicht, weil in dir der Glaube steckt, um den Jesus Christus seinen Vater gebeten hat. *Ich habe für dich gebeten, daß dein Glaube nicht aufhöre.*«

»Das habe ich schon mal gehört, vor vielen Jahren, in Santa Apollonia.«

»Lukas, Kapitel zweiundzwanzig, Vers zweiunddreißig.«

Claudia überlegte und sagte dann: »Jesus zu Simon Petrus, bevor er in den Garten Gethsemane hinausging, wo er verhaftet wurde. Nicht wahr?«

»Ja, so sprach Jesus zu Petrus, der ihn in dieser Nacht dreimal verleugnen sollte. Dreimal! Den Mann, den er am meisten liebte, den Sohn Gottes. Aber Gott hat Petrus nicht fallenlassen. Meinst du, da wird er dich fallenlassen?«

»Für mich hat Jesus nicht gebeten.«

»Doch, das hat er. Damals, bevor er hinausging in den Garten Gethsemane, um die schwerste aller Prüfungen auf sich zu nehmen.«

Claudia klammerte sich an ihn, und sie verharrten lange schweigend. Schließlich sagte sie: »Vielleicht kann ich ein wenig nachempfinden, was Jesus damals gefühlt hat. Das mag überheblich klingen, aber auch er ist von jemandem verraten worden, der ihm nahestand wie ein Bruder. Und ich bin von meinem Bruder verraten worden, meinen Zwillingsbruder. Heute in der Höhle, da stand er daneben und hat nichts getan. Nichts!«

»Ich war sehr wütend auf ihn, aber inzwischen denke ich, er kann nichts dafür.«

»Er kann nichts dafür? Er ist ein erwachsener Mann mit einem eigenen Willen.«

»Das eben ist der Punkt, Claudia. Er hatte, denke ich, nie die Gelegenheit, einen eigenen Willen zu entwickeln. Martín hat doch angedeutet, daß Dario schon als Kind ausgewählt worden ist, um im Sinne der Söhne des Alten beeinflußt zu werden. Er war einer lebenslangen Gehirnwäsche ausgesetzt. Körperlich ist er ein erwachsener Mann, geistig ist er nicht zu unterschätzen, aber seine Seele ist, als er noch ein Kind war, verformt und versklavt und für alle Zeiten in ein Korsett gesteckt worden. Es ist nicht so, daß dein Bruder dich verraten hat, sondern er ist dir vielmehr schon in frühester Kindheit genommen worden. Du hast es nur nicht gemerkt. Du hast selbst gesagt, daß du nur sehr selten mit ihm zusammengetroffen bist. Ich denke, man hat euch ganz bewußt nur so wenige gemeinsame Stunden gegönnt. Du solltest nicht erkennen, was mit ihm geschah. Wenn ihr euch dann getroffen habt, hat die Freude über das Wiedersehen alles andere überlagert. Vielleicht auch bei ihm. Vielleicht hat er sich dann einfach nur gefreut, ein Kind zu sein, ein Bruder.«

»Was du sagst, hört sich ja richtig an. Es überrascht mich nur, daß du so viel Verständnis für ihn aufbringst.«

»Im Grunde sind wir Schicksalsgefährten, wir alle drei. In Waisenhäusern erzogen, um später den Söhnen des Alten für ihre obskuren Zwecke zu dienen. Nur hatte Dario das Pech, daß sie ihn schon in jungen Jahren mit ihren Vorstellungen indoktriniert und zu einer Art lebender Psycho-Waffe gemacht haben.«

»Plötzlich erscheint alles in einem anderen Licht. Ich dachte immer, unsere Eltern – oder unsere Mutter – hätten uns ausgesetzt, so wie man es mir erzählt hat. Aber vielleicht stimmt das gar nicht, wahrscheinlich nicht. Es wird ähnlich gewesen sein wie bei dir, Paul! Auch meine und Darios Eltern werden zu den Söhnen des Alten gehört haben. Oder zumindest einer von ihnen. Vermutlich haben sie uns nicht aus Not weggegeben, sondern nur, damit wir helfen, den großen Plan für die Rückkehr des Janus zu verwirklichen.«

»Frag Dario danach, er kann es dir vermutlich sagen. Und falls nicht, wird Martín es wissen.«

»Ich glaube, ich will es gar nicht hören. Es ist schon viel zu vieles nicht mehr so wie früher. Ich möchte mir einen Rest von meinen Illusionen bewahren, von der Vergangenheit, die lange Zeit mein Leben gewesen ist.«

»Die Vergangenheit ist nicht das, was mich beunruhigt«, sagte Paul. »Sorgen macht mir das, was geschehen soll, wenn es nach dem Willen dieser Wahnsinnigen geht. Ich sorge mich um dich, Claudia, und um unser Kind.«

»Glaubst du an die Geschichte mit dem Sohn des Lichts und der Tochter der Finsternis?«

»Ich weiß nicht. Für mich klingt das alles zu sehr nach Budenzauber, nach schlechter Oper. Aber was ändert das? Martín und seine Anhänger glauben daran, und wenn ihnen unser Kind in die Hände fällt, droht ihm ein ähnliches Schicksal wie Dario. Dann machen sie es zu einem der Ihren und rauben ihm die Seele.«

»Für mich ändert das schon was, Paul. Ich wäre sehr erleichtert, wenn ich wüßte, daß unser Kind nicht ...«

»Was?«

»Daß es nicht ein Abkömmling dieser unheimlichen Kreatur ist – nicht der Teufelssohn!«

Achter Tag

48

Stunde um Stunde lagen sie engumschlungen beieinander, und jeder von ihnen zog seine Kraft aus der Nähe des anderen. Der Morgen konnte nicht mehr fern sein, und Paul spürte, daß Claudia immer unruhiger wurde. Er ahnte, daß ihr die Furcht vor der erneuten Begegnung mit Janus zusetzte.

»Sei ganz ruhig«, flüsterte er und streichelte sie zärtlich. »Alles wird gut!«

»Ich beneide dich um deine Zuversicht. Mit jeder Minute rückt der neue Tag näher und damit ...«

»Vielleicht auch unsere Rettung.«

»Es ist lieb von dir, daß du versuchst, mich zu trösten, aber woher soll Rettung kommen?«

»Vielleicht von oben.«

»Von Gott?«

»Ja, auch von Gott. Und von den Hubschraubern. Hörst du sie denn nicht?«

Claudia lauschte und mußte es jetzt auch hören, das Brummen und Knattern, das beständig lauter wurde und klang wie ein Schwarm von Rieseninsekten, der geradewegs im Anflug auf sie war. Insekten aus Stahl und Kunststoff, dachte Paul.

»Aber woher kommen sie?«

»Keine Ahnung, du als Polizistin kennst dich da besser aus. Vielleicht vom nächsten Luftwaffenstützpunkt?«

»Du hörst dich an, als hättest du mit ihnen gerechnet.«

»Das habe ich auch. Schon die ganze Nacht warte ich darauf. Habe ich nicht gesagt, jede Minute ist kostbar? Genauso war es, denn jede Minute, die verstrichen ist, hat uns der Rettung näher gebracht.«

»Wie konntest du das wissen?«

»Ich habe es nicht gewußt, sondern gehofft. Bevor die Söhne des Alten uns gefangengenommen haben, konnte ich dein Handy, das du mir kurz zuvor gegeben hattest, zwischen den Felsen verstecken. Alle haben nur auf dich und Dario geachtet, da ist es niemandem aufgefallen.«

»Mein Handy, stimmt. Sie haben es nicht bei dir gefunden, als sie dich durchsuchten. Aber ich war so überwältigt von dem Wiedersehen mit Dario, daß ich mich darüber gar nicht gewundert habe. Ich habe mich in Rom lange nicht gemeldet. Also haben sie mich dort vermißt und wohl das Handy geortet. Paul, du bist genial!«

Sie küßte ihn.

»Ich habe einfach nur der modernen Technik vertraut – aber auch dem da oben. Und jetzt meine ich Gott.«

Der Lärm wurde ohrenbetäubend, tat beinahe physisch weh. Bald mischten sich andere Geräusche in das Brummen der Rieseninsekten, kurze Detonationen.

»Schüsse«, sagte Claudia. »Aber nicht in unserer Nähe.«

»Wohl unten im Dorf. Wahrscheinlich wissen unsere Helfer nichts von diesem Plateau, aber aus der Luft werden sie es bald entdecken. Die Hütte und die Zelte werden es verraten.«

»Aber es ist zu klein; ein Hubschrauber kann hier nicht landen.«

»Dann müssen wir eben durchhalten, bis die Verstärkung uns zu Fuß erreicht. Wie auch immer.«

Paul hatte seinen Satz noch nicht beendet, da hörte er ein metallisches Geräusch ganz in der Nähe.

»Das Türschloß«, raunte er Claudia zu. »Du den Stuhl, ich den Tisch.«
Sie hatte verstanden und nickte.
Inzwischen war es draußen heller geworden, und trotz des geschlossenen Fensterladens drang ein Lichtschimmer in die Hütte. Hell genug, um die Umrisse der wenigen Möbelstücke sichtbar werden zu lassen. Claudia sprang auf, griff nach dem einzigen Stuhl, hob ihn hoch und stellte sich auf die eine Seite der Tür. Paul nahm den Tisch, der einiges Gewicht hatte, aber klein genug war, daß er ihn hochheben konnte, und postierte sich auf der anderen Seite.
Die Tür schwang auf, und ein großer, kräftiger Mann trat ein, in der Rechten eine Schußwaffe. Es war Stefano.
Claudia schlug als erste zu; mit einem Krachen zersplitterte der Stuhl auf dem Kopf des Hünen. Stefano taumelte und ging zu Boden, hielt die Waffe aber nach wie vor in der Hand. Er zielte auf Claudia.
Paul wußte nicht, ob Stefano sie nur in Schach halten oder tatsächlich auf sie schießen wollte, und er konnte es sich nicht leisten zu warten, bis er das herausgefunden hatte. Er schleuderte den Tisch auf Stefano, und was er dann hörte, war das Geräusch berstender Knochen. Stefanos Glieder zuckten unkontrolliert, und die Waffe, eine große Automatik, fiel ihm aus der Hand. Der große Mann stöhnte und spuckte Blut. Er mußte gehörige innere Verletzungen erlitten haben.
Claudia bückte sich, schnappte sich die Waffe und rief: »Tür zu, Paul!«
Er reagierte sofort und schlug die Tür zu. Aus den Augenwinkeln sah er, wie Claudia den gefällten Hünen abtastete.
»Willst du feststellen, wie schwer er verletzt ist?«

»Bin ich Florence Nightingale? Hier kann ohnehin nur ein Arzt helfen. Nein, ich suche nach Reservemunition. Wenn das hier in eine Belagerung ausartet, können wir die gut gebrauchen. Ah, hier, zwei Magazine, das reicht eine Weile.« Sie erhob sich und blickte sich kurz in dem schwachen Dämmerlicht um. »Laß uns das Fenster öffnen, auch wenn wir damit unseren Schutz teilweise aufgeben. Aber wir müssen wissen, was da draußen vor sich geht.«

Paul hob ein Bein des zerbrochenen Stuhls vom Boden auf und schlug damit die Fensterscheibe ein. Sorgfältig streifte er mit dem Stuhlbein den Fensterrahmen ab, um sicherzustellen, daß nicht irgendwo ein Glassplitter hängengeblieben war. Dann stieß er mit aller Kraft von innen gegen den Fensterladen. Die einfache Verriegelung sprang auf, und der Laden, nicht mehr als ein Holzbrett, schwang zur Seite.

Nun fiel das noch etwas matte Licht des beginnenden Tages in den Raum, und Paul beobachtete Claudia, als sie entschlossen an das Fenster trat. Die Verzweiflung und Angst der vergangenen Nacht schienen vergessen. Sie wirkte hochkonzentriert und hielt die erbeutete Automatik so sicher in der Hand wie ein Schlosser seine Zange oder ein Schreiner seinen Hobel. Kein Zweifel, sie war in ihrem Element.

Stefano stöhnte laut auf, und Paul wandte sich zu ihm um. Der Körper des Verletzten zuckte und bäumte sich unter den Schmerzen auf, aber Paul konnte nichts für ihn tun. Wenn er versuchte, Stefanos Qualen zu lindern, machte er womöglich alles nur noch schlimmer. Abgesehen davon hielt sich sein Mitgefühl auch in Grenzen. Der Mann war nicht mit gezogener Waffe zu ihnen gekommen, um ihnen Freundlichkeiten zu erweisen. Ein entsprechender Befehl von Martín oder von Dario, und er hätte sie beide mitleidslos getötet.

»Draußen tut sich was!«
Claudias Ausruf, der fast im Lärm von Rotorblättern untergegangen wäre, veranlaßte Paul, sich dem Geschehen auf dem Plateau zuzuwenden. Ein großer Hubschrauber stand direkt über ihnen in der Luft, und die Kraft der Rotoren ließ die Planen der beiden großen Zelte erzittern. Zwischen den Zelten standen und kauerten einige Bewaffnete und schossen auf den Hubschrauber, suchten sich dann aber schnell Deckung. Offensichtlich wurde das Feuer von oben erwidert.
Ein paar Männer kamen, angeführt von Dario, auf die Hütte zu, bis Claudia sie mit einem gezielten Schuß stoppte. Die Kugel ließ dicht vor dem vordersten Mann Erde aufspritzen.
»Keinen Schritt weiter!« Sie brüllte, um den allgemeinen Lärm zu übertönen. »Das nächste Mal treffe ich!«
Dario wies seine Begleiter mit einem Handzeichen an stehenzubleiben, schob seine Waffe unter seine Weste und breitete die Arme aus, um zu zeigen, daß er ungefährlich sei.
»Kommt lieber raus aus der Hütte!« rief er. »Wir sollten uns alle in die Höhlen zurückziehen. Euch könnte leicht eine verirrte Kugel treffen.«
»Fall nicht auf ihn herein!« sagte Paul.
»Nicht noch einmal«, antwortete Claudia und rief dann zu Dario hinüber: »Um wen machst du dir Sorgen, um uns oder euren Teufelssohn?«
Dario verzog das Gesicht. »Sprich nicht so von Fontus! Er ist doch auch dein Sohn. Ich sorge mich um euch alle, besonders um dich, Claudia!«
Er machte einen Schritt nach vorn, und Claudia rief: »Stop! Bleib stehen, oder ich schieße!«

»Auf mich, deinen Bruder? Das wirst du nicht tun!« Langsam bewegte er sich vorwärts, und Claudia nahm ihn ins Visier. Aber sie schoß nicht. Schweiß trat auf ihre Stirn, und sie begann zu zittern.
»Claudia, was ist mit dir?«

Paul sah sehr besorgt aus und sagte etwas zu ihr, aber sie verstand ihn nicht. Um sie herum war all dieser Lärm, und in ihr war die Stimme, stärker als alles andere.
Du willst nicht auf mich schießen, Claudia. Ich bin dein Bruder, deine Familie, dein Leben. Willst du das alles verlieren? Leg die Waffe weg, Claudia, und komm zu mir. Komm in meine Arme, meine Schwester!
Draußen vor der Hütte, nur ein paar Schritte von ihr entfernt, stand Dario und breitete die Arme aus, um sie zu empfangen. Der Wunsch, zu ihm zu gehen, wurde übermächtig. Warum versteckte sie sich vor ihm? Warum zielte sie mit einer Waffe auf ihn?
Diese Waffe bringt Tod und Vernichtung. Wir aber wollen das Leben. Leg die Waffe weg, Claudia, und schließ dich uns an. Warum machst du es dir so schwer? Komm zu mir und laß dich erlösen!
Sie empfand es als Bürde, hier zu hocken und auf ihren eigenen Bruder zu zielen, der dort draußen stand und sie freundlich anlächelte. Um sich von dieser Bürde zu befreien, ließ sie die rechte Hand sinken und legte die Waffe auf den Boden.
»Ich komme, Dario!«

»Das wirst du nicht tun!« schrie Paul und riß Claudia, die aufstehen und zur Tür gehen wollte, zurück.

Dann griff er nach der Automatik und legte auf die Männer draußen an.
»Ich weiß, was du mit Claudia gemacht hast, Dario. Versuch das nicht mit mir! Wenn ich auch nur einen seltsamen Gedanken in meinem Kopf bemerke, drücke ich einfach ab!«
Dario blieb ruhig. »Ihr werdet auch so zu mir herauskommen. Es sei denn, ihr zieht es vor, bei lebendigem Leib zu verbrennen.«
Paul hatte die Worte noch nicht ganz verarbeitet, da hörte er schon das Knacken der Flammen, spürte die plötzliche Hitze, hatte den scharfen Geruch von Benzin in der Nase. Irgend jemand hatte sich um die Hütte herumgeschlichen und sie von hinten angezündet.
»Es ist immer gut, noch ein As im Ärmel zu haben«, sagte Dario. »Jetzt kommt endlich raus! Unbewaffnet!«
Paul erkannte, daß sie gehorchen mußten, sonst würden sie tatsächlich bei lebendigem Leib verbrennen. Schon erfüllte beißender Rauch die Hütte, trieb ihm Tränen in die Augen und ließ Claudia heftig husten.
»Wir kommen«, rief er. »Ohne Waffen.«
Achtlos legte er die Automatik, die ihnen nichts mehr nützte, auf den Boden, erhob sich und riß die Tür auf. Dann umfaßte er Claudia mit beiden Armen und taumelte mit ihr nach draußen. Die Flammen züngelten über die gesamte Rückwand der Hütte und griffen bereits aufs Dach über.
Seine Flinte über den Rücken gehängt und einen offenbar leeren Kanister in der Hand, kam Lorenzo angelaufen und grinste.
»Wie habe ich das gemacht?«
»Sehr gut«, lobte Dario. »Die Hütte brennt wirklich toll.«
Lorenzo blickte zur Hütte, und plötzlich verschwand das

Grinsen aus seinem Gesicht. Jetzt erst schien ihm bewußt zu werden, was er getan hatte.
»Meine schöne Hütte«, stammelte er.
»Du kannst dir eine neue bauen«, erwiderte Dario.
Noch immer spürte Paul den beißenden Rauch in den Lungen, aber er war doch halbwegs zu Atem gekommen und keuchte: »Stefano liegt noch da drinnen, verletzt. Ihr müßt ihn rausholen!«
»Zu spät.« Dario zeigte auf das Dach der Hütte, das gerade lichterloh brennend einstürzte. »Und jetzt los, zu den Hügeln!«
Über ihnen schwebte noch immer der Hubschrauber, etwas höher jetzt, um den Verteidigern auf dem Plateau kein zu genaues Ziel zu bieten.
Ein paar von Darios Leuten hatten sich am Rand des Plateaus hinter die Felsen gekauert und schossen nach unten. Schwerbewaffnete Männer in gefleckten Kampfanzügen arbeiteten sich näher heran, indem sie sich wechselseitig Feuerschutz gaben.
Paul konnte nicht erkennen, ob es sich um Militär oder Polizei handelte, aber das war auch nicht wichtig. Hauptsache, sie kamen!
Dario hatte seinen Blick bemerkt. »Geben Sie sich keinen falschen Hoffnungen hin, Paul! Innerhalb des Berges wird Janus uns beschützen. Die Höhlen sind sein Reich. Los!«
Er hatte seine Pistole gezogen, um seiner Forderung Nachdruck zu verleihen. Da sie von Darios Männern umstellt waren, blieb Paul und Claudia nichts übrig, als mit zum Höhleneingang zu gehen.
Auch jene Männer, die bislang auf die Angreifer geschossen hatten, stellten das Feuer ein, um sich zu den Höhlen zu-

rückzuziehen. Der letzte, der kam, war Lorenzo. Traurig schaute er noch einmal hinüber zu dem Flammenmeer, das einmal seine Hütte gewesen war.

49

Waren die Götterhöhlen, die Höhlen des Janus, der Ort, an dem sich ihr Schicksal erfüllen sollte?

Dieser Gedanke schoß Claudia durch den Kopf, als sie sich widerstrebend durch den schmalen Felsspalt zwängte und in die trügerische Stille der Höhlen gelangte. Hier drinnen erwartete sie etwas viel Gefährlicheres, als es der Kampf draussen gewesen war. Kugeln konnten nur den Körper verletzen, ihn vielleicht töten. Aber das Wesen, dem seine Anhänger hier vor Tausenden von Jahren einen Tempel und eine Zufluchtsstätte errichtet hatten, konnte die Seele verletzen – und sie wohl auch töten, wie man an Dario sah.

Sie fand es erniedrigend, daß es Dario ein weiteres Mal gelungen war, von ihr Besitz zu ergreifen. Jedem seiner Blicke wich sie aus, weil sie sich schämte und weil sie ihn in diesem Augenblick haßte. Tief in ihrem Innern wußte sie, daß Paul recht hatte mit dem, was er in der Nacht über Dario gesagt hatte, aber jetzt und hier waren ihre Gefühle stärker als der Verstand. Dario mochte nur ein Werkzeug sein, aber trotzdem war er es, der mit ihr spielte, der ihr seinen Willen aufzwang und sie zu einem bloßen Objekt degradierte.

Ein halbes Dutzend Handscheinwerfer erhellte die vorder-

ste Höhle, in der sie bereits von einigen Verschwörern erwartet wurden, unter ihnen Juan Felipe Martín. Ein paar Männer machten sich an den Wänden zu schaffen, ohne daß Claudia erkennen konnte, was genau sie dort taten.
»Es wird Zeit, daß ihr kommt!« sagte ein erregter Martín zu Dario. »Wir müssen uns zurückziehen, und zwar schnell. In zwei, drei Minuten sind alle Sprengsätze angebracht.«
Lorenzo drängte sich nach vorn. »Sprengsätze? Wozu?«
»Wir müssen die vorderste Höhle sprengen, damit uns niemand folgen kann«, antwortete der Domitor ungeduldig.
»Das geht nicht!« rief Lorenzo. »Ihr dürft meine Höhle nicht zerstören.«
»Es muß sein, Janus will es so.«
»Aber es ist nicht richtig«, beharrte Lorenzo kopfschüttelnd.
Martín kümmerte sich nicht weiter um ihn, sondern wandte sich an Dario und die übrigen Männer: »Wir machen uns jetzt auf den Weg zum Tempel. Sobald unsere Leute hier fertig sind, zünden sie die Sprengsätze und folgen uns.«
Mit dem »Tempel« meinte er vermutlich jenen Felsendom, in dem sich die Janusstatue erhob. Die Vorstellung, dort noch einmal hinzumüssen, löste in Claudia tiefsten Widerwillen aus.
Sie zwang sich, rational zu bleiben, und überlegte, welchen Plan Martín verfolgen mochte. Irgendwo mußte es einen weiteren Ausgang aus dem Höhlensystem geben, vielleicht im »Tempel« selbst. Vielleicht wollten die Söhne des Alten die Höhlen auf diesem Weg schnell verlassen. Andererseits bestand dann die Gefahr, daß sie den Sicherheitskräften in die Hände liefen. Vielleicht würden sie sich einfach eine Weile im Berg versteckt halten. Sie waren gut organisiert

und hatten bestimmt irgendwo hier drinnen ausreichend Wasser und Lebensmittel gelagert.
Während mehr und mehr Männer sich in die zweite Höhle absetzten, hatte Lorenzo, von niemandem beachtet, seine Flinte zur Hand genommen und auf Martín angelegt.
Der erstarrte, als er in die doppelte Mündung blickte. »Was soll das, Lorenzo? Was hast du vor?«
»Meinen Höhlen darf nichts geschehen! Gib den Befehl, die Sprengsätze zu lösen!«
»Das darf ich nicht, Lorenzo. Janus hat es verboten.«
»Ihr werdet meine Höhlen nicht zerstören!«
Nun wandte Dario sich Lorenzo zu, und von einer Sekunde zur anderen begann der Einsiedler am ganzen Leib zu zittern.
»Nein!« stieß er hervor. »Bleib weg aus meinem Kopf!«
Wankend ging er in die Knie, aber vorher zog er noch beide Abzüge seiner Flinte durch. Nur ein, zwei Sekunden später schoß einer der anderen Männer, und die Kugel traf Lorenzo in den Kopf. Er kippte zur Seite und schlug auf dem Boden auf, wo er reglos liegenblieb. Tot, wie Claudia erkannte.
Dann erst sah sie, daß Lorenzo den Domitor getroffen hatte. Mit beiden Schrotladungen offenbar. Zwei Treffer in die Brust aus so geringer Entfernung – die Wirkung war verheerend. Von zwei Männern gestützt, stand Martín noch aufrecht und preßte beide Hände auf seinen Leib. Aber der war eine einzige Wunde. Blut und Gedärme quollen heraus, ohne daß der Domitor es verhindern konnte. Schließlich ließen ihn die Männer, die ihn eben noch gestützt hatten, zu Boden sinken und liefen zu dem Durchlaß, der zur nächsten Höhle führte. Weitere schlossen sich ihnen an. Martín spuckte noch einmal Blut, dann war auch er tot.

»Macht erst die Sprengladungen fertig!« rief Dario.
»Scheiß drauf!« rief einer seiner Leute. »Hörst du nicht die Rufe da draußen? Die sind gleich hier, Mann!«
Der Tod des Domitors schien die Moral der Männer gebrochen zu haben. Die wenigsten von ihnen waren gläubige Janus-Anhänger, die bereit gewesen wären, bis zum letzten Atemzug für ihren Gott zu kämpfen. Sie waren Söldner und kämpften für nichts als Geld.
Paul packte Claudia bei den Armen und sagte: »Laß uns verschwinden, schnell!«
»Ja!«
Sie wollte mit ihm nach draußen, aber sie konnte es nicht, war auf einmal wie gelähmt. Ein fremder Wille beherrschte sie.
Bleib hier, Claudia! Du darfst mich nicht verlassen! Mein Schicksal ist dein Schicksal, und unser aller Schicksal ist Janus!
Nein, nicht, diesmal nicht!
Sie wollte nicht noch einmal Sklavin sein, Sklavin des Janus. Was in Dario war, mußte auch in ihr sein, sagte sie sich, und so suchte sie tief in ihrem Innern nach der geheimen Kraft, die ihr helfen sollte, dem fremden Willen zu widerstehen. Etwas, das bislang in ihr geschlummert hatte, brach endlich hervor und traf mit dem, was Dario aussandte, zusammen. Sie spürte, wie er stutzte und dann seine Anstrengungen vergrößerte.
Es tat weh, schmerzte fast körperlich, aber sie setzte alles daran, seinen Zugriff auf ihr Ich abzublocken. Die ganze Höhle schien von einer ungeahnten Macht erfüllt, wie elektrisch aufgeladen. Der Boden wankte unter ihren Füßen, Steine fielen auf sie herab, immer mehr und immer größere.

Und dann war es vorbei. Die fremde Stimme in ihr war verschwunden, sie war erlöst und sank in tiefes Dunkel.

Paul begriff, was geschah. Er begriff es schnell, aber nicht schnell genug, um auf irgendeine Weise eingreifen zu können.
Claudia und Dario lieferten sich ein Duell, ein Duell des Geistes. Sie standen einander gegenüber und starrten einander an, beide zitterten am ganzen Leib, und das Zittern schien sich auf die gesamte Höhle zu übertragen.
Es war wie ein Erdbeben, Steine und Felsbrocken stürzten herab. Er wollte die Arme ausstrecken, um Claudia aus der Gefahrenzone zu ziehen, aber da traf ihn ein schwerer Stein an der Brust und schleuderte ihn nach hinten. Er stolperte und fiel.
Als er sich schwankend wieder erhob, war der lautlose Kampf beendet, und auch die Höhle war wieder ruhig. Er griff nach einem Handscheinwerfer, den einer der flüchtenden Verschwörer zurückgelassen hatte, und richtete ihn auf die Stelle, wo Schwester und Bruder einander eben noch gegenübergestanden hatten. Sie lagen beide unter Felstrümmern begraben.
»Nein!« schrie er und lief hinüber zu den beiden reglosen Körpern.
Daß Dario tot war, sah er auf den ersten Blick. Sein Schädel war zertrümmert, ein Teil des Gehirns freigelegt.
Und Claudia?
Vorsichtig räumte er zwei Felsbrocken von ihrer Brust – und fühlte unendliche Erleichterung, als er feststellte, daß sie noch atmete. Aber sie war nicht bei Bewußtsein, und auch als er sie ansprach, reagierte sie nicht.

Inzwischen drangen Männer in Kampfanzügen in die Höhle ein, die bald von weiteren Scheinwerfern erhellt wurde. Ein Mann mit den Rangabzeichen eines Offiziers eilte, die Pistole auf Paul gerichtet, herbei. Weitere Männer mit Sturmgewehren im Anschlag folgten.
Paul rief ihnen seinen Namen entgegen und sagte: »Hier liegt Claudia Bianchi. Sie braucht dringend ärztliche Hilfe! Und sie ist schwanger!«
Der Offizier sprach in ein Funkgerät, das an seiner Brust befestigt war, und orderte einen Sanitätstrupp in die Höhle. Dann stellte er sich vor: »Capitano Garrone vom Carabinieri-Fallschirmjäger-Regiment ›Tuscania‹. Können Sie mich kurz in die Lage einweisen?«
Paul zeigte auf den Durchlaß zur zweiten Höhle. »Ihre Gegner finden Sie da. Es gibt mindestens vier weitere Höhlen, Sie gelangen immer von einer in die nächste. Und es muß noch einen weiteren Ausgang geben. Die Kerle haben ihre Anführer verloren, aber sie sind bewaffnet.«
»Wie viele sind es?«
»Ein bis zwei Dutzend, grob geschätzt. Ach ja, noch etwas: Sie wollten diese Höhle sprengen und haben Sprengsätze an den Wänden befestigt. Gut möglich, daß sie das in einer der anderen Höhle auch versuchen.«
»Danke«, sagte der Capitano und befahl seinen Leuten, vorsichtig in die nächste Höhle vorzudringen. Dann verlangte er über Funk ein Kampfmittelräumkommando, das die Sprengsätze entfernen sollte.
»Sie müssen hier raus!« sagte er zu Paul.
»Nicht ohne Claudia!«
»Tut mir leid, Sie müssen sofort gehen!« beharrte der Offizier. »Wir bringen die Frau nach draußen, so schnell es geht.«

Auf den Wink ihres Kommandanten traten zwei der Fallschirmjäger zu Paul und brachten ihn durch den Felsspalt hinaus aufs Plateau, wo nicht mehr gekämpft wurde. Die Carabinieri hatten alles unter Kontrolle, und bewaffnete Posten sicherten das Areal nach allen Seiten. Von Lorenzos Hütte war nur noch ein brennender Trümmerhaufen übrig. Offenbar hielten die Fallschirmjäger es nicht für notwendig, die Überreste zu löschen.

»Paul! Wie geht es Ihnen? Wo ist Claudia?«

Zwischen all den Uniformierten tauchte ein Mann in Zivil auf und kam auf Paul zugelaufen.

»Aldo?«

»Nachdem wir Claudias Handy geortet hatten, habe ich es mir nicht nehmen lassen, die Carabinieri zu begleiten.« Er blieb vor Paul stehen und musterte ihn besorgt. »Sie sehen reichlich mitgenommen aus.«

»Ich bin in Ordnung, aber Claudia …«

»Was ist mit ihr?«

»Sie liegt noch in der Höhle, verletzt. Hoffentlich kommt bald ein Arzt!«

»Da ist schon einer, mit einem ganzen Sanitätstrupp. Sehen Sie.« Aldo zeigte auf ein paar Uniformierte, die das Rotkreuzabzeichen trugen und eben in der Höhle verschwanden. »Sie müssen Vertrauen haben, Paul! Ich hatte auch Vertrauen, und die Ärzte haben Alessandra geholfen.«

Alessandra. Paul mußte sich eingestehen, daß er die verletzte Polizistin vollkommen vergessen hatte.

»Wie geht es ihr?«

»Gestern ist sie aus dem Koma erwacht. Die Ärzte sagen, daß sie sich wieder ganz erholen wird. Und sie hat meinen Heiratsantrag angenommen!«

Paul drückte ihm die Hand. »Meinen aufrichtigen Glückwunsch, Aldo!«
Es waren wohl nur wenige Minuten, aber Paul erschien es wie eine Ewigkeit, bis die Sanitäter Claudia endlich aus der Höhle brachten und auf eine Trage legten. Sie war noch immer ohne Bewußtsein. Paul fragte den Arzt, wie es um sie stehe.
»Ehrlich gesagt, noch ist alles offen. Sie muß schnellstens in ein Krankenhaus.«
Ein Transporthubschrauber schwebte über dem Plateau ein und verharrte dort in der Luft. Die Männer an Bord ließen eine Antirotationsleine herab, und mit Hilfe eines Rettungssacks wurde Claudia vorsichtig hochgezogen. Am liebsten wäre Paul mitgeflogen, doch das war unmöglich.
Kaum war der Rettungssack mit Claudia an Bord gehievt, setzte der Pilot sein schweres Luftfahrzeug auch schon in Bewegung und ließ es schnell Geschwindigkeit aufnehmen. Tränen verwischten Pauls Blick, als er dem kleiner und kleiner werdenden Hubschrauber nachblickte.

Zwölf Tage später

50

Rom, Questura Centrale (Polizeipräsidium)

Paul war neugierig, was der Polizeipräsident von ihm wollte. Die Einladung zu diesem Treffen hatte ihn in San Vito erreicht, wo er ein paar Tage verbracht hatte, um sich von Ludovico Anfuso zu verabschieden. Dem ging es glücklicherweise wieder ganz gut, und er behauptete steif und fest, er komme wunderbar allein zurecht, aber Paul hatte durchgesetzt, daß zweimal pro Woche eine Frau aus dem Ort nach ihm sah. Gespannt betrat er, nachdem er die Anmeldeprozedur hinter sich gebracht hatte, das Gebäude der Questura Centrale. Als sie ihn damals verdächtigt hatten, er hätte Anfusos Bruder ermordet, war er schneller reingekommen, dachte er mit einem Anflug von Ironie.

Drinnen traf er zu seiner Überraschung auf Pater Ackermann, der anscheinend kurz vor ihm einen Besucherausweis erhalten hatte.

»Das sieht ja fast nach einem Klassentreffen aus«, entfuhr es Paul. »Hat Compagni Sie auch eingeladen?«

Der Generalsekretär nickte und lächelte. »Eigentlich habe ich gar keine Zeit. Die Vorbereitungen für die Generalkongregation, auf der Jeans Nachfolger gewählt werden soll, laufen auf Hochtouren. Andererseits ist das hier bei all dem Verwaltungskram eine willkommene Abwechslung. Apropos willkommen, Paul, mein Angebot gilt weiterhin.«

»Ich bin Ihnen dafür zutiefst dankbar, Pater, aber ich möchte es nicht annehmen. Gestern habe ich mich mit Ludovico Anfuso darüber unterhalten, und er hat mich in meinem

Entschluß bekräftigt. Die Mitgliedschaft in der Gesellschaft Jesu ist keine Jacke, die man einfach so aus- oder anziehen kann, wie es einem beliebt.«

»Selbstverständlich akzeptiere ich Ihre Entscheidung – wenn auch nur ungern.«

»Danke für Ihr Verständnis, Pater. Ich hoffe, mein Entschluß hat keinen Einfluß auf meine Arbeit am Mondsee.«

»Sie wollen die Leitung des Waisenhauses wieder übernehmen? Das finde ich gut, es ist eine wichtige Aufgabe. Jean hat Ihnen zugesichert, daß Ihr Austritt aus dem Orden dem nicht im Wege stehen wird, und dabei bleibt es natürlich.«

»Noch einmal danke, Pater. Ich freue mich schon auf den Mondsee. In zwei Tagen geht es nach Hause!«

Sie fuhren mit dem Fahrstuhl hinauf ins oberste Stockwerk und begaben sich in das geräumige Büro des Polizeipräsidenten mit der eindrucksvollen Aussicht über die Dächer Roms. Dort warteten außer Compagni der Vizeinspektor Bruno Roatta, Monsignore Eiji Uehara, Aldo und Claudia.

Claudia! Zehn Tage lang hatte sie in einer Klinik in Bologna gelegen, und Paul hatte sie mehrmals dort besucht, aber auch als es ihr körperlich besser ging, war es ihm nicht gelungen, sie aufzuheitern. Er hätte sie gern aus dem Krankenhaus abgeholt, aber sie war überraschend entlassen worden, gerade als er sich in San Vito aufhielt.

Die ein wenig zu aufgedonnerte Vorzimmerdame des Polizeipräsidenten versorgte sie mit Gebäck und Getränken und ließ sie dann allein.

Compagni bedankte sich bei allen für ihr Kommen und sagte: »Vielleicht fragen Sie sich, was dieses Treffen soll, jetzt, wo alles vorüber ist, aber ich dachte mir, es ist einfacher so, als wenn jeder mit jedem telefoniert.«

»Ich begrüße das sehr«, sagte Ackermann. »Zwar weiß ich, daß Ihre Männer in den Apenninen den Söhnen des Alten eine Niederlage beigebracht haben, aber ich brenne darauf, Näheres zu erfahren. Juan Felipe Martín ist tot, nicht wahr?«

»Ebenso wie der Bruder von Commissario Bianchi«, bestätigte der Polizeipräsident. »Sie und eine ganze Anzahl ihrer Gefolgsleute sind bei den Kämpfen in Pellicano und in den sogenannten Geisterhöhlen getötet worden. Bedauerlicherweise sind auch zwei Carabinieri gefallen.«

»Da wir sowohl Commissario Bianchi als auch Signor Kadrell hier haben, können wir jetzt vielleicht aus erster Hand erfahren, was sich in diesem Ort, Pellicano, ereignet hat«, schlug Roatta vor.

Compagni zeigte sich einverstanden. Also berichteten Paul und Claudia abwechselnd, wobei Claudia einen sehr sachlichen, beinahe schon distanzierten Ton anschlug, so als habe sie das alles gar nicht selbst erlebt. Schon als Paul sie im Krankenhaus besucht hatte, war ihm diese seltsame Distanziertheit aufgefallen. Aber vielleicht konnte sie das, was sie erfahren und durchlitten hatte, nur auf diese Weise verarbeiten.

Als Paul und Claudia geendet hatten, fragte Roatta nach: »Heißt das, die Söhne des Alten sind endgültig besiegt?«

»Das wäre vielleicht ein wenig zu optimistisch gesprochen«, erwiderte der Polizeipräsident. »Immerhin wissen wir, daß sie über ein weites Netz aus Anhängern und Sympathisanten verfügen. Daher läßt sich nicht ausschließen, daß wir künftig in der einen oder anderen Weise von ihnen hören. Aber ich glaube nicht, daß das, was von ihrer Organisation übrig ist, noch einmal wirklich gefährlich werden kann. Die Söhne des Alten haben ihre Führungsspitze verloren und noch dazu ihr Heiligtum, den Tempel ihrer Gottheit.«

»Ja, diese Götterhöhlen«, sagte Uehara. »Aus archäologischer wie aus theologischer Sicht sind sie äußerst interessant. Was soll mit ihnen geschehen?«

»Wir haben das ganze Terrain erst einmal zum Sperrgebiet erklärt«, antwortete Compagni. »Was kein großes Problem war, da Pellicano ein verlassener Ort ist. Offiziell wird das Gebiet als Testgelände für neue Waffen benutzt. Das gibt uns Zeit, die Höhlen in aller Ruhe und mit der gebotenen Vorsicht zu erforschen.«

»Warum mit Vorsicht?« fragte Roatta.

»Sie haben doch gehört, was Commissario Bianchi und Signor Kadrell berichtet haben. Dort ist mit seltsamen Phänomenen zu rechnen.« Compagni schmunzelte. »Bei Ihnen im Vatikan wird das übrigens sehr ernst genommen, Signor Roatta. Uns wurde versichert, wir könnten jederzeit auf versierte Exorzisten zurückgreifen.«

»Die Erforschung dieser Höhlen liegt uns sehr am Herzen«, versicherte Uehara. »Der Vatikan wird die Angelegenheit mit allen erforderlichen Mitteln unterstützen, auch finanziell.«

»Gleiches gilt für die Gesellschaft Jesu«, fügte Ackermann hinzu.

Paul dachte an die Höhlen und den Mann, der sie zuerst erforscht hatte.

»Haben Sie etwas über den Einsiedler herausgefunden, der sich abwechselnd Lorenzo und Mattia nannte? Er war nicht mehr ganz bei Sinnen, aber ich halte es für sehr wahrscheinlich, daß er früher tatsächlich einmal Professor war.«

»War er auch«, bestätigte Compagni. »Wir konnten ihn zweifelsfrei identifizieren.« Er hob ein Blatt Papier auf und vergewisserte sich kurz. »Professore Lorenzo Mattia Arlacchi, hatte zuletzt einen Lehrstuhl an der Fakultät für Geisteswissenschaften der Universität Cagliari inne. Bis er vor neun Jahren, mitten in den Semesterferien, verschwand. Es war bekannt, daß er eine Bergtour in den Apenninen unternehmen wollte, aber trotz intensiver Suche ist er nie gefunden worden.«

»Weil er nicht gefunden werden wollte«, sagte Paul. »Hat er also den Tempel des Janus wiederentdeckt, und danach sind die Söhne des Alten dem verschollenen Heiligtum auf die Spur gekommen? Oder haben sie schon länger da oben in den Bergen gesessen? Das könnte bedeuten, daß sie Lorenzo gezielt in den Wahnsinn getrieben haben, damit er sie nicht verraten kann.«

»Das ist eine der vielen Fragen, die noch zu klären sein werden.« Compagni beugte sich vor und sah Roatta an. »Aber jetzt habe ich mal eine Frage: Wie steht es um den Kollegen Tarabella? Seit dem Attentat auf den Heiligen Vater ist es seltsam still geworden um ihn und die ganze Angelegenheit.«

»Der Heilige Stuhl hat kein Interesse daran, daß die Sache in der Öffentlichkeit breitgetreten wird«, erklärte der Vizeinspektor. »Deshalb hat das vatikanische Pressebüro sich auch mit Meldungen darüber sehr zurückgehalten. Wenn Sie allerdings die Zeitungen genau gelesen hätten, wäre Ihnen eine kleine Meldung über Olindo Tarabella, der zufolge es ihm gesundheitlich bereits wieder recht gutgeht, nicht entgangen.«

»Ich hatte in den vergangenen Tagen anderes zu tun, als ausgiebig Zeitung zu lesen«, erwiderte Compagni. »Doch ich hoffe, diese Meldung entspricht den Tatsachen.«

»Das tut sie. Tarabella ist schon wieder gut bei Kräften.«

Der Polizeipräsident nickte. »Das freut mich, denn es be-

deutet doch sicher, daß er seinen Dienst bald wieder antreten kann.«
»Damit wird es wohl nichts werden«, meinte Roatta zögernd. »Würde er auf seinen Posten zurückkehren, wäre es unausweichlich, daß die Medien neugierig werden und Fragen nach den Gründen für das Attentat stellen würden. Ein vatikanischer Sicherheitschef, der selbst versucht hat, auf den Papst zu schießen, wäre in den Augen der Öffentlichkeit einfach nicht tragbar. Andererseits wollen wir keine Geschichten über Dämonen verbreiten, die Seiner Heiligkeit nach dem Leben trachten. Deshalb werde ich für einen gewissen Zeitraum Tarabellas Amtsgeschäfte kommissarisch übernehmen, und es wird ein Nachfolger für ihn gesucht.«
»Könnten Sie das nicht sein?« fragte Claudia.
»Schon möglich.«
»Aber was soll mit Tarabella geschehen?« hakte Aldo nach.
»Er wird nach Neapel zurückgehen, wo er ja früher als stellvertretender Polizeichef tätig war. Dort wird er eine leitende Position in einem privaten Sicherheitsunternehmen einnehmen. Die Einzelheiten sind bereits geregelt.«
»Nicht nur die Söhne des Alten verfügen über ein weitverzweigtes Netzwerk«, bemerkte Claudia spitz. »Beim Vatikan scheint es mir nicht anders zu sein.«
Roatta bedachte sie mit einem finsteren Blick, sagte aber nichts.
Nach einer weiteren Viertelstunde, in der nichts Wesentliches mehr besprochen wurde, löste Compagni die Zusammenkunft auf, und Paul verabschiedete sich von allen.
Aldo schüttelte ihm mit einer Herzlichkeit die Hand, die neu war zwischen ihnen, und sagte: »Ich hoffe, Sie kommen, wenn Alessandra und ich heiraten!«

Höflich antwortete Paul: »Ich wünsche Ihnen beiden alles Glück dieser Welt, aber Sie werden wohl ohne mich auskommen müssen. Ich bin schon viel zu lange in Rom. Der Mondsee und die Kinder von ›Nicolás Bobadilla‹ warten auf mich.« Dann wandte er sich an Claudia. »Trinken wir noch einen Kaffee zusammen?«
Zögernd stimmte sie zu.

Sie suchten sich eine stille Ecke in der *Bar Napolitano,* aber das Gespräch wollte nicht recht in Gang kommen. Seit den Geschehnissen in den Götterhöhlen, seit dem Kampf zwischen Claudia und Dario, seit dem Verlust ihres Kindes war von der Vertrautheit, die zwischen ihnen geherrscht hatte, nichts mehr zu spüren.
»Ich verstehe es nicht«, sagte Paul schließlich.
»Was?« Claudia sah ihn an, als bemerke sie jetzt erst, daß sie ihm gegenübersaß.
»Daß du so abweisend bist. Habe ich dir etwas getan, Claudia?«
»Nein, aber ich dir. Ich habe unser Kind verloren.«
»Das ist doch Unsinn. Du kannst nichts dafür. Es ist ganz allein die Schuld von Dario und Martín, und die haben dafür mit dem Leben bezahlt.«
»Wenn ich mich nicht gegen Dario gewehrt hätte, wäre es nicht passiert.«
»Wer weiß, was dann passiert wäre. Es ist nicht mehr zu ändern, Claudia. Wir können wieder ein Kind haben.«
»Aber wollen wir das? Vielleicht bist du wirklich der Sohn des Lichts und ich die Tochter der Finsternis!« Sie lachte kurz auf, wurde dann aber wieder ernst. »Manchmal sage ich mir, daß das alles Quatsch ist und daß Martín und seine

Söhne des Alten verrückt waren, Spinner, Perverse. Ich sage mir, daß Dario und ich vielleicht eine telepathische Begabung geerbt haben. Eine Begabung, die von Martín und seiner Gefolgschaft erkannt und ausgenutzt worden ist. Und dann wieder gibt es Momente, da denke ich, daß es einfacher ist, an den Dämon Janus zu glauben. Wo liegt die Wahrheit, Paul?«

»Vielleicht irgendwo dazwischen, vielleicht auch ganz woanders. Für uns ist das nicht mehr wichtig, es ist vorbei!«

»Da bin ich mir nicht so sicher. Wenn an der Janus-Geschichte etwas dran ist, sollten wir beide keine gemeinsamen Kinder haben.«

Er nahm ihre Hände in seine. »Ich liebe dich, und ich will mein Leben mit dir verbringen. Und am Mondsee gibt es viele Kinder, die Eltern brauchen.«

Claudia lächelte. »So wie Nico?«

»Ja. Wenn ich eine Frau hätte und mir einen Sohn wünschen könnte, würde ich Nico wählen. Die Frage ist nur, ob ich eine Frau habe.«

Sie zog ihre Hände aus seinen zurück. »Ich glaube, für so eine Entscheidung bin ich noch nicht reif. Ich habe meine Vergangenheit noch nicht richtig verarbeitet, wie soll ich da Entscheidungen über meine Zukunft treffen?«

»Übermorgen fliege ich nach Österreich zurück. Ich habe in der Maschine zwei Plätze reserviert.«

»Stornier den einen, Paul. Für mich ist das nicht der passende Zeitpunkt.«

»Der passende Zeitpunkt, über die Zukunft zu entscheiden, ist immer das Hier und Jetzt, denn die Zukunft beginnt in jeder Sekunde neu!«

»Nicht, Paul!« bat Claudia. »Bitte nicht!«

Er stand auf, legte eine Handvoll Kleingeld auf den Tisch und sagte: »Der Flug geht über Bologna. Übermorgen um siebzehn Uhr fünfzehn von Fiumincino.«

Zwei Tage später

Epilog

»Bitte, Signore, wir müssen das Boarding jetzt abschließen, damit wir pünktlich starten können. Es kommt niemand mehr.«

Nein, es kam niemand mehr. Bis zuletzt hatte Paul in der Abflughalle gewartet, gehofft, daß Claudia noch kommen würde. Aber er hatte seit ihrem Gespräch in der *Bar Napolitano* nichts mehr von ihr gehört.

Langsam griff er nach seiner Tasche und ging zu der jungen Frau in der schmucken Uniform, die ihn ungeduldig erwartete.

»Auf etwas anderes konnte ich auch nicht hoffen, nachdem ich sie damals so im Stich gelassen habe.«

»Wie meinen Sie, Signore?«

Paul lächelte sie an, ohne sie wirklich zu sehen. »Ach, nichts. Hier, bitte.«

Sie nahm sein Ticket in Empfang, steckte es in den dafür vorgesehenen Schlitz und händigte ihm seine Bordkarte aus.

»Ich wünsche Ihnen einen guten Flug und hoffe, Sie kommen bald wieder einmal nach Rom.«

»Nein«, sagte Paul und lächelte noch immer. »Hierher komme ich nie wieder.«

Die junge Frau war irritiert, aber sie überspielte es gekonnt. »Einen guten Flug jedenfalls!«

Während er zum Flughafenbus ging, sagte er sich, daß er Claudia nichts vorzuwerfen habe. Er hatte mehr von ihr erwartet, als er selbst zwei Monate zuvor zu geben bereit ge-

wesen war. Er hatte sich bei Vico in den Bergen verkrochen und wäre vielleicht noch länger dort geblieben, wäre Claudia nicht aufgetaucht.
Er war froh, daß sie nach San Vito gekommen war, auch wenn die damit verbundenen Ereignisse alles andere als erfreulich gewesen waren. Claudia hatte ihn ins Leben zurückgeholt. Jetzt wußte er, wie seine Zukunft aussehen würde. Sie hatte nichts mit Rom zu tun, mit Göttern und Dämonen, mit dem Vatikan oder den Jesuiten. Er bedauerte zutiefst, daß es eine Zukunft ohne Claudia sein würde, aber ihre Lebensbahnen waren wohl einfach nicht vereinbar.
»Wie zwei Monde, die um denselben Planeten kreisen, aber niemals zusammenkommen können«, murmelte er.
»Was sagen Sie?« fragte der kleine, ältere Herr, der im Bus neben ihm saß.
»Ich dachte gerade an zwei Monde.«
»Aber es gibt doch nur einen«, belehrte ihn der ältere Herr.
»Vielleicht ist gerade das das Problem.«
Der ältere Herr blickte angestrengt aus dem Fenster. Offenbar hatte er beschlossen, daß es besser sei, Paul zu ignorieren.
Im Flugzeug blieb der Platz neben Paul leer. Er stellte seine Tasche darauf, wie um ihn freizuhalten. Eine blonde Stewardeß nahm die Tasche, lächelte ihn professionell an, stellte die Tasche in die Gepäckablage über den Sitzen und klappte die Ablage zu.
»Wir starten gleich.«
»Ja«, sagte Paul nur.
Die Besatzung hatte es wirklich eilig mit dem Start, und schon bald rollte die Maschine an. Dann blieb sie jedoch nach wenigen Metern wieder stehen.

Ein Funkspruch aus dem Cockpit unterbrach das Murren der Passagiere: »Sehr verehrte Fluggäste, hier spricht Ihr Kapitän. Leider kommt es aufgrund einer Routinekontrolle zu einer kleinen Verzögerung. Unsere Ankunft in Bologna wird sich dadurch nur unwesentlich verzögern, alle Anschlußflüge werden erreicht. Bitte haben Sie ein wenig Geduld!«
Die blonde Stewardeß eilte in Richtung Heck, wobei sie von vielen am Gang sitzenden Passagieren mit der Frage bedrängt wurde, was es mit dieser Kontrolle auf sich habe und wie lange sie dauern werde, aber sie ließ sich auf kein Gespräch ein. Ebensowenig der dunkelhäutige Steward, der ihr folgte.
Ein Kleinbus der Flughafengesellschaft kam angebraust, und mehrere Personen stiegen aus. Dann wurde die flugzeugeigene Gangway am Heck ausgefahren, und jemand kam an Bord. Hektisch wurde erst die Gangway wieder eingeholt, dann die Maschine verschlossen.
Als Paul sich umdrehte, sah er Claudia auf sich zukommen und neben seiner Reihe stehenbleiben.
»Polizei, Routinekontrolle. Ist das der Platz, der für Claudia Bianchi reserviert ist?«
»Ja, das ist er!« sagte Paul glücklich.
Sie setzte sich und sah ihm in die Augen.
»Verzeih, aber es hat etwas gedauert.«
Er küßte sie und sagte: »Ich bin sehr froh, daß sie hier auf jeden Passagier warten!«
»Noch habe ich einen Polizeiausweis, jedenfalls so lange, wie mein Resturlaub dauert. Dann brauche ich einen neuen Job. Fehlt euch im Waisenhaus vielleicht eine Sicherheitschefin?«
»Wenn ich mir das so überlege ...«
»Verzeihung!« Neben ihnen stand die blonde Stewardeß

und lächelte eisern weiter. »Ich habe Ihr Gepäck verstaut, Commissario Bianchi. Nach der Landung in Bologna händige ich es Ihnen aus. Darf ich Ihnen jetzt beim Anschnallen behilflich sein? Wir starten gleich.«
Als die Stewardeß weitergegangen war, fragte Claudia: »Hast du eigentlich ein Foto von Nico?«
»Ja.«
Er zog seine Brieftasche hervor und suchte nach den Fotos von den Waisenkindern. Auf einem stand er inmitten einer Gruppe von Jungen. Er zeigte auf einen kleinen Jungen mit dunklen Locken, der sich dicht an ihn drängte und ein wenig schüchtern zu ihm aufblickte.
»Das ist er.«
»Ich finde, er sieht dir ähnlich.«
Paul lachte, als er Foto und Brieftasche wieder verstaute. »Das kann aber wirklich nur ein Zufall sein.«
Claudia legte den Kopf auf seine Schulter. »Dahinter steckt ganz sicher keine Verschwörung?«
»Nein, sicher nicht. Von Verschwörungen und dunklen Machenschaften, von Geheimgängen, Götterhöhlen und Katakomben habe ich für den Rest meines Lebens genug!«
Das Flugzeug rollte zum zweiten Mal an, wurde schneller und hob schließlich ab. Rasch gewann es an Höhe. Erleichtert sah Paul Rom unter sich kleiner und kleiner werden. Die Ewige Stadt. Der Vatikan. Intrigen und Geheimnisse. Unheilvolle Mächte. Institutionen und Personen, die auf sein Leben Einfluß nahmen und ihn zwangen, Dinge zu tun, die er gar nicht tun wollte. Die ihn zu einer Figur auf einem Spielbrett degradierten, um mit ihm ein Spiel zu spielen, das nicht seins war. All das, und darüber war er von Herzen froh, hatte jetzt ein Ende.

Jörg Kastner

Die Tulpe des Bösen

Amsterdam 1671. Bis vor kurzem hielt das »Tulpenfieber« die Niederlande in Atem – hochgefährliche Spekulationen mit Tulpenzwiebeln kosteten nicht wenige Bürger die Existenz. Und noch immer treffen sich wöchentlich die »Verehrer der Tulpe«, ein exklusiver Club ... Als sich eines Abends ein ehrenwertes Mitglied, Bankier de Koning, auf den Heimweg macht, wird er von einer fremden Frau angehalten und brutal niedergestochen. Amsterdam ist in Aufruhr. Er ist der zweite Ermordete, der ein seltenes Blütenblatt in der Hand hält. Inspektor Jeremias Katoen führt die Ermittlungen, bei denen fanatische Liebhaber und ebenso fanatische Tulpenhasser ihn auf die Spur eines extrem raren und gefährlichen Exemplars bringen, das einst im Osmanischen Reich gestohlen wurde. Ein dämonisches Gewächs von schillernder Farbe, das jeden, der ihm zu nahe kommt, den Verstand verlieren läßt ... Nun scheint die Tulpe des Bösen in die Hände von Landesverrätern geraten zu sein. Und Jeremias Katoens Leben hinge bald am seidenen Faden, wären da nicht ein ihm blind ergebener Betteljunge und eine fechtkundige junge Frau.

Knaur

… denn das Zeichen des Tieres ist 666

Jörg Kastner

Teufelszahl

Thriller

Hals über Kopf begibt sich der junge Jesuitenbruder Paul Kadrell nach Rom. Ein Alptraum hat sich bewahrheitet: Sein alter Lehrer, Pater Sorelli, wurde ermordet und grausam zugerichtet. Auf seiner Stirn prangt die blutig eingeritzte Zahl des Teufels – 666. Als noch weitere Opfer mit dem Zeichen des Bösen gefunden werden, nimmt Kadrell zusammen mit der römischen Kommissarin Claudia Bianchi die Ermittlungen auf. Die beiden stoßen auf ein Manuskript, das den Tod nach sich zieht. Auf ein uraltes, von den Jesuiten gehütetes Geheimnis. Und auf Pauls wahre Identität …

Knaur Taschenbuch Verlag